BUR

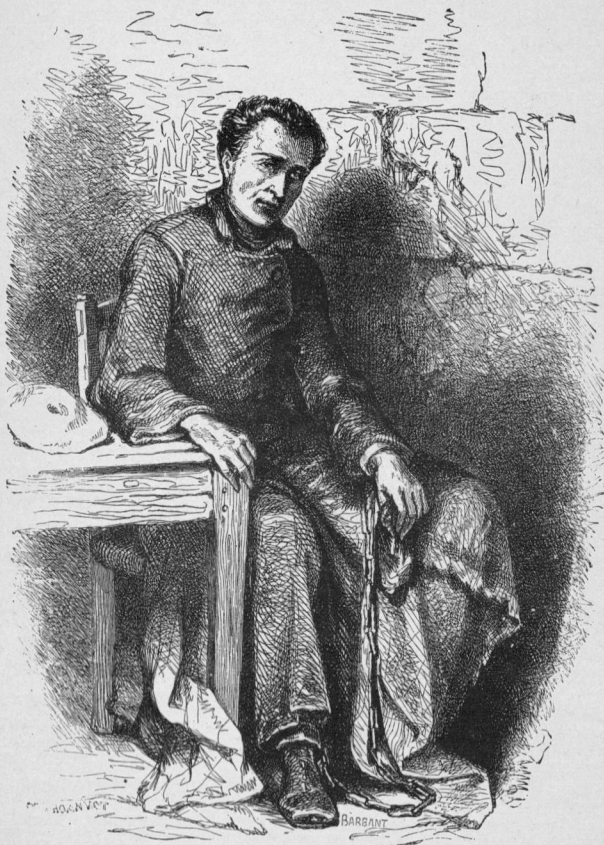

Silvio Pellico

Silvio Pellico

Le mie prigioni

con le
ADDIZIONI
di Piero Maroncelli
a cura di Silvia Spellanzon

introduzione di GIORGIO DE RIENZO
illustrazioni di TONY JOHANNOT

Biblioteca Universale Rizzoli

ISBN 88-17-12460-5

prima edizione: febbraio 1984
terza edizione: ottobre 1990

CRONOLOGIA DELLA VITA E DELLE OPERE

1789 Pellico nasce a Saluzzo il 25 giugno, da Onorato, commerciante carico di famiglia e non fortunato negli affari, e da Margherita Tournier, savoiarda di Chambery, donna molto energica e assai religiosa. L'infanzia e l'adolescenza di Pellico sono tristi, e per la cattiva salute e per le alterne fortune economiche della sua famiglia, costretta a peregrinazioni fra Saluzzo, Pinerolo e Torino. Pellico vive per un certo periodo a Lione, presso un cugino della madre, il quale tenta invano di avviarlo al commercio.

1809 Lasciata Lione, Pellico raggiunge la famiglia a Milano (il padre vi si era trasferito nel 1806, costretto a lasciare Torino, in seguito ad un'istanza di fallimento): a Milano Silvio si presenta alla visita di leva, ed è scartato per la propria debole costituzione. L'istruzione ricevuta era stata molto irregolare: le sue letture più orientate verso gli scrittori moderni, italiani e francesi, che verso i classici. A Milano attendono Pellico contatti culturali molto stimolanti: quello con Foscolo, prima di tutto, poi quelli con Pietro Borsieri e via via con gli altri intellettuali, che faranno poi gruppo intorno alla redazione del «Conciliatore». Quando la famiglia deciderà di far ritorno a Torino, Pellico invece sceglierà di rimanere a Milano, guadagnandosi da vivere con lezioni di francese in scuole e collegi, e quindi adattandosi a far da istitutore in famiglie patrizie.

5

1813 Appassionato di teatro Pellico compone una prima tragedia, *Laodomia*, che gli sarà lodata dallo stesso Foscolo.

1815 Dopo una lunga elaborazione, avvenuta tra il 1814 e il 1815, il 18 agosto viene rappresentata al teatro Re di Milano, dalla giovane ma promettente attrice Carlotta Marchionni, la *Francesca da Rimini* : ed è un successo strepitoso. Pellico ha intanto allargato il cerchio delle sue amicizie (particolarmente intenso è il suo rapporto con Ludovico di Breme), e trova uno stabile impiego, come istitutore e segretario, in casa del conte Luigi Porro.

1818 Il 3 settembre esce il primo numero del « Conciliatore », di cui Pellico, come « segretario » è in pratica coordinatore. Nel « Conciliatore » interviene con articoli di letteratura, di teatro, di problemi religiosi; ma via via nel tempo su di lui viene a pesare il compito di « compilazione » del giornale. Non stupisce perciò che Pellico diventi bersaglio della censura austriaca.

1819 La censura austriaca vieta la rappresentazione di una sua tragedia, l'*Eufemio da Messina* (pubblicato poi soltanto l'anno successivo); ma soprattutto in quest'anno la polizia austriaca, prendendolo di mira per la sua attività di compilatore del « Conciliatore », minaccia di proibirgli il soggiorno a Milano, in quanto « straniero » in questa città. Di fronte a tale intimidazione il gruppo di intellettuali che si raccoglieva intorno al « Conciliatore » decide, per protesta, di sospendere le pubblicazioni del giornale.

1820 È l'anno dell'arresto. Pellico, diventato amico del musicista Piero Maroncelli, forlinese, aderisce alla Carboneria e ne diviene propagandista, in viaggi che lo portano in diversi centri lombardi, a Torino ed a

Venezia. Compromesso da una lettera scritta al fratello, trovata fra le carte di Maroncelli, Pellico è arrestato, in casa Porro, il 13 ottobre. Di qui viene portato al carcere di Santa Margherita e poi, via via negli anni, ai Piombi ed allo Spielberg, come raccontano *Le mie prigioni*.

1830   Insieme a Maroncelli, Pellico è graziato nell'agosto e rientra — in quanto espulso dagli stati dell'Impero asburgico — a Torino, dove si era stabilita la sua famiglia. Pubblica in quest'anno le tragedie *Ester d'Engaddi* e *Iginia d'Asti*, scritte durante la prigionia.

1831   Lavora ad una nuova tragedia: *Boezio*.

1832   Presso l'editore Bocca di Torino escono *Le mie prigioni*. Inoltre Pellico pubblica tre tragedie: *Leoniero da Dertona*, *Gismonda da Mendrisio*, *Erodiade*, la prima delle quali composta, in parte, allo Spielberg, le altre due al ritorno in patria.

1834   Escono i *Doveri degli uomini*, l'opera che insieme alle *Mie prigioni* e alla *Francesca da Rimini*, rimarrà più legata al nome di Pellico. Nello stesso anno viene fischiata la rappresentazione del *Corradino*, una nuova sua tragedia: ed è la prima avvisaglia concreta, questa, della diffidenza che determina, dopo la pubblicazione delle *Mie prigioni*, ogni sortita pubblica di Pellico. Intanto questi, entrato in casa Barolo come segretario, collabora alle opere di beneficenza della marchesa Juliette, distaccandosi sempre di più dalla vita pubblica.

1854   Dopo lunghi anni di assopimento intellettuale e di vita molto appartata, Pellico muore il 31 gennaio.

INTRODUZIONE

Silvio Pellico usciva dallo Spielberg nell'agosto del 1830, *Le mie prigioni* furono pubblicate nel novembre del 1832. Il libro, scritto per suggerimento del confessore (e sotto lo sprone della madre) voleva essere «salutare per il prossimo». Così scriverà Pellico stesso nei capitoli aggiunti, raccontando del successo superiore ad ogni aspettativa del suo libro, ma anche di qualche amarezza patita fortemente: «Vidi più d'uno de' così detti miei amici rivolgere il capo per non salutarmi. Opinavano e predicavano che quel libro da bacchettone sarebbe stato messo in ridicolo per ognidove. E mentre questi falsi filosofi si sdegnavano meco per l'onore ch'io debitamente rendeva alla religione, molta gente di colore opposto gridava che la mia religiosità era tutta finta».

Ciò riapre, dalle origini, una discussione molto vecchia sulle *Mie prigioni*: ma anche una discussione un po' inutile. «Simile ad un amante maltrattato dalla sua bella, e dignitosamente risoluto di tenerle broncio, lascio la politica dov'ella sta, e parlo d'altro», aveva subito premesso Pellico, per non creare equivoci, aprendo il suo racconto. Poi, per essere più chiaro, nei capitoli aggiunti, preciserà: «Fra i motivi che mi facevano condannare le ultime rivoluzioni eseguite o tentate, entrava senza dubbio la mia adesione assoluta al Vangelo che vieta siffatte imprese della violenza. Non già ch'io fossi diventato partigiano della servitù e nemico de' lumi, ma bensì giudicava che i lumi si debbono promuovere con mezzi legittimi e santi, e non mai col rovesciare un potere stabilito alzando stendardo di guerra civile». Questo in linea di teoria. In pratica la normativa era ancor più netta e forse più sgradevole per chi s'attendesse da un perseguitato politico, ch'era stato pure tra gli animatori del «Conciliatore», qualche incitamento: «Dove un governo è malvagio, bisogna o emigrare o star sott'esso, senza prender parte alle sue colpe ed esercitando tutte le possibili virtù, anche quella d'esporsi a perire, prima di farsi reo di alcuna iniquità».

Questo è importante per capire il clima in cui nascono *Le mie prigioni*: un clima, come è stato detto, di «vitalità», che è ormai diventata «tutta interiore»,[1] ma anche un clima di assoluto isolamento, a cui lo relegano insieme il «sospetto dei politici» ed il «timore dei benpensanti».[2] Ancora nei capitoli aggiunti, Pellico ha voluto di proposito lasciare traccia di tutto ciò. Dunque, da una parte, «la condanna ch'io dava alle cabale e alle guerre civili — scrive — stupì ed irritò dopo la mia uscita di carcere molti de' così detti liberali» («Taluni di loro pretesero di farmi da maestri, e li compatii; altri cercavano di screditarmi, dicendomi avvilito da superstizione; i più grossolani mi scrissero lettere anonime, piene d'insulti»); dall'altra parte, i bacchettoni lo chiamavano ancora «carbonaro» e pretendevano che il «suo amore dell'ordine e della Chiesa fosse ipocrisia». Pellico, come si suol dire, ha ormai sposato la sua causa; se ne sta sicuro, protetto dalla certezza della propria fede, al riparo d'ogni voce mondana: ma da tanto insistere sulla sua indifferenza, si capisce, checché ne dica, che questa solitudine gli è di peso.

[1] cfr. A. Romano, *Silvio Pellico*, Brescia 1949, p. 43.
[2] *ivi*.

Bisogna partire proprio da qui, da questo patito isolamento, da tale sofferta solitudine, per rileggere oggi *Le mie prigioni*. E la chiave più semplice di lettura ce la dà ancora lo stesso Pellico, quando nel capo LXXX del proprio libro parla delle sue letture: ed in particolare di quelle di «cristiana sapienza». Sono libri, questi — dice — che «se si leggono con critica ristretta e illiberale, esultando ad ogni reperibile difetto di gusto, ad ogni pensiero non valido, si gettano là e non si ripigliano; ma che, letti senza malignare e senza scandalezzarsi dei lati deboli, scoprono una filosofia alta e rigorosamente nutritiva pel cuore e per l'intelletto».

Appunto, questa duplice prospettiva di lettura si può adattare alle *Mie prigioni*. Se si volesse «malignare», ce ne sarebbe da «scandalezzarsi»: sulla retorica dei frequenti punti esclamativi, su tante lacrime e rossori (e non fu Gioberti a definire l'autore delle *Mie prigioni* «madamigella Pellico»?); sul prolisso e facile sentenziare. Ma se invece si vogliono leggere queste pagine, con spirito non «illiberale», è gioco forza restare dentro le regole stabilite, senza ignorarle. E va ricordato allora, prima di tutto, che Pellico scrisse queste memorie, non per «vanità di parlare» di sé, ma per «contribuire a confortare qualche infelice», con l'esposizione dei mali patiti e delle consolazioni avute; per attestare, pur attraverso i lunghi tormenti conosciuti, di «non aver trovato l'umanità così iniqua, così indegna d'indulgenza, così scarsa d'egregie anime, come suol venire rappresentata».

La religiosità di Pellico è una religiosità molto consapevole; consapevole soprattutto dei rischi d'interpretazione a cui s'espone: e fra di essi non è senza significato che l'autore delle *Mie prigioni* ponga, immediatamente, quello d'essere reputato «bacchettone» ed «avvilito dalla disgrazia». Per precisione va ricordato che «bacchettoneria» per Pellico è la «divozione ma-

lintesa che rende pusillanime o fanatico». Ma fanatico
non è certamente per lui il «dovere di confessare
un'importante verità, in ogni tempo»; pusillanime non
è sicuramente il furor cattolico, che si esprime in
un'ansia di convertire, di dar la «luce». E con ciò si dovrà fare i conti, magari anche nostro malgrado, nel leggere questo libro di memorie.

È noto il giudizio riduttivo di De Sanctis: «Il Pellico
rappresentava nel suo racconto l'uomo che ha sofferto
per la patria; ovvero lo sventurato strappato a forza
dalla sua casa e famiglia; ovvero l'uomo che si rivolge a
Dio. Ed egli non solo non ha riunito queste tre rappresentazioni, ma, restringendosi alla terza, l'ha ancora
più ristretta, perché ha rappresentato soltanto la pace
in Dio. L'arte vuole un movimento qualsiasi; con un
cuore pacatissimo, con una natura angelica, non si ha
poesia, che richiede esaltazione grande, nel bene e nel
male. E la religione deve essere mostrata, prima nel
contrasto e nella battaglia, e poi nel trionfo».[3] In realtà, come è stato osservato, «la religione di Pellico è
assai meno pacifica di quanto non sembri a prima
vista».[4]

Ricondursi, secondo l'espressione usata nelle *Mie
prigioni*, «verso Colui che è perfetto, e che i mortali
sono chiamati, secondo le loro finite forze, ad imitare», e poi stare «di continuo alla presenza di Dio»
(«soavissima cosa»), meditare sulla bontà divina e
di conseguenza «sulla grandezza dell'anima umana,
quando esce dal suo egoismo, e si sforza di non aver
più altro volere che il volere dell'infinita Sapienza»,
non porta — come intendeva De Sanctis — ad una
«calma» stereotipa, ma crea pure un movimento di

[3] F. De Sanctis, *Teoria e storia della letteratura*, Bari 1926, p.
252.
[4] N. Sapegno, *Compendio di storia della letteratura italiana*,
vol. III, Firenze 1962, p. 120.

continui interrogativi, suscita uno scandaglio interiore, che non è privo di drammaticità.

C'è nelle *Mie prigioni*, sicuramente, la tentazione di Pellico ad erigersi un monumento, sia pur modesto, di farsi modello di precetti austeri. Uno stato «assolutamente antifilosofico, anticristiano» è lo «stato d'inquietudine» («Una mente agitata non ragiona più: avvolta fra un turbine irresistibile d'idee esagerate si forma una logica sciocca, furibonda, maligna»): e Pellico mira dunque ad una «calma costante». Ancora. «L'ira è più immorale, più scellerata che generalmente non si pensa»; l'ira porta, nelle sue tregue, ad una «pace maligna», ad un «sorriso selvaggio, senza carità, senza dignità», ad un «amore di disordine, d'ebbrezza, di scherno»: e Pellico ingaggia allora una lotta per vivere in pacatezza d'animo.

Questo autoritratto, illuminato da una «mestizia dolce, piena di pace e di pensieri religiosi», proiettato verso una «perfetta costanza», è un autoritratto tuttavia contraddetto dalla registrazione anche degli affanni e dei turbamenti di un «povero cuore». Non è tanto qualche attimo particolare di forte trasgressione, a determinare tale movimento, quanto, più in generale, la considerazione della debolezza, della fragilità della propria «indole niente affatto selvatica», del proprio «cuore amante»: una fragilità che rende tormentosa (e pericolosa) a lui la «solitudine continua», che gli fa nemica l'«immaginativa», e persino la più semplice memoria degli affetti.

Quando Pellico, ai Piombi, è in attesa della sentenza, cova l'idea del suicidio; poi pare accettare, con «altezza d'animo», la possibilità di essere giustiziato sul patibolo: ed il suo pensiero dominante diviene allora quello di «morire cristianamente col debito coraggio». Ciò non toglie tuttavia che torni ad interrogarsi sulla sua possibile fermezza, per concludere su un giudizio di poca stima: «Quell'altezza d'animo ch'io credea d'avere, quella pace, quell'indulgente affezione verso coloro che m'odiavano, quella gioia di poter sacrificare la mia vita alla volontà di Dio, le avrei io servate s'io fossi stato condotto al supplizio? Ahi! che l'uomo è pieno di contraddizioni, e quando sembra essere più gagliardo e più santo, può cadere fra un istante in debolezza ed in colpa! Se allora io sarei morto degnamente, Dio solo il sa. Non mi stimo abbastanza, da affermarlo».

Il significato delle *Mie prigioni* sta anche in questo sottotono, in questa confessata «mediocrità» come è stata definita.[5] Si pensa, per un verso, all'esercizio di modesta autoflagellazione operato da Pellico ed al suo non compiaciuto masochismo: «Esultai di soffrire, poiché ciò mi dava occasione d'adempiere qualche dovere; poiché, soffrendo con rassegnato animo, io obbediva al Signore». Ma si pensa, per altro verso, anche ai suoi mediocri turbamenti: alle allucinazioni patite ai Piombi, alla tentazione subita pure dalle «bestemmie» e dalle «erotiche buffonerie» di Giuliano, alla debolezza sentimentale, alla «colpevole ebbrezza», subito repressa, per la Zanze. E poi, si è detto, ci sono le sue lotte brevi per resistere ai «pensieri d'incredulità»; c'è il suo continuo interrogarsi, il suo proporsi, volta per volta, le alternative di una sottile casistica morale; c'è quasi l'ostentazione dolorosa dei propri dubbi.

Questo movimento interiore ha anche una sua proiezione figurativa. Nelle *Mie prigioni* c'è una concreta geografia. Pellico è arrestato a Milano ed è chiuso nel carcere di Santa Margherita. Da Milano è trasferito a Venezia, dapprima ai Piombi e poi a San Michele. Da Venezia inizia il suo viaggio verso lo Spielberg e quindi dalla Moravia parte l'itinerario di ritorno verso il

[5] cfr. F. Montanari, *Silvio Pellico della mediocrità*, Genova 1935.

Piemonte. Di questa geografia, al di là dell'indicazione toponomastica, rimane pure qualche traccia nelle pagine delle *Mie prigioni*.

Milano, attraversata nella notte («Era una bellissima notte con lume di luna»), nelle sue «care vie», occasiona un ritorno di «soavi rimembranze» ed un patetico addio, ma non determina alcun paesaggio. Venezia offre invece qualche scorcio: il tetto della chiesa di San Marco e — al di là della chiesa — «in lontananza», «un'infinità di cupole e di campanili»; poi, da un'altra prospettiva, «un'estensione di tetti, ornata di camini, d'altane, di campanili, di cupole, la quale andava a perdersi colla prospettiva del mare e del cielo»; infine, fra lo spettacolo — nella notte dell'incendio — delle «scintille», dei «vasti globi di fiamme e fumo», agitati da un «furioso vento», una «moltitudine di gondole sulla laguna».

Ma è significativo che il trasferimento in gondola dai Piombi a San Michele, un viaggio finalmente all'aria aperta, dopo tanto tempo di reclusione, con l'occasione «di vedere il cielo e la città e l'acque, senza l'infausta quadratura delle inferriate», anziché proporre sulla pagina vedute e sensazioni, propizi soltanto un *excursus* autobiografico, molto proiettato nel passato. Così il viaggio che porterà Pellico e Maroncelli da Venezia a Brünn, capitale della Moravia, dà luogo al resoconto di qualche incontro, mai, se non in qualche generica battuta, ad un indugio paesaggistico. Di Brünn vien detto che si trova in «una valle ridente, ed ha un certo aspetto di ricchezza»; ma è soltanto per creare un contrasto immediato con l'immagine lugubre dell'«infausta rocca dello Spielberg, altra volta reggia de' signori di Moravia, oggi il più severo ergastolo della monarchia austriaca».

Lo spazio più autentico delle *Mie prigioni* è uno spazio chiuso, negativo, nel quale si ha una cancellazione della realtà. Ed ecco la «stanza» a pianterreno del carcere di Santa Margherita, che offre lo spettacolo di «carceri di qua, carceri di là, carceri di sopra, carceri dirimpetto». Ed ecco, subito dopo, ancora a Santa Margherita, la «stanzaccia oscura, lurida», con le «pareti contaminate da goffe pitturacce». E via via appariranno, ai Piombi, il «covile» abitato nell'estate, con il suo caldo soffocante, e il «luogo», «soggiorno di perpetui raffreddori e d'orribile ghiaccio», in cui Pellico vive «ne' mesi rigidi»; per arrivare, infine, all'orrido «antro» dello Spielberg.

Anche per questi spazi chiusi si può aprire una topografia più complessa (il cortile, il portico, la galleria di Santa Margherita; gli anditi, le sale, le scale che portano ai Piombi; l'ampio cortile e il terrapieno dello Spielberg): ma è una topografia di riferimento, spesso casuale, che non dà una reale e concreta articolazione allo spazio, che non crea alternativa al senso di annullamento della realtà. L'alternativa, se mai, è per così dire istituzionale, fra spazio chiuso e spazio aperto: tra uno spazio negativo, creaturale e storico, ed uno spazio positivo, divino e provvidenziale. Ed è questa, per lo più, un'alternativa sottintesa, che si rende esplicita solo in qualche scorcio, come accade nel simbolico resoconto sulla vita quotidiana dello Spielberg: «Io m'alzava all'alba, e, salito in capo del tavolaccio, m'aggrappava alle sbarre della finestra, e diceva le orazioni. Oroboni già era alla sua finestra o non tardava di venirvi. Ci salutavamo; e l'uno e l'altro continuava tacitamente i suoi pensieri a Dio. Quanto erano orribili i nostri covili, altrettanto era bello lo spettacolo esterno per noi. Quel cielo, quella campagna, quel lontano moversi di creature nella valle, quelle voci delle villanelle, quelle risa, que' canti, ci esilaravano, ci faceano più caramente sentire la presenza di Colui ch'è sì magnifico nella sua bontà, e del quale avevamo tanto bisogno».

Nella struttura narrativa delle *Mie prigioni*, questo

annullamento della realtà contribuisce in maniera determinante a quel processo di astrazione, che è necessario ad esaltare la realtà interiore della vicenda di Pellico. «Lo sfondo manca», è stato osservato,[6] o meglio lo sfondo è strettamente funzionale, anche se sottinteso, a propiziare un clima d'esperienze tutto interiorizzato. Si assiste perciò, nelle *Mie prigioni*, ad una semplificazione degli elementi figurativi, ad una loro riduzione simbolica essenziale. C'è — per esempio — una contrapposizione elementare del bene e del male. Il male è la prigionia stessa: «Il carcere divveneci una vera tomba, nella quale neppure la tranquillità della tomba c'era lasciata». Il male sono il caldo e le zanzare dei Piombi; il male è la fame patita duramente nello Spielberg.

Il bene, invece, è l'universale cortesia degli uomini. È il coro di «gentilezza» e di «bontà» a cui s'adattano le voci di carcerieri e sbirri, d'ispettori e commissari, di custodi e detenuti. E la casistica, in questo caso, è davvero senza fine. Ovunque si possono trovare «anime obbedienti alla gran vocazione dell'uomo, di amare e di compiangere e giovare», scrive Pellico quasi alla conclusione del suo libro. *Le mie prigioni* sono costellate di segni di gentilezza, di atteggiamenti di pietà. «Intenerito» è il conte B., capitano di polizia, quando si congeda da Pellico, a Venezia, con un abbraccio. «Pieni di garbo», ai Piombi, sono il custode ed i suoi familiari, «commosso» è Tremerello, quando dà notizie sulle condanne; ed un atto «di nobile commiserazione» accompagna la lettura della sentenza, da parte dello stesso presidente della Commissione. Ancora da un «benevolo sentimento», da un'«universa pietà» è seguito l'intero viaggio di Pellico e Maroncelli verso lo Spielberg: e quando i due arrivano sono abbracciati persino dal commissario imperiale, che è

6 cfr. A. Romano, *op. cit.*, p. 128.

anche lui «intenerito». Su questa linea si potrebbe continuare per giungere fino all'«eccellente commissario» che riporta Pellico in Piemonte: «Ci conoscemmo solamente da un mese, e mi pareva amico di molti anni. L'anima sua, piena di sentimento del bello e dell'onesto, non era investigatrice».

Come è annullato lo spazio, così, nelle *Mie prigioni*, è annullato il tempo. Certo, le pagine dei ricordi di Pellico sono fitte di date, che danno a quei ricordi una precisa cronologia («Spuntò il 1° d'agosto del 1830. Volgeano dieci anni, ch'io avea perduta la libertà; ott'anni e mezzo ch'io scontava il carcere duro. Era giorno di domenica»); ma se si fa eccezione per le pagine conclusive, dove il clima d'attesa della liberazione dà una reale consistenza anche al tempo narrativo, la dimensione cronologica perde qualsiasi concretezza, in un appiattimento di giorni senza colore: «I cresciuti rigori rendevano sempre più monotona la nostra vita. Tutto il 1824, tutto il 25, tutto il 26, tutto il 27, in che si passarono per noi?».

Il tempo creaturale, storico, delle *Mie prigioni* si esaurisce dunque in un tempo negativo che non crea reali alternative (se non, di nuovo, un'alternativa istituzionale) al tempo provvidenziale, metafisico: quello cioè segnato dalle vicende spirituali di Pellico, dalle sue cadute e dalle sue redenzioni. Allo stesso modo, a questo annullamento del tempo e dello spazio, a questo allontanamento da ogni parametro del reale, corrisponde nelle pagine di Pellico una totale semplificazione d'ogni fisicità. C'è un coro di voci nelle *Mie prigioni*, che si compone in un contrasto significativo: se si accampa, per un attimo, sulla pagina, il realismo o la corposità di qualche suono maligno è per dar risalto alla musicalità astratta di qualche voce benefica. Nel carcere di Santa Margherita, per esempio, il «frenetico canto di parecchi de' reclusi» è evocato per mettere in rilievo l'astrattezza edificante della «voce soave» di Maddalena. E ciò accade anche per i personaggi, che popolano fittamente le pagine delle *Mie prigioni*.

C'è, sullo sfondo, come si è visto, il comporsi di tante presenze non delineate altro che in un gesto di universale cortesia. C'è qualche raro indugio bozzettistico: Tremerello dalla «faccia di coniglio», ai Piombi; la «buona caporalina ungherese», allo Spielberg. Ma per lo più, nel libro di Pellico, i personaggi sono ritratti in una cifra semplificata, per diventare simboli di edificazione. Ecco allora il mutolino, con i suoi «salti di gioia», che rende per un attimo a Silvio la sua nobile vocazione di educatore. Ecco la Zanze, la «fanciulla non bella ma di pietosi sguardi», con le sue «sorellevoli premure», con le «graziose adulazioncelle» di «veneziana adolescente sbirra», che portano, con la salvaguardia di una «salutare reverenza», ad una «contentezza fanciullesca» di comunicazione. Ecco Schiller, il carceriere dalla «gigantesca magra, vecchia persona», con il «villano mazzo di grosse chiavi» e con il «tremore» delle sue mani, interpretare una burbera ma protettiva paternità. E c'è poi la «virtù» di Oroboni, che invaghisce Pellico e subito dopo l'eccellenza angelica delle «più amabili doti di mente e di cuore» di Maroncelli.

Quasi come in un campionario di *exempla* edificanti, che possono prendere anche una maggiore rilevanza narrativa: e avremo allora le pagine famose del funerale di Oroboni e della fine di Schiller, dei colloqui con la Zanze e della rosa di Maroncelli. Appunto, queste sono le luci delle *Mie prigioni*, per le quali soltanto pare orchestrata, come riferimento, la scenografia degli ambienti cupi: in un chiaroscuro figurativo che interpreta, per metafora, la luce e l'ombra del dibattito spirituale di Pellico.

GIORGIO DE RIENZO

Torino, 6 ottobre 1982

NOTA BIBLIOGRAFICA

OPERE

Per indicazioni particolareggiate si può vedere M. Parenti, *Bibliografia delle opere di Silvio Pellico*, Firenze 1952. Ci limiteremo qui pertanto a segnalare le edizioni principali. La più completa raccolta delle opere di Pellico è ancora quella offerta in quattro volumi dall'editore fiorentino Le Monnier e pubblicata tra il 1856 ed il 1860. Tra le posteriori a questa vanno ricordate soprattutto le edizioni di lettere: *Lettere a G. Briano*, Firenze 1861; *Lettere ai familiari*, a cura di C. Durando, Torino 1878; *Lettere alla Donna gentile*, a cura di L. Capineri-Cipriani, Roma 1901; *Lettere milanesi* (1815-21), a cura di M. Scotti, Torino 1963.

STUDI

C. Cantù, *Il «Conciliatore» e i Carbonari*, Milano 1878; F. De Sanctis, *Teoria e storia della letteratura*, Bari 1926; A. Luzio, *Il processo Pellico-Maroncelli*, Milano 1903; E. Bellorini, *Silvio Pellico*, Messina 1916; G. Trombatore, *Su «Le mie prigioni» di Silvio Pellico*, in «Convivium», 1929; B. Allason, *La vita di Silvio Pellico*, Milano 1933; F. Montanari, *Silvio Pellico della mediocrità*, Genova 1935; A. Romano, *Silvio Pellico*, Brescia 1949; V. Branca, *Prefazione* al «*Conciliatore*», Firenze 1954; C. Curto, *Origine e unità del-*

l'ispirazione poetica del Pellico, in « Lettere Italiane », 1954; M. Fubini, *Romanticismo italiano*, Bari 1965; R. Massano, *Silvio Pellico « milanese »*, nel vol. miscellaneo *Da Dante al Novecento*, Milano 1970; Id. *Silvio Pellico compilatore responsabile del « Conciliatore »*, in « Studi piemontesi », 1972.

NOTA AL TESTO DI SILVIA SPELLANZON

Le mie prigioni apparvero originalmente, come si è detto, a Torino
— presso il libraio Giuseppe Bocca — nei primi giorni del novembre
1832.

A partire dall'anno successivo, e in brevissimo giro di tempo, ne
furono pubblicate non solo numerose altre edizioni italiane, ma anche molte traduzioni, in francese, in tedesco, in inglese, in bulgaro
eccetera.

La pregiata traduzione francese di Antoine De Latour — apparsa
nel 1833 — fu arricchita dal Maroncelli, su invito del traduttore e
dello stesso autore, di una *Introduzione biografica* e di una lunga
aggiunta intesa a commentare e a completare il racconto del Pellico,
le *Addizioni*, delle quali lo stesso 1833 era apparsa un'edizione clandestina italiana. Esse sono giudicate «un documento storico indisso-
lubilmente unito alle Memorie del saluzzese; perciò son qui pubblicate, benché in esse non manchino affermazioni inesatte o addirit-
tura infondate, e considerazioni del tutto arbitrarie».

Lo stesso Pellico redasse in seguito, e inviò nel 1837 al De Latour,
dodici *Capitoli aggiunti* alla sua opera, che furono pubblicati originalmente in lingua francese, nel 1843 (Charpentier editore, Parigi),
nella nuova edizione delle *Mie Prigioni* curata dal De Latour; la
quale edizione conteneva anche la traduzione dell'opera successiva
del Pellico, i *Doveri degli Uomini*. Tali *Capitoli aggiunti* — il manoscritto italiano dei quali fu in seguito ritrovato nella Biblioteca
Nazionale di Parigi — non furono inclusi in edizioni italiane se non
dopo la morte dell'autore.

La presente edizione contiene tutto intero il materiale sopraddetto, e cioè: l'*Introduzione biografica* del Maroncelli, i novantanove
«capi» originali delle *Mie Prigioni*, i dodici *Capitoli aggiunti* e le
complete *Addizioni* del Maroncelli. Numerose note, informative e
delucidative, sono state inoltre offerte al lettore; in gran parte esse
sono state tratte dalla grande edizione illustrata delle *Mie Prigioni*
(Rizzoli, Milano 1933) curata da Cesare Spellanzon.

INTRODUZIONE BIOGRAFICA

Chiamato a stendere pochi cenni biografici sull'uomo straordinario che à scritte LE MÌE PRIGIONI, perché condivisi captività con lui, e perché professiamo l'uno per l'altro amicizia che decenne dolore e decenni catene ànno cementata, - dichiaro che il signor De Latour m'à preceduto con tale successo, che non lascia (a chi viene dopo) speranza alcuna d'aggiungerlo.

Inoltre i materiali che compongono il lavoro del signor De Latour sono stati forniti da me, né potrei scostarmene o presentarli sott'altro aspetto, se è così ch'io li veggo e li sento. Perciò, all'uòpo, ritengo quant'egli à detto, ed anche la redazione con cui lo à detto.

L'amico mio nacque in Piemonte, entro le mura della città di Saluzzo, altre volte marchesato. La sua famiglia era allora bene-agiata, e viveano ancora il padre e la madre del suo genitore, che fu il signor Onorato. Questi avea consolato il suo tetto con altra prole, - Luigi e Gioseffina, - prima che Silvio vedesse la luce: né egli la vide solo; nacque gemello ad una in-fante, che fu chiamata Rosina. Più tardi Francesco e Marietta compièrono la bella figliolanza del signor Onorato.

La madre di Silvio era Savoiarda di Chambéry, e porta il casato dei *Tournier*. La nota bontà del popolo di Savoia non è smentita da questa egregia signora; anzi pare compendiarla in sé tutta intera, né le venne mai meno nelle molte vicende d'una vita piena di perigli. Essa allattò tutti i suoi figliuoli, e fu prima-loro-maestra; né solo del leggere, ma di princìpi buoni e d'esempli migliori. Questa scuola cominciò tosto. Il signor Onorato avea fama di tenere pel re, e fra' scompigli in-evitabili ne' grandi mutamenti sociali, ei fu nel numero de' perseguiti. Fuggiasco per le vette Alpine, con la consorte incinta e co' figlioletti, che dietro si traea, ebbe sin d'allora occasione funesta di dare a Silvio le prime dure lezioni della sventura, e della dignità con che all'uomo di CORE è mestieri sostenerla. Ad improvviso rivolgersi della fortuna, la causa del re tornando ad essere quella del più forte, il domicilio del signor Onorato stimossi asilo sicuro; e quei che avean parteggiato contra, ben consci dell'alta virtù di quell'animo cavalleresco, vi rifuggirono. Oh certo il signor Onorato non chiedeva a quegli esuli qual parte tenessero!

Purezza veramente illibata di costumi, ospitalità non mai rifiutata e sempre offerta, non-interrotto esercizio di carità vangelica verso il prossimo (e prossimo non era il solo cristiano e realista, ma ogni uomo, e sopratutto ogni infelice), faceano della casa ove nacque e crebbe Silvio un tempio sacro a tutte sociali virtù. Di qui cominciò il culto d'amore ch'egli ebbe sempre pe' suoi genitori, costretto a stimarli i migliori degli uomini. Religiosi essi (e confessanti quella particolar forma di religione in che nati erano), Silvio li vedea legati di saldissima amicizia con altri onesti non religiosi, e che si creavano una persuasione d'ateismo. I fanciulli Pellico apprendevano così tolleranza; né ebbero documenti di nimistà da' loro genitori che contra superstizione, fanatismo, in-giustizia, - ma non iscompagnati allora di carità a' superstiziosi, fanatici, in-giusti.

Com'era industre la saviezza di quell'ottima madre, che da ogni minimo domestico avvenimento traeva soggetto d'istruzioni! Corona di tante virtù era eseguirle; eseguirle era una *semplicità*, un'*agevolezza*, una *modestia* che non pesava a chi le faceva né a chi venivan fatte. Erano benefici, e pareano nascere in-avvertitamente per ordinario corso del caso. Ecco a quale scuola l'anima di Silvio poté formarsi; e l'animo di Silvio quando parla di sua madre è un inno incarnato-e-vivente di adorazione verso Dio nelle sue creature.

Ebbe in-fanzia travagliata. Appena usciva d'una malattia mortale, formavasi nel suo corpo il germe d'una nuova, e i medici sostenevano che a sette anni sarebbe morto. Questo periodo essendo evoluto, e trovandolo ancora in vita, dicevano: « À vinto il primo stadio settennale, *ma non vincerà il secondo; morrà a quattordici anni* ». Vennero, e Silvio viveva; allora decretarono che avrebbe vissuto fino ai ventuno, e non più. Per fortuna fu mendace anche il terzo vaticinio; ma certo si trascinò una adolescenza non meno inferma dell'infanzia.

Qui l'acume materno era nel suo regno. Nel primo settennio, quando medici e preti, disperando affatto della sua salute, lo abbandonavano, la buona madre s'accostava al capezzale del quasi-spento figliuoletto, e tentava di farlo suggere alla sua poppa. Ciò cominciava dapprima a rifocillarlo, indi a poco a poco si riaveva, e campava ancora. Chi niegherebbe che sua madre gli à così ridata tante e tante volte la vita?

Crederei passare d'un salto in-opportuno un fatto psicologico della più alta importanza se, volendo spiegare quale è ora l'anima di Silvio, trascurassi d'osservarla ne' suoi primordi. In essi è la causa sufficiente e primitiva dell'uomo, del poeta, del figlio, del cittadino che egli fu poi. Del resto ei vedeva la morte non solo con indifferenza, ma con piacere: per lui era termine d'una lotta crudele, atroce, ed è perciò che, venuto a maturità, fu udito dire: « Il più bel giorno della mia vita sarà quello in cui morrò ».

È strana l'impressione che gli à lasciato il ragionamento d'un suo compagno di sette, otto anni allorché era più tormentato da' mali. Questi gli andava a dire con tuono di mistero e di scoperta: « Silvio-mio, sai tu che Dio non è? Se Dio fosse, è impossibile che ti lasciasse soffrire così ». Il fanciullo restava poscia tutto sorpreso e quasi spaventato d'aver potuto profferire quelle parole.

Intanto, negl'inter-valli da una malattia ad un'altra, Silvio e Luigi (suo fratello maggiore) studiavano le cose elementari, ed ebbero presto un prete per nome don Manavella che li istruiva in casa, e li preparava agli esami ch'indi davano alle scuole pubbliche per passare da una classe ad un'altra. Era anche parte d'istruzione l'imparare a memoria parecchie commedie od anche sole scene staccate tra lui e suo fratello, che recitavano in presenza d'amici, montando sopra uno stipeto che serviva ad entrambi di palco scenico. Queste commedie, o stralci di commedie, erano per lo più composizione del signor Onorato, il quale faceva anche buoni versi lirici, in quel genere che moralizza con lepidezza.

Da queste scintille, qual luce s'accese? Luigi à scritto commedie pregevoli; e Silvio è, senza contrasto, il primo drammaturgo dell'Italia attuale. Come non dovea essere così? Silvio non contava dieci anni (o li contava appena) ed avea già composto un tentativo di tragedia di tema ossianico. Cesarotti, quella divina anima che à versato a piene mani tanta sua poesia sulle finzioni di Mac-Pherson (da trasformare Ossian in poeta italiano-originale), Cesarotti fu l'inspiratore del tragèdo di dieci anni.

In questo tempo il signor Onorato avea eretto una filanda di seta a Pinerolo, ove s'era trasferito con tutta la famiglia, tranne i suoi vecchi padre e madre, che restarono a Saluzzo. Indi si trasportò a Torino, impiegato del governo: ei l'era già stato nell'ufficio delle poste, non so bene se in Pinerolo o in Saluzzo.

M. De Latour a proposito del soggiorno in-fantile di Silvio a Pinerolo, è tratto a far menzione del famoso prigioniero *Maschera di ferro*, e dice:

« J'imagine que plus tard, lorsque, dans les longues nuit du Spielberg, Silvio évoquait l'image de son heureuse enfance, le château de Pinerol lui revint plus d'une fois à la mémoire avec son étrange prisonnier. Qui lui eût dit, lorsqu'il en écoutait la mystérieuse légende sur les genoux de sa mère, qu'il devait un jour, lui aussi, voir s'ensevelir sa destinée dans les cachots d'une cittadelle, loin des siens, loin de sa patrie, sous le ciel froid et brumeux de la Moravie? » [1].

Così è! quante e quante volte non abbiam parlato sullo Spielberg della misteriosa *Maschera di ferro*?

Non vorrei lasciare l'infanzia di Pellico, senza notare una specie particolarissima di malattia morale e fisica a cui per lungo tempo andò soggetto. In seguito d'una paura, ogni sera quando imbruniva, ei vedea strani fantasmi agitarsi intorno a lui, e se anche recavansi i lumi, ei continuava a vederli in quel canto della camera

---

[1] « Immagino che più tardi, allorché, nelle lunghe notti dello Spielberg, Silvio evocava l'immagine della sua infanzia felice, più d'una volta dové tornargli alla memoria il castello di Pinerolo col suo strano prigioniero. Chi gli avrebbe mai detto, al tempo in cui ne ascoltava sulle ginocchia della madre la misteriosa leggenda, che anch'egli, un giorno, avrebbe dovuto vedere il proprio destino seppellirsi nelle celle di una fortezza, lontano dai suoi, lontano dalla sua patria, sotto il cielo freddo e nebbioso della Moravia? ».

che non restava bene rischiarata. E qui pianti dirotti-e-in-terminabili del povero fanciullo che cavavano il core a chi li udiva, né era possibile calmarli. Era quasi un *incubo* che l'opprimea vegliando, e la nonna (buonissima signora) andava interrogando Silvio quai sembianze avessero que' lividi fantasmi che lo facean sì piangere; ed ei rispondea: « *Àn le sembianze della signora nonna* ». In questo fatto entrerebbe mai, come lontano elemento efficiente, la circostanza che la signora possedeva il libro misterioso delle *Sette trombe*? e che il fanciullo, nella disposizione d'esaltamento per le indebolenti malattie e la paura sofferta, si riscaldasse la testa leggendo nel giorno questo strano e sciocco libro?

Intanto il governo della repubblica era stabilito, e la probità del signor Onorato, che prendea norma non dalle leggi degli uomini, ma da' princìpi di giustizia eterna (l'accettazione sola de' quali fa equo un pubblico reggimento di qual nome si voglia), lo avea fatto salutare il migliore degli uomini *sotto i re*, il migliore degli uomini *sotto la repubblica*. Come lo comandava il dovere di cittadino, egli era frequente ai comizi, ove la sua parola non avea che uno scopo, - contribuire alla pubblica felicità, facendo *ragionevolmente* quella degl'individui. E questo modello di vero civismo non andava a' comizi mai solo: i suoi figliuolini Luigi e Silvio, comeché di tenerissima età, doveano sempre essere con lui. A questo modo si completò per essi quella scuola di giustizia pubblica, quella scuola del senso morale sì pratico che teorico, che ogni dì vedeano esercitata fra le domestiche pareti e al di fuori. Un'anima volgare avrebbe creduto vano il far assistere a quelle pubbliche adunanze due fanciulli. « Che mai capiranno? ». Tutto capivano; e de' molti ricordi di quell'età questo à germinato sì profonde radici nel core di Silvio, ch'ei ne parla ora come se udisse le persone, ne vedesse gli atteggiamenti, e la discussione della COSA PUBBLICA fosse attuale.

Infine ecco Silvio a Torino. Ei continuava a studiare con don Manavella, e di più recitava commedie col fratello ed altri fanciulli di dodici, quattordici anni d'ambo i sessi, - e certo non più avendo per palco scenico la tavola d'uno stipo. E qui cessa l'infanzia di Silvio.

Tra i fanciulli e le fanciulle che recitavano con lui, ei scoprì un core verso cui si sentìa attratto con più

veemenza; amò una Carlottina, che di là a poco morì:
avea quattordici anni. Certi austeri appena incontrano
un tratto sentimentale, gridano: romanzo! quasi che sentimento e poesia fossero due cose fuor di natura, né si
dovessero trovare che ne' libri. Ma tristi que' libri che
sono fuor di natura! Cotali austeri, io diceva, non cre-
deranno che la memoria di questo amore di fanciullo
veniva a visitare il captivo dello Spielberg, che lo occupava melancolicamente molte ore e molti giorni; e che
l'anniversario della morte di Carlotta una parola particolare e più fervida dell'usato era diretta a lei, che vez-
zeggia eterna nel seno di Dio.

Dopo ciò si capirà forse come lo Spielberg, per le anime amanti come quella di Silvio, non era così spopola-
to come la materiale apparenza esteriore lo figura agli
occhi del corpo. Oh quali gioie purissime (ed anche quai
sentiti dolori!) questo vario popolamento ci cagionava!
Nondimeno era pure il solo modo di crearci una VITA
MENTALE, che aveva tutte le sue vicende come una
vita di realtà, e si divideva in *vita di studio* ed in *vita
d'azione*.

La *vita di studio* era questa. Con certe regole mecca-
niche, assai facili a crearsi da ogni individuo a proprio
grado, distribuivamo in più classi lo scibile, e, coordi-
nando tutte le nostre cognizioni in queste varie classi,
ne componevamo corsi che servivano a tener viva la memoria di ciò che sapevamo; talvolta anche ad accrescere la nostra piccola scienza. Così formammo repertòri o
più ricchi o meno, e ciascuno di noi li scorreva tra sé
e sé, salvo il caso in cui il compagno avesse avuto bisogno d'essere aiutato dalla memoria dell'altro, o che
l'uno d'essi, versato in una classe in cui l'altro non lo
fosse, questi desiderasse averne alcuna istruzione. Un
giorno destinavasi a queste ordinate ripetizioni o corsi
o libri di storia, un altro a quelle di filosofia, un altro
a quelle di geografia, cronologia, matematica, belle arti,
ecc. ecc.; e secondo che ciascuno sapea, parlava un dì
in francese, uno in tedesco, uno in latino, uno in inglese.

Questo, che non era che studio passivo, era sempre
completato da studio attivo: cioè chi n'era capace con-
densava i suoi pensieri intorno ad un soggetto, e lavorava al concepimento di qualche opera, che talvolta per
intensione mentale (simile a quella di Newton, che di-

cono aver saputo estrarre la radice cùbica senza aiuto di penna) riceveva intera esecuzione. Chi era poeta, facea anche questo, - e più facea poemi: chi non era poeta né autore d'alcuna guisa, non per ciò era senza soggetto di studio attivo: uno ve n'era comune a tutti, seguito dà tutti, *lo studio di se stesso, con intendimento di farsi migliore*; studio affatto indipendente dalle rispettive opinioni-religiose; studio a cui si diede ognuno per vero VOTO FILOSOFICO, o pronunciato nel dì della sentenza o dappoi. Ecco il voto:

« Sventura, - non giustizia, ci à colpiti! - si mostri che colpì uomini, non fanciulli. Ogni stato à doveri; dovere primo d'ogni sventurato, - libero o captivo, - è soffrire con dignità; secondo, far senno della sventura; terzo, perdonare. Fu già scritto ne' nostri petti:
« IL GIUSTO, IL VER, LA LIBERTÀ SOSPIRO!
« Avversità avrà cancellato lo scritto? Dominiamola, e non ci dòmini. Se alcuno di noi vedrà la luce un dì, ATTESTI per-gli-altri che dovessero morir qui entro, e il nostro voto si compia indipendentemente da umanità o in-umanità di chi ci percuote. In-umanità ci sarà solo occasione e stimolo a maggiore virtù: prepariamoci a conseguirla, e allegriamoci d'una necessità che ci farà migliori ».

...Europa à giudicato per questo stesso libro di GRANDI VERITÀ e di GRANDI LACUNE se i percussori furono umani o in-umani. E se in mezzo a IN-UMANITÀ s'è veduta scorgere ne' percossi alcuna virtù, chi oserà dire: « *Il merito è de' percussori?* ». Libero (a chi à testa e core da tanto!) di dar titolo a Nerone di benefattore degli uomini e apostolo di conversioni, perché, percuotendo, aumentò il catalogo delle anime salde!!!
La vita d'azione era questa. Consumate le ore che davamo allo studio attivo e passivo, si ordinavano per successione-di-tempo tutti gli eventi della nostra biografia, e si rivivea in quelle successioni, amando le cose buone, detestando le odievoli, onde non dimenticare d'amare e d'odiare. Cioè amare tutti gli uomini, odiare il male che commettono, e perdonare a que' che lo commettono. Si crederà che, rammentando l'età dell'in-fanzia, non sapessimo ridivenire in-fanti? oh oh come è

falso! Dicasi pure che questi erano giuochi puerili: non potrebbero tuttavia insegnarne più morali e più utili i sapienti che li disprezzerebbero? Dicasi pure che vuolsi testa romanzesca, sentimentale per uscire dalla trista realtà che circonda, e vivere di gioie revocate dal passato, mentre si giace sugli acùlei del presente. Era adunque meglio rodersi di bile, divenire idròfobi per aver la soddisfazione di dire: «Eh! non son poeta io, illusioni non possono su me; queste catene non sono gioielli; questo grabato non è talamo; quest'acqua non è vino! queste pareti sono calve; - io sono solo, solo col mio dolore, e non ho con chi versarlo!».

Oh bella filosofia! Oh bei Demòsteni della ragione! e noi, povere vittime della poesia!!! - Com'è vero quel sublime detto: «*Il est un homme plus à plaindre que celui qui semble dupe de tous; à savoir, celui qui n'est dupe de personne!*»[1].

Si giùdichi dai resultati. Che otterrebbero questi oratori del dis-inganno? Sventurato colui che tra breve non impazzisse, altrimenti diverrebbe misàntropo, sàtana; e se commettesse un atto di virtù, direbbe: «Non è mio», perché se ho potuto farlo, è segno che il mio carnefice me ne ha lasciata la potenza.

Invece i poeti che ottengono? Vita consolata di care rimembranze; non-ripudio d'umanità, con la quale sono in pace ed in legame per mediazione del passato e fede nel futuro. E se fanno alcun atto buono, non commettono l'impertinenza o l'imbecillità di rinunciarne la *coscienza*, ed è QUESTA SOLA che fa migliori e guida di progresso in progresso.

La *vita d'azione* non era dunque solo una catena di rimembranze triste o liete, ma una catena di carità che mantenevano accesa ne' nostri petti umanità, onde se tornavamo nel suo seno, non noi avessimo trovato LEI, ma ella avesse trovato NOI.

Felici quelli che ànno potuto conseguire sì nobile propòsto! - Ma certo se questo propòsto è proprio di poeti, nome di poeta vorrà dire *umano per eccellenza*, e questa parola *umano per eccellenza* è tutto lo scopo della creta-informata-di-pensiero.

[1] «C'è un uomo da compiangere più di colui che sembra farsi ingannare da tutti; e cioè, colui che non si fa ingannare da nessuno!».

Lettore mio, abbiamo lasciato il nostro amico Silvio in quella età che è trànsito da fanciullezza ad adolescenza, età che non à carattere originale, età in cui si cessa d'essere una cosa, e non si è ancora l'altra, - e sopratutto non siamo NOI, ma siamo IMITAZIONE.

Saltiamo questo stadio che non può offerire sì ricca messe d'osservazioni allo psicòlogo, come la originale, la creantesi in-fanzia.

La gemella di Silvio, Rosina, era, angelica beltà, e come dice M. De Latour, « dès son enfance, il avait eu pour elle une de ces vives amitiés qui feraient croire parfois que Dieu n'a mis qu'une seule âme en deux jumeaux »[1]. Un cugino della signora Pellico-Tournier, stabilito a Lione, aveva chiesto in nozze Rosina. La madre e il gemello l'accompagnarono in Francia: la prima, dopo un tempo, fu di ritorno; egli restò, per abbeverarsi al fiume della vita con quella voluttà giovenile che quasi farebbe temere talvolta di restarvi immersi, giacché non è ancora stagione di veder germinare i buoni semi dell'in-fanzia; tengasi pure per fermo che ciò non avviene che dopo una sazietà .che dis-incanta, dopo una ebbrezza che sfuma. Quattro anni s'agitò in questo labirinto che abbiamo percorso tutti, e ne uscì con vittoria; egli stesso lo ricorda con penosa mestizia e con quel dolce regresso con cui l'anima passeggia le cose che più non sono, e lasciano tuttavia vivo desiderio di sé.

Un evento sturbò la corsa ordinaria dei suoi pensieri, delle sue abitudini, de' suoi studi tutti francesi. Nel 1806 comparve in Italia il carme de' *Sepolcri* di Foscolo, e dopo non molto il fratello Luigi lo mandò a Silvio. « Ce poëme fut pour lui le bouclier de Renaud »[2]. Leggendolo si sentì tornare Italiano e poeta. Sì, *tornar poeta*: ei ben sapea d'esserlo prima.

Ridico con le in-imitabili parole di M. De Latour la febbre creatrice che si svegliò in lui in quella lettura, e che m'è stata tante volte dipinta dal vivo accento di Silvio stesso.

« Agité, préoccupé de ce qu'il vient de lire, il essaie de retourner dans le monde, mais ses préoccupations l'y

[1] « Fin dall'infanzia egli ebbe per lei una di quelle ardenti amicizie che fanno credere, talvolta, come Iddio non abbia messo che una sola anima in due gemelli ».

[2] « Questo poema fu per lui lo scudo di Rinaldo ».

suivent. Il semble cercher un accent inconnu sur toutes les lèvres, il croit lire *les Tombeaux* sur le titre de tous les livres. On dirai qui'il vient de s'apercevoir pour la prèmiere fois que notre langue a de la rudesse, que notre ciel n'a pas la puretè transparente des horizons italiens; l'Italie s'empare de toutes ses pensées, envahit tout son âme. On s'ètonne, on lui demande d'où vient cette rêverie inaccoutumée, cette tristesse qu'on ne lui connaît pas; il raconte alors d'une voix émue qu'il y a, de l'autre côté des Alpes, un poéte dont les vers donnent le mal du pays. On veut connaître ce poéte, on lui demande son nom, on le presse d'en traduire quelques vers; alors le jeune homme ouvre le livre magique, et dans une prose vive, ardente, colorée, il improvise la traduction d'un morceau de ce poëme, et fait passer dans l'âme de ceux qui l'écoutent l'enthousiasme qui l'anime » [1].

Da quel momento tutti i suoi studi presero un novo andamento fino al dì che si rimise in cammino per ripatriare, Parmi che ciò avvenisse nel 1810, in cui tutta la sua famiglia era a Milano; il signor Onorato era qual capo di divisione al ministero della guerra, ed il fratello Luigi qual segretario del grande scudiere del regno d'Italia, il marchese Caprara di Bologna. Può dirsi che la piccola sorella Marietta cominciava a conoscerlo allora; - quella sorella che quando ei non fu-più-libero, ritirata da ogni cosa del mondo, si chiuse in un chiostro.

[1] « Agitato, preoccupato da ciò che ha letto, tenta di far ritorno fra la gente, ma le preoccupazioni lo accompagnano. Sembra cercare un accento sconosciuto su tutte le labbra, gli pare di leggere *I Sepolcri* nel titolo di tutti i libri. Si direbbe che s'è accorto per la prima volta che la nostra lingua ha una certa durezza, che il nostro cielo non ha la medesima trasparente purezza degli orizzonti italiani; l'Italia s'impadronisce di tutti i suoi pensieri, ne invade tutta l'anima. La gente si stupisce, gli chiede donde venga codesta insolita astrazione, questa tristezza nuova, in lui; ed egli racconta, allora, con voce commossa, che, di là dalle Alpi, vive un poeta i cui versi suscitano la nostalgia della patria. Si desidera conoscere chi sia questo poeta, gliene domandano il nome, gli sollecitano di tradurne qualche verso; e allora il giovane apre il magico libro e, in una prosa viva, ardente, colorata, improvvisa la traduzione di un brano del poema, e comunica all'anima di coloro che lo ascoltano l'entusiasmo che lo anima ».

Qui ricominciano due sorte di vita per Silvio: qui l'antica religione di famiglia, che abbiamo seguita passo passo nella sua in-fanzia, eccola tutta rediviva: qui la direzione de' suoi studi prenderà un volo affatto novo. Ei divenne professore di lingua francese al collegio degli Orfani militari, il che lo occupava un'ora o due al dì; e la restante giornata poteva darla alle creazioni dell'ingegno. Milano, al tempo del regno napoleonico, era veramente l'Atene italiana, e due uomini, che fecero *bene* e *male*, si dividevano l'impero delle lettere (O' detto nel ragionamento critico sul *Conciliatore* ciò che furono Monti e Foscolo). Silvio dovea conoscerli entrambi; - entrambi lo accolsero bene. Monti, in-volente e sempre in pace; Foscolo, di-forte-volontà e sempre in guerra. L'animo suo sospirava libertà, né s'accorgeva ch'ei rendealo schiavo della terra: era una contraddizione-vivente, ma operante, e l'opera lo conduceva pure alquanto avanti, sebbene di traverso. Bramava il culto de' sepolcri, e nell'istituirlo li demoliva, eliminando ogni causa di solo possibile regresso sulla morte, - l'immortalità. Eresse la vera statua di Nabucco, tutta bella e colossale, ma con piedi d'argilla: il primo ciòttolo che, per soffio dell'aura, fu smosso dalla vetta montanina, cadde abbasso, urtò l'argilla, il colosso si disciolse, e fu polve. Ed Ugo sentiva la sua base d'argilla (ciò lo fa grande); - di là ei pre-giudicava la sua caduta, - di là veniva la guerra interna che in ogni cosa letteraria o cittadina tormentosamente lo rodea, e che più volte da volgari (che non avean occhi per vedere la ricerca generosa a cui aspirava senza aggiungere) il fece condannare nella filosofia e nelle arti, quasi cavaliere di ventura. Come costringe a rispetto la pittura che fa della sua miseria-morale nel *Dìdimo Chièrico*! (Introduzione al *Viaggio sentimentale* di Sterne). E come s'eleva al di sopra di tutte le pretese sommità-italiane del suo tempo! Ed Ugo e quelle sommità erano tutti ulcerati e sopra un letamaio; ma ei solo il Giobbe che lamentava mali che sentiva, e che per ciò solo aver poteano rimedio. Gli altri, sempre ciechi, sempre fascinati, ridèano interminabilmente come gl'Iddii d'Oméro, e mentre le loro accademie erano le stalle della maga Circe, che loro dava forme suine, essi credevansi in Olimpo e belli come Apollo. Un altro grande onore per Foscolo è il rammentare che non fu inghiottito dalla marèa furente, ma si sostenne in mezzo ad essa qual istmo in-crollabile che à guidato a continente ove è sede che onora umanità ed è sua meta finale.

Un romito, un profeta che avea la scienza di-Dio, come Henoc ed Elìa, s'era levato nell'àere, lasciando sotto a' suoi piedi la corruttela italiana, ed era quasi voce della Provvidenza che consiglia, avvisa, non violenta il nostro libero arbitrio: *cum summa reverentia disponit nos*!!!

Era la voce d'Ippòlito Pindemonte che diceva a Foscolo: « Erri, ma sei meglio di lor che correggi; sarai trànsito ad altra via. Io son fuori della corsa, perché non è veìcolo da me ad essi, come lo è da essi a te ».

Ben si deduce ora *a' posteriori* che Pindemonte fu *precessore* di Pellico; ma non si videro (o quasi non si videro), e vissero lungi l'uno dall'altro, come un altro *precessore* dal suo divino *precesso*. Altra facile deduzione sarà che Pellico, nel bivio in che era diviso in Italia l'impero delle lettere, non avrà preso il cammino che guidava alle sghignazzanti in-pensanti accademie di Circe, ma il sentiero aspro, deserto, in-fortunato di quel Giobbe, le cui grida, echeggiando fino a Lione, gli aveano già tocchi i precordi sin di colà. Furono amici; doveano esserlo: prima di lui lo era stato il fratello Luigi, e quell'altro altissimo ingegno (e mio con-romagnolo) che ancora geme sullo Spielberg.

Qui non posso ripetere le belle parole di M. De Latour per descrivere l'ansia religiosa ch'egli stesso (e noi tutti!) abbiamo provato accostandoci alla soglia della casa d'un grand'uomo. Quella descrizione è drammatica, è vera, - ma Silvio *sapeva* chi era Monti: *sapeva* anche chi era Foscolo. Credo che se si fosse trasportato a Verona, avrebbe toccata la mano d'Ippòlito come si toccano le cose sante: credo che egual frèmito lo avrebbe colpito vedendo la prima volta Lodovico di Breme, se questi avesse avuto una fama che fosse salita fino all'altezza del suo merito. Ma l'indovinarsi, lo scrutarsi fu una scoperta per entrambi: da essa (certo) nacque reciproco rispetto, ma rispetto quale germina da amore di fratelli, - e lo sostiene e lo rinforza.

Nondimeno Monti, che era cortese, stimolò Silvio a visitarlo: ei lo fece, e trovò offerte straordinarie, in-riservate. Gli svelò còm'ei lavorava, e gli pose in mano un gran zibaldone, immenso guarda-roba delle spoglie letterarie del passato, come dice M. De Latour: « Babel de la poèsie, où venaient se confondre toutes les langues et tout les temps, vaste dictionnaire de la pensée poétique, où chaque idée se classait à son rang et à sa page: avait sa traduction pour tous les genres, sa métaphore pour tous les goûts. Dans ce livre, Monti puisait chaque jour, non pas seulement l'inspiration originale, qui peut naître aussi de la contemplation des modèles, mais cette perfection de détails à la quelle on arrive par la fusion laborieuse des mots et des images. Monti croyait peut être imiter le sculpteur antique qui, pour créer sa Vénus, empruntait une grâce à chacune des jeunes filles d'Athénes; mais il oubliait que les arts du dessin, qui se rattachent toujours plus on moins au monde réel par la matière qui les enveloppe et les limite, exigent, dans la reproduction visible de la pensée qui les anime, une rigueur d'exactitude qui ne peut se passer du modèle. Autre chose est de la poésie; ici la pensée crèe, pour ainsi dire, la parole, sa forme extèrieure, et se fait une langue à son image. Silvio demeura confondu devant cette recette du talent »[1], ovvero compilazione, se si vuole, *des feuilles de la sibylle poétique*[2]. Frequentò Foscolo, ma non per ciò nelle diverse lotte deplorabili che furono tra Monti e lui, si trovò mai che Silvio parteggiasse o

[1] « Babele poetica, in cui si mescolavano tutte le lingue e tutti i tempi, vasto dizionario del pensiero poetico, ove ciascuna idea era classificata alla riga e alla pagina che le competevano; e c'era una traduzione per ogni genere, una metafora per ogni gusto. A codesto libro Monti attingeva tutti i giorni non solamente l'ispirazione originale, che può nascere anche dalla contemplazione dei modelli, ma quella perfezione dei particolari a cui si perviene grazie alla laboriosa fusione dei vocaboli e delle immagini. Forse Monti credeva di imitare l'antico scultore che, per creare la sua Venere, traeva una grazia da ciascuna fanciulla d'Atene; ma dimenticava che le arti figurative, sempre collegandosi, più o meno, al mondo reale a causa della materia che le riveste e le limita, esigono - nella riproduzione plastica del pensiero che le anima - un rigore d'esattezza che non può fare a meno del modello. Altro è, invece, della poesia: qui, per così dire, il pensiero crea la parola, la sua forma esteriore, e si foggia una lingua a propria immagine. Silvio restò sgomento dinanzi a codesta regolamentazione del talento ».

[2] « dei fogli della sibilla poetica ».

35

con questi o con quegli avversari che le teneano vive. Ei dava ragione e torto arditamente a chi si competea, ma questa rigidezza (ed era inflessibile!) finiva là; perocché, dopo essa, ei non avea più che parole ed atti di conciliazione.

Un dì Monti sedeva al caffè Verri. - (Nominazione non in-degna in queste carte, dacché un periodo di nostra storia letteraria prende nome da esso, e dacché s'accorda co' nostri costumi meridionali, che fanno de' caffèhaus una certa specie di borsa universale, ove s'innalza e s'abbassa non solo il credito politico, ma anche il letterario ed ultra. Né sarebbe sproporzionato il chiamarli, con similitudine più alta, camere delle rappresentanze nazionali o municipali, in uso presso i popoli d'Italia, *assolutamente-governati*). - Silvio era pure allo stesso caffè Verri, e ferveano allora più-che-mai gare ostili tra' montisti e foscoliani: Monti entrò nell'argomento con Pellico, ch'ei stimava meritamente uomo giusto: « Ebbene », (gli disse), « mi negherete che Ugo mi nimica e mi vilipende? L'ingrato! e chi lo à fatto salire in onoranza, se non io? I *Sepolcri* sarebbero rimasti ignorati s'io non li proclamava sublimi: e una sola parola ch'io pronunciassi, li tornerei nel fango onde li ò tratti ». - Silvio rispose: « Adagio, Monti mio. I *Sepolcri* salirono in grande stima per voi; ciò è vero, e ciò onora il vostro criterio, il quale, allorché segue gl'impulsi del core, vi conduce sempre a nobilissimi atti. Ma voi tornereste i *Sepolcri* nel fango, se parlaste? Voi nol pensate, e il vostro criterio vi tradisce qui, come spesso. Né potreste, volendo, distruggere l'opera vostra; perché quelli a cui avete aperto gli occhi, ora anch'essi, la mercè vostra, veggono la luce, e giudicano i colori quanto voi. Prima che gli aveste scecati, potevate far-loro-udire il suono della tromba, e poscia giurare: - *Sappiate che questo è il color rosso*, - ma ciò non è più eseguibile. Quanto al dire ch'ei vi nimica e vilipende, io so il contrario; io so che nimica e vilipende chi nimica e vilipende voi; e so che qui, in questo caffè-Verri, nel loco ove sedete, Ugo à dato uno schiaffo a chi, per adular lui, parlò in-rispettosamente di voi ».

Monti si batté la palma sulla fronte, gridando: « Ed io avea potuto dimenticarlo! ». Partì commosso e confessante che una razza bassa e maligna si frapponeva

36

ad essi, la quale non potea sperare altra esistenza letteraria che pascendosi de' briccioli che cadevano dalle loro mense, le quali, se fossero state unite, non avrebbero avuto bisogno d'alimentare quel satellizio.

Intanto Silvio lavorava, e lavorava da sé, perché tra l'altre pesti che pur regnavano allora in Italia, era anche questa: se alcuno senza-nome facea vedere ad artista-di-nome le sue produzioni, dovea necessariamente essere cosa dettata, rimpastata, rifatta da quest'ultimo. Guai a quelli che aveano più successo! tanto meno erano giudicati esserne gli autori. Né ciò era falso. I satelliti testé ricordati veramente non viveano che così - ma chi non l'era, come sarebbesi guarentito dalla fama d'esserlo? Non restava a' generosi pochi che far da sé.

Così Monti avea detto più volte a Silvio: « Voi sapete l'inglese; venite da me, tradurremo tutto Byron, e la versione porterà i nomi d'entrambi ». A Silvio non parve, per mille delicati riguardi, doversi impegnare in cosa che gli toglieva ogni libertà, e dove la vicenda non era pari. Certo all'uno sarebbe. stata riservata quasi esclusivamente la pena; - all'altro, anche più esclusivamente, il merito. Monti si lagnò e di questo rifiuto e di non averlo mai consultato prima di pubblicare *Francesca* ed *Eufemio*; e Silvio lealmente gliene espose le convincenti ragioni.

Ma quali erano i lavori di Silvio? una tragedia di soggetto greco, *Laodicéa*. Indi (1810-12), essendo comparsa sur un piccolo teatro di Milano (Santa Radegonda, - che ora non è più) una fanciulla, Carlotta Marchionni, di circa dodici, quattordici anni, che poi divenne la prima itala attrice in commedia e tragedia, Silvio fu tentato di disegnare, sotto l'inspirazione che gli destava quella pallida e sentita fisonomia, l'amore di Francesca e di Paolo, che dal turbinoso girone dell'*Inferno* di Dante viene a visitare melancolicamente gli anni primi di ogni giovane-letterato-italiano. Silvio scrisse, e diede a leggere ad Ugo. Il dì appresso rispose: « Odimi, getta al foco la tua *Francesca*. Non revochiamo d'inferno i dannati danteschi; farebbero paura a' vivi. - Getta al foco, e portami altro ». Silvio portò *Laodicéa*: « Ah questa è buona! », disse Foscolo. « Va avanti così ».

Silvio, per quella gran legge estetica che fa cosciente ogni artista del bello ch'ei produce (quantunque talora, per pre-giudizi di scuola o altro, non si accetti anche da' più esercitati), serbò *Francesca* e bruciò (o soppresse ad ogni modo) *Laodicéa*.

Qualche anno dopo Carlotta ricomparve a Milano, adulta e già salutata come massima nell'arte sua. Era al teatro Re; Silvio Pellico e Lodovico Breme la conobbero, e l'abbandonata *Francesca*, che giaceva polverosa nel forziere dell'autore, fu tratta in luce, rappresentata da Carlotta, ripetuta a Napoli, a Firenze, su tutti i teatri d'Italia, - e sempre con esito crescente.

Il governo napoleonico era caduto. La famiglia di Silvio era tornata a Torino, ove il signor Onorato era stato chiamato a dirigere una delle sezioni del ministero della guerra. Il solo Silvio rimase a Milano, ospitato con ogni riguardo di stima e d'amore in casa del conte Briche, ove imprese ad educare un giovinetto di care speranze, per nome Odoardo, ch'egli amò qual figlio. Poscia passò in casa Porro, per formare il core e l'intelligenza de' suoi due fanciulli Mimino e Giulio. Un dì Odoardo venne a vederlo: era mesto; e più che mesto, era cupo. Gli chiese un libro, e parea che avesse altra cosa a dirgli: Silvio avea gente, da cui non poté liberarsi, e rispose ad Odoardo: «Va in biblioteca e prendilo: vuoi altro?». Odoardo replicò: «No». Parte, va ad una casa di campagna di suo padre in Loreto (che è subito fuori di Milano), fa sembiante di voler cacciare, chiede un fucile, e s'uccide. Silvio ed il padre, accorsi il dì appresso, lo trovarono immerso nel suo sangue! Odoardo fu bello come un angiolo. Questo evento va segnato tra que' solenni che più funestarono la vita di Silvio.

(1815-16) Lodovico Breme avea pensato di far eseguire sulle scene un suo dramma, se non erro, *Ida*; e ne fu affidata la cura a Carlotta Marchionni, la quale allora era a Mantova. Lodovico si trasferì colà e Silvio lo accompagnò. Erano rinchiusi nella fortezza di Mantova il celebre medico Rasori, il colonnello Gasparinetti, e gli altri del processo Ghislieri (1815), di cui ò parlato nelle *Addizioni alle Mie Prigioni*. Silvio, nella captività del Rasori, avea servito di padre e di maestro alla figlia di lui, ed ora ch'egli era a Mantova chiedeva instantemente di penetrare in fortezza e vederlo. Il conte Giovanni Arrivabene s'adoprò a quest'uopo quanto più poté e fu concluso che Silvio stesso avrebbe veduto il rigidissimo, ma onesto generale che comandava la piazza. Questo buon Tedesco gli disse:

— Che vuol ella da Rasori?

— Un consulto medico.

— E che male à?

— Mal di petto.

— Mal di petto! mal di petto!

E mentre così diceva apponea veramente la palma della mano sul petto di Silvio, aggiungendo:

— Il mal di petto è l'amicizia! è l'amicizia!

E la sua voce tremava a queste ultime parole, come voce d'uomo sommamente commosso. Ora il buon vecchio è morto! Iddio l'onori-più, dacché permise che l'amico desse conforto all'amico, e ne ricevesse! Silvio entrò in fortezza, vide, parlò, né certo gli volse mai per l'animo allora, che un dì ei pure sarebbe recluso, - ma ben più severamente! - e che niuno degli antichi amici avrebbe o per grazia o per destrezza potuto varcare la soglia in-esorabile dello Spielberg[1]! Nondimeno s'ei trovò Schiller umano, s'ei vide una lacrima negli occhi di chi facea soffrire (quasi protestatrice contro la durezza dell'ufficio-eseguito), queste consolazioni (oh veramente divine consolazioni!) non erano un rimerito a chi nella pienezza delle creazioni della vita avea pensato a chi stava sepolto nel dolore?

Tornò a Milano, e visse dappoi sempre in casa Porro, ov'era il raduno di quanti nel paese erano più distinti scienziati ed artisti, e di quanti più distinti viaggiatori traversavano la Penisola. Là vide e parlò alla Staël e allo Schlegel, che furono quasi veicolo presso noi tra i capi della letteratura germanica e quelli della italica. Là vide lord Byron ed Hobhouse, che furono altrettanto tra la letteratura inglese e la nostra. Là Davis, Brougham, Thorwaldsen, e cento e cento. Così può dirsi che Dante e Shakespeare, Petrarca e Schiller, la poesia e la scienza, l'artista e il cittadino, venivano a darsi la mano in questo tempio d'Insùbria, ove Silvio era sacerdote.

Silvio avea tradotto il *Manfred* di Byron; Byron, di-

---

[1] Per una ben crudele *parodìa* il nome di questa infausta rocca suona in nostra favella *monte da-giuoco*. Così, per antifrasi, chiamarono i Greci *Caronte* lo sgarbato battelliere di Stige, ed *Eumenidi* le Furie. Ognun sa che cosa dicàno questi due nomi. (*Nota di P. Maroncelli*).

mandato il manoscritto della *Francesca* (che solamente si recitava, e non era ancora stampata), lo ebbe, e di là a due giorni, restituendolo, disse: « Non vi spiaccia, se l'ò tradotta ». Tradusse in versi: « Voi pure avreste dovuto tradurre il *Manfred* in versi ». Ma Silvio s'oppose, credendo che (almeno in lingua come la nostra) non si possa far ciò senza tanto aggiungere e tanto levare all'autore originale, da non restare più quello. Lodovico Breme fece poi nel 1819 una edizione in cui unì la *Francesca* di Silvio e la su-accennata traduzione del *Manfred* di Byron.

L'anno dopo (1820), Pellico volea pubblicare un'altra tragedia, *Eufemio da Messina*, per la quale trovò molti ostacoli a superare presso la Censura; e mentre ciò si dibatteva in Milano, i fanciulli Porro, che l'aveano trascritta, la davano al padre, di nascosto del maestro, affinché la facesse stampare in altro Stato. E così fu: ma infine se ne permise la stampa anche a Milano, a condizione che non sarebbe rappresentata.

Tramezzo a queste due pubblicazioni Silvio dette mano a un'altra grande impresa, che sino a' nostri giorni, per la servitù in che Italia è caduta-ognor più, non à trovato un critico che abbia osato meritamente apprezzarla. Questa impresa è il giornale che ebbe titolo di *Conciliatore*. Ma per formare un giusto criterio sull'entità sua, il meno che occorra è leggere il giornale istesso; bisogna penetrare ciò che fu la società che lo componeva. Tutti i soci univansi tre volte la settimana in casa Porro, - secretario Silvio d'una impresa che principalmente avea avuto nascita per suggerimento ed impulso suo. Ora essi sapeano a un dipresso ciò che il Governo avrebbe loro permesso o no, salve altre restrizioni ad aggiugnere in atto pratico; quindi, altra era l'opera del *Conciliatore* nel giornale; altra fuori del giornale; altra l'opera scritta; altra l'opera parlata. La società del *Conciliatore* educò o preparò almeno una nova generazione d'autori, e questa educazione o preparazione non fu scritta, - la creava il circolo: laonde non può trasmettersi intera che da chi vissevi frammezzo, ed è la più importante e caratteristica, perché la meno inceppata. Un'altra parte era scritta fuori del giornale, in due libri d'Hermes Visconti, il primo del romanticismo, il secondo dello stile; in uno di Berchet, nelle veglie con lo zio canonico; in

40

un altro di Manzoni, sulla poetica del dramma, capo-lavoro che non à pari.

Inoltre, quantunque i conciliatoristi presumessero sapere ciò che dal Governo sarebbe loro permesso, - oh come spesso s'ingannavano a partito! Basti dire che ad un impiegato del tribunal d'Appello fu imposto dal presidente di cessar di scrivere in quel giornale, sotto pena di deporlo dall'uffizio suo. Un altro egregio fu chiamato più volte alla Polizia, e gli fu detto dal signor Villata che, se negli articoli ch'ei presentava alla sua censura (i quali erano sempre fedelmente o rifiutati o mutilati), non cambiava tenore, la Polizia lo avrebbe invitato ad abbandonare Lombardia. E l'autore-incriminato rispondea: « Qual reità dunque è la mia? V'à una Polizia che è iniziata alla scienza del Governo; ella sola ed i suoi revisori conoscono i limiti non oltre-passabili; noi profani presentiamo a voi, come nostri tutori, ciò che ciecamente ci esce della penna, la quale non può avvelenare alcuno, perché voi, cerusici morali, amputate senza misericordia ogni cosa che vi paia infetta. Voi siete il purgatorio de' nostri articoli; e quando escono di qua, sono come angioli di Paradiso: il saper ciò mi confida quando io scrivo, invece di scervellarmi a farneticare ciò che torrete o lascerete, sviscero, come so, il mio soggetto, sicuro che se qualche cosa vi spiace, bontà non vi manca per farla sparire ».

Malgrado questa ragionevole protesta, si replicarono le minacce più volte, e si scarnificò tanto-tanto, che gli autori per disperazione, non avendo più con che riempire i loro numeri, si dimisero. Altra prova che il *Conciliatore* non compariva agli occhi del pubblico siccom'era pensato nel gabinetto; e che non bisogna inquirerne lo spirito nella parte palese-e-stampata, ma nella parte tradizionale. Insomma chi lo *stendea* faceva un giornale politico-letterario; chi lo *rivedea*, cancellava tutta la prima parte, e mutilava assai la seconda. Del resto, ciò che fosse la duplice professione di fede di questo giornale io l'ò detto con qualche sviluppo nel ragionamento critico che ò inserito nelle mie *Addizioni*. Ivi tocco anche di *Francesca* e d'*Eufemio*, ma solo fuggevolmente perché il teatro di Silvio esige un esame tutto particolare, esame che, congiunto a quello dell'altra sua poesia sì epica che lirica, sì edita che in-edita, può solo far conoscere tutto l'autore.

Nel teatro e nelle altre opere, ne' detti e negli atti, Silvio è sempre dominato da questi sentimenti, - amore di famiglia, - amore di patria, - amore d'umanità. Come nacquero in lui lo vedemmo investigando ad uno ad uno i semi dell'in-fanzia, i quali abbiamo detto che un giorno avrebbero fruttificato: nacquero tra' vagìti-e-giuochi da fanciullo, - divennero religione della sua vita privata-e-pubblica. Queste diverse carità gli vengono da una sola, che è più alta di tutte, e tutte di novo si riconducono a quella sola. Queste carità, in-*possenti*, ecco la smania del captivo allo Spielberg; queste carità, possenti, ecco la grande inspirazione del poeta libero.

Ritemprare il carattere nazionale negli alti cardini metafisici ed estetici, è mezzo che a parere del defunto Breme, - di Silvio, erede del suo alto core e del suo alto ingegno, - dell'autore del *Cormentalismo*, ed altro che non oso proferire, non solo è buono, - è in-dispensabile. Ci sta nel capo che Italia sarà schiava finché sarà ignorante e sol-ipsa, e che sarà ignorante e sol-ipsa finché la sua filosofia sarà materiale: questi destini che profeto a Italia, li profeto al mondo. Ogni altra via è di violenza, e non dura: violenza, sia pure nelle mani de' buoni, per impiantare il bene, non dura; sia nelle mani de' cattivi, per *fine opposto*, non dura. Come potrassi mai imporre un'altra forma di governo all'Austria (per esempio), s'ella non sente che le manchi esercizio d'alcun diritto, se non è offesa nella sua dignità, se la mansuetudine d'un pastore che la guida ogni giorno a pascere, poi a sera la riconduce nel pecorìle, è da lei benedetta qual sollecitudine paterna? Tutto dipende dal diàpason a cui si con-corda. Finché non cangiate il diàpason, finché non formate un'altra *opinione*, se in Austria vorrete altro che ciò che è, sarà delirio (delirio, come Silvio lo à detto, - stando le cose come stanno, - d'un altro popolo e d'un'altra età), sarà violenza, e non durerà.

Ma la nobile tribuna da cui potea predicarsi il cangiamento d'*opinione* si chiuse:

« Ce fut un jour bien cruel pour cette brillante école de Milan, que celui où, condamnée à se dissoudre, elle vît chacun de ses membres retourner tristement à ses solitaires études. Au milieu de ce monde tout littéraire qu'elle s'était creé, elle avait pu se regarder un moment comme une jeune et libre Italie, à côté de l'autre vieillissante et conquise.

« Les citoyens de cette patrie imaginaire n'eurent pas long-temps à s'entretenir de tant d'espérances évanouies. Le contre-coup de la révolution de Naples avait ébranlé la Lombardie; des arrestations eurent lieu. Les proclamations de l'Autriche contre les associations secrétes n'étaient pas un avertissement pour ceux qui faisaient partie de ces sociétés, mais une menace, dont l'effet ne se fit pas attendre; de nouvelles arrestations furent faites, et cette fois encore, dans les rangs du *Conciliateur* »[1].

Oh come morì a tempo Lodovico Breme! quanti dolori gli erano riservati! Silvio s'era trasportato a Torino per assistere il moribondo amico: vi si trattenne circa un mese, e Lodovico ebbe alcuni dì di miglioramento. In uno di questi, che parea dover essere meno fittizio, anzi offerire qualche stabilità, Silvio tornò a Milano: di lì a poco, - il giorno 15 agosto, - Lodovico non era più! Il 2 settembre Silvio partì di Pavia sul vascello a vapore, e andò a Venezia: l'occasione di questo viaggio è narrata nelle *Addizioni*. Ritorna in Milano, va a casa mia, gli dicono: « Piero è arrestato ». Egli avea promesso al conte Porro di curare alcune sue bisogne di famiglia alla campagna di Balbianino, sul lago di Como: vi si rende tranquillamente, tranquillamente ritorna in Milano, alcuno gli dice all'orecchio: « La Polizia vi cerca ». Rispose: « Sa dove sto; vo ad aspettarla »; andò, e n'era aspettato. Furono prese carte, poemi, tragedie, romanzi, corrispondenze, con preghiera di seguire i perquisitori a Santa Mar-

[1] « Fu un giorno assai triste, per codesta brillante scuola milanese, quello in cui, condannata a sciogliersi, essa vide ciascuno dei suoi membri tornar con malinconia ai propri studi solitari. In mezzo a quell'ambiente affatto letterario che s'era creato, essa aveva per un istante potuto credersi una giovane e libera Italia a fianco dell'altra declinante e conquistata.

« I cittadini di quella patria immaginaria non poterono a lungo intrattenersi su tante speranze svanite. Il contraccolpo della rivoluzione napoletana aveva scosso la Lombardia; si ebbero degli arresti. I proclami dell'Austria contro le associazioni segrete non furono solo un avvertimento per coloro che ne facevano parte, ma una minaccia il cui effetto non si fece attendere; nuovi arresti si produssero, e questa volta anche nelle file del *Conciliatore* ».

gherita; ei vi andò di piè libero, - non ne uscì più. Volgeva il giorno 13 ottobre 1820.

« Mais avant de le frapper, et comme pour l'aider à supporter son infortune, la Providence lui gardait un ami. Il y avait alors dans l'établissement typographique de Nicolò Bettoni un jeune homme de Forlì, né avec la double inspiration de la poésie et de la musique: c'était Piero Maroncelli. J'avoue que je ne puis me défendre d'une vive émotion, en écrivant ici pour la première fois le nom de celui qui a tant souffert à côte de Silvio Pellico; c'est à lui que je dois la plupart des faits que je raconte dans cette notice. Il était arrivè à la fin de son pathétique récit, sans m'avoir dit un mot de lui-même, sans m'avoir appris où et comment était née cette fraternité de leurs âmes, si religieusement continuée dans les tortures de la prison; et lorsque je le lui fis remarquer, il y eut dans ses yeux étonnés quelque chose qui semblait me dire avec une douceur infinie, qu'en me parlant de son ami il croyait avoir tout dit sur lui même.

« Il se rencontrêrent, pour la première fois, chez cette célèbre Marchionni, au nom de laquelle se rattache la première gloire poètique de Silvio. Une vive discussion sur un système de musique les rapprocha l'un de l'autre, et leur amitié commença presque par une querelle, mais une de ces nobles querelles d'art où deux âmes se laissent voir jusqu'au fond. Lorsque Piero Maroncelli se leva pour sortir, Silvio le suivit; ils cheminèrent quelque temps ensemble, et avant de se quitter ils s'étaient déjà promis une inaltérable amitié. Il semblait que, pressentant leur commune disgrâce, ils éprouvassent le besoin de s'assurer l'un de l'autre pour les mauvais jours qui allaient suivre: ils se hâtaient de s'aimer, afin de se trouver prêts à souffrir ensemble quand l'heure serait venue.

« Piero Maroncelli fut arrêté le 7 octobre, six jours avant son ami »[1].

A questo punto comincia il libro di Silvio; cedo a lui la narrazione

PIERO MARONCELLI

[1] « Ma prima di colpirlo, e come per aiutarlo a sopportare la sua disgrazia, la Provvidenza gli riservava un amico. C'era, in quel tempo, nello stabilimento tipografico di Nicolò Bettoni un

44

giovane di Forlì nato con la doppia ispirazione della poesia e della musica: Piero Maroncelli. Confesso di non poter dominare una profonda emozione, scrivendo qui per la prima volta il nome di colui che ha tanto sofferto al fianco di Silvio Pellico; è a lui che debbo la maggior parte dei fatti che racconto nella presente notizia. Egli era giunto alla fine del suo commovente racconto senza avermi detto una sola parola intorno a se stesso, senza avermi riferito né dove né come era nata quella ardente fraternità delle loro anime, così religiosamente protrattasi fra le torture della prigionia; e allorché glielo feci osservare, nei suoi occhi stupiti balenò qualcosa che sembrava dirmi con infinita dolcezza che, parlandomi del suo amico, egli riteneva avermi detto ogni cosa anche su se stesso.

« Essi s'incontrarono la prima volta a casa di quella celebre Marchionni, al nome della quale si collega la prima gloria poetica di Silvio. Un'animata discussione su un sistema musicale li avvicinò l'uno all'altro, e la loro amicizia cominciò quasi con' una disputa, ma una di quelle nobili dispute in materia d'arte, in cui due anime si lasciano scrutare sino in fondo. Quando Piero Maroncelli si alzò per uscire, Silvio lo seguì; essi procedettero un po' di tempo assieme, e prima di lasciarsi s'erano già promessa un'inalterabile amicizia. Sembrava che, presentendo la comune disgrazia, essi sentissero il bisogno di assicurarsi ciascuno dell'altro, in vista dei brutti giorni che avrebbero seguito: si affrettavano a volersi bene, al fine di trovarsi pronti a soffrire insieme quando l'ora sarebbe venuta.

« Piero Maroncelli fu arrestato il 7 ottobre, sei giorni prima del suo amico ».

SILVIO PELLICO

LE MIE PRIGIONI

Homo natus de muliere, brevi vivens
tempore, repletur multis miseriis[1].

IOB.

[1] « L'uomo, nato di donna, è di breve età e pieno di trava-
gli ». *Giobbe*, XIV, 1. (Vedi anche alla pagina 366).

Ho io scritto queste *Memorie* per vanità di parlar di me? Bramo che ciò non sia, e per quanto uno possa di sé giudice costituirsi, parmi d'avere avuto alcune mire migliori: - quella di contribuire a confortare qualche infelice coll'esponimento de' mali che patii e delle consolazioni ch'esperimentai essere conseguibili nelle somme sventure; - quella di attestare che in mezzo a' miei lunghi tormenti non trovai pur l'umanità così iniqua, così indegna d'indulgenza, così scarsa d'egregie anime, come suol venire rappresentata; - quella d'invitare i cuori nobili ad amare assai, a non odiare alcun mortale, ad odiar solo irreconciliabilmente le basse finzioni, la pusillanimità, la perfidia, ogni morale degradamento; - quella di ridire una verità già notissima, ma spesso dimenticata: la *Religione* e la *Filosofia*, comandare l'una e l'altra energico volere e giudizio pacato, e senza queste unite condizioni non esservi né giustizia, né dignità, né principii securi.

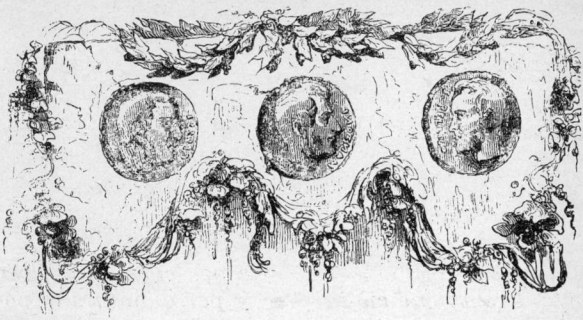

CAPO PRIMO

IL VENERDI' 13 ottobre 1820 fui arrestato a Milano[1],
e condotto a Santa Margherita[2]. Erano le tre pomeridiane. Mi si fece un lungo interrogatorio per tutto quel
giorno e per altri ancora. Ma di ciò non dirò nulla[3]. Si-

[1] Il Pellico fu arrestato verso le ore tre pomeridiane in casa
del conte Porro, di cui era segretario, mentre tornava da Como, dove si era recato, così egli disse, « per ordine del conte
stesso, per alcuni affari suoi del filatoio di Lenno ». Ma ben
diversa era stata la causa della sua andata a Como. Reduce
dal viaggio a Venezia l'8 ottobre, il Pellico aveva saputo che
il Maroncelli, in seguito alla lettera diretta al fratello Francesco, era stato arrestato. « Il cenno », dice Luzio nel *Processo
Pellico-Maroncelli,* « lo allarmò grandemente, ma non tanto
per sé quanto per il Bonelli, che sapeva aggregato alla sètta
(*carbonaresca*) nel viaggio a Lezzeno; e, consultatosi col conte
Porro, decise di ripartire immediatamente per il Comasco, per
avvertire l'amico. Voleva cioè esortarlo a distruggere il biglietto con cui gli aveva presentato Maroncelli e quant'altro
potesse comprometterlo: ma Bonelli era assente, e il viaggio
di Pellico riuscì inutile ».
[2] Le carceri di Santa Margherita erano situate in un antico
convento di Benedettine, che sorgeva appunto fra la via detta
tuttora di Santa Margherita e le attuali vie Pellico e Grossi.
[3] In realtà Pellico, nella prima stesura delle sue memorie,
aveva scritto che avrebbe parlato *in tempi migliori,* ma la va-
riante fu introdotta in seguito alle rimostranze della censura
piemontese.

mile ad un amante maltrattato dalla sua bella e dignitosamente risoluto di tenerle broncio, lascio la politica
ov'ella sta, e parlo d'altro.

Alle nove della sera di quel povero venerdì, l'attuario[1] mi consegnò al custode, e questi, condottomi nella
stanza a me destinata, si fece da me rimettere con gentile invito, per restituirmeli a tempo debito, orologio, danaro e ogni altra cosa ch'io avessi in tasca, e m'augurò
rispettosamente la buona notte.

— Fermatevi, caro voi, — gli dissi; — oggi non ho
pranzato; fatemi portare qualche cosa.

— Subito: la locanda è qui vicina; e sentirà, signore,
che buon vino!

— Vino, non ne bevo.

A questa risposta, il signor Angiolino[2] mi guardò spaventato, e sperando ch'io scherzassi. I custodi di carcere che tengono bettola inorridiscono d'un prigioniero
astemio.

— Non ne bevo, davvero.

[1] L'attuario, cioè l'ufficiale di polizia, tale Gaudenzio Cardani.
[2] Angelo Caldi.

50

— M'incresce per lei; patirà al doppio la solitudine...
E vedendo ch'io non mutava proposito, uscì; ed in meno di mezz'ora ebbi il pranzo. Mangiai pochi bocconi, tracannai un bicchier d'acqua, e fui lasciato solo.

La stanza era a pian terreno e metteva sul cortile. Carceri di qua, carceri di là, carceri di sopra, carceri di rimpetto. M'appoggiai alla finestra e stetti qualche tempo ad ascoltare l'andare e venire de' carcerieri, ed il frenetico canto di parecchi de' rinchiusi.

Pensava: « Un secolo fa, questo era un monastero: avrebbero mai le sante e penitenti vergini che lo abitavano, immaginato che le loro celle suonerebbero oggi, non più di femminei gemiti e d'inni divoti, ma di bestemmie e di canzoni inverecónde, e che conterrebbero uomini d'ogni fatta, e per lo più destinati agli ergastoli o alle forche? E fra un secolo, chi respirerà in queste celle? Oh fugacità del tempo! oh mobilità perpetua delle cose! Può chi vi considera affliggersi, se fortuna cessò di sorridergli, se vien sepolto in prigione, se gli si minaccia il patibolo? Jeri, io era uno de' più felici mortali del mondo: oggi non ho più alcuna delle dolcezze che confortavano la mia vita; non più libertà, non più consorzio d'amici, non più speranze! No; il lusingarsi sarebbe follìa. Di qui non uscirò se non per essere gettato ne' più orribili covili, o consegnato al carnefice! Ebbene, il giorno dopo la mia morte, sarà come s'io fossi spirato in un palazzo, e portato alla sepoltura co' più grandi onori ».

Così il riflettere alla fugacità del tempo mi invigoriva l'animo. Ma mi risorsero alla mente il padre, la madre, due fratelli, due sorelle, un'altra famiglia ch'io amava quasi fosse la mia[1]; ed i ragionamenti filosofici nulla più valsero. M'intenerii, e piansi come un fanciullo.

---

[1] La famiglia del conte Porro, alla quale il Pellico era legato da sincero affetto.

CAPO SECONDO

Tre mesi prima[1] io era andato a Torino ed avea riveduto dopo parecchi anni di separazione[2] i miei cari genitori, uno de' fratelli[3] e le due sorelle. Tutta la nostra famiglia s'era sempre tanto amata! Niun figliolo era stato più di me colmato di benefizi dal padre e dalla madre! Oh come al rivedere i venerati vecchi io m'era commosso, trovandoli notabilmente più aggravati dall'età che non m'immaginava! Quanto avrei allora voluto non abbandonarli più, consacrarmi a sollevare colle mie cure la loro vecchiaia! Quanto mi dolse, ne' brevi giorni che io stetti a Torino, di aver parecchi doveri che mi portavano fuori del tetto paterno, e di dare così poca parte del mio tempo agli amati congiunti! La povera madre diceva con melanconica amarezza: « Ah! il nostro Silvio non è venuto a Torino per veder noi! ». Il mattino che ripartii per Milano, la separazione fu dolorosissima. Il padre entrò in carrozza con me, e m'accompagnò per un miglio; poi tornò indietro soletto. Io mi voltava a guardarlo, e piangeva, e baciava un anello che la madre mi avea dato, e mai non mi sentii così angosciato di allontanarmi da' parenti. Non credulo a' presentimenti, io stupiva di non poter vincere il mio dolore, ed era sforzato a dire con ispavento: « D'onde questa mia straordinaria inquietudine? ». Pareami pur di prevedere qualche grande sventura.

Ora, nel carcere, mi risovvenivano quello spavento, quell'angoscia; mi risovvenivano tutte le parole udite, tre mesi innanzi, da' genitori. Quel lamento della madre: « Ah! il nostro Silvio non è venuto a Torino per veder noi! », mi ripiombava sul cuore. Io mi rimproverava di non essermi mostrato loro mille volte più tenero. « Li

[1] Più precisamente quattro mesi prima, forse per ragioni politiche e per chiedere ai genitori il permesso di sposare la Teresa Bartolozzi, la Gegia della Compagnia Marchionni, per la quale Silvio spasimava: ma i genitori del Pellico inorridirono ch'ei pensasse di sposare un'attrice.

[2] Nel 1814, alla caduta del Regno d'Italia, i genitori di Silvio avevano lasciato Milano per far ritorno a Torino.

[3] Solo uno dei due, Francesco, perché Luigi era impiegato a Genova.

La separazione fu dolorosissima (cap. II)

amo cotanto, e ciò dissi loro così debolmente! Non dovea mai più vederli e mi saziai così poco de' loro cari volti! e fui così avaro delle testimonianze dell'amor mio! ». Questi pensieri mi straziavano l'anima.

Chiusi la finestra, passeggiai un'ora, credendo di non aver requie tutta la notte. Mi posi a letto, e la stanchezza m'addormentò.

CAPO TERZO

Lo svegliarsi la prima notte in carcere è cosa orrenda! « Possibile! », dissi ricordandomi dove io fossi, « possibile! Io qui? E non è ora un sogno il mio? Jeri dunque m'arrestarono? Jeri mi fecero quel lungo interrogatorio, che domani, e chi sa fin quando, dovrà continuarsi? Jer sera, avanti di addormentarmi, io piansi tanto, pensando a' miei genitori? ».

Il riposo, il perfetto silenzio, il breve sonno che avea ristorato le mie forze mentali, sembravano aver centuplicato in me la possa del dolore. In quell'assenza totale di distrazioni, l'affanno di tutti i miei cari, ed in particolare del padre e della madre, allorché udrebbero il mio arresto, mi si pingea nella fantasia con una forza incredibile.

« In quest'istante », diceva io, « dormono ancora tranquilli, o vegliano pensando forse con dolcezza a me, non punto presaghi del luogo ov'io sono! Oh felici, se Dio li togliesse dal mondo, avanti che giunga a Torino la notizia della mia sventura! Chi darà loro la forza di sostenere questo colpo? ».

Una voce interna parea rispondermi: « Colui che tutti gli afflitti invocano ed amano e sentono in se stessi! Colui che dava la forza ad una Madre di seguire il Figlio al Golgota e di stare sotto la sua croce! l'amico degli infelici, l'amico dei mortali! ».

Quello fu il primo momento che la religione trionfò del mio cuore; ed all'amor figliale debbo questo benefizio.

Per l'addietro, senza essere avverso alla religione, io poco e male la seguiva[1]. Le volgari obbiezioni, con cui

[1] Allorché, prima di recarsi a Milano, tra il 1806 e il 1809, Silvio visse a Lione, conobbe un frate sfratato, che lo conquise ai principî di scetticismo e d'irreligiosità propalati dal Voltaire.

suole esser combattuta, non mi parvero un gran che, e tuttavia mille sofistici dubbi infievolivano la mia fede. Già da lungo tempo questi dubbi non cadevano più sull'esistenza di Dio, e m'andava ridicendo che se Dio esiste, una conseguenza necessaria della sua giustizia è un'altra vita per l'uomo, che patì in un mondo così ingiusto: quindi la somma ragionevolezza di aspirare ai beni di quella seconda vita: quindi un culto d'amore di Dio e del prossimo, un perpetuo aspirare a nobilitarsi con generosi sacrifizi. Già da lungo tempo m'andava ridicendo tutto ciò, e soggiungeva: « E che altro è il Cristianesimo se non questo perpetuo aspirare a nobilitarsi? ». E mi meravigliava come sì pura, sì filosofica, sì inattaccabile manifestandosi l'essenza del Cristianesimo, fosse venuta un'epoca in cui la filosofia osasse dire: « Farò io d'or innanzi le sue veci ». « Ed in qual modo farai tu le sue veci? Insegnando il vizio? No certo. Insegnando la virtù? Ebbene, sarà amore di Dio e del prossimo; sarà ciò che appunto il Cristianesimo insegna ».

Ad onta ch'io così da parecchi anni sentissi, sfuggiva di conchiudere: sii dunque conseguente! sii cristiano! non ti scandalezzar più degli abusi! non malignar più su qualche punto difficile della dottrina della Chiesa, giacché il punto principale è questo, ed è lucidissimo: ama Dio ed il prossimo.

In prigione deliberai finalmente di stringere tale conclusione, e la strinsi. Esitai alquanto, pensando che se taluno veniva a sapermi più religioso di prima, si crederebbe in dovere di reputarmi bacchettone, ed avvilito dalla disgrazia. Ma sentendo ch'io non era né bacchettone né avvilito, mi compiacqui di non punto curare i possibili biasimi non meritati, e fermai d'essere e di dichiararmi d'or in avanti cristiano.

CAPO QUARTO

Rimasi stabile in questa risoluzione più tardi, ma cominciai a ruminarla e quasi volerla in quella prima notte di cattura. Verso il mattino le mie smanie erano calmate, ed io ne stupiva. Ripensava a' genitori ed agli altri amati, e non disperava più della loro forza d'animo, e la memoria de' virtuosi sentimenti, ch'io aveva altre volte conosciuti in essi, mi consolava.

Perché dianzi cotanta perturbazione in me, immaginando la loro, ed or cotanta fiducia nell'altezza del loro coraggio? Era questo felice cangiamento un prodigio? Era un naturale effetto della mia ravvivata credenza in Dio? E che importa il chiamar prodigj, o no, i reali sublimi benefizi della religione?

A mezzanotte, due *secondini* (così chiamansi i carcerieri dipendenti dal custode) erano venuti a visitarmi, e m'aveano trovato di pessimo umore. All'alba tornarono, e mi trovarono sereno e cordialmente scherzoso.

— Stanotte, signore, ella aveva una faccia da basilisco, — disse il Tirola[1]; — ora è tutt'altro, e ne godo, se-

[1] Il Tirola, uno dei due secondini.

gno che non è - perdoni l'espressione - un birbante: perché i birbanti (io sono vecchio del mestiere, e le mie osservazioni hanno qualche peso), i birbanti sono più arrabbiati il secondo giorno del loro arresto, che il primo. Prende tabacco?

— Non ne soglio prendere, ma non vo' ricusare le vostre grazie. Quanto alla vostra osservazione, scusatemi, non è da quel sapiente che sembrate. Se stamane non ho più faccia da basilisco, non potrebb'egli essere che il mutamento fosse prova d'insensatezza, di facilità ad illudermi, a sognar prossima la mia libertà?

— Ne dubiterei, signore, s'ella fosse in prigione per altri motivi; ma per queste cose di Stato, al giorno d'oggi non è possibile di credere che finiscano così su due piedi. Ed ella non è siffattamente gonzo da immaginarselo. Perdoni sa: vuole un'altra presa?

— Date qua. Ma come si può avere una faccia così allegra, come avete, vivendo sempre fra disgraziati?

— Crederà che sia per indifferenza sui dolori altrui:

non lo so nemmeno positivamente io, a dir vero; ma l'assicuro che spesse volte il veder piangere mi fa male. E talora fingo d'essere allegro, affinché i poveri prigionieri sorridano anch'essi.

— Mi viene, buon uomo, un pensiero che non ho mai avuto: che si possa fare il carceriere ed essere d'ottima pasta.

— Il mestiere non fa niente, signore. Al di là di quel voltone ch'ella vede, oltre il cortile, v'è un altro cortile ed altre carceri, tutte per donne. Sono... non occorre dirlo... donne di mala vita. Ebbene, signore, ve n'è che sono angeli, quanto al cuore. E s'ella fosse secondino...

— Io? — e scoppiai dal ridere.

Tirola restò sconcertato dal mio riso, e non proseguì. Forse intendea, che s'io fossi stato secondino, mi sarebbe riuscito malagevole non affezionarmi ad alcuna di quelle disgraziate.

Mi chiese ciò ch'io volessi per colezione. Uscì, e qualche minuto dopo mi portò il caffè.

Io lo guardava in faccia fissamente, con un sorriso malizioso, che voleva dire: « Porteresti tu un mio viglietto ad un altro infelice, al mio amico Piero? »[1]. Ed egli mi rispose con un altro sorriso, che voleva dire: « No, signore; e se vi dirigete ad alcuno de' miei compagni, il quale vi dica di sì, badate che vi tradirà »[2].

Non sono veramente certo, ch'egli mi capisse, né ch'io capissi lui. So bensì, ch'io fui dieci volte sul punto di dimandargli un pezzo di carta ed una matita, e non ardii, perché v'era alcun che negli occhi suoi, che sembrava avvertirmi di non fidarmi di alcuno, e meno d'altri che di lui.

[1] Piero Maroncelli: nato a Forlì il 23 settembre 1795 da Antonio e Maria Gallaroni; giovinetto, apprese in un collegio di Napoli le prime nozioni sulla società segreta dei massoni. Intrapreso lo studio della musica, si dedicò con fervore anche alla politica. Arrestato nella sua città natale nel 1817, perché aveva composto una satira contro il governo pontificio, indi prosciolto, si recò nell'agosto del 1819 a Milano, ove si adoperò a diffondere la Carboneria, e conobbe Silvio Pellico, il quale si lasciò aggregare ad essa in qualità di « apprendista ». Arrestato il 6 ottobre 1820, in seguito al sequestro di una sua lettera inviata a Bologna al fratello, nella quale ricorrevano i nomi di molte note personalità ch'ei faceva intendere avrebbero aderito alla Carboneria, fu condannato, come il Pellico, alla prigionia dello Spielberg. Liberato nel 1830, andò a Parigi, poi a New York, come maestro di musica: in America divenne cieco e impazzì. Morì nel 1846. Era uomo vano, sventato e leggero, benché di cuor buono e generoso: parlava senza riflessione, scriveva eccessivamente: fu lui a compromettere il Pellico, con le sue dichiarazioni scriteriate, con le quali credeva di riuscir a ingannare l'astuta magistratura austriaca. Ma il Pellico, conoscendone l'animo generoso, non gliene serbò rancore. Scontò i suoi errori con il lungo supplizio dello Spielberg.

[2] Il Pellico, il giorno 19 di ottobre (1820), consegnò infatti un biglietto al secondino Cremona, biglietto che finse di voler far pervenire al conte Luigi Porro. Egli scriveva: « Sono innocente. Il processo lo dimostra e sono ancor qui. Si dia cauzione. Faccia passi. Mi ritengono pel solo sospetto che, con mire politiche, io raccomandassi a mio fratello, a Genova, Maroncelli, che dicono Carbonaro. Faccia nessun caso delle voci false. Scriva cose consolanti a mio padre. Baci i nostri figli. Mi raccomando alla marchesa Trivulzio ». Il biglietto finì tra le carte d'istruttoria; ma forse il Pellico l'aveva scritto per questo, per dare ai giudici un'altra prova indiretta della sua innocenza, la sensazione ch'ei nulla nascondeva, e che le dichiarazioni dei suoi costituti erano veritiere.

CAPO QUINTO

Se Tirola, colla sua espressione di bontà, non, avesse
anche avuto quegli sguardi così furbi, se fosse stata una
fisionomia più nobile, io avrei ceduto alla tentazione di
farlo mio ambasciatore, e forse un mio viglietto giunto
a tempo all'amico gli avrebbe dato la forza di riparare
qualche sbaglio[1], e forse ciò salvava, non lui, poveretto,
che già troppo era scoperto, ma parecchi altri e me!

Pazienza! Doveva andar così.

Fui chiamato alla continuazione dell'interrogatorio, e
ciò durò tutto quel giorno e parecchi altri, con nessun
altro intervallo che quello de' pranzi.

Finché il processo non si chiuse, i giorni volavano ra-
pidi per me, cotanto era l'esercizio della mente in quel-
l'interminabile rispondere a sì varie dimande, e nel raccogliermi alle ore di pranzo ed a sera, per riflettere a
tutto ciò che mi s'era chiesto e ch'io aveva risposto, ed
a tutto ciò su cui probabilmente sarei ancora interrogato.

Alla fine della prima settimana m'accadde un gran dispiacere. Il mio povero Piero, bramoso, quanto io era,
che potessimo metterci in qualche comunicazione, mi
mandò un viglietto[2], e si servì, non d'alcuno dei secondini, ma d'un disgraziato prigioniero, che veniva con
essi a fare qualche servigio nelle nostre stanze. Era que-

---

[1] Come si disse, il Maroncelli, nella ingenua illusione di poter ingannare i magistrati inquirenti, finì per accusare sé e gli
altri, in modo irreparabile; laddove il Pellico, nei primi sei
mesi, aveva durato nell'opportuna tattica del silenzio e d'una
negativa assoluta.

[2] Il biglietto del Maroncelli diceva: « Ho palesato il vero. Dare all'Austria gli Stati Sardo e Pontificio per farne col Lombardo-Veneto uno solo, è la mia accusa che ti ho fatto. E perché lo taci? Questo Governo non ti sacrificherà mai al tuo.
Forse ti ritieni per motivo della tua amicizia per me? Ma le
mie carte han detto ciò assai prima della mia bocca. Or se il
Governo sa anche i mezzi (che tu non hai mai saputo), tu
perché non dici in esame tutto ciò che io ho comunicato sul-
l'argomento? ». Il Maroncelli aveva infatti creduto di scolpar-
si affermando che egli era contro il Governo pontificio e a
favore dell'Austria, e che la sua azione di Carbonaro aveva
per obiettivo di unire la Romagna, sua patria, al Lombardo-
Veneto. Ma i giudici austriaci non gli credettero.

sti un uomo dai sessanta ai settant'anni, condannato a non so quanti mesi di detenzione.

Con una spilla ch'io aveva, mi forai un dito, e feci col sangue poche linee di risposta, che rimisi al messaggero[1]. Egli ebbe la mala ventura d'essere spiato, frugato, colto col viglietto addosso, e, se non erro, bastonato. Intesi alte urla che mi parvero del misero vecchio, e nol rividi mai più.

Chiamato io a processo, fremetti al vedermi presentata la mia cartolina vergata col sangue[2] (la quale, gra-

[1] Era Giovanni Sommaruga, di Carnago, detenuto incaricato di umili servizi nell'interno delle carceri.
[2] Il Pellico scrisse al Maroncelli, col proprio sangue, un biglietto che diceva: « Se tale era il tuo progetto, potevi sì palesarlo, ma perché voler far credere me consapevole? Se t'è sfuggita una falsa confessione a mio riguardo, ritrattala. Te

zie al cielo, non parlava di cose nocive, ed avea l'aria d'un semplice saluto). Mi si chiese con che mi fossi tratto sangue, mi si tolse la spilla, e si rise dei burlati. Ah, io non risi! Io non poteva levarmi dagli occhi il vecchio messaggero. Avrei volentieri sofferto qualunque castigo, purché gli perdonassero. E quando mi giunsero quelle urla, che dubitai essere di lui, il cuore mi s'empì di lagrime.

Invano chiesi parecchie volte di esso al custode e a' secondini. Crollavano il capo, e dicevano: « L'ha pagata cara colui — non ne farà più di simili — gode un po' più di riposo ». Né voleano spiegarsi di più.

Accennavano essi la prigionia ristretta in cui veniva tenuto quell'infelice, o parlavano così perch'egli fosse morto sotto le bastonate od in conseguenza di quelle?

Un giorno mi parve di vederlo, al di là del cortile, sotto il portico, con un fascio di legna sulle spalle. Il cuore mi palpitò come s'io rivedessi un fratello.

CAPO SESTO

Quando non fui più martirato dagl'interrogatorii, e non ebbi più nulla che occupasse le mie giornate, allora sentii amaramente il peso della solitudine.

Ben mi si permise ch'io avessi una Bibbia ed il Dante; ben fu messa a mia disposizione dal custode la sua biblioteca, consistente in alcuni romanzi di Scuderi, del Piazzi, e peggio; ma il mio spirito era troppo agitato, da potersi applicare a qualsiasi lettura. Imparava ogni giorno un canto di Dante a memoria, e questo esercizio era tuttavia sì macchinale, ch'io lo faceva pensando meno a' quei versi che a' casi miei. Lo stesso mi avveniva leggendo altre cose, eccettuato alcune volte qualche passo della Bibbia. Questo divino libro, ch'io aveva sempre amato molto, anche quando pareami d'essere incredulo, veniva ora da me studiato con più rispetto che mai. Se non che, ad onta del buon volere, spessissimo io lo leggea colla mente ad altro, e non capiva. A poco

l'impongo in nome della verità. Io credei che a Genova tu avessi degli affari mercantili. Non mi avevi tu parlato di qualche tuo capituluccio? ». Ma questo biglietto non arrivò al Maroncelli, fu sequestrato e recato all'inquirente.

a poco divenni capace di meditarvi più fortemente, e di sempre meglio gustarlo.

Siffatta lettura non mi diede mai la minima disposizione alla bacchettoneria, cioè a quella divozione malintesa che rende pusillanime o fanatico. Bensì mi insegnava ad amar Dio e gli uomini, a bramare sempre più il regno della giustizia, ad abborrire l'iniquità, perdonando agl'iniqui. Il Cristianesimo, invece di disfare in me ciò che la filosofia poteva avervi fatto di buono, lo confermava, lo avvalorava di ragioni più alte, più potenti.

Un giorno avendo letto che bisogna pregare incessantemente, e che il vero pregare non è borbottare molte parole alla guisa de' pagani, ma adorar Dio con semplicità, sì in parole, sì in azioni, e fare che le une e le

altre sieno l'adempimento del suo santo volere, mi proposi di cominciare davvero quest'incessante preghiera: cioè di non permettermi più neppure un pensiero che non fosse animato dal desiderio di conformarmi ai decreti di Dio.

Le formole di preghiera da me recitate in adorazione furono sempre poche, non già per disprezzo (che anzi le credo salutarissime, a chi più, a chi meno, per fermare l'attenzione nel culto), ma perché io mi sento così fatto, da non essere capace di recitarne molte senza vagare in distrazioni e porre l'idea del culto in obblìo.

L'intento di stare di continuo alla presenza di Dio, invece di essere un faticoso sforzo della mente ed un soggetto di tremore, era per me soavissima cosa. Non dimenticando che Dio è sempre vicino a noi, ch'egli è in noi, o piuttosto che noi siamo in esso, la solitudine perdeva ogni giorno più il suo orrore per me: « Non sono io in ottima compagnia? », m'andava dicendo. E mi ras-

serenava, e canterellava, e zufolava con piacere e con tenerezza.

« Ebbene », pensai, « non avrebbe potuto venirmi una febbre e portarmi in sepoltura? Tutti i miei cari, che si sarebbero abbandonati al pianto, perdendomi, avrebbero pure acquistato a poco a poco la forza di rassegnarsi alla mia mancanza. In vece d'una tomba, mi divorò una prigione: degg'io credere che Dio non li munisca d'egual forza?».

Il mio cuore alzava i più fervidi voti per loro, talvolta con qualche lagrima; ma le lagrime stesse erano miste di dolcezza. Io aveva piena fede che Dio sosterrebbe loro e me. Non mi sono ingannato.

CAPO SETTIMO

Il vivere libero è assai più bello del vivere in carcere; chi ne dubita? Eppure anche nelle miserie d'un carcere, quando ivi si pensa che Dio è presente, che le gioie del mondo sono fugaci, che il vero bene sta nella coscienza, e non negli oggetti esteriori, puossi con piacere sentire la vita. Io in meno di un mese avea pigliato, non dirò perfettamente, ma in comportevole guisa, il mio partito. Vidi che non volendo commettere l'indegna azione di comprare l'impunità col procacciare la rovina altrui, la mia sorte non poteva essere se non il patibolo od una lunga prigionia. Era necessità adattarvisi. « Respirerò finché mi lasciano fiato », dissi, « e quando me lo torranno, farò come tutti i malati allorché sono giunti all'ultimo momento. Morrò ».

Mi studiava di non lagnarmi di nulla, e di dare all'anima mia tutti i godimenti possibili. Il più consueto godimento si era di andarmi rinnovando l'enumerazione dei beni che avevano abbellito i miei giorni: un ottimo padre, un'ottima madre, fratelli e sorelle eccellenti, i tali e tali amici, una buona educazione, l'amore delle lettere, ecc. Chi più di me era stato dotato di felicità? Perché non ringraziarne Iddio, sebbene ora mi fosse temperata dalla sventura? Talora facendo quell'enumerazione m'inteneriva e piangeva un istante; ma il coraggio e la letizia tornavano.

Fin dai primi giorni io aveva acquistato un amico. Non era il custode, non alcuno de' secondini, non alcuno de' signori processanti. Parlo per altro d'una creatura umana. Chi era? Un fanciullo, sordo e muto, di cinque o sei anni. Il padre e la madre erano ladroni, e la legge li aveva colpiti. Il misero orfanello veniva mantenuto

Io gli gettava un bel pezzo di pane (cap. VII)

dalla Polizia con parecchi altri fanciulli della stessa condizione. Abitavano tutti in una stanza in faccia alla mia, ed a certe ore aprivasi loro la porta, affinché uscissero a prender aria nel cortile.

Il sordo e muto veniva sotto la mia finestra, e mi sorrideva, e gesticolava. Io gli gettava un bel pezzo di pane: ei lo prendeva, facendo un salto di gioia, correva a' suoi compagni, ne dava a tutti, e poi veniva a mangiare la sua porzioncella presso la mia finestra, esprimendo la sua gratitudine col sorriso de' suoi begli occhi.

Gli altri fanciulli mi guardavano da lontano, ma non ardìano avvicinarsi: il sordomuto aveva una gran simpatia per me, né già per sola cagione d'interesse. Alcune volte ei non sapea che fare del pane ch'io gli gettava, e mi facea segni ch'egli ed i suoi compagni aveano mangiato bene, e non potevano prendere maggior cibo. S'ei vedea venire un secondino nella mia stanza, ei gli dava il pane perché me lo restituisse. Benché nulla aspettasse da me, ei continuava a ruzzare innanzi alla finestra con una grazia amabilissima, godendo ch'io lo ve-

dessi. Una volta un secondino permise al fanciullo d'entrare nella mia prigione: questi, appena entrato, corse ad abbracciarmi le gambe, mettendo un grido di gioia. Lo presi fra le braccia, ed è indicibile il trasporto con cui mi colmava di carezze. Quanto amore in quella cara animetta! Come avrei voluto poterlo far educare, e salvarlo dall'abbiezione in che si trovava!

Non ho mai saputo il suo nome. Egli stesso non sapeva di averne uno. Era sempre lieto, e non lo vidi mai piangere, se non una volta che fu battuto, non so perché, dal carceriere. Cosa strana! Vivere in luoghi simili sembra il colmo dell'infortunio, eppure quel fanciullo avea certamente tanta felicità, quanta possa averne a quell'età il figlio d'un principe. Io facea questa riflessione, ed imparava che puossi rendere l'umore indipendente dal luogo. Governiamo l'immaginativa, e staremo bene quasi dappertutto. Un giorno è presto passato, e quando la sera uno si mette a letto senza fame e senza acuti dolori, che importa se quel letto è piuttosto fra mura che si chiamino prigione, o fra mura che si chiamino casa o palazzo?

Ottimo ragionamento! Ma come si fa a governare l'immaginativa? Io mi vi provava, e ben pareami talvolta di riuscirvi a meraviglia: ma altre volte la tiranna trionfava, ed io, indispettito, stupiva della mia debolezza.

CAPO OTTAVO

Nella mia sventura sono pur fortunato, diceva io, che m'abbiano dato una prigione a pian terreno, su questo cortile, ove a quattro passi da me viene quel caro fanciullo, con cui converso alla muta sì dolcemente! Mirabile intelligenza umana! Quante cose ci diciamo egli ed io colle infinite espressioni degli sguardi e della fisionomia! Come compone i suoi moti con grazia, quando gli sorrido! Come li corregge, quando vede che mi spiacciono! Come capisce che lo amo, quando accarezza o regala alcuno de' suoi compagni! Nessuno al mondo se lo immagina, eppure io, stando alla finestra, posso essere una specie d'educatore per quella povera creaturina. A forza di ripetere il mutuo esercizio de' segni, perfezioneremo la comunicazione delle nostre idee. Più sentirà d'istruirsi e d'ingentilirsi con me, più mi s'affezionerà. Io sarò per lui il genio della ragione e della bontà; egli imparerà a confidarmi i suoi dolori, i suoi piaceri, le sue brame: io a consolarlo, a nobilitarlo, a dirigerlo in tutta la sua condotta. Chi sa che tenendosi indecisa la mia sorte di mese in mese, non mi lascino invecchiar qui! Chi sa che quel fanciullo non cresca sotto i miei occhi, e non sia adoperato a qualche servizio in questa casa? con tanto ingegno quanto mostra d'avere, che potrà egli riuscire? Ahimè, niente di più che un ottimo

secondino o qualche altra cosa di simile. Ebbene, non avrò io fatto buona opera, se avrò contribuito ad ispirargli il desiderio di piacere alla gente onesta ed a se stesso, a dargli l'abitudine de' sentimenti amorevoli?

Questo soliloquio era naturalissimo. Ebbi sempre molta inclinazione pe' fanciulli, e l'ufficio d'educatore mi parea sublime. Io adempiva simile ufficio da qualche anno verso Giacomo e Giulio Porro, due giovanetti di belle speranze, ch'io amava come figli miei e come tali amerò sempre. Dio sa, quante volte in carcere io pensassi a loro! Quanto m'affliggessi di non poter compiere la loro educazione! quanto ardenti voti formassi, perché in-

contrassero un nuovo maestro, che mi fosse uguale nel-
l'amarli!

Talvolta esclamava tra me: « Che brutta parodia è questa! Invece di Giacomo e Giulio, fanciulli ornati de' più
splendidi incanti che natura e fortuna possano dare, mi
tocca per discepolo un poveretto, sordo, muto, stracciato, figlio d'un ladrone!... che al più al più diverrà secondino, il che, in termine un po' meno garbato, si direbbe sbirro ».

Queste riflessioni mi confondeano, mi sconfortavano.

Ma appena sentiva io lo strillo del mio mutolino, che mi
si rimescolava il sangue, come ad un padre che sente la
voce del figlio. E quello strillo e la sua vista dissipava-
no in me ogni idea di bassezza a suo riguardo. « E che
colpa ha egli se è stracciato e difettoso e di razza di ladri? Un'anima umana, nell'età dell'innocenza, è sempre
rispettabile ». Così diceva io; e lo guardava ogni giorno più con amore, e mi parea che crescesse in intelligenza, e confermavami nel dolce divisamento d'applicar-
mi ad ingentilirlo; e, fantasticando su tutte le possibilità, pensava che forse sarei un giorno uscito di carcere
ed avrei avuto mezzo di far mettere quel fanciullo nel

collegio de' sordi e muti, e di aprirgli così la via ad una fortuna più bella che d'essere sbirro.

Mentre io m'occupava così deliziosamente del suo bene, un giorno due secondini vengono a prendermi.

— Si cangia alloggio, signore.

— Che intendete dire?

— C'è comandato di trasportarla in un'altra camera.

— Perché?

— Qualch'altro grosso uccello è stato preso, e questa essendo la miglior camera... capisce bene...

— Capisco: è la prima posa de' nuovi arrivati.

E mi trasportarono alla parte del cortile opposta, ma, ohimè! non più a pian terreno, non più atta al conversare col mutolino. Traversando quel cortile, vidi quel caro ragazzo seduto a terra, attonito, mesto: capì ch'ei mi perdeva. Dopo un istante s'alzò, mi corse incontro; i se-

70

condini volevano cacciarlo, io lo presi fra le braccia, e, sudicetto com'egli era, lo baciai e ribaciai con tenerezza, e mi staccai da lui - debbo dirlo? - cogli occhi grondanti di lagrime.

CAPO NONO

Povero mio cuore! tu ami sì facilmente e sì caldamente, ed oh a quante separazioni sei già stato condannato! Questa non fu certo la men dolorosa; e la sentii tanto più che il mio nuovo alloggio era tristissimo. Una stanzaccia, oscura, lurida, con finestra avente non vetri alle imposte, ma carta, con pareti contaminate da goffe pitturacce di colore, non oso dir quale; e ne' luoghi non dipinti erano iscrizioni. Molte portavano semplicemente nome, cognome e patria di qualche infelice, colla data del giorno funesto della sua cattura. Altre aggiungeano esclamazioni contro falsi amici, contro se stesso, contro una donna, contro il giudice, ecc. Altre erano compendii d'autobiografia. Altre contenevano sentenze morali. V'erano queste parole di Pascal[1]:

« Coloro che combattono la religione, imparino almeno qual ella sia, prima di cambatterla. Se questa religione si vantasse d'avere una veduta chiara di Dio, e di possederlo senza velo, sarebbe un combatterla il dire: « *che non si vede niente nel mondo che lo mostri con tanta evidenza* ». Ma poiché dice, anzi, essere gli uomini nelle tenebre e lontani da Dio, il quale s'è nascosto alla loro cognizione, ed essere appunto il nome ch'egli si dà nelle Scritture, *Deus absconditus...* qual vantaggio possono essi trarre, allorché, nella negligenza che professano quanto alla scienza della verità, gridano che la verità non vien loro mostrata? ».

Più sotto era scritto (parole dello stesso autore):

« Non trattasi qui del lieve interesse di qualche persona straniera; trattasi di noi medesimi e del nostro tutto. L'immortalità dell'anima è cosa, che tanto importa e che toccaci sì profondamente, che bisogna aver perduto ogni senno, per essere nell'indifferenza di saper che ne sia ».

Un altro scritto diceva:

« Benedico la prigione, poiché m'ha fatto conoscere l'ingratitudine degli uomini, la mia miseria, e la bontà di Dio ».

Accanto a queste umili parole erano le più violente e superbe imprecazioni d'uno che si diceva ateo, e che si scagliava contro Dio come se si dimenticasse di aver detto che non v'era Dio.

Dopo una colonna di tali bestemmie, ne seguiva una d'ingiurie contro i *vigliacchi*, così li chiamava egli, che la sventura del carcere fa religiosi.

Mostrai quelle scelleratezze ad uno de' secondini e chiesi chi le avesse scritte.

— Ho piacere d'aver trovata questa iscrizione, — dis-

[1]Pascal Blaise (1623-1662), filosofo, matematico e fisico francese, famoso per i suoi studî sulla gravità dell'aria: applicò il barometro alla misurazione delle altezze. Celebri fra i suoi scritti: *Le lettere provinciali*, l'*Apologia del Cristianesimo* e *I pensieri sulla religione*, ai quali appartengono i passi riferiti dal Pellico.

se; — ve ne son tante, ed ho sì poco tempo da cercare!

E senz'altro, diessi con un coltello a grattare il muro per farla sparire.

— Perché ciò? — dissi.

— Perché il povero diavolo che l'ha scritta, e fu condannato a morte per omicidio premeditato, se ne pentì, e mi fece pregare di questa carità.

— Dio gli perdoni! — sclamai. — Qual omicidio era il suo?

— Non potendo uccidere un suo nemico, si vendicò uccidendogli il figlio, il più bel fanciullo che si desse sulla terra.

Inorridii. A tanto può giungere la ferocia? E siffatto mostro teneva il linguaggio insultante d'un uomo superiore a tutte le debolezze umane! Uccidere un innocente! un fanciullo!

ADÈLE LAISNE

CAPO DECIMO

In quella mia nuova stanza, così tetra e così immonda, privo della compagnia del caro muto, io era oppresso di tristezza. Stava molte ore alla finestra, la quale metteva sopra una galleria, e al di là della galleria vedeasi l'estremità del cortile e la finestra della mia prima stanza. Chi erami succeduto colà? Io vi vedeva un uomo che molto passeggiava colla rapidità di chi è pieno di agitazione. Due o tre giorni dappoi, vidi che gli avevano dato da scrivere, ed allora se ne stava tutto il dì al tavolino.

Finalmente lo riconobbi. Egli usciva dalla sua stanza accompagnato dal custode: andava agli esami. Era Melchiorre Gioja[1]!

Mi si strinse il cuore. — Anche tu, valentuomo, sei qui! — (Fu più fortunato di me. Dopo alcuni mesi di detenzione, venne rimesso in libertà).

La vista di qualunque creatura buona mi consola, m'affeziona, mi fa pensare. Ah! pensare ed amare sono un gran bene. Avrei dato la mia vita per salvar Gioja di carcere; eppure il vederlo mi sollevava.

Dopo essere stato lungo tempo a guardarlo, a congetturare da' suoi moti se fosse tranquillo d'animo od inquieto, a far voti per lui, io mi sentiva maggior forza, maggior abbondanza d'idee, maggior contento di me. Ciò

---

[1] Melchiorre Gioja, filosofo, economista, scrittore politico. Nacque a Piacenza nel 1767. Avviato alla vita religiosa, smise l'abito di frate all'irrompere dei Francesi in Italia. Fu fautore di idee liberali, e i suoi scritti politici, indirizzati a illustrare i benefizi conseguenti alle mutazioni operate dalla rivoluzione francese, non furono scevri di liberi accenti critici contro gli eccessi dei generali e dei partigiani di Francia. Uno scrittore apologista dell'Austria, Paride Zajotti, nel 1833, volle giustificare l'arresto di Melchiorre Gioja nel 1820, con questa considerazione: « Questa misura di apparente rigore fu vera pietà: era questo il momento in cui le cospirazioni s'allargavano su tutta l'Italia a preparare gli avvenimenti del 1821: egli (il Gioja) si era gravemente compromesso, e un passo di più lo avrebbe perduto per sempre. L'arrestarlo fu allora un salvarlo ». Affermazione che il Cantù commentava così: « L'ipocrisia ammanta la crudeltà ». Il Gioja, dopo sette mesi di carcere, fu liberato.

vuol dire che lo spettacolo di una creatura umana, alla quale s'abbia amore, basta a temprare la solitudine. M'aveva dapprima recato questo benefizio un povero bambino muto, ed or lo recava la lontana vista d'un uomo di gran merito.

Forse qualche secondino gli disse dov'io era. Un mattino, aprendo la sua finestra, fece sventolare il fazzoletto in atto di saluto. Io gli risposi collo stesso segno. Oh quale piacere m'inondò l'anima in quel momento! Mi pareva che la distanza fosse sparita, che fossimo insieme. Il cuore mi balzava come ad un innamorato che rivede l'amata. Gesticolavamo senza capirci, e colla stessa premura, come se ci capissimo: o piuttosto ci capivamo realmente; que' gesti voleano dire tutto ciò che le nostre anime sentivano, e l'una non ignorava ciò che l'altra sentisse.

Qual conforto sembravanmi dover essere in avvenire quei saluti! E l'avvenire giunse, ma quei saluti non fu-

rono più replicati! Ogni volta ch'io rivedea Gioja alla finestra, io faceva sventolare il fazzoletto. Invano! I secondini mi dissero che gli era stato proibito d'eccitare i
miei gesti o di rispondervi. Bensì guardavami egli spesso, ed io guardava lui, e così ci dicevamo ancora molte
cose.

CAPO DECIMOPRIMO

Sulla galleria ch'era sotto la finestra, al livello medesimo della mia prigione, passavano e ripassavano da
mattina a sera altri prigionieri, accompagnati dai secondini; andavano agli esami, e ritornavano. Erano per lo
più gente bassa. Vidi nondimeno anche qualcheduno che
pareva di condizione civile. Benché non potessi gran fatto fissare gli occhi su loro, tanto era fuggevole il loro
passaggio, pure attraevano la mia attenzione; tutti, qual
più qual meno, mi commoveano. Questo triste spettacolo, a' primi giorni, accresceva i miei dolori; ma a poco
a poco mi v'assuefeci, e finì per diminuire anch'esso l'orrore della mia solitudine.

Mi passavano parimente sotto gli occhi molte donne
arrestate. Da quella galleria si andava, per un voltone,
sopra un altro cortile, e là erano le carceri muliebri e
l'ospedale delle sifilitiche. Un muro solo, ed assai sottile,
mi dividea da una delle stanze delle donne. Spesso le
poverette mi assordavano colle loro canzoni, talvolta colle loro risse. A tarda sera, quando i romori erano cessati, io le udiva conversare.

Se avessi voluto entrare in colloquio, avrei potuto. Me
n'astenni, non so perché. Per timidità? per alterezza?
per prudente riguardo di non affezionarmi a donne de-
gradate? Dovevano esservi questi motivi tutti tre. La
donna, quando è ciò che debb'essere, è per me una creatura sì sublime! Il vederla, l'udirla, il parlarle, mi ar-
ricchisce la mente di nobili fantasie. Ma avvilita, spre-
gevole, mi perturba, m'affligge, mi spoetizza il cuore.

Eppure... (gli *eppure* sono indispensabili per dipingere l'uomo, ente sì composto) fra quelle voci femminili
ve n'avea di soavi, e queste - e perché non dirlo? -
m'erano care. Ed una di quelle era più soave delle altre, e s'udiva più di rado, e non proferiva pensieri vol-

Alcune volte cantava le litanie (cap. XI)

gari. Cantava poco, e per lo più questi soli due patetici versi:

> Chi rende alla meschina
> La sua felicità?

Alcune volte cantava le litanie. Le sue compagne la
secondavano, ma io aveva il dono di discernere la voce
di Maddalena dalle altre, che pur troppo sembravano ac-
canite a rapirmela.

Sì, quella disgraziata chiamavasi Maddalena[1]. Quando
le sue compagne raccontavano i loro dolori, ella compa-
tivale e gemeva, e ripeteva: — Coraggio, mia cara; il
Signore non abbandona alcuno.

Chi poteva impedirmi d'immaginarmela più bella e più
infelice che colpevole, nata per la virtù, capace di ritor-
narvi, s'erasene scostata? Chi potrebbe biasimarmi s'io
mi inteneriva udendola, s'io l'ascoltava con venerazione,
s'io pregava per lei con un fervore particolare?

L'innocenza è veneranda, ma quanto lo è pure il pentimento! Il migliore degli uomini, l'uomo-Dio, sdegnava
egli di porre il suo pietoso sguardo sulle peccatrici, di
rispettare la loro confusione, d'aggregarle fra le anime
ch'ei più onorava? Perché disprezziamo noi tanto la donna caduta nell'ignominia?

Ragionando così, fui cento volte tentato di alzar la voce, e fare una dichiarazione d'amor fraterno a Maddalena. Una volta avea già cominciato la prima sillaba voca-
tiva. « Mad!... ». Cosa strana! Il cuore mi batteva, come
ad un ragazzo di quindici anni innamorato; e sì ch'io
n'avea trent'uno, che non è più l'età dei palpiti infantili.

Non potei andar avanti. Ricominciai: « Mad!... Mad!... ».
E fu inutile. Mi trovai ridicolo, e gridai dalla rabbia:
— Matto! e non Mad!

CAPO DECIMOSECONDO

Così finì il mio romanzo con quella poveretta. Se non
che le fui debitore di dolcissimi sentimenti per parec-

---

[1] Era certa Maddalena Grosso che il Maroncelli, nelle *Addizioni*, dipinge « pallidetta e con occhi espressivi e malinconici ».

chie settimane. Spesso io era melanconico, e la sua voce m'esilarava; spesso, pensando alla viltà ed all'ingratitudine degli uomini, io m'irritava contro loro, io disa-
mava l'universo, e la voce di Maddalena tornava a di-
spormi a compassione ed indulgenza.

Possa tu, o incognita peccatrice, non essere stata
condannata a grave pena! Od a qualunque pena sii tu
stata condannata, possa tu profittarne e rinobilitarti, e
vivere e morir cara al Signore! Possa tu essere compian-
ta e rispettata da tutti quelli che ti conoscono, come lo
fosti da me che non ti conobbi! Possa tu ispirare, in
ognuno che ti vegga, la pazienza, la dolcezza, la brama
della virtù, la fiducia in Dio, come le ispiravi in colui
che ti amò senza vederti! La mia immaginativa può errare figurandoti bella di corpo, ma l'anima tua, ne son
certo, era bella. Le tue compagne parlavano grossolana-
mente, e tu con pudore e gentilezza; bestemmiavano, e
tu benedicevi Dio; garrivano, e tu componevi le loro li-
ti. Se alcuno t'ha porto la mano per sottrarti dalla carriera del disonore, se t'ha beneficata con delicatezza, se
ha asciugate le tue lagrime, tutte le consolazioni piova-
no su lui, su' suoi figli, e sui figli de' suoi figli!

Contigua alla mia, era una prigione abitata da parecchi uomini. Io li udiva anche parlare. Uno di loro supe-
rava gli altri in autorità, non forse per maggior finezza
di condizione, ma per maggior facondia ed audacia. Questi facea, come si dice, il dottore. Rissava e metteva in
silenzio i contendenti coll'imperiosità della voce, e colla foga delle parole; dettava loro ciò che doveano pensare e sentire, e quelli, dopo qualche renitenza, finivano per dargli ragione in tutto.

Infelici! non uno di loro, che temperasse le spiacevo-
lezze della prigione, esprimendo qualche soave sentimento, qualche poco di religione e d'amore!

Il caporione di que' vicini mi salutò, e risposi. Mi chiese come io passassi *quella maledetta vita.* Gli dissi, che,
sebben trista, niuna vita era maledetta per me, e che,
sino alla morte, bisognava procacciar di godere il piacere di pensare e d'amare.

— Si spieghi, signore, si spieghi.

Mi spiegai, e non fui capito. E quando, dopo ingegno-
se ambagi preparatorie, ebbi il coraggio d'accennare, co-

me esempio, la tenerezza carissima che in me veniva destata dalla voce di Maddalena, il caporione diede in una grandissima risata.

— Che cos'è? che cos'è? — gridarono i suoi compagni. Il profano ridisse con caricatura le mie parole, e le risate scoppiarono in coro, ed io feci lì pienamente la figura dello sciocco.

Avviene in prigione come nel mondo. Quelli che pongono la lor saviezza nel fremere, nel lagnarsi, nel vilipendere, credono follìa il compatire, l'amare, il consolarsi con belle fantasie, che onorino l'umanità ed il suo Autore.

CAPO DECIMOTERZO

Lasciai ridere e non opposi sillaba. I vicini mi diressero due o tre volte la parola; io stetti zitto.

— Non sarà più alla finestra — se ne sarà ito — tenderà l'orecchio ai sospiri di Maddalena — si sarà offeso delle nostre risa.

Così andarono dicendo per un poco. E finalmente il caporione impose silenzio agli altri che sussurravano sul mio conto.

— Tacete, bestioni, che non sapete quel che diavolo vi dite. Qui il vicino non è un sì grand'asino come credete. Voi non siete capaci di riflettere su niente. Io sghignazzo, ma poi rifletto, io. Tutti i villani mascalzoni sanno fare gli arrabbiati, come facciamo noi. Un po' più di dolce allegria, un po' più di carità, un po' più di fede ne' benefizii del Cielo, di che cosa vi pare sinceramente che sia indizio?

— Or che ci rifletto anch'io, — rispose uno, — mi pare che sia indizio d'essere alquanto meno mascalzone.

— Bravo! — gridò il caporione con urlo stentoreo; — questa volta torno ad aver qualche stima della tua zucca.

Io non insuperbiva molto d'essere solamente reputato *alquanto meno mascalzone* di loro; eppure provava una specie di gioia, che que' disgraziati si ricredessero, circa l'importanza di coltivare i sentimenti benevoli.

Mossi l'imposta della finestra, come se tornassi allora. Il caporione mi chiamò. Risposi, sperando che avesse voglia di moralizzare a modo mio. M'ingannai. Gli spiriti volgari sfuggono i ragionamenti serii: se una nobile verità traluce loro, sono capaci di applaudirla un istante, ma tosto dopo ritorcono da essa lo sguardo, e non resistono alla libidine d'ostentar senno, ponendo quella verità in dubbio e scherzando.

Mi chiese poscia s'io era in prigione per debiti.

— No.

— Forse accusato di truffa? Intendo accusato falsamente, sa.

— Sono accusato di tutt'altro.

— Di cose d'amore?

— No.

— D'omicidio?

— No.

— Di Carboneria?

— Appunto.

— E che sono questi Carbonari?

— Li conosco così poco che non saprei dirvelo[1].

Un secondino c'interruppe con gran collera, e dopo d'aver colmato d'improperii i miei vicini, si volse a me colla gravità, non d'uno sbirro, ma d'un maestro, e disse:

— Vergogna, signore! degnarsi di conversare con ogni sorta di gente! Sa ella che costoro son ladri?

Arrossii, e poi arrossii d'aver arrossito, e mi parve che il degnarsi di conversare con ogni sorta d'infelici sia piuttosto bontà che colpa.

[1] Risposta abile e prudente: Pellico continuava in tal modo, con tutti, così nei conversari privati come durante gli interrogatori resi all'inquirente, a serbare il contegno negativo ch'e per oltre sei mesi ei tenne, inflessibilmente.

CAPO DECIMOQUARTO

Il mattino seguente andai alla finestra per vedere Melchiorre Gioja, ma non conversai più co' ladri. Risposi al loro saluto, e dissi che m'era vietato di parlare.

Venne l'attuario che m'avea fatto gli interrogatorii, e m'annunciò con mistero una visita che m'avrebbe recato piacere. E quando gli parve d'avermi abbastanza preparato, disse:

— Insomma, è suo padre; si compiaccia di seguirmi.

Lo seguii abbasso negli uffici, palpitando di contento e di tenerezza, e sforzandomi d'avere un aspetto sereno che tranquillasse il mio povero padre[1].

Allorché avea saputo il mio arresto, egli avea sperato che ciò fosse per sospetti da nulla, e ch'io tosto uscissi. Ma vedendo che la detenzione durava, era venuto a sollecitare il Governo austriaco per la mia liberazione. Misere illusioni dell'amor paterno! Ei non poteva credere, ch'io fossi stato così temerario da espormi al rigore delle leggi, e la studiata ilarità con che gli parlai, lo persuase ch'io non avea sciagure a temere.

Il breve colloquio che ci fu conceduto m'agitò indicibilmente; tanto più ch'io reprimeva ogni apparenza d'agitazione. Il più difficile fu di non manifestarla, quando convenne separarci.

Nelle circostanze in cui era l'Italia[2], io tenea per fermo che l'Austria avrebbe dato esempi straordinarii di rigore, e ch'io sarei stato condannato a morte od a mol-

[1] Silvio Pellico fu visitato dal padre. Onorato, il 9 dicembre 1820. Questi fece attive pratiche a favore del figlio, trascinandosi da un ufficio all'altro, persuaso che fosse prossima la liberazione di lui. I suoi, a Torino, non avevano la stessa persuasione.

[2] *Nelle circostanze,* ecc. Erano poco prima scoppiati a Napoli i moti Carbonareschi, che avevan costretto il re Ferdinando I di Borbone a concedere e a giurare la costituzione spagnuola: la diplomazia era seriamente agitata per soffocare quel tentativo dei napoletani, di vivere liberi, in regime costituzionale; e si temevano ovunque altre insurrezioni, di cui era piena la fantasia degli zelatori reazionarî e della polizia metternichiana; e poco dopo il Piemonte fu pure commosso da un tentativo rivoluzionario (promosso da Santorre di Santarosa e da altri patrioti), al quale non restarono indifferenti i Carbonari lombardi.

ti anni di prigionia[1]. Dissimulare questa credenza ad un padre! lusingarlo colla dimostrazione di fondate speranze di prossima libertà! non prorompere in lagrime abbracciandolo, parlandogli della madre, de' fratelli e delle sorelle, ch'io pensava non riveder più mai sulla terra! pregarlo con voce non angosciata, che venisse ancora a vedermi se poteva! Nulla mai mi costò tanta violenza.

Egli si divise consolatissimo da me[2], ed io tornai nel mio carcere col cuore straziato. Appena mi vidi solo, sperai di potermi sollevare, abbandonandomi al pianto. Questo sollievo mi mancò. Io scoppiava in singhiozzi e non poteva versare una lagrima. La disgrazia di non piangere è una delle più crudeli nei sommi dolori, ed oh quante volte l'ho provata!

Mi prese una febbre ardente con fortissimo mal di capo. Non inghiottii un cucchiaio di minestra in tutto il giorno. Fosse questa una malattia mortale, diceva io, che abbreviasse i miei martirii!

Stolta e codarda brama! Iddio non l'esaudì, ed or ne lo ringrazio. E ne lo ringrazio, non solo perché dopo dieci anni di carcere ho riveduto la mia cara famiglia, e posso dirmi felice, ma anche perché i patimenti aggiungono valore all'uomo, e voglio sperare che non siano stati inutili per me.

CAPO DECIMOQUINTO

Due giorni appresso, mio padre tornò. Io aveva dormito bene la notte, ed era senza febbre. Mi ricomposi a disinvolte e liete maniere, e niuno dubitò di ciò che il mio cuore avesse sofferto, e soffrisse ancora.

— Confido, — mi disse il padre, — che fra pochi giorni

[1] Evidentemente Silvio conosceva il decreto del 29 agosto 1820, che comminava gravissime pene, perfino la morte, ai Carbonari.

[2] Invero, verso la fine d'anno del 1820, la liberazione di Silvio pareva assicurata: il suo atteggiamento risolutamente negativo stava per salvarlo. Ma, poi, il processo Maroncelli-Pellico fu deferito alla Commissione di Venezia, che già aveva esaminato i Carbonari di Fratta Polesine, e la sorte del saluzzese si aggravò.

sarai mandato a Torino. Già t'abbiamo apparecchiata la stanza e t'aspettiamo con grande ansietà. I miei doveri d'impiego mi obbligano a ripartire. Procura, te ne prego, di raggiungermi presto [1].

La sua tenera e melanconica amorevolezza mi squarciava l'anima. Il fingere mi pareva comandato da pietà, eppure io fingeva con una specie di rimorso. Non sarebbe stata cosa più degna di mio padre e di me, s'io gli avessi detto: — Probabilmente non ci vedremo più in questo mondo! Separiamoci da uomini, senza mormorare, senza gemere; e ch'io oda pronunciare sul mio capo la paterna benedizione!

Questo linguaggio mi sarebbe mille volte più piaciuto della finzione. Ma io guardava gli occhi di quel venerando vecchio, i suoi lineamenti, i suoi grigi capelli, e non mi sembrava che l'infelice potesse aver la forza d'udire tai cose.

E se, per non volerlo ingannare, io l'avessi veduto abbandonarsi alla disperazione, forse svenire, forse (orribile idea!) essere colpito da morte nelle mie braccia?

Non potei dirgli il vero, né lasciarglielo tralucere! La mia foggiata serenità lo illuse pienamente. Ci dividemmo senza lagrime. Ma ritornato nel carcere, fui angosciato come l'altra volta, o più fieramente ancora; ed invano pure invocai il dono del pianto.

Rassegnarmi a tutto l'orrore d'una lunga prigionia, rassegnarmi al patibolo, era nella mia forza. Ma rassegnarmi all'immenso dolore che ne avrebbero provato padre, madre, fratelli e sorelle, ah! questo era quello a cui la mia forza non bastava.

Mi prostrai allora in terra con un fervore quale io non aveva mai avuto sì forte: e pronunciai questa preghiera:

— Mio Dio, accetto tutto dalla tua mano; ma invigorisci sì prodigiosamente i cuori a cui io era necessario, ch'io cessi d'esser loro tale, e la vita d'alcun di loro non abbia perciò ad abbreviarsi pur d'un giorno!

Oh beneficio della preghiera! Stetti più ore colla mente elevata a Dio, e la mia fiducia cresceva a misura ch'io meditava sulla bontà divina, a misura ch'io meditava

---

[1] Il padre temeva che Silvio, restando a Milano dopo la liberazione, potesse nuovamente compromettersi.

sulla grandezza dell'anima umana, quando esce dal suo egoismo, e si sforza di non aver più altro volere che il volere dell'infinita Sapienza.

Sì, ciò si può! ciò è il dovere dell'uomo! La ragione, che è la voce di Dio, la ragione ne dice che bisogna tutto sacrificare alla virtù. E sarebbe compiuto il sacrificio di cui siamo debitori alla virtù, se nei casi più dolorosi lottassimo contro il volere di Colui che d'ogni virtù è il principio?

Quando il patibolo o qualunque altro martirio è inevitabile, il temerlo codardamente, il non saper muovere ad esso benedicendo il Signore, è segno di miserabile degradazione od ignoranza. Ed è non solamente d'uopo consentire alla propria morte, ma all'afflizione che ne proveranno i nostri cari. Altro non lice se non dimandare che Dio la temperi, che Dio tutti ci regga; tal preghiera è sempre esaudita.

CAPO DECIMOSESTO

Volsero alcuni giorni, ed io era nel medesimo stato, cioè in una mestizia dolce, piena di pace e di pensieri religiosi. Pareami d'aver trionfato d'ogni debolezza, e di non essere più accessibile ad alcuna inquietudine. Folle illusione! L'uomo dee tendere alla perfetta costanza, ma non vi giunge mai sulla terra. Che mi turbò? La vista d'un amico infelice; la vista del mio buon Piero, che passò a pochi palmi di distanza da me, sulla galleria, mentr'io era alla finestra. L'aveano tratto dal suo covile per condurlo alle carceri criminali[1].

Egli, e coloro che l'accompagnavano, passarono così presto, che appena ebbi campo a riconoscerlo, a vedere un suo cenno di saluto, ed a restituirglielo.

Povero giovane! Nel fiore dell'età[2], con un ingegno di splendide speranze, con un carattere onesto, delicato, amantissimo, fatto per godere gloriosamente della vita,

[1] Piero era già stato deferito al Tribunale, perché s'era ormai confessato Carbonaro. Silvio invece, in quell'ora, pareva prossimo ad essere rimesso in libertà. Il Laderchi, che col Maroncelli e col Pellico era stato pure arrestato, fu scarcerato, con l'ordine di uscire dal Lombardo-Veneto.

[2] Maroncelli aveva allora venticinque anni.

precipitato in prigione per cose politiche, in tempo da non poter certamente evitare i più severi fulmini della legge!

Mi prese tal compassione di lui, tale affanno di non poterlo redimere, di non poterlo almeno confortare colla mia presenza e colle mie parole, che nulla valeva a rendermi un poco di calma. Io sapeva quant'egli amasse sua madre, suo fratello, le sue sorelle, il cognato[1], i nipotini; quant'egli agognasse contribuire alla loro felicità, quanto fosse riamato da tutti quei cari oggetti. Io sentiva qual dovesse essere l'afflizione di ciascun di loro a tanta disgrazia. Non vi sono termini per esprimere la smania che allora s'impadronì di me. E questa smania si prolungò cotanto, ch'io disperava di più sedarla.

Anche questo spavento era un'illusione. O afflitti, che vi credete preda d'un ineluttabile, orrendo, sempre crescente dolore, pazientate alquanto, e vi disingannerete! Né somma pace, né somma inquietudine possono durare quaggiù. Conviene persuadersi di questa verità, per non insuperbire nelle ore felici e non avvilirsi in quelle del perturbamento.

A lunga smania successe stanchezza ed apatia. Ma l'apatia neppure non è durevole e temetti di dover, quindi in poi, alternare senza rifugio, tra questa e l'opposto eccesso. Inorridii alla prospettiva di simile avvenire, e ricorsi anche questa volta ardentemente alla preghiera.

Io dimandai a Dio d'assistere il mio misero Piero come me, e la sua casa come la mia. Solo ripetendo questi voti, potei veramente tranquillarmi.

CAPO DECIMOSETTIMO

Ma quando l'animo era quetato, io rifletteva alle smanie sofferte, e adirandomi della mia debolezza, studiava il modo di guarirne. Giovommi a tal uopo questo espediente. Ogni mattina, mia prima occupazione, dopo bre-

---

[1] La madre di Piero: Maria Traldiboni. Suo fratello: Francesco, medico a Bologna, al quale era indirizzata la lettera sequestrata, che portò all'arresto di Piero e di Silvio. Le due sorelle: Eurosia ed Antonia. Il cognato: il marito di Eurosia, avvocato G. B. Masotti.

ve omaggio al Creatore, era il fare una diligente e coraggiosa rassegna d'ogni possibile evento atto a commuovermi. Su ciascuno fermava vivamente la fantasia e mi vi preparava; dalle più care visite, fino alla visita del carnefice, io le immaginava tutte. Questo tristo esercizio sembrava per alcuni giorni incomportevole, ma volli essere perseverante, ed in breve ne fui contento.

Al primo dell'anno (1821), il conte Luigi Porro ottenne di venirmi a vedere [1]. La tenera e calda amicizia ch'era tra noi, il bisogno che avevamo di dirci tante cose, l'impedimento che a questa effusione era posto dalla presenza di un attuario, il troppo breve tempo che ci fu dato di stare insieme, i sinistri presentimenti che mi angosciavano, lo sforzo che facevamo egli ed io di parer tranquilli, tutto ciò parea dovermi mettere una delle più terribili tempeste nel cuore. Separato da quel caro amico, mi sentii in calma; intenerito, ma in calma.

Tale è l'efficacia del premunirsi contro le forti emozioni.

[1] Il conte Luigi Porro Lambertenghi nacque a Como nel 1780; a ventun anno entrò nella Consulta Cisalpina di Lione, come deputato di Como. Nel 1803 fece parte del Corpo legislativo della Repubblica Italiana, ufficio che tenne anche sotto il Regno Italico fino al 1807. Durante le giornate dell'aprile 1814, fu mandato dalla Reggenza milanese ambasciatore al Quartier generale austriaco a Verona, e poi al re Gioacchino Murat. Caduto il Regno Italico, fu, col Confalonieri, fra i più caldi fautori dell'indipendenza italiana; sostenne materialmente e moralmente il *Conciliatore*, e fu aggregato alla Carboneria. Rimasto vedovo con quattro figli, due dei quali aveva affidato ai Pellico come precettore, si dichiarò poi disposto a pagare una forte cauzione perché fosse concessa a Silvio la libertà provvisoria. Rincasando, una sera dell'aprile 1821, trovò dal portinaio questo avviso: « Dite al conte Porro che uno della Polizia è venuto a cercarlo ». La mattina dopo fuggì da Milano, si recò a Lainate, poi a Torino, quindi in Isvizzera e a Parigi. Condannato a morte in contumacia, nel 1822, visse a Londra col Foscolo e col Santarosa. Con quest'ultimo fu in Grecia nel 1825, e vi ebbe importanti cariche politiche. Di là si ritrasse nel 1827 a Marsiglia, donde tenne carteggio col Pellico, quando fu liberato dallo Spielberg. Tornò a Milano, dopo l'amnistia del 1840; servì la causa nazionale nel 1848 e nel 1859 ebbe la consolazione di veder cacciato lo straniero dalla Lombardia. Il 9 febbraio 1860 chiuse la sua vita, tutta consacrata al trionfo della causa nazionale.

Il mio impegno d'acquistare una calma costante, non movea tanto dal desiderio di diminuire la mia infelicità, quanto dall'apparirmi brutta, indegna dell'uomo, l'inquietudine. Una mente agitata non ragiona più: avvolta fra un turbine irresistibile d'idee esagerate, si forma una logica sciocca, furibonda, maligna; è in uno stato assolutamente antifilosofico, anticristiano.

S'io fossi predicatore, insisterei spesso sulla necessità di bandire l'inquietudine: non si può essere buono ad altro patto. Com'era pacifico con sé e con gli altri Colui che dobbiamo tutti imitare! Non v'è grandezza d'animo, non v'è giustizia senza idee moderate, senza uno spirito tendente più a sorridere che ad adirarsi degli avvenimenti di questa breve vita. L'ira non ha qualche valore, se non nel caso rarissimo, che sia presumibile d'umiliare con essa un malvagio e di ritrarlo dall'iniquità.

Forse si dànno smanie di natura diversa da quelle ch'io conosco, e meno condannevoli. Ma quella che m'avea fin allora fatto suo schiavo, non era una smania di pura afflizione: vi si mescolava sempre molto odio, molto prurito di maledire, di dipingermi la società, o questi o quegli individui coi colori più esecrabili. Malattia epidemica nel mondo! L'uomo si reputa migliore, aborrendo gli altri. Pare che tutti gli amici si dicano all'orecchio: « Amiamoci solamente fra noi; gridando che tutti sono ciurmaglia, sembrerà che siamo semidei ».

Curioso fatto, che il vivere arrabbiato piaccia tanto! Vi si pone una specie d'eroismo. Se l'oggetto contro cui jeri si fremeva è morto, se ne cerca subito un altro. « Di chi mi lamenterò oggi? Chi odierò? sarebbe mai quello il mostro?... Oh gioia! l'ho trovato. Venite, amici, laceriamolo ».

Così va il mondo: e, senza lacerarlo, posso ben dire che va male.

CAPO DECIMOTTAVO

Non v'era molta malignità nel lamentarmi dell'orridezza della stanza, ove m'aveano posto. Per buona ventura, restò vuota una migliore, e mi si fece l'amabile sorpresa di darmela.

Non avrei io dovuto esser contentissimo a tale annuncio? Eppure... Tant'è; non ho potuto pensare a Maddalena senza rincrescimento. Che fanciullaggine! affezionarsi sempre a qualche cosa, anche con motivi, per verità, non molto forti! Uscendo di quella cameraccia, voltai indietro lo sguardo, verso la parete alla quale io mi era sì sovente appoggiato, mentre, forse un palmo più in là, vi s'appoggiava dal lato opposto la misera peccatrice. Avrei voluto sentire ancora una volta que' due patetici versi:

> *Chi rende alla meschina*
> *La sua felicità?*

Vano desiderio! Ecco una separazione di più nella mia sciagurata vita. Non voglio parlarne lungamente per non far ridere di me; ma sarei un ipocrita se non confessassi che ne fui mesto per più giorni.

Nell'andarmene, salutai due de' poveri ladri, miei vicini, ch'erano alla finestra. Il caporione non v'era, ma, avvertito dai compagni, v'accorse, e mi risalutò anch'egli. Si mise quindi a cantarellare l'aria: *Chi rende alla meschina...* Voleva egli burlarsi di me?... Scommetto che se facessi questa dimanda a cinquanta persone quarantanove risponderebbero: « Sì ». Ebbene, ad onta di tanta pluralità di voti, inclino a credere che il buon ladro intendea di farmi una gentilezza. Io la ricevetti come tale, e gliene fui grato e gli diedi ancora un'occhiata: ed egli, sporgendo il braccio fuori de' ferri col berretto in mano, faceami ancor cenno, allor ch'io voltava per discendere la scala.

Quando fui nel cortile, ebbi una consolazione. V'era il mutolino sotto il portico. Mi vide, mi riconobbe, e volea corrermi incontro. La moglie del custode, chi sa perché? l'afferrò pel collare e lo cacciò in casa. Mi spiacque di non poterlo abbracciare, ma i saltetti ch'ei fece per correre a me mi commossero deliziosamente. È cosa sì dolce l'essere amato!

Era giornata di grandi avventure. Due passi più in là, mossi vicino alla finestra della stanza già mia, e nella quale ora stava Gioja. — Buon giorno, Melchiorre! — gli dissi passando. Alzò il capo, e balzando verso me, gridò: — Buon giorno, Silvio!

Ahi! non mi fu dato di fermarmi un istante. Voltai sotto il portone, salii una scaletta, e venni posto in una cameruccia pulita, al di sopra di quella di Gioja.

Fatto portare il letto, e lasciato solo dai secondini, mio primo affare fu di visitare i muri. V'erano alcune memorie scritte, quali con matita, quali con carbone, quali con punta incisiva. Trovai graziose due strofe francesi che or m'incresce di non aver imparate a memoria. Erano firmate *Le Duc de Normandie*. Presi a cantarle, adattandovi alla meglio l'aria della mia povera Maddalena; ma ecco una voce vicinissima che le ricanta con altr'aria. Com'ebbe finito, gli gridai: — Bravo! — Ed egli mi salutò gentilmente, chiedendomi s'io era francese.

— No; sono italiano, e mi chiamo Silvio Pellico.

— L'autore della *Francesca da Rimini*[1]?
— Appunto.

E qui un gentile complimento, e le naturali condoglianze sentendo ch'io fossi in carcere.

Mi domandò di qual parte d'Italia fossi nativo.

— Di Piemonte, — dissi: — sono saluzzese.

E qui nuovo gentile complimento sul carattere e sull'ingegno de' piemontesi, e particolare menzione de' valent'uomini saluzzesi e in ispecie di Bodoni[2].

Quelle poche lodi erano fine, come si fanno da persona di buona educazione

— Or mi sia lecito, — gli dissi, — di chiedere a voi, signore, chi siete.

— Avete cantata una mia canzoncina.

— Quelle due belle strofette che stanno sul muro, sono vostre?

— Sì, signore.

— Voi siete dunque...

— L'infelice duca di Normandia[3].

CAPO DECIMONONO

Il custode passava sotto le nostre finestre, e ci fece tacere.

Quale infelice duca di Normandia? andava io rumi-

---

[1] La *Francesca da Rimini,* rappresentata a Milano la sera del 18 agosto 1815, e quindi in molte altre città d'Italia, aveva reso popolare il nome del Pellico.

[2] Giambattista Bodoni nacque a Saluzzo nel 1740, e morì nel 1813 a Parma, dove esercitava la professione di tipografo, nella quale eccelse. Sono famose le sue edizioni dei classici.

[3] *L'infelice duca di Normandia* sarebbe il figlio di Luigi XVI e di Maria Antonietta, il quale, dopo che i suoi genitori furono nel 1793 condannati a morte e giustiziati, era stato affidato alle cure del calzolaio Simon e morì in carcere. Ma si andò in seguito creando la leggenda che l'erede del trono di Francia fosse stato trafugato dalla prigione e sostituito con altro giovinetto muto, mentre il vero Carlo Luigi sarebbe sopravvissuto alla Rivoluzione e all'Impero. Caduto Napoleone, furono numerosi coloro che si spacciarono per il figlio del re Luigi XVI e, fra gli altri, anche il personaggio misterioso incontrato dal Pellico nelle carceri di Santa Margherita. Ma furono tutti ritenuti esaltati o mistificatori e imbroglioni.

nando. Non è questo il titolo che davasi al figlio di Luigi XVI? Ma quel povero fanciullo è indubbiamente morto. Ebbene, il mio vicino sarà uno dei disgraziati che si sono provati a farlo rivivere.

Già parecchi si spacciarono per Luigi XVII, e furono riconosciuti impostori: qual maggior credenza dovrebbe questi ottenere?

Sebbene io cercassi di stare in dubbio, un'invincibile incredulità prevaleva in me, ed ognor continuò a prevalere. Nondimeno determinai di non mortificare l'infelice, qualunque frottola fosse per raccontarmi.

Pochi istanti dappoi, ricominciò a cantare, indi ripigliammo la conversazione.

Alla mia domanda sull'esser suo, rispose ch'egli era appunto Luigi XVII, e si diede a declamare con forza

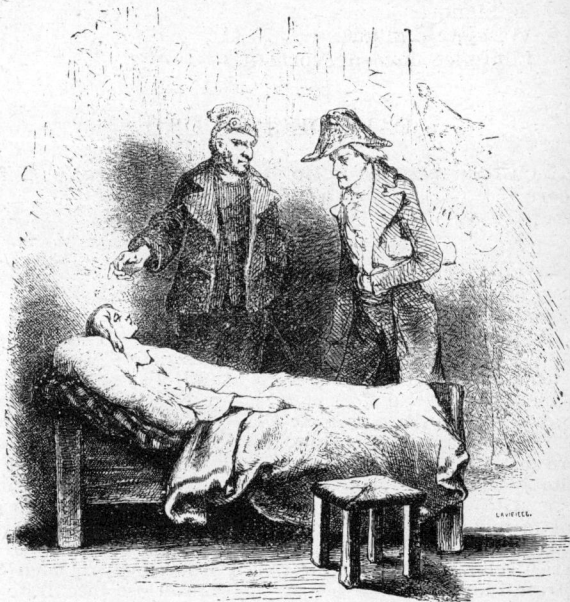

contro Luigi XVIII suo zio, usurpatore de' suoi diritti.

— Ma questi diritti, come non li faceste valere al tempo della Ristorazione[1]?

— Io mi trovava allora mortalmente ammalato a Bologna. Appena risanato, volai a Parigi, mi presentai alle Alte Potenze, ma quel ch'era fatto era fatto: l'iniquo mio zio[2] non volle riconoscermi, mia sorella[3] si unì a lui

BRUGNOT

[1] La « Ristorazione », cioè la reintegrazione dei sovrani legittimi sui troni che la Rivoluzione francese e l'Impero napoleonico avevano schiantato: avvenne dopo l'abdicazione del Bonaparte nel 1814 e dopo i Cento Giorni nel 1815.

[2] Il re Luigi XVIII, fratello di Luigi XVI, che salì al trono di Francia nel 1814.

[3] Maria Teresa Carlotta, ch'era stata rinchiusa con Carlo Luigi nella prigione del Tempio.

per opprimermi. Il solo buon principe di Condé [1] m'accolse a braccia aperte, ma la sua amicizia nulla poteva. Una sera, per le vie di Parigi, fui assalito da sicarii, armati di pugnali, ed a stento mi sottrassi a' loro colpi. Dopo aver vagato qualche tempo in Normandia, tornai in Italia, e mi fermai a Modena. Di lì, scrivendo incessantemente ai monarchi d'Europa, e particolarmente all'imperatore Alessandro [2], che mi rispondea colla massima gentilezza, io non disperava d'ottenere finalmente giustizia, o se, per politica, voleano sacrificare i miei diritti al trono di Francia, che almeno mi s'assegnasse un decente appannaggio. Venni arrestato, condotto ai confini del ducato di Modena, e consegnato al Governo austriaco. Or, da otto mesi, sono qui sepolto, e Dio sa quando uscirò [3].

Non prestai fede a tutte le sue parole. Ma ch'ei fosse lì sepolto era una verità, e m'inspirò una viva compassione.

Lo pregai di raccontarmi in compendio la sua vita. Mi disse con minutezza tutti i particolari ch'io già sapeva intorno Luigi XVII, quando lo misero collo scellerato Simon [4], calzolaio; quando lo indussero ad attestare una infame calunnia contro i costumi della povera regina sua madre, ecc., ecc. E finalmente, che, essendo in carcere, venne gente una notte a prenderlo; un fanciullo stupido per nome Mathurin fu posto in sua vece, ed ei fu trafugato. V'era nella strada una carrozza a quattro cavalli, ed uno dei cavalli era una macchina di legno, nella quale ei fu celato. Andarono felicemente al Reno, e passati i confini, il generale... (mi disse il nome, ma non me lo ricordo) che l'avea liberato, gli fece per qualche tempo da educatore, da padre; lo mandò o condusse quindi in America. Là il giovane re senza regno ebbe molte peripezie, patì la fame ne' deserti, militò, visse onorato e felice alla corte del re del Brasile [5], fu calunniato, perseguitato, costretto a fuggire. Tornò in Europa in sul finire

[1] Il principe Luigi di Condè, 1756-1830, d'un ramo collaterale borbonico.
[2] L'imperatore Alessandro I, Zar di tutte le Russie.
[3] Restò nelle carceri austriache sette anni e mezzo!
[4] Il guardiano delle carceri del Tempio a Parigi, uomo noto per la sua brutalità.
[5] Don Pedro di Braganza, che nel 1822 assunse il titolo di Imperatore.

dell'impero napoleonico; fu tenuto prigione a Napoli da Giovacchino Murat[1], e quando si rivide libero ed in procinto di reclamare il trono di Francia, lo colpì a Bologna quella funesta malattia, durante la quale Luigi XVIII fu incoronato.

CAPO VIGESIMO

Ei raccontava questa storia con una sorprendente aria di verità. Io non potendo crederlo, pur l'ammirava. Tutti i fatti della rivoluzione francese gli erano notissimi; ne parlava con molta spontanea eloquenza, e riferiva ad ogni proposito aneddoti curiosissimi. Vi era alcun che di soldatesco nel suo dire, ma senza mancare di quella eleganza ch'è data dall'uso della fina società.

— Mi permetterete, — gli dissi, — ch'io vi tratti alla buona, ch'io non vi dia titoli.

— Questo è ciò che desidero, — rispose. — Dalla sventura ho almeno tratto questo guadagno, che so sorridere di tutte le vanità. V'assicuro che mi pregio più d'essere uomo che di essere re.

Mattina e sera, conversavamo lungamente insieme; e, ad onta di ciò ch'io reputava esser commedia in lui, l'anima sua mi pareva buona, candida, desiderosa di ogni bene morale. Più volte fui per dirgli: « Perdonate, io vorrei credere che foste Luigi XVII, ma sinceramente vi confesso che la persuasione contraria domina in me; abbiate tanta franchezza da rinunciare a questa finzione ». E ruminava tra me una bella prediccuccia da fargli sulla vanità d'ogni bugia, anche delle bugie che sembrano innocue.

Di giorno in giorno differiva; sempre aspettava che l'intimità nostra crescesse ancora di qualche grado, e mai non ebbi ardire d'eseguire il mio intento.

Quando rifletto a questa mancanza d'ardire, talvolta la scuso come urbanità necessaria, onesto timore d'affliggere, e che so io. Ma queste scuse non m'accontentano, e non posso dissimulare che sarei più soddisfatto di me,

[1] Gioacchino Murat fu uno dei più valorosi marescialli di Napoleone, di cui sposò la sorella Maria Carolina, nel 1800. Creato nel 1808 re di Napoli, perdette il trono nel 1815: e, poco dopo, anche la vita, avendo tentato di recuperarlo.

se non mi fossi tenuta nel gozzo l'ideata predicuccia. Fingere di prestar fede ad un'impostura è pusillanimità; parmi che nol farei più.

Sì, pusillanimità! Certo, che, per quanto s'involva in delicati preamboli, è aspra cosa il dire ad uno: « Non vi credo ». Ei si sdegnerà, perderemo il piacere della sua amicizia, ci colmerà forse d'ingiurie. Ma ogni perdita è più onorevole del mentire. E forse il disgraziato che ci colmerebbe d'ingiurie, vedendo che una sua impostura non è creduta, ammirerebbe poscia in secreto la nostra sincerità, e gli sarebbe motivo di riflessioni che il ritrarrebbero a miglior via.

I secondini inclinavano a credere ch'ei fosse veramente Luigi XVII, ed avendo già veduto tante mutazioni di fortuna, non disperavano che costui non fosse per ascendere un giorno al trono di Francia, e si ricordasse della loro devotissima servitù. Tranne il favorire la sua fuga, gli usavano tutti i riguardi ch'ei desiderava.

Fui debitore a ciò dell'onore di vedere il gran personaggio. Era di statura mediocre, dai 40 ai 45 anni, alquanto pingue e di fisionomia propriamente borbonica. Egli è verosimile che un'accidentale somiglianza coi Borboni l'abbia indotto a rappresentare quella trista parte.

CAPO VIGESIMOPRIMO

D'un altro indegno rispetto umano bisogna ch'io m'accusi. Il mio vicino non era ateo, ed anzi parlava talvolta de' sentimenti religiosi, come uomo che li apprezza e non v'è straniero; ma serbava tuttavia molte prevenzioni irragionevoli contro il Cristianesimo, il quale ei guardava meno nella sua vera essenza, che nei suoi abusi. La superficiale filosofia che in Francia precedette e seguì la rivoluzione, l'aveva abbagliato. Gli pareva che si potesse adorar Dio con maggior purezza, che secondo la religione del Vangelo. Senza aver gran cognizione di Condillac[1] e di Tracy[2], li venerava come sommi pensatori, e s'immaginava che quest'ultimo avesse dato il compimento a tutte le possibili indagini metafisiche.

Io che aveva spinto più oltre i miei studî filosofici, che sentiva la debolezza della dottrina sperimentale, che conosceva i grossolani errori di critica con cui il secolo di Voltaire[3] aveva preso a voler diffamare il Cristianesimo; io che aveva letto Guénée[4] ed altri valenti smascheratori di quella falsa critica; io ch'era persuaso non potersi con rigore di logica ammettere Dio e ricusare il Vangelo; io che trovava tanto volgar cosa il seguire la corrente delle opinioni anticristiane, e non sapersi elevare a conoscere quanto il cattolicismo, non veduto in caricatura, sia semplice e sublime; io ebbi la viltà di sacrificare al rispetto umano. Le facezie del mio vicino

[1]Étienne de Condillac (1715-1780), filosofo, capo della scuola sensista. Rimase dieci anni in Italia ad educarvi il principe ereditario di Parma ed ebbe discepoli il Gioja e il Romagnosi.

[2]Destut de Tracy, filosofo, nato a Parigi nel 1754, m. nel 1836; fu amico del Manzoni.

[3]F. M. Arouet, dettosi Voltaire, celebre poeta filosofo e prosatore francese (1694-1778). Trattò con meravigliosa facilità tutti i generi letterarî e creò la tragedia filosofica. Avversò con ironìa il Cristianesimo. Fu uno degli ingegni più influenti del suo secolo.

[4]L'abate Guénée (1717-1803) combatté con i suoi scritti le dottrine irreligiose del Voltaire.

mi confondevano, sebbene non potesse sfuggirmi la loro leggerezza. Dissimulai la mia credenza, esitai, riflettei se fosse, o no, tempestivo il contraddire, mi dissi ch'era inutile, e volli persuadermi d'essere giustificato.

Viltà! viltà! Che importa il baldanzoso vigore di opinioni accreditate, ma senza fondamento? È vero che uno zelo intempestivo è indiscrezione, e può maggiormente irritare chi non crede. Ma il confessare con franchezza e modestia ad un tempo, ciò che fermamente si tiene per importante verità, il confessarlo anche là dove non è presumibile d'essere approvato, né d'evitare un poco di scherno, egli è preciso dovere. E siffatta nobile confessione può sempre adempirsi, senza prendere inopportunamente il carattere di missionario.

Egli è dovere, di confessare un'importante verità, in ogni tempo, perocché se non è sperabile che venga su-

bito riconosciuta, può pure dar tale preparamento all'anima altrui, il quale produca un giorno maggiore imparzialità di giudizii ed il conseguente trionfo della luce.

CAPO VIGESIMOSECONDO

Stetti in quella stanza un mese e qualche dì. La notte dei 18 ai 19 di febbraio (1821) sono svegliato da rumore di catenacci e di chiavi; vedo entrare parecchi uomini con lanterna: la prima idea che mi si presentò, fu che venissero a scannarmi. Ma mentre io guardava perplesso quelle figure, ecco avanzarsi gentilmente il conte B.[1], il quale mi dice che io abbia la compiacenza di vestirmi presto per partire.

Quest'annunzio mi sorprese, ed ebbi la follìa di sperare che mi si conducesse ai confini del Piemonte. « Possibile che sì gran tempesta si dileguasse così? Io racquisterei ancora la dolce libertà? Io rivedrei i miei carissimi genitori, i fratelli, le sorelle? ».

Questi lusinghevoli pensieri m'agitarono brevi istanti. Mi vestii con grande celerità e seguii i miei accompagnatori, senza pur poter salutare ancora il mio vicino. Mi pare d'aver udito la sua voce, e m'increbbe di non potergli rispondere.

— Dove si va? — dissi al conte, montando in carrozza con lui e con un uffiziale di gendarmeria.

— Non posso significarglielo, finché non siamo un miglio al di là di Milano.

Vidi che la carrozza non andava verso porta Vercellina[2], e le mie speranze furono svanite!

Tacqui. Era una bellissima notte con lume di luna. Io guardava quelle care vie, nelle quali io aveva passeggiato tanti anni, così felice; quelle case, quelle chiese. Tutto mi rinnovava mille soavi rimembranze.

Oh corsìa di Porta Orientale[3]! Oh pubblici giardini,

---

[1] Il conte Bolza, di Menaggio, uno dei più noti attuari (oggi si direbbe commissario) della polizia austriaca in Milano: si lasciò scappare il Porro, e quindi fu severamente rimproverato dal Senato Lombardo-Veneto di Verona.

[2] Porta Vercellina è oggi Porta Magenta.

[3] Porta Orientale è oggi Porta Venezia.

I così detti Piombi sono la parte superiore del già palazzo del
Doge (cap. XXIII)

ov'io avea tante volte vagato con Foscolo[1], con Monti[2], con Lodovico di Breme[3], con Pietro Borsieri[4], con Porro e co' suoi figliuoli, con tanti altri diletti mortali, conversando in sì gran pienezza di vita e di speranze! Oh come nel dirmi ch'io vi vedeva per l'ultima volta, oh come al vostro rapido fuggire a' miei sguardi, io sentiva d'avervi amato e d'amarvi! Quando fummo usciti dalla Porta, tirai alquanto il cappello sugli occhi, e piansi, non osservato.

Lasciai passare più d'un miglio, poi dissi al conte B.:
— Suppongo che si vada a Verona[5].
— Si va più in là, — rispose: — andiamo a Venezia, ove.debbo consegnarla ad una Commissione speciale[6].

Viaggiammo per posta, senza fermarci, e giungemmo il 20 febbraio a Venezia.

Nel settembre dell'anno precedente, un mese prima che m'arrestassero, io era a Venezia ed aveva fatto un pranzo in numerosa e lietissima compagnia all'albergo della *Luna*. Cosa strana! Sono appunto dal conte e dal gendarme condotto all'albergo della *Luna*.

Un cameriere strabiliò vedendomi, ed accorgendosi (sebbene il gendarme e i due satelliti, che facevano fi-

[1] Ugo Foscolo (1778-1827), il grande poeta dei *Sepolcri*, in quel tempo esule a Londra, era stato amicissimo del Pellico.

[2] Vincenzo Monti (1754-1828), poeta la cui fama è soprattutto affidata alla traduzione dell'*Iliade*. Fu dal Pellico ammirato per le doti dell'ingegno, ma giudicato severamente come uomo di debole carattere civile.

[3] Lodovico Arborio Gattinara di Breme (1781-1820) torinese, faceva da anello di congiunzione fra i liberali piemontesi e i cospiratori milanesi. Fu uno dei collaboratori del giornale *Il Conciliatore*, amicissimo del Pellico, di cui fece rappresentare la *Francesca da Rimini*, presentandolo a Carlotta Marchionni.

[4] Pietro Borsieri (1788-1852), scolaro del Foscolo a Pavia, si laureò in legge; collaborò al *Conciliatore*. Nel 1822 fu condannato per Carboneria a venti anni di carcere duro: graziato nel 1836, fu deportato in America. Dagli Stati Uniti venne a Parigi, ove prese dimora, finché poté tornare in Italia. Morì a Belgirate.

[5] A Verona v'era il supremo tribunale del Lombardo-Veneto.

[6] La Commissione speciale incaricata di istruire i processi contro i Carbonari: ne era parte principale Antonio Salvotti, trentino, che già aveva lungamente inquisito i Carbonari di Fratta Polesine.

BRUGNOT

gura di servitori, fossero travestiti), ch'io era nelle mani della forza. Mi rallegrai di quest'incontro, persuaso che il cameriere parlerebbe del mio arrivo a più d'uno.

Pranzammo, indi fui condotto al palazzo del Doge, ove ora sono i tribunali. Passai sotto quei cari portici delle Procuratie, ed innanzi al caffè Florian[1], ov'io avea goduto sì belle sere nell'autunno trascorso: non m'imbattei in alcuno de' miei conoscenti.

Si traversa la piazzetta[2]... E su quella piazzetta, nel settembre addietro, un mendìco mi avea detto queste singolari parole:

— Si vede ch'ella è forestiero, signore; ma io non capisco com'ella e tutti i forestieri ammirino questo luogo: per me è un luogo di disgrazia, e vi passo unicamente per necessità.

— Vi sarà qui accaduto qualche malanno?

— Sì, signore; un malanno orribile, e non a me solo.

---

[1] Celebre caffè di piazza San Marco, aperto da Floriano Francesconi nel 1720; fu nel 1848 e nel 1849 il quartier generale dei patrioti veneziani; esiste tuttora.

[2] La piazzetta di San Marco, aperta sul Bacino omonimo.

Iddio la scampi, signore, Iddio la scampi!

E se n'andò in fretta.

Or ripassando io colà, era impossibile che non mi sovvenissero le parole del mendìco. E fu ancora su quella piazzetta, che l'anno seguente io ascesi il palco, donde intesi leggermi la sentenza di morte e la commutazione di questa pena in quindici anni di carcere duro!

S'io fossi testa un po' delirante di misticismo, farei gran caso di quel mendìco, predicentemi così energicamente essere quello un *luogo di disgrazia*. Io non noto questo fatto, se non come uno strano accidente.

Salimmo al palazzo; il conte B. parlò co' giudici, indi mi consegnò al carceriere, e, congedandosi da me, m'abbracciò intenerito.

CAPO VIGESIMOTERZO

Seguii in silenzio il carceriere. Dopo aver traversato parecchi anditi e parecchie sale, arrivammo ad una scaletta che ci condusse sotto i *Piombi*, famose prigioni di Stato fin dal tempo della Repubblica Veneta[1].

Ivi il carceriere prese registro del mio nome, indi mi chiuse nella stanza destinatami.

I così detti *Piombi* sono la parte superiore del già pa-

[1] I Piombi erano prigioni collocate sotto i tetti del Palazzo Ducale e così chiamate perché coperte di piombo. Furono aperte nel 1591. Non si contavano che quattro segrete: una rispondeva sulla corte e le altre sopra il canale. Erano alte da m. 1,85 a 2,57, larghe da m. 2,78 a 3,85. Da esse, con audacia incredibile riuscirono a fuggire il celebre avventuriero Giacomo Casanova e il conte Gaetano Lechi. Scrisse il Molmenti: « Se i prigionieri dei Pozzi stavano al buio e all'umido nel fondo del Palazzo Ducale, altri per contrapposto erano collocati sui tetti, ove, a dir vero, nelle giornate d'estate, i condannati, che fossero versati in lettere, come quel mariuolo del Casanova, dovevano ripetere, per proprio conto, i versi di Dante:

> ...*in un bogliente vetro*
> *Gittato mi sarei per rinfrescarmi;*
> *Tanto er'ivi lo incendio senza metro.*

Se nei Pozzi era il gelo della Siberia, nei Piombi erano gli ardori dell'Africa ».

lazzo del Doge, coperta tutta di piombo.

La mia stanza avea una gran finestra, con enorme inferriata, e guardava sul tetto, parimente di piombo, della chiesa di San Marco. Al di là della chiesa, io vedeva in lontananza il termine della piazza, e da tutte parti un'infinità di cupole e di campanili. Il gigantesco campanile di San Marco era solamente separato da me dalla lunghezza della chiesa, ed io udiva coloro che in cima di esso parlavano alquanto forte. Vedevasi anche, al lato sinistro della chiesa, una porzione del gran cortile del palazzo ed una delle entrate. In quella porzione di cortile sta un pozzo pubblico, ed ivi continuamente veniva gente a cavare acqua. Ma la mia prigione essendo così alta, gli uomini laggiù mi parevano fanciulli, ed io non discerneva le loro parole, se non quando gridavano. Io mi trovava assai più solitario che non era nelle carceri di Milano.

Nei primi giorni le cure del processo criminale, che dalla Commissione speciale mi veniva intentato, m'attristarono alquanto, e vi s'aggiungeva forse quel penoso sentimento di maggior solitudine. Inoltre io era più lontano dalla mia famiglia, e non avea più di essa notizie. Le faccie nuove che io vedeva non m'erano antipatiche, ma serbavano una serietà quasi spaventata. La fama avea esagerato loro le trame dei Milanesi e del resto d'Italia per l'indipendenza, e dubitavano ch'io fossi uno dei più imperdonabili motori di quel delirio. La mia piccola celebrità letteraria era nota al custode, a sua moglie, alla figlia, ai due figli maschi, e persino ai due secondini: i quali tutti, chi sa che non s'immaginassero che un autore di tragedie fosse una specie di mago?

Erano serii, diffidenti, avidi ch'io loro dessi maggior contezza di me, ma pieni di garbo.

Dopo i primi giorni si mansuefecero tutti, e li trovai buoni. La moglie era quella che più manteneva il contegno ed il carattere di carceriere. Era una donna di vi-

so asciutto asciutto, verso i quarant'anni, di parole asciutte, non dante il minimo segno d'essere capace di qualche benevolenza ad altri che ai suoi figli.

Solea portarmi il caffè, mattina e dopo pranzo, acqua, biancheria, ecc. La seguivano ordinariamente: sua figlia, fanciulla di quindici anni, non bella ma di pietosi sguardi[1], e i due figliuoli, uno di tredici anni, l'altro di dieci. Si ritiravano quindi colla madre, ed i tre giovani sembianti si rivoltavano dolcemente a guardarmi chiudendo la porta. Il custode non veniva da me, se non quando aveva da condurmi nella sala ove si adunava la Commissione per esaminarmi. I secondini venivano poco, perché attendevano alle prigioni di polizia, collocate ad un piano inferiore, ove erano sempre molti ladri. Uno di que' secondini era un vecchio, di più di settant'anni, ma atto ancora a quella faticosa vita di correre su e giù per le scale ai diversi carceri. L'altro era un giovinotto di ventiquattro o venticinque anni, più voglioso di raccontare i suoi amori che di badare al suo servizio.

CAPO VIGESIMOQUARTO

Ah sì! le cure d'un processo criminale sono orribili per un prevenuto d'inimicizia allo Stato[2]! Quanto timore di nuocere altrui! quanta difficoltà di lottare contro tante accuse, contro tanti sospetti! quanta verosimiglianza che tutto non s'intrichi sempre più funestamente, se il processo non termina presto, se nuovi arresti vengono fatti, se nuove imprudenze si scoprono, anche di persone non conosciute ma della fazione medesima!

Ho fermato di non parlare di politica, e bisogna quindi ch'io sopprima ogni relazione concernente il processo[3]. Solo dirò che spesso, dopo essere stato lunghe ore

[1] Angiolina, la Zanze, ma di 13 anni non di 15.
[2] Il Pellico era infatti sottoposto a « speciale inquisizione criminale, siccome legalmente indiziato di complicità nel delitto di alto tradimento ».
[3] Né avrebbe potuto parlarne, perché la censura piemontese avrebbe altrimenti proibita la pubblicazione.

al costituto[1], io tornava nella mia stanza così esacerbato, così fremente, che mi sarei ucciso, se la voce della religione e la memoria de' cari parenti non m'avessero contenuto[2].

L'abitudine di tranquillità, che già mi pareva a Milano d'aver acquistato, era disfatta. Per alcuni giorni disperai di ripigliarla, e furono giorni d'inferno. Allora cessai di pregare, dubitai della giustizia di Dio, maledissi agli uomini ed all'universo, e rivolsi nella mente tutti i possibili sofismi sulla vanità della virtù.

L'uomo infelice ed arrabbiato è tremendamente ingegnoso a calunniare i suoi simili e lo stesso Creatore. L'ira è più immorale, più scellerata che generalmente non si pensa. Siccome non si può ruggire dalla mattina alla sera, per settimane, e l'anima la più dominata dal furore, ha di necessità i suoi intervalli di riposo, quegli intervalli sogliono risentirsi dell'immoralità che li ha preceduti. Allora sembra d'essere in pace, ma è una pace maligna, irreligiosa; un sorriso selvaggio, senza carità, senza dignità; un umore di disordine, d'ebbrezza, di scherno.

In simile stato io cantava per ore intere con una specie d'allegrezza affatto sterile di buoni sentimenti; io celiava con tutti quelli che entravano nella mia stanza; io mi sforzava di considerare tutte le cose con una sapienza volgare, la sapienza dei cinìci.

Quell'infame tempo durò poco: sei o sette giorni.

La mia Bibbia era polverosa. Uno dei ragazzi del custode, accarezzandomi, disse:

— Dacché ella non legge più quel libraccio, non ha più tanta melanconia, mi pare.

— Ti pare? — gli dissi.

E presa la Bibbia, ne tolsi col fazzoletto la polvere, e sbadatamente apertala, mi caddero sotto gli occhi queste parole: *Et ait ad discipulos suos: Impossibile est ut non veniant scandala: væ autem illi per quem veniunt! Utilius est illi, si lapis molari imponatur circa collum*

---

[1] Così si chiamava, nel codice austriaco del tempo, l'interrogatorio del reo costituito davanti al giudice.

[2] In queste parole è contenuta una solenne protesta, per i tormentosi prolungati interrogatorî, cui gli accusati erano sottoposti dai giudici austriaci: austriaci, benché italiani.

Solea portarmi il caffè mattina e dopo pranzo (cap. XXIII)

ejus et projiciatur in mare quam ut scandalizet unum de pusillis istis[1].

Fui colpito di trovare queste parole, ed arrossii che quel ragazzo si fosse accorto, dalla polvere ch'ei sopra vedeavi, ch'io più non leggeva la Bibbia, e ch'ei presumesse ch'io fossi divenuto più amabile divenendo incurante di Dio.

— Scapestratello! — gli dissi con amorevole rimprovero e dolendomi d'averlo scandolezzato. — Questo non è un *libraccio*, e da alcuni giorni che nol leggo sto assai peggio. Quando tua madre ti permette di stare un momento con me, m'industrio di cacciar via il mal umore; ma se tu sapessi come questo mi vince allorché son solo, allorché tu m'odi cantare qual forsennato!

CAPO VIGESIMOQUINTO

Il ragazzo era uscito; ed io provava un certo godimento d'aver ripreso in mano la Bibbia; d'aver confessato ch'io stava peggio senza di lei. Mi parea di aver dato soddisfazione ad un amico generoso, ingiustamente offeso; d'essermi riconciliato con esso.

— E t'avea abbandonato, mio Dio? — gridai. — E m'era pervertito? Ed avea potuto credere che l'infame riso del cinismo convenisse alla mia disperata situazione?

Pronunciai queste parole con una emozione indicibile; posi la Bibbia sopra una sedia, m'inginocchiai in terra a leggere, e quell'io che sì difficilmente piango, proruppe in lagrime.

Quelle lagrime erano mille volte più dolci di ogni allegrezza bestiale. Io sentiva di nuovo Dio! lo amava! mi pentiva d'averlo oltraggiato degradandomi! e protestava di non separarmi mai più da lui, mai più!

Oh come un ritorno sincero alla religione consola ed eleva lo spirito!

Lessi e piansi più d'un'ora; e m'alzai pieno di fiducia

---

[1] « E (Gesù) disse ai suoi discepoli: *È impossibile che non avvengano scandali: ma guai a colui per colpa del quale avvengono! Meglio per lui sarebbe che gli fosse applicata al collo una macina da molino, e fosse gettato nel mare, che essere di scandalo a uno di questi piccoli* ». (San Luca, XVII, 1 e 2).

che Dio fosse con me, che Dio mi avesse perdonato ogni stoltezza. Allora le mie sventure, i tormenti del processo, il verosimile patibolo mi sembrarono poca cosa. Esultai di soffrire, poiché ciò mi dava occasione d'adempiere qualche dovere; poiché, soffrendo con rassegnato animo, io obbediva al Signore.

La Bibbia, grazie al Cielo, io sapea leggerla. Non era più il tempo ch'io la giudicava colla meschina critica di Voltaire, vilipendendo espressioni, le quali non sono risibili o false, se non quando, per vera ignoranza o per malizia, non si penetra nel loro senso. M'appariva chiaramente quanto foss'ella il codice della santità, e quindi della verità; quanto l'offendersi per certe sue imperfezioni di stile fosse cosa infilosofica, e simile all'orgoglio di chi disprezza tutto ciò che non ha forme eleganti; quanto fosse cosa assurda l'immaginare che una tal collezione di libri religiosamente venerati avessero un principio non autentico; quanto la superiorità di tali scritture sul Corano [1] e sulla teologia degl'Indi [2] fosse innegabile.

Molti ne abusarono, molti vollero farne un codice d'ingiustizia, una sanzione alle loro passioni scellerate. Ciò è vero; ma siamo sempre lì: di tutto puossi abusare: e quando mai l'abuso di cosa ottima dovrà far dire ch'ella è in se stessa malvagia?

Gesù Cristo lo dichiarò: Tutta la legge ed i Profeti, tutta questa collezione di sacri libri, si riduce al precetto d'amar Dio e gli uomini. E tali scritture non sarebbero verità adatta a tutti i secoli? non sarebbero la parola sempre viva dello Spirito Santo?

Ridestate in me queste riflessioni, rinnovai il proponimento di coordinare alla religione tutti i miei pensieri sulle cose umane, tutte le mie opinioni sui progressi dell'incivilimento, la mia filantropia, il mio amor patrio, tutti gli affetti dell'anima mia.

I pochi giorni ch'io aveva passati nel cinismo mi aveano molto contaminato. Ne sentii gli effetti per lungo tempo, e dovetti faticare per vincerli. Ogni volta che l'uomo cede alquanto alla tentazione di snobilitare il suo

[1] Il Corano è il libro sacro delle genti maomettane.
[2] Indi - abitanti dell'India, - che adorano le forze della natura.

intelletto, di guardare le opere di Dio colla infernal lente dello scherno, di cessare dal benefico esercizio della preghiera, il guasto ch'egli opera nella propria ragione lo dispone a facilmente ricadere. Per più settimane fui assalito, quasi ogni giorno, da forti pensieri d'incredulità; volsi tutta la potenza del mio spirito a respingerli.

CAPO VIGESIMOSESTO

Quando questi combattimenti furono cessati, e sembrommi d'esser di nuovo fermo nell'abitudine di onorar Dio in tutte le mie volontà, gustai per qualche tempo una dolcissima pace. Gli esami, a cui sottoponeami ogni due o tre giorni la Commissione, per quanto fossero tormentosi, non mi traevano più a durevole inquietudine.

Io procurava, in quell'ardua posizione, di non mancare a' miei doveri d'onestà e d'amicizia, e poi dicea: «Faccia Dio il resto».

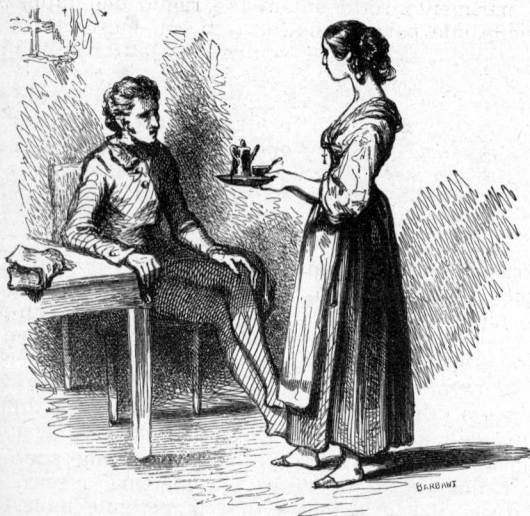

Tornava ad essere esatto nella pratica di prevedere giornalmente ogni sorpresa, ogni emozione, ogni sventura supponibile: e siffatto esercizio giovavami nuovamente assai.

La mia solitudine intanto s'accrebbe. I due figliuoli del custode, che dapprima mi facevano talvolta un po' di compagnia, furono messi a scuola, e stando quindi pochissimo in casa, non venivano più da me. La madre e la sorella, che, allorché c'erano i ragazzi, si fermavano anche spesso a favellar meco, or non comparivano più se non per portarmi il caffè, e mi lasciavano. Per la madre mi rincresceva poco, perché non mostrava animo compassionevole. Ma la figlia, benché bruttina, aveva certa soavità di sguardi e di parole che non erano per me senza pregio. Quando questa mi portava il caffè e diceva: « L'ho fatto io », mi pareva sempre eccellente. Quando diceva: « L'ha fatto la mamma », era acqua calda.

Vedendo sì di rado creature umane, diedi retta ad alcune formiche che venivano sulla mia finestra, le cibai sontuosamente; quelle andarono a chiamare un esercito di compagne, e la finestra fu piena di siffatti animali. Diedi parimente retta ad un bel ragno che tappezzava una delle mie pareti. Cibai questo con moscerini e zanzare, e mi si amicò, sino a venirmi sul letto e sulla mano, a prendere la preda dalle mie dita.

Fossero quelli stati i soli insetti che m'avessero visitato! Eravamo ancora in primavera, e già le zanzare si moltiplicavano, posso proprio dire, spaventosamente. L'inverno era stato di una straordinaria dolcezza, e, dopo pochi venti in marzo, seguì il caldo. È cosa indicibile, come s'infocò l'aria del covile ch'io abitava. Situato a pretto mezzogiorno, sotto un tetto di piombo, e colla finestra sul tetto di San Marco, pure di piombo, il cui riverbero era tremendo, io soffocava. Io non avea mai avuto idea d'un calore sì opprimente. A tanto supplizio s'aggiungevano le zanzare in tal moltitudine, che, per quanto io m'agitassi e ne struggessi, io n'era coperto, il letto, il tavolino, la sedia, il suolo, le pareti, la vôlta, tutto n'era coperto, e l'ambiente ne conteneva infinite, sempre andanti e venienti per la finestra, e facenti un ronzio infernale. Le punture di quegli animali sono dolorose, e quando se ne riceve da mattina a sera, e da sera a mattina, e si deve avere la perenne molestia di pensare a diminuirne il numero, si soffre veramente assai e di corpo e di spirito.

Allorché, veduto simile flagello, ne conobbi la gravezza e non potei conseguire che mi mutassero di carcere, qualche tentazione di suicidio mi prese, e talvolta temei d'impazzare. Ma, grazie al cielo, erano smanie non durevoli, e la religione continuava a sostenermi. Essa mi persuadeva che l'uomo dee patire, e patire con forza; mi facea sentire una certa voluttà del dolore, la compiacenza di non soggiacere, di vincere tutto.

Io dicea: « Quanto più dolorosa mi si fa la vita, tanto meno sarò atterrito, se, giovane come sono, mi vedrò condannato al supplicio. Senza questi patimenti preliminari, sarei forse morto codardamente. E poi, ho io tali virtù da meritare felicità? Dove son esse? ».

Ed esaminandomi con giusto rigore, non trovava, negli anni da me vissuti, se non pochi tratti alquanto plausibili: tutto il resto erano passioni stolte, idolatrie, orgogliosa e falsa virtù. « Ebbene », concludeva io, « soffri, indegno! Se gli uomini e le zanzare t'uccidessero anche per furore e senza diritto, riconoscili stromenti della giustizia divina, e taci! ».

CAPO VIGESIMOSETTIMO

Ha l'uomo bisogno di sforzo per umiliarsi sinceramente? per ravvisarsi peccatore? Non è egli vero che, in generale, sprechiamo la gioventù in vanità, ed invece d'adoperare le forze tutte ad avanzare nella carriera del bene, ne adopriamo gran parte a degradarci? Vi saranno eccezioni, ma confesso che queste non riguardano la mia povera persona. E non ho alcun merito ad essere scontento di me; quando si vede una lucerna dar più fumo che fuoco, non vi vuol gran sincerità a dire, che non arde come dovrebbe.

Sì; senza avvilimento, senza scrupoli di pinzochero, guardandomi con tutta la tranquillità possibile d'intelletto, io mi scorgeva degno dei castighi di Dio. Una voce interna mi dicea: « Simili castighi, se non per questo, ti sono dovuti per quello; valgano a ricondurti verso Colui ch'è perfetto, e che i mortali sono chiamati, secondo le finite loro forze, ad imitare ».

Con qual ragione, mentr'io era costretto a condannarmi di mille infedeltà a Dio, mi sarei lagnato se alcuni uomini mi pareano vili ed alcuni altri iniqui; se le prosperità del mondo m'erano rapite; s'io doveva consumarmi in carcere, o perire di morte violenta?

Procacciai d'imprimermi bene nel cuore tali riflessioni sì giuste e sì sentite: e ciò fatto, io vedeva che bisognava essere conseguente, e che non poteva esserlo in altra guisa, se non benedicendo i retti giudizi di Dio, amandoli, ed estinguendo in me ogni volontà contraria ad essi.

Per viemeglio divenir costante in questo proposito, pensai di svolgere con diligenza d'or innanzi tutti i miei sentimenti, scrivendoli. Il male si era che la Commissione, permettendo ch'io avessi calamaio e carta, mi numerava i fogli di questa, con proibizione di distruggerne alcuno, e riservandosi ad esaminare in che li avessi adoperati. Per supplire alla carta, ricorsi all'innocente artifizio di levigare con un pezzo di vetro un rozzo tavolino ch'io aveva, e su quello quindi scriveva ogni giorno lunghe meditazioni intorno ai doveri degli uomini e di me in particolare.

Non esagero dicendo che le ore così impiegate mi erano talvolta deliziose, malgrado la difficoltà di respiro ch'io pativa per l'enorme caldo e le morsicature dolorosissime delle zanzare. Per diminuire la molteplicità di queste ultime, io era obbligato, ad onta del caldo, d'involgermi bene il capo e le gambe, e di scrivere, non solo co' guanti, ma fasciato i polsi, affinché le zanzare non entrassero nelle maniche.

Quelle mie meditazioni aveano un carattere piuttosto biografico. Io faceva la storia di tutto il bene ed il male che in me s'erano formati dall'infanzia in poi, discutendo meco stesso, ingegnandomi di sciorre ogni dubbio, ordinando quanto meglio io sapea tutte le mie cognizioni, tutte le mie idee sopra ogni cosa [1].

Quando tutta la superficie adoprabile del tavolino era piena di scrittura, io leggeva e rileggeva, meditava sul già meditato, ed alfine mi risolveva (sovente con rincrescimento) a raschiar via ogni cosa col vetro, per ria-

---

[1] In questi pensieri, scritti sul tavolino del carcere, si ritiene sia il primo germe dei *Doveri degli Uomini*, operetta che il Pellico scrisse più tardi e fu pubblicata nel 1834.

vere atta quella superficie a ricevere nuovamente i miei pensieri.

Continuava quindi la mia storia, sempre rallentata da digressioni d'ogni specie, da analisi or di questo or di quel punto di metafisica, di morale, di politica, di religione, e quando tutto era pieno, tornava a leggere e rileggere, poi a raschiare.

Non volendo avere alcuna ragione d'impedimento nel ridire a me stesso colla più libera fedeltà i fatti ch'io ricordava e le opinioni mie, e prevedendo possibile qualche visita inquisitoria, io scriveva in gergo, cioè con trasposizioni di lettere ed abbreviazioni, alle quali io era avvezzatissimo[1]. Non m'accadde però mai alcuna visita siffatta, e niuno s'accorgeva ch'io passassi così bene il mio tristissimo tempo. Quando io udiva il custode o altri aprire la porta, coprivo il tavolino con una tovaglia, e vi metteva sopra il calamaio ed il *legale* quinternetto di carta.

CAPO VIGESIMOTTAVO

Quel quinternetto aveva anche alcune delle mie ore a lui consacrate; e talvolta un intero giorno od una intera notte. Ivi scriveva io di cose letterarie. Composi allora l'*Ester d'Engaddi*, e l'*Iginia d'Asti*[2] e le cantiche intitolate: *Tancreda, Rosilde, Eligi e Valafrido, Adello*[3], oltre parecchi scheletri di tragedie e di altre produzioni, e fra altri quello d'un poema sulla *Lega Lombarda*[4] e d'un altro su *Cristoforo Colombo*[5].

Siccome l'ottenere che mi si rinnovasse il quinternetto, quand'era finito, non era sempre cosa facile e pronta, io faceva il primo getto d'ogni componimento sul tavo-

---

[1] Domenico Chiattone, acuto e appassionato studioso del Pellico, riuscì a trovare la chiave di questo gergo dei detenuti: *o* corrispondeva ad *a*; *p* a *b*; *g* a *c*; *t* a *d*; *y* ad *e*; *v* ad *f*; *c* a *g*; *u* ad *i*; *r* ad *l*; *n* ad *m* e viceversa, cioè *a* ad *o*, *b* a *p*, *k* a *q*, *l* a *r*, *d* a *t*, *i* ad *u*, *f* a *v*. Quindi ad es. *Balla* significava *Porro*.

[2] Furono rappresentate al Teatro Carignano di Torino nel 1832, dopo la liberazione del Pellico.

[3] Queste cantiche furono pubblicate a Capolago nel 1835.

[4] Il poema sulla *Lega Lombarda* non fu ritrovato.

[5] Il *Cristoforo Colombo* fu trattenuto dalla Commissione inquirente.

lino o su cartaccia in cui mi facea portare i fichi secchi o altri frutti. Talvolta dando il mio pranzo ad uno dei secondini, e facendogli credere ch'io non avea punto appetito, io l'induceva a regalarmi qualche foglio di carta. Ciò avveniva solo in certi casi, che il tavolino era già ingombro di scrittura, e non poteva ancora decidermi a raschiarla. Allora io pativa la fame, e sebbene il custode avesse in deposito denari miei, non gli chiedea in tutto il giorno da mangiare, parte perché non sospettasse ch'io aveva dato via il pranzo, parte perché il secondino non s'accorgesse ch'io aveva mentito assicurandolo della mia inappetenza. A sera mi sosteneva con un potente caffè, e supplicava che lo facesse *la siora Zanze*[1]. Questa era la figliuola del custode, la quale, se potea farlo di nascosto della mamma, lo facea straordinariamente carico; tale, che, stante la votezza dello stomaco, mi cagionava una specie di convulsione non dolorosa, che teneami desto tutta notte.

In quello stato di mite ebbrezza io sentiva raddoppiarmisi le forze intellettuali, e poetava e filosofava e pregava fino all'alba con meraviglioso piacere. Una repentina spossatezza m'assaliva quindi: allora io mi gettava sul letto e, malgrado le zanzare, a cui riusciva, bench'io m'inviluppassi, di venirmi a suggere il sangue, io dormiva profondamente un'ora o due.

Siffatte notti, agitate da forte caffè preso a stomaco vuoto, e passate in sì dolce esaltazione, mi pareano troppo benefiche, da non dovermele procurare sovente. Perciò, anche senza aver bisogno di carta dal secondino, prendeva non di rado il partito di non gustare un boc-

---

[1] Angela, o Zanze, era la figlia del custode Brollo, la quale, se si deve credere a quanto ci narra il visconte di Châteaubriand nelle sue *Memorie d'oltretomba*, si sarebbe indispettita contro il Pellico per ciò che questi aveva scritto di lei nelle *Mie Prigioni*, ed avrebbe, anzi, comunicato allo scrittore francese una *requisitoria* contro il già prigioniero dei Piombi. La Zanze, quando manifestò il suo risentimento allo Châteaubriand, era ormai sposa e madre: protestava che non s'era mai gettata fra le braccia del Pellico, impugnava la veridicità del racconto del saluzzese. Ma, osserva lo scrittore francese, « ella contesta il fatto con tanta grazia, da provarlo, negandolo... »; e lo Châteaubriand mostra di credere che la Zanze si preoccupasse di spegnere, con la sua smentita, la possibile gelosia del marito.

cone a pranzo, per ottenere a sera il desiderato incanto della magica bevanda. Felice me quand'io conseguiva lo scopo! Più di una volta mi accadde che il caffè non era fatto dalla pietosa Zanze, ed era broda inefficace. Allora la burla mi metteva un poco di mal umore. Invece di venire elettrizzato, languiva, sbadigliava, sentiva la fame, mi gettava sul letto e non potea dormire.

Io poi me ne lagnava colla Zanze, ed ella mi compativa. Un giorno che ne la sgridai aspramente, quasi che m'avesse ingannato, la poveretta pianse, e mi disse:

— Signore, io non ho mai ingannato alcuno, e tutti mi dànno dell'ingannatrice.

— Tutti? Oh, sta a vedere che non sono il solo che si arrabbii per quella broda!

— Non voglio dir questo, signore. Ah, s'ella sapesse!... Se potessi versare il mio misero cuore nel suo!...

— Ma non piangete così. Che diamine avete? vi domando perdono, se v'ho sgridata a torto. Credo benissimo che non sia per vostra colpa che m'ebbi un caffè così cattivo.

— Eh! non piango per ciò, signore.

Il mio amor proprio restò alquanto mortificato, ma sorrisi.

— Piangete adunque all'occasione della mia sgridata, ma per tutt'altro?

— Veramente sì.

— Chi v'ha dato dell'ingannatrice?

— Un amante.

E si coperse il volto dal rossore. E nella sua ingenua fiducia mi raccontò un idillio comico-serio che mi commosse.

CAPO VIGESIMONONO

Da quel giorno divenni, non so perché, il confidente della fanciulla, e tornò a trattenersi lungamente con me. Mi diceva:

— Signore, ella è tanto buona, ch'io la guardo come potrebbe una figlia guardare suo padre.

— Voi mi fate un brutto complimento, — rispondeva io, respingendo la sua mano; — ho appena trentadue anni, e già mi guardate come vostro padre.

— Via, signore, dirò: come fratello.

E mi prendeva per forza la mano, e me la toccava con affezione. E tutto ciò era innocentissimo.

Io diceva poi tra me: « Fortuna che non è una bellezza! altrimenti questa innocente familiarità potrebbe sconcertarmi ».

Altre volte diceva: « Fortuna ch'è così immatura! Di ragazze di tale età non vi sarebbe mai pericolo ch'io m'innamorassi ».

Altre volte mi veniva un po' d'inquietudine, parendomi che io mi fossi ingannato nel giudicarla bruttina, ed era obbligato di convenire che i contorni e le forme non erano irregolari.

« Se non fosse così pallida », diceva io, « e non avesse quelle poche lenti sul volto, potrebbe passare per bella ».

Il vero è che non è possibile di non trovare qualche incanto nella presenza, negli sguardi, nella favella d'una giovinetta vivace ed effettuosa. Io poi non avea fatto nulla per cattivarmi la sua benevolenza, e le era caro *come padre* o *come fratello* a mia scelta. Perché? perch'ella avea letto la *Francesca da Rimini* e l'*Eufemio*, e i miei versi la faceano piangere tanto! e poi perch'io era prigioniero, *senza avere*, diceva ella, *né rubato né ammazzato!*

Insomma, io che m'era affezionato a Maddalena senza vederla, come avrei potuto essere indifferente alle sorellevoli premure, alle graziose adulazioncelle, agli ottimi caffè della

Venezianina adolescente sbirra?

Sarei un impostore se attribuissi a saviezza il non essermene innamorato. Non me ne innamorai, unicamente perché ella aveva un amante, del quale era pazza. Guai a me, se fosse stato altrimenti!

Ma se il sentimento ch'ella mi destò non fu quello che si chiama amore, confesso che alquanto s'avvicinava. Io desiderava ch'ella fosse felice, ch'ella riuscisse a farsi sposare da colui che piacele; non avea la minima gelosia, la minima idea che potesse scegliere me per oggetto dell'amor suo. Ma quando io l'udiva aprir la porta, il cuore mi battea, sperando che fosse la Zanze; e se non era ella, io non era contento; e se era, il cuore mi battea più forte e si rallegrava.

I suoi genitori, che già avevano preso un buon concetto di me, e sapeano ch'ell'era pazzamente invaghita di un altro, non si faceano verun riguardo di lasciarla venire quasi sempre a portarmi il caffè del mattino, e talor quello della sera.

Ella aveva una semplicità ed un'amorevolezza seducenti. Mi diceva:

— Sono tanto innamorata d'un altro, eppure sto così volentieri con lei! Quando non vedo il mio amante, m'annoio dappertutto fuorché qui.

— Ne sai tu il perché [1]?

— Non lo so.

— Te lo dirò io: perché ti lascio parlare del tuo amante.

— Sarà benissimo; ma parmi che sia anche perché la stimo tanto tanto!

---

[1] Soltanto qui il Pellico usa il *tu* nei suoi colloqui con la giovinetta: poi torna al *voi* meno confidenziale.

Povera ragazza! ella aveva quel benedetto vizio di prendermi sempre la mano, e stringermela, e non s'accorgeva che ciò ad un tempo mi piaceva e mi turbava.

Sia ringraziato il cielo che posso rammemorare quella buona creatura, senza il minimo rimorso!

CAPO TRIGESIMO

Queste carte sarebbero certamente più dilettevoli se la Zanze fosse stata innamorata di me, o s'io almeno avessi farneticato per essa. Eppure quella qualità di semplice benevolenza che ci univa m'era più cara dell'amore. E se in qualche momento io temea che potesse, nello stolto mio cuore, mutar natura, allor seriamente me n'attristava.

Una volta, nel dubbio che ciò stesse per accadere, desolato di trovarla (non sapea per quale incanto) cento volte più bella che non m'era sembrata da principio, sorpreso della melanconia ch'io talvolta provava lontano da lei, e della gioia che recavami la sua presenza, presi a fare per due giorni il burbero, immaginando ch'ella si divezzerebbe alquanto dalla famigliarità contratta meco. Il ripiego valea poco: quella ragazza era sì paziente, sì compassionevole! Appoggiava il suo gomito sulla finestra e stava a guardarmi in silenzio. Poi mi diceva:

— Signore, ella par seccata della mia compagnia; eppure, se potessi, starei qui tutto il giorno, appunto perché vedo ch'ella ha bisogno di distrazione. Quel cattiv'umore è l'effetto naturale della solitudine. Ma si provi a ciarlare alquanto, ed il cattiv'umore si dissiperà. E s'ella non vuol ciarlare, ciarlerò io.

— Del vostro amante, eh?

— Eh, no! non sempre di lui; so anche parlar d'altro.

E cominciava infatti a raccontarmi de' suoi interessucci di casa, dell'asprezza della madre, della bonarietà del padre, delle ragazzate dei fratelli; ed i suoi racconti erano pieni di semplicità e di grazia. Ma, senza avvedersene, ricadeva poi sempre nel tema prediletto, il suo sventurato amore.

Io non volea cessare d'esser burbero, e sperava che se ne indispettisse. Ella, fosse ciò inavvedutezza od arte, non se ne dava per intesa, e bisognava ch'io finissi per rasserenarmi, sorridere, commuovermi, ringraziarla della sua dolce pazienza con me.

Lasciai andare l'ingrato pensiero di volerla indispettire, ed a poco a poco i miei timori si calmarono. Veramente io non erane invaghito. Esaminai lungo tempo i miei scrupoli; scrissi le mie riflessioni su questo soggetto, e lo svolgimento di esse mi giovava.

L'uomo talvolta s'atterrisce di spauracchi da nulla. A fine di non temerli bisogna considerarli con più attenzione e più da vicino.

LAISNÉ

E che colpa v'era, s'io desiderava con tenera inquietudine le sue visite, s'io ne apprezzava la dolcezza, s'io godea d'essere compianto da lei, e di retribuirle pietà per pietà, dacché i nostri pensieri relativi uno all'altro erano puri come i più puri pensieri dell'infanzia, dacché le sue stesse toccate di mano ed i suoi più amorevoli sguardi, turbandomi, m'empieano di salutare riverenza?

Una sera, effondendo nel mio cuore una grande afflizione ch'ella avea provato, l'infelice mi gettò le braccia al collo, e mi coperse il volto delle sue lagrime. In quest'amplesso non vi era la minima idea profana. Una figlia non può abbracciare con più rispetto il suo padre.

Se non che, dopo il fatto, la mia immaginativa ne rimase troppo colpita. Quell'amplesso mi tornava spesso alla mente, e allora io non potea più pensare ad altro.

Un'altra volta ch'ella s'abbandonò a simile slancio di filiale confidenza, io tosto mi svincolai dalle sue care braccia, senza stringerla a me, senza baciarla, e le dissi balbettando:

— Vi prego, Zanze, non m'abbracciate mai; ciò non va bene.

M'affissò gli occhi in volto, li abbassò, arrossì; e certo fu la prima volta che lesse nell'anima mia la possibilità di qualche debolezza a suo riguardo.

Non cessò d'esser meco famigliare d'allora in poi, ma la sua famigliarità divenne più rispettosa, più conforme al mio desiderio, e gliene fui grato.

CAPO TRIGESIMOPRIMO

Io non posso parlare del male che affligge gli altri uomini; ma quanto a quello che toccò in sorte a me dacché vivo, bisogna ch'io confessi che, esaminatolo bene, lo trovai sempre ordinato a qualche mio giovamento. Sì, perfino quell'orribile calore che m'opprimeva, e quegli eserciti di zanzare che mi facean guerra sì feroce! Mille volte vi ho riflettuto. Senza uno stato di perenne tormento com'era quello, avrei io avuta la costante vigilanza necessaria, per serbarmi invulnerabile ai dardi d'un amore che mi minacciava, e che difficilmente sarebbe stato un amore abbastanza rispettoso, con un'indole sì allegra ed accarezzante qual era quella della fanciulla? Se io talora tremava di me in tale stato, come avrei io potuto governare le vanità della mia fantasia in un aere alquanto piacevole, alquanto consentaneo alla letizia?

Stante l'imprudenza dei genitori della Zanze, che co-

tanto si fidavano di me; stante l'imprudenza di lei che
non prevedeva di potermi essere cagione di colpevole
ebbrezza; stante la poca sicurezza della mia virtù, non
v'ha dubbio che il soffocante calore di quel forno e le
crudeli zanzare erano salutar cosa.

Questo pensiero mi riconciliava alquanto con quei
flagelli. Ed allora io mi dimandava:

« Vorresti tu esserne libero e passare in una buona
stanza consolata da qualche fresco respiro, e non veder
più quella affettuosa creatura? ».

Debbo dire il vero? Io non avea coraggio di rispondere
al quesito.

Quando si vuole un po' di bene a qualcheduno, è indicibile il piacere che fanno le cose in apparenza più nulle.
Spesso una parola della Zanze, un sorriso, una lagrima,
una grazia del suo dialetto veneziano, l'agilità del suo
braccio in parare col fazzoletto o col ventaglio le zanzare a sé ed a me, m'infondeano nell'animo una conten-

tezza fanciullesca che durava tutto il giorno. Principalmente m'era dolce il vedere che le sue afflizioni scemassero parlandomi, che la mia pietà le fosse cara, che i miei consigli la persuadessero, e che il suo cuore s'infiammasse allorché ragionavamo di virtù e di Dio.

— Quando abbiamo parlato insieme di religione, — diceva ella, — io prego più volentieri e con più fede.

E talvolta, troncando ad un tratto un ragionamento frivolo, prendea la Bibbia, l'apriva, baciava a caso un versetto, e volea quindi ch'io gliel traducessi e commentassi. E dicea:

— Vorrei che ogni volta che rileggerà questo versetto, ella si ricordasse che v'ho impresso un bacio.

Non sempre per verità i suoi baci cadeano a proposito, massimamente se capitava aprire il Cantico de' Cantici. Allora, per non farla arrossire, io profittava della sua ignoranza del latino, e mi prevaleva di frasi in cui, salva la santità di quel volume, salvassi pur l'innocenza di lei, ambe le quali m'ispiravano altissima venerazione. In tali casi non mi permisi mai di sorridere. Era tuttavia non piccolo imbarazzo per me quando alcune volte, non intendendo ella bene la mia pseudo-versione, mi pregava di tradurle il periodo parola per parola, e non mi lasciava passare fuggevolmente ad altro soggetto.

CAPO TRIGESIMOSECONDO

Nulla è durevole quaggiù! La Zanze ammalò. Ne' primi giorni della sua malattia, veniva a vedermi lagnandosi di grandi dolori di capo. Piangeva, e non mi spiegava il motivo del suo pianto. Solo balbettò qualche lagnanza contro l'amante.

— È uno scellerato, — diceva ella, — ma Dio gli perdoni!

Per quanto io la pregassi di sfogare, come soleva, il suo cuore, non potei sapere ciò che a tal segno l'addolorasse.

— Tornerò domattina, — mi disse una sera. Ma il dì seguente, il caffè mi fu portato da sua madre, gli altri giorni da' secondini, e la Zanze era gravemente inferma.

I secondini mi dicean cose ambigue dell'amore di quella ragazza, le quali mi facean drizzare i capelli. Una seduzione? Ma forse erano calunnie. Confesso che vi prestai fede, e fui conturbatissimo di tanta sventura. Mi giova tuttavia sperare che mentissero.

Dopo più d'un mese di malattia, la poveretta fu condotta in campagna, e non la vidi più.

È indicibile quant'io gemessi di questa perdita. Oh, come la mia solitudine divenne più orrenda! Oh, come cento volte più amaro della sua lontananza erami il pensiero che quella buona creatura fosse infelice! Ella aveami tanto colla sua dolce compassione consolato nelle mie miserie; e la mia compassione era sterile per lei! Ma certo sarà stata persuasa ch'io la piangeva; ch'io avrei fatto non lievi sacrifizii per recarle, se fosse stato possibile, qualche conforto; ch'io non cesserei mai di benedirla e di far voti per la sua felicità!

A' tempi della Zanze, le sue visite, benché pur sempre troppo brevi, rompendo amabilmente la monotonia del mio perpetuo meditare e studiare in silenzio, intessendo alle mie idee altre idee, eccitandomi qualche affetto soave, abbellivano veramente la mia avversità, e mi doppiavano la vita.

Dopo, tornò la prigione ad essere per me una tomba. Fui per molti giorni oppresso di mestizia, a segno di non trovar più nemmeno alcun piacere nello scrivere. La mia mestizia era per altro tranquilla, in paragone delle smanie ch'io aveva per l'addietro provate. Voleva ciò dire ch'io fossi già più addomesticato coll'infortunio? più filosofo? più cristiano? ovvero solamente che quel soffocante calore della mia stanza valesse a prostrare persino le forze del mio dolore? Ah! non le forze del dolore! Mi sovviene ch'io le sentiva potentemente nel fondo dell'anima, e forse più potentemente, perché io non avea voglia d'espanderlo gridando e agitandomi.

Certo, il lungo tirocinio m'avea già fatto più capace di patire nuove afflizioni, rassegnandomi alla volontà di Dio. Io m'era sì spesso detto, *essere viltà il lagnarsi*, che finalmente sapea contenere le lagnanze vicine a prorompere, e vergognava che pur fossero vicine a prorompere.

L'esercizio di scrivere i miei pensieri avea contribuito a rinforzarmi l'animo, a disingannarmi delle vanità, a ridurre la più parte de' ragionamenti a queste conclusioni:

« V'è un Dio: dunque infallibile giustizia: dunque tutto

La povera fanciulla mi compatì... (cap. XXXII)

ciò che avviene è ordinato ad ottimo fine: dunque il patire dell'uomo sulla terra è pel bene dell'uomo ».

Anche la conoscenza della Zanze m'era stata benefica; m'avea raddolcito l'indole. Il suo soave applauso erami stato impulso a non ismentire per qualche mese il dovere ch'io sentiva incombere ad ogni uomo di essere superiore alla fortuna, e quindi paziente. E qualche mese di costanza mi piegò alla rassegnazione.

La Zanze mi vide due sole volte andare in collera. Una fu quella che già notai, pel cattivo caffè; l'altra fu nel caso seguente:

Ogni due o tre settimane, m'era portata dal custode una lettera della mia famiglia; lettera passata prima per le mani della Commissione, e rigorosamente mutilata con scassature di nerissimo inchiostro. Un giorno accadde, che invece di cassarmi solo alcune frasi, tirarono l'orribile riga su tutta quanta la lettera, accettuate le parole: « *Carissimo Silvio* » che stavano a principio, e il saluto ch'era in fine: « *T'abbracciamo tutti di cuore* ».

Fui così arrabbiato di ciò, che alla presenza della Zanze proruppi in urla, e maledissi non so chi. La povera fanciulla mi compatì, ma nello stesso tempo mi sgridò d'incoerenza a' miei principii. Vidi ch'ella aveva ragione, e non maledissi più alcuno.

CAPO TRIGESIMOTERZO

Un giorno, uno de' secondini [1] entrò nel mio carcere con aria misteriosa, e mi disse:

— Quando v'era la siora Zanze... siccome il caffè le veniva portato da essa... e si fermava lungo tempo a discorrere... ed io temeva che la furbaccia esplorasse tutti i suoi secreti, signore...

— Non n'esplorò pur uno, — gli dissi in collera; — ed io, se ne avessi, non sarei gonzo da lasciarmeli trar fuori. Continuate.

— Perdoni, sa; non dico già ch'ella sia gonzo, ma io

[1] Era questi Tremerello, così chiamato dai detenuti perché aveva « una faccia da coniglio ».

della siora Zante non mi fidava[1]. Ed ora, signore, ch'ella non ha più alcuno che venga a tenerle compagnia.... mi fido... di...

— Di che? Spiegatevi una volta.

— Mi giuri, prima, di non tradirmi.

— Eh, per giurare di non tradirvi, lo posso: non ho mai tradito alcuno.

— Dice dunque davvero, che giura, eh?

— Sì, giuro di non tradirvi. Ma sappiate, bestia che siete, che uno il quale fosse capace di tradire, sarebbe anche capace di violare un giuramento.

Trasse di tasca una lettera, e me la consegnò tremando, e scongiurandomi di distruggerla quand'io l'avessi letta.

— Fermatevi, — gli dissi aprendola; — appena letta, la distruggerò in vostra presenza.

— Ma, signore, bisognerebbe ch'ella rispondesse; ed io non posso aspettare. Faccia con suo comodo. Soltanto mettiamoci in questa intelligenza. Quando ella sente venire alcuno, badi che se sono io, canterellerò sempre l'aria: « *Sognai, mi gera un gato* ». Allora ella non ha a temere di sorpresa, e può tenersi in tasca qualunque carta. Ma se non ode questa cantilena, sarà segno che o non sono io, o vengo accompagnato. In tal caso non si fidi mai di tenere alcuna carta nascosta, perché potrebb'esservi perquisizione, ma se ne avesse una, la stracci sollecitamente e la getti dalla finestra.

— State tranquillo: vedo che siete accorto, e lo sarò ancor io.

— Eppure ella m'ha dato della bestia.

— Fate bene a rimproverarmelo, — gli dissi stringendogli la mano. — Perdonate.

Se n'andò, e lessi:

« Sono... », (e qui diceva il nome), « uno dei vostri ammiratori: so tutta la vostra *Francesca da Rimini* a memoria. Mi arrestarono per... », (e qui diceva la causa della sua cattura e la data) « e darei non so quante libbre del mio sangue per aver il bene d'essere con voi, o d'avere almeno un carcere contiguo al vostro, affinché potessimo parlare insieme. Dacché intesi da Tremerello

---

[1] È qui adombrato il sospetto che la Zanze fosse un'esploratrice dei segreti del Pellico, per conto dell'autorità inquirente.

129

- così chiameremo il confidente - che voi, signore, eravate preso, e per qual motivo, arsi di desiderio di dirvi
che nessuno vi compiange più di me, che nessuno vi
ama più di me. Sareste voi tanto buono da accettare la
seguente proposizione, cioè che alleggerissimo entrambi
il peso della nostra solitudine, scrivendoci? Vi prometto
da uomo d'onore, che anima al mondo da me nol sapreb-
be mai, persuaso che la stessa secretezza, se accettate,
mi posso sperare da voi. Intanto, perché abbiate qualche
conoscenza di me, vi darò un sunto della mia storia,
ecc. ».

Seguiva il sunto[1].

CAPO TRIGESIMOQUARTO

Ogni lettore che abbia un po' d'immaginativa capirà
agevolmente, quanto un foglio simile debba essere elet-
trico per un povero prigioniero, massimamente per un
prigioniero d'indole niente affatto selvatica e di cuore
amante. Il mio primo sentimento fu d'affezionarmi a
quell'incognito, di commovermi sulle sue sventure, d'essere pieno di gratitudine per la benevolenza ch'ei mi
dimostrava.

— Sì, — sclamai, — accetto la tua proposizione, o
generoso. Possano le mie lettere darti egual conforto a
quel che mi daranno le tue, a quel che già traggo dalla
tua prima!

E lessi e rilessi quella lettera con giubilo da ragazzo,
e benedissi cento volte chi l'avea scritta e pareami
ch'ogni sua espressione rivelasse un'anima schietta e
nobile.

Il sole tramontava; era l'ora della mia preghiera. Oh
come io sentiva Dio! com'io lo ringraziava di trovare
sempre nuovo modo di non lasciar languire le potenze
della mia mente e del mio cuore! Come mi si ravvivava
la memoria di tutti i preziosi suoi doni!

Io era ritto sul finestrone, le braccia tra le sbarre, le

[1] Non si è mai potuto sapere se questo episodio, che continua nei Capi seguenti, sia vero o immaginario, se il corrispondente del Pellico fosse un detenuto politico o una spia desiderosa di trarlo in inganno: si crede tuttavia trattarsi d'uno degli arrestati del Polesine, anch'egli indiziato di Carboneria.

mani incrocicchiate: la chiesa di San Marco era sotto di me, una moltitudine prodigiosa di colombi indipendenti amoreggiava, svolazzava, nidificava su quel tetto di piombo: il più magnifico cielo mi stava dinanzi: io dominava tutta quella parte di Venezia che era visibile dal mio carcere: un romore lontano di voci umane mi feriva dolcemente l'orecchio. In quel luogo infelice ma stupendo, io conversava con Colui, gli occhi soli del quale mi vedeano, gli raccomandava mio padre, mia madre, e ad una ad una tutte le persone a me care, e sembravami ch'ei mi rispondesse: « T'affidi la mia bontà! », ed io sclamava: « Sì, la tua bontà mi affida! ».

E chiudea la mia orazione intenerito, confortato, e poco curante delle morsicature che frattanto m'aveano allegramente dato le zanzare.

Quella sera, dopo tanta esaltazione, la fantasia cominciando a calmarsi, le zanzare cominciando a divenirmi insoffribili, il bisogno d'avvolgermi faccia e mani tornando a farmisi sentire, un pensiero volgare e maligno m'entrò ad un tratto nel capo, mi fece ribrezzo, volli cacciarlo e non potei.

Tremerello m'avea accennato un infame sospetto intorno la Zanze: che fosse un'esploratrice de' miei secreti, ella! quell'anima candida! che nulla sapea di politica! che nulla volea saperne!

Di lei m'era impossibile dubitare; ma mi chiesi: « Ho io la stessa certezza intorno a Tremerello? E se quel mariuolo fosse strumento di indagini subdole? Se la lettera fosse fabbricata da chi sa chi, per indurmi a fare importanti confidenze al novello amico? Forse il preteso prigione che mi scrive, non esiste neppure; forse esiste, ed è un perfido che cerca d'acquistare secreti, per far la sua salute rivelandoli: forse è un galantuomo, sì, ma il perfido è Tremerello, che vuol rovinarci tutti e due per guadagnare un'appendice al suo salario ».

Oh brutta cosa, ma troppo naturale a chi geme in carcere, il temere dappertutto inimicizia e frode!

Tai dubbi m'angustiavano, m'avvilivano. No; per la Zanze io non avea mai potuto averli un momento! Tuttavia, dacché Tremerello aveva scagliata quella parola riguardo a lei, un mezzo dubbio pur mi crucciava, non sovr'essa, ma su coloro che la lasciavano venire nella mia stanza. Le avessero, per proprio zelo o per volontà superiore, dato l'incarico d'esploratrice? Oh, se ciò fosse stato, come furono mal serviti!

Ma circa la lettera dell'incognito, che fare? Appigliarsi ai severi, gretti consigli della paura che s'intitola prudenza? Rendere la lettera a Tremerello, e dirgli: « Non voglio rischiare la mia pace ». E se non vi fosse alcuna frode? E se l'incognito fosse un uomo degnissimo della mia amicizia, degnissimo che io rischiassi alcun che, per temprargli le angosce della solitudine? Vile! tu stai forse a due passi dalla morte, la feral sentenza può pronunciarsi da un giorno all'altro, e ricuseresti di fare ancora un atto d'amore? Rispondere, rispondere io debbo! Ma se venendo per disgrazia a scoprirsi questo carteggio, e nessuno potesse pure in coscienza farcene delitto, non è egli vero tuttavia che un fiero castigo cadrebbe sul povero Tremerello? Questa considerazione non è ella bastante ad impormi come assoluto dovere il non imprendere carteggio clandestino?

CAPO TRIGESIMOQUINTO

Fui agitato tutta sera, non chiusi occhio la notte, e fra tante incertezze non sapea che risolvere.

Balzai dal letto prima dell'alba, salii sul finestrone, e pregai. Nei casi ardui bisogna consultarsi fiducialmente con Dio, ascoltare le sue ispirazioni, e attenervisi.

Così feci e, dopo lunga preghiera, discesi, scossi le zanzare, m'accarezzai colle mani le guance morsicate, ed il partito era preso: esporre a Tremerello il mio timore, che da quel carteggio potesse a lui tornar danno; rinunciarvi, s'egli ondeggiava; accettare, se i terrori non vinceano lui.

Passeggiai finché intesi canterellare: *Sognai, mi gera un gato. E ti me carezzevi.* Tremerello mi portava il caffè.

Gli dissi il mio scrupolo, non risparmiai parola per mettergli paura. Lo trovai saldo nella volontà di *servire*, diceva egli, *due così compiti signori.* Ciò era assai in opposizione colla faccia di coniglio ch'egli aveva e col nome di Tremerello che gli davamo. Ebbene, fui saldo anch'io.

— Io vi lascierò il mio vino, — gli dissi; — fornitemi

132

la carta necessaria a questa corrispondenza, e fidatevi che se odo sonare le chiavi senza la cantilena vostra, distruggerò sempre in un attimo qualunque oggetto clandestino.

— Eccole appunto un foglio di carta; gliene darò sempre, finché vuole, e riposo perfettamente sulla sua accortezza.

Mi bruciai il palato per ingoiar presto il caffè. Tremerello se ne andò, e mi posi a scrivere.

Faceva io bene? Era, la risoluzione ch'io prendeva, ispirata veramente da Dio? Non era piuttosto un trionfo del mio naturale ardimento, del mio anteporre ciò che mi piace a penosi sacrifizii? un misto d'orgogliosa compiacenza per la stima che l'incognito m'attestava, e di timore di parere un pusillanime s'io preferissi un prudente silenzio ad una corrispondenza alquanto rischiosa?

Come sciogliere questi dubbii? Io li esposi candidamente al concaptivo rispondendogli, e soggiunsi nondimeno, essere mio avviso, che quando sembra a taluno d'operare con buone ragioni e senza manifesta ripugnanza della coscienza, ei non debba più paventare di colpa. Egli tuttavia riflettesse parimenti con tutta la serietà all'assunto che imprendevamo, e mi dicesse schietto con qual grado di tranquillità o d'inquietudine vi si determinasse. Che, se per nuove riflessioni, ei giudicava l'assunto troppo temerario, facessimo lo sforzo di rinunciare al conforto promessoci dal carteggio, e ci contentassimo d'esserci conosciuti collo scambio di poche parole, ma indelebili e mallevadrici di alta amicizia.

Scrissi quattro pagine caldissime del più sincero affetto, accennai brevemente il soggetto della mia prigionia, parlai con effusione di cuore della mia famiglia e d'alcuni altri miei particolari, e mirai a farmi conoscere nel fondo dell'anima.

A sera la mia lettera fu portata. Non avendo dormito la notte precedente, era stanchissimo; il sonno non si fece invocare, e mi svegliai la mattina seguente ristorato, lieto, palpitante al dolce pensiero di aver forse a momenti la risposta dell'amico.

CAPO TRIGESIMOSESTO

La risposta venne col caffè. Saltai al collo di Tremerello, e gli dissi con tenerezza: — Iddio ti rimuneri di
tanta carità! — I miei sospetti su lui e sull'incognito
s'erano dissipati, non so né anche dir perché; perché
m'erano odiosi; perché, avendo la cautela di non parlar
mai follemente di politica, m'apparivano inutili; perché,
mentre sono ammiratore dell'ingegno di Tacito[1], ho tuttavia pochissima fede nella giustezza del taciteggiare,
del veder molto le cose in nero.

Giuliano (così piacque allo scrivente di firmarsi) cominciava la lettera con un preambolo di gentilezze, e si
diceva senza alcuna inquietudine sull'impreso carteggio.
Indi scherzava dapprima moderatamente sul mio esitare,
poi lo scherzo acquistava alcun che di pungente. Alfine,
dopo un eloquente elogio sulla sincerità, mi domandava
perdono se non poteva nascondermi il dispiacere che
avea provato, ravvisando in me, diceva egli, *una certa
scrupolosa titubanza, una certa cristiana sottigliezza di
coscienza, che non può accordarsi con vera filosofia.*

« Vi stimerò sempre », soggiungeva egli, « quand'anche
non possiamo accordarci su ciò; ma la sincerità che
professo m'obbliga a dirvi che non ho religione, che le
abborro tutte, che prendo *per modestia* il nome di Giuliano, perché quel buon imperatore era nemico de' Cristiani, ma che realmente io vado molto più in là di lui.
Il coronato Giuliano credeva in Dio, ed aveva certe sue
bigotterie. Io non ne ho alcuna, non credo in Dio, pongo
ogni virtù nell'amare la verità e chi la cerca, e nell'odiare chi non mi piace »[2].

---

[1] Cornelio Tacito (55-120), grande storico latino del periodo
imperiale, dallo stile estremamente conciso, dalle ispirazioni
pessimistiche.

[2] Flavio Claudio Giuliano, detto l'*Apostata*, figlio di Giulio
Costanzo fratello di Costantino il Grande, proclamato Imperatore nel 360 d. C., volle ripristinare il culto pagano a de-
trimento di quello cristiano, ormai diffusissimo e professato
pubblicamente. Morì combattendo, l'anno 363, colpito da una
freccia persiana. Forse il nome di Giuliano fu dato dal Pellico a questo suo ignoto corrispondente, perché anch'egli si
dichiarava nemico della religione cristiana?

E di questa foggia continuando, non recava ragioni di nulla, inveiva a dritto e a rovescio contro il Cristianesimo, lodava con pomposa energia l'altezza della virtù irreligiosa, e prendeva con istile, parte serio e parte faceto, a far l'elogio dell'imperatore Giuliano per la sua apostasia e pel *filantropico tentativo* di cancellare dalla terra tutte le tracce del Vangelo.

Temendo quindi d'aver troppo urtate le mie opinioni, tornava a dimandarmi perdono e a declamare contro la tanto frequente mancanza di sincerità. Ripeteva il suo grandissimo desiderio di stare in relazione con me, e mi salutava.

Una poscritta diceva: « Non ho altri scrupoli, se non di non essere schietto abbastanza. Non posso quindi tacervi di sospettare che il linguaggio cristiano che teneste meco sia finzione. Lo bramo ardentemente. In tal caso gettate la maschera: v'ho dato l'esempio ».

Non saprei dire l'effetto strano che mi fece quella lettera. Io palpitava come un innamorato ai primi periodi: una mano di ghiaccio sembrò quasi stringermi il cuore. Quel sarcasmo sulla mia coscienziosità m'offese. Mi pentii d'avere aperta una relazione con siffatt'uomo: io che dispregio tanto il cinismo! io che lo credo la più infilosofica, la più villana di tutte le tendenze! io, a cui l'arroganza impone sì poco!

Letta l'ultima parola, pigliai la lettera fra il pollice e l'indice d'una mano, ed il pollice e l'indice dell'altra, ed alzando la mano sinistra tirai giù rapidamente la destra, cosicché ciascuna delle due mani rimase in possesso d'una mezza lettera.

CAPO TRIGESIMOSETTIMO

Guardai que' due brani, e meditai un momento sull'incostanza delle cose umane e sulla falsità delle loro apparenze. « Poc'anzi tanta brama di questa lettera, ed ora la straccio per isdegno! Poc'anzi tanto presentimento di futura amicizia con questo compagno di sventura, tanta persuasione di mutuo conforto, tanta disposizione a mostrarmi con lui affettuosissimo, ed ora lo chiamo insolente! ».

Stesi i due brani un sull'altro, e collocato di nuovo come prima l'indice e il pollice d'una mano, e l'indice e il pollice dell'altra, tornai ad alzare la sinistra ed a tirar giù rapidamente la destra.

Era per replicare la stessa operazione, ma uno dei quarti mi cadde di mano; mi chinai per prenderlo, e nel breve spazio di tempo del chinarmi e del rialzarmi, mutai proposito, e m'invogliai di rileggere quella superba scritta.

Siedo, fo combaciare i quattro pezzi sulla Bibbia, e rileggo. Li lascio in quello stato, passeggio, rileggo ancora ed intanto penso:

« S'io non gli rispondo, ei giudicherà ch'io sia annichilito di confusione, ch'io non osi ricomparire al cospetto di tanto Ercole. Rispondiamogli, facciamogli vedere che non temiamo il confronto delle dottrine. Dimostriamogli con buona maniera non esservi alcuna viltà nel maturare i consigli, nell'ondeggiare quando si tratta d'una risoluzione alquanto pericolosa, e più pericolosa per gli altri che per noi. Impari che il vero coraggio non istà nel ridersi della coscienza, che la vera dignità non istà nell'orgoglio. Spieghiamogli la ragionevolezza del Cristianesimo e l'insussistenza dell'incredulità. E finalmente se codesto Giuliano si manifesta d'opinioni così opposte alle mie, se non mi risparmia pungenti sarcasmi, se degna così poco di cattivarmi, non è ciò prova ch'ei non è una spia? Se non che, non potrebb'egli essere un raffinamento d'arte, quel menar ruvidamente la frusta addosso al mio amor proprio? Eppur no; non posso crederlo. Sono un maligno che, perché mi sento offeso da que' temerarii scherzi, vorrei persuadermi che chi li scagliò non può essere che il più abbietto degli uomini. Malignità volgare, che condannai mille volte in altri, via dal mio cuore! No, Giuliano è quel che è, e non più; è un insolente, e non una spia. Ed ho io veramente il diritto di dare l'odioso nome d'*insolenza* a ciò ch'egli reputa *sincerità*? Ecco la tua umiltà, o ipocrita! Basta che uno, per errore di mente, sostenga opinioni false e derida la tua fede, subito t'arroghi di vilipenderlo. - Dio sa se questa umiltà rabbiosa e questo zelo malevolo, nel petto di me cristiano, non è peggiore dell'audace sincerità di quell'incredulo! - Forse non gli manca se non un raggio della grazia, perché quel suo energico amore del vero si muti in religione più solida della mia. Non farei io meglio di pregare per lui, che d'adirarmi e di suppormi migliore? - Chi sa, che mentre io stracciava furentemente la sua lettera, ei non rileggesse con dolce amorevolezza la mia, e si fidasse tanto della mia bontà da credermi incapace d'offendermi delle sue schiette parole? - Qual sarebbe il più iniquo dei due, uno che ama e dice: "Non sono cristiano", ovvero uno che dice: "Son cristiano" e non ama? - È cosa difficile conoscere un uomo, dopo avere vissuto con lui lunghi anni; ed io vorrei giudicare costui da una lettera? Fra tante possibilità, non havvi egli quella che, senza confessarlo a se medesimo, ei non sia punto tranquillo del suo ateismo, e che indi mi stuzzichi a combatterlo, colla segreta speranza di dover cedere? Oh fosse pure! O gran Dio, in mano di cui tutti gli stromenti più indegni possono essere efficaci, sceglimi, sceglimi a quest'opera! Detta a me tai potenti e sante ragioni che convincano quell'infelice! che lo traggano a benedirti e ad imparare che, lungi da te, non v'è virtù la quale non sia contraddizione! ».

CAPO TRIGESIMOTTAVO

Stracciai più minutamente, ma senza residuo di collera, i quattro pezzi di lettera, andai alla finestra, stesi la mano e mi fermai a guardare la sorte dei diversi bocconcini di carta in balìa del vento. Alcuni si posarono sui piombi della chiesa, altri girarono lungamente per aria e discesero a terra. Vidi che andavano tanto dispersi, da non esservi pericolo che alcuno li raccogliesse e ne capisse il mistero.

Scrissi poscia a Giuliano, e presi tutta la cura per non essere e per non apparire indispettito.

Scherzai sul suo timore ch'io portassi la sottigliezza di coscienza ad un grado non accordabile colla filosofia, e dissi che sospendesse almeno intorno a ciò i suoi giudizii. Lodai la professione ch'ei faceva di sincerità, l'assicurai che m'avrebbe trovato eguale a sé in questo riguardo, e soggiunsi che per dargliene prova io m'accingeva a difendere il Cristianesimo; « ben persuaso », diceva io, « che come sarò sempre pronto ad udire amichevolmente tutte le vostre opinioni, così abbiate la liberalità d'udire in pace le mie ».

Quella difesa, io mi proponeva di farla a poco a poco, ed intanto la incominciava, analizzando con fedeltà l'essenza del Cristianesimo: culto di Dio, spoglio di superstizioni, - fratellanza fra gli uomini, - aspirazione perpetua alla virtù, - umiltà senza bassezza, - dignità senza orgoglio, - tipo, un Uomo-Dio! Che di più filosofico e di più grande?

Intendeva poscia di dimostrare come tanta sapienza era più o meno debolmente trasparsa a tutti coloro che coi lumi della ragione aveano cercato il vero, ma non s'era mai diffusa nell'universale; e come, venuto il divin Maestro sulla terra, diede segno stupendo di sé, operando coi mezzi umanamente più deboli, quella diffusione. Ciò che sommi filosofi mai non poterono, l'abbattimento dell'idolatria e la predicazione generale della fratellanza, s'eseguisce da pochi rozzi messaggeri. Allora l'emancipazione degli schiavi diviene ognor più frequente, e finalmente appare una civiltà senza schiavi, stato di società che agli antichi filosofi pareva impossibile.

Una rassegna della storia da Gesù Cristo in qua, dovea per ultimo dimostrare come la religione da lui stabilita s'era sempre trovata adattata a tutti i possibili gradi di incivilimento. Quindi essere falso che l'incivilimento continuando a progredire, il Vangelo non sia più accordabile con esso.

Scrissi a minutissimo carattere ed assai lungamente, ma non potei tuttavia andar molto oltre, ché mi mancò la carta. Lessi e rilessi quella mia introduzione, e mi parve ben fatta. Non v'era pure una frase di risentimento sui sarcasmi di Giuliano, e le espressioni di benevolenza abbondavano, ed aveale dettate il cuore già pienamente ricondotto a tolleranza.

Spedii la lettera, ed il mattino seguente ne aspettava con ansietà la risposta.

Tremerello venne, e mi disse:

— Quel signore non ha potuto scrivere, ma la prega di continuare il suo scherzo.

— Scherzo? — sclamai. — Eh, che non avrà detto scherzo! avrete capito male.

Tremerello si strinse nelle spalle:

138

— Avrò capito male.

— Ma vi par proprio che abbia detto scherzo?

— Come mi pare di sentire in questo punto i colpi di San Marco. — (Sonava appunto il campanone). Bevvi il caffè e tacqui.

— Ma, ditemi: avea quel· signore già letta tutta la mia lettera?

— Mi figuro di sì; perché rideva, rideva come un matto, e facea di quella lettera una palla, e la gettava per aria, e quando gli dissi che non dimenticasse poi di distruggerla, la distrusse subito.

— Va benissimo.

E restituii a Tremerello la chicchera, dicendogli che si conosceva che il. caffè era stato fatto dalla siora Bettina.

— L'ha trovato cattivo?

— Pessimo.

— Eppure l'ho fatto io, e l'assicuro che l'ho fatto carico, e non v'erano fondi.

— Non avrò forse la bocca buona.

CAPO TRIGESIMONONO

Passeggiai tutta mattina fremendo. « Che razza d'uomo è questo Giuliano? Perché chiamare la mia lettera uno scherzo? Perché ridere e giocare alla palla con essa? Perché non rispondermi pure una riga? Tutti gl'increduli sono così! Sentendo la debolezza delle loro opinioni, se alcuno s'accinge a confutarle, non ascoltano, ridono, ostentano una superiorità d'ingegno, la quale non ha più bisogno d'esaminar nulla. Sciagurati! E quando mai vi fu filosofia senz'esame, senza serietà! Se è vero che Democrito [1] ridesse sempre, egli era un buffone! Ma ben mi sta: perché imprendere questa corrispondenza? Ch'io mi facessi illusione un momento, era perdona-

[1] Democrito (470-362 av. C.), filosofo greco, fondatore della dottrina *atomistica*, precursore di Epicuro. La tradizione gli affibbiò il titolo di « filosofo che ride », per la sua inclinazione a trovare il lato comico delle cose. Scrisse di scienza fisica, matematica, grammatica, storia e filosofia: ma non ci rimangono che pochi frammenti.

bile. Ma quando vidi che colui insolentiva, non fui io uno stolto di scrivergli ancora? ».

Era risoluto di non più scrivergli. A pranzo, Tremerello prese il mio vino, se lo versò in un fiasco, e mettendoselo in saccoccia: — Oh, mi accorgo, — disse, — che ho qui della carta da darle. — E me la porse.

Se n'andò; ed io, guardando quella carta bianca, mi sentiva venire la tentazione di scrivere un'ultima volta a Giuliano, di congedarlo con una buona lezione sulla turpitudine dell'insolenza.

« Bella tentazione! », dissi poi, « rendergli disprezzo per disprezzo! fargli odiare vieppiù il Cristianesimo, mostrandogli in me cristiano impazienza ed orgoglio! - No, ciò non va. Cessiamo affatto il carteggio. - E se lo cesso così asciuttamente, non dirà colui del pari, che impazienza ed orgoglio mi vinsero? - Conviene scrivergli ancora una volta, e senza fiele. - Ma se posso scrivere senza fiele, non sarebbe meglio non darmi per inteso delle sue risate e del nome di scherzo ch'egli ha gratificato alla mia lettera? Non sarebbe meglio continuar buonamente la mia apologia del Cristianesimo? ».

Ci pensai un poco, e poi m'attenni a questo partito.

La sera spedii il mio piego, ed il mattino seguente ricevetti alcune righe di ringraziamento, molto fredde, però senza espressioni mordaci, ma anche senza il minimo cenno d'approvazione né d'invito a proseguire. Tal biglietto mi spiacque. Nondimeno fermai di non desistere sino al fine.

La mia tesi non potea trattarsi in breve, e fu soggetto di cinque o sei altre lunghe lettere a ciascuna delle quali mi veniva risposto un laconico ringraziamento, accompagnato da qualche declamazione estranea al tema; ora imprecando i suoi nemici; ora ridendo d'averli imprecati, e dicendo esser naturale che i forti opprimano i deboli, e non rincrescergli altro che di non esser forte; ora confidandomi i suoi amori, e l'impero che questi esercitavano sulla sua tormentata immaginativa.

Nondimeno, all'ultima mia lettera sul Cristianesimo, ei diceva che mi stava apparecchiando una lunga risposta. Aspettai più di una settimana, ed intanto ei mi scriveva ogni giorno di tutt'altro, e per lo più d'oscenità.

Lo pregai di ricordarsi la risposta di cui mi era debitore, e gli raccomandai di voler applicare il suo ingegno a pesar veramente tutte le ragioni ch'io gli avea portate. Mi rispose alquanto rabbiosamente, prodigandosi gli attributi di *filosofo*, d'*uomo sicuro*, d'*uomo che non avea bisogno di pesar tanto per capire che le lucciole non erano lanterne*. E tornò a parlare allegramente d'avventure scandalose.

CAPO QUADRAGESIMO

Io pazientava per non farmi dare del *bigotto* e dell'intollerante, e perché non disperava che dopo quella febbre d'erotiche buffonerie, venisse un periodo di serietà. Intanto gli andava manifestando la mia disapprovazione alla sua irriverenza per le donne, al suo profano modo di fare all'amore e compiangeva quelle infelici ch'ei mi diceva essere state sue vittime.

Ei fingeva di creder poco alla mia disapprovazione, e ripeteva: « *Checché borbottiate d'immoralità, sono certo di divertirvi co' miei racconti; - tutti gli uomini amano il piacere come io, ma non hanno la franchezza di parlarne senza velo; ve ne dirò tante che v'incanterò, e vi sentirete obbligato in coscienza d'applaudirmi* ».

Ma, di settimana in settimana, ei non desisteva mai da queste infamie, ed io (sperando sempre ad ogni lettera di trovare altro tema, e lasciandomi attrarre dalla curiosità) leggeva tutto, e l'anima mia restava - non già sedotta - ma pur conturbata, allontanata da pensieri nobili e santi. Il conversare cogli uomini degradati degrada, se non si ha una virtù molto maggiore della comune, molto maggiore della mia.

« Eccoti punito », diceva io a me stesso, « della tua presunzione! Ecco ciò che si guadagna a voler fare il missionario senza la santità da ciò! ».

Un giorno mi risolsi a scrivergli queste parole:

« Mi sono sforzato finora di chiamarvi ad altri soggetti, e voi mi mandate sempre novelle che vi dissi schiettamente dispiacermi. Se v'aggrada che favelliamo di cose più degne, continueremo la corrispondenza, altrimenti tocchiamoci la mano, e ciascuno se ne stia con sé ».

Fui per due giorni senza risposta, e dapprima ne gioii.
— Oh benedetta solitudine! — andava sclamando, — quanto meno amara tu sei d'una conversazione inarmonica e snobilitante! Invece di crucciarmi leggendo im-

pudenze, invece di faticarmi invano ad oppor loro l'espressione di aneliti che onorino l'umanità, tornerò a conversare con Dio, colle care memorie della mia famiglia e de' miei veri amici. Tornerò a leggere maggiormente la Bibbia, a scrivere i miei pensieri sulla tavola studiando il fondo del mio cuore, e procacciando di migliorarlo, a gustar le dolcezze d'una melanconia innocente, mille volte preferibili ad immagini liete ed inique.

Tutte le volte che Tremerello entrava nel mio carcere, mi diceva: — Non ho ancora risposta.

— Va bene, — rispondeva io.

Il terzo giorno mi disse:

— Il signor N. N. è mezzo ammalato.

— Che ha?

— Non lo dice, ma è sempre steso sul letto, non mangia, non bee, ed è di mal umore.

Mi commossi, pensando ch'egli pativa e non aveva alcuno che lo confortasse.

Mi sfuggì dalle labbra, o piuttosto dal cuore:

— Gli scriverò due righe.

— Le porterò stassera, — disse Tremerello; e se n'andò.

Io era alquanto imbarazzato, mettendomi al tavolino. « Fo io bene a ripigliare il carteggio? Non benediceva io dianzi la solitudine come un tesoro riacquistato? Che incostanza è dunque la mia! - Eppure quell'infelice non mangia, non bee; sicuramente è ammalato. È questo il momento d'abbandonarlo? L'ultimo mio viglietto era aspro: avrà contribuito ad affliggerlo. Forse, ad onta dei nostri diversi modi di sentire, ei non avrebbe mai disciolta la nostra amicizia. Il mio viglietto gli sarà sembrato più malevolo che non era; ei l'avrà preso per un assoluto sprezzante congedo ».

CAPO QUADRAGESIMOPRIMO

Scrissi così:

« Sento che non istate bene, e me ne duole vivamente. Vorrei di tutto cuore esservi vicino, e prestarvi tutti gli uffici d'amico. Spero che la vostra poco buona salute sarà stata l'unico motivo del vostro silenzio, da tre giorni in qua. Non vi sareste già offeso del mio viglietto dell'altro dì? Lo scrissi, v'assicuro, senza la minima malevolenza, e col solo scopo di trarvi a più serii soggetti di ragionamento. Se lo scrivere vi fa male, mandatemi soltanto nuove esatte della vostra salute: io vi scriverò ogni giorno qualcosetta per distrarvi, e perché vi sovvenga che vi voglio bene ».

Non mi sarei mai aspettato la lettera che ei mi rispose. Cominciava così: « Ti disdico l'amicizia; se non sai che fare della mia, io non so che fare della tua. Non sono uomo che perdoni offese, non sono uomo che, rigettato una volta, ritorni. Perché mi sai infermo, ti riaccosti ipocritamente a me, sperando che la malattia indebolisca il mio spirito, e mi tragga ad ascoltare le tue prediche... ». E andava innanzi di questo modo, vituperandomi con violenza, schernendomi, ponendo in caricatura tutto ciò ch'io gli avea detto di religione e di morale, protestando di vivere e di morire sempre lo stesso, cioè col più grand'odio e col più gran disprezzo contro tutte le filosofie diverse dalla sua.

Restai sbalordito.

« Le belle conversioni ch'io fo! », dicev'io con dolore ed inorridendo. « Dio m'è testimone se le mie intenzioni non erano pure! - No, queste ingiurie non le ho meritate! - Ebbene, pazienza; è un disinganno di più. Tal sia di colui, se s'immagina offese, per aver la voluttà di non perdonarle! Più di quel che ho fatto non sono obbligato di fare ».

Tuttavia, dopo alcuni giorni, il mio sdegno si mitigò, e pensai che una lettera frenetica poteva essere stato frutto d'un esaltamento non durevole. « Forse ei già se ne vergogna », diceva io, « ma è troppo altero da confessare il suo torto. Non sarebbe opera generosa, or ch'egli ha avuto tempo di calmarsi, lo scrivergli ancora? ».

Mi costava assai far tanto sacrifizio d'amor proprio, ma lo feci. Chi s'umilia senza bassi fini non si degrada, qualunque ingiusto spregio gliene torni.

Ebbi per risposta una lettera meno violenta, ma non meno insultante. L'implacato mi diceva ch'egli ammirava la mia evangelica moderazione.

« Or dunque ripigliamo pure », proseguiva egli, « la nostra corrispondenza, ma parliamo chiaro. Noi non ci amiamo. Ci scriveremo per trastullare ciascuno se stesso, mettendo sulla carta liberamente tutto ciò che ci viene in capo: voi le vostre immaginazioni serafiche ed io le mie bestemmie; voi le vostre estasi sulla dignità dell'uomo e della donna, io l'ingenuo racconto delle mie profanazioni; sperando io di convertir voi, e voi di convertir me. Rispondetemi, se vi piaccia il patto ».

Risposi: « Il vostro non è un patto, ma uno scherno. Abbondai in buon volere con voi. La coscienza non mi obbliga più ad altro, che ad augurarvi tutte le felicità per questa e l'altra vita ».

Così finì la mia clandestina relazione con quell'uomo - chi sa? - forse più inasprito dalla sventura e delirante per disperazione, che malvagio.

CAPO QUADRAGESIMOSECONDO

Benedissi un'altra volta davvero la solitudine, ed i miei giorni passarono di nuovo per alcun tempo senza vicende.

Finì la state; nell'ultima metà di settembre, il caldo scemava. Ottobre venne; io mi rallegrava allora d'avere una stanza che nel verno doveva esser buona. Ecco una mattina il custode che mi dice avere ordine di mutarmi di carcere.

— E dove si va?

— A pochi passi, in una camera più fresca.

— E perché non pensarci quand'io moriva dal caldo e l'aria era tutta zanzare, ed il letto era tutto cimici?

— Il comando non è venuto prima.

— Pazienza, andiamo.

Bench'io avessi assai patito in quel carcere, mi dolse di lasciarlo; non soltanto perché nella fredda stagione doveva essere ottimo, ma per tanti perché. Io v'aveva quelle formiche, ch'io amava e nutriva con sollecitudine, se non fosse espressione ridicola, direi quasi paterna. Da pochi giorni quel caro ragno di cui parlai, era, non so per qual motivo, emigrato; ma io diceva: « Chi sa che non si ricordi di me e non ritorni? ». Ed or che me ne vado ritornerà forse e troverà la prigione vôta, o se vi sarà qualch'altro ospite, potrebb'essere un nemico

dei ragni, e raschiar giù colla pantofola quella bella tela, e schiacciare la povera bestia! Inoltre quella trista
prigione non mi era stata abbellita dalla pietà della Zanze? A quella finestra s'appoggiava sì spesso, e lasciava
cadere generosamente i bricioli de' *buzzolai*[1] alle mie
formiche. Lì solea sedere; qui mi fece il tal racconto;
qui il tal altro; là s'inchinava sul mio tavolino, e le sue
lagrime vi grondarono!

Il luogo ove mi posero era pur sotto i Piombi, ma a
tramontana e ponente, con due finestre, una di qua, l'altra di là; soggiorno di perpetui raffreddori, e di orribile
ghiaccio ne' mesi rigidi.

La finestra a ponente era grandissima; quella a tramontana era piccola ed alta, al di sopra del mio letto.

M'affacciai prima a quella, e vidi che metteva verso
il palazzo del patriarca[2]. Altre prigioni erano presso la
mia, in un'ala di poca estensione, a destra, ed in uno
sporgimento di fabbricato, che mi stava dirimpetto. In
quello sporgimento stavano due carceri, una sull'altra.
La inferiore aveva un finestrone enorme, pel quale io
vedea dentro passeggiare un uomo signorilmente vestito. Era il signor Caporali di Cesena[3]. Questi mi vide, mi
fece qualche segno, e ci dicemmo i nostri nomi.

Volli quindi esaminare dove guardasse l'altra mia finestra. Posi il tavolino sul letto e sul tavolino una sedia,
mi arrampicai sopra, e vidi essere a livello di una parte
del tetto del palazzo. Al di là del palazzo appariva un
bel tratto della città e della laguna.

Mi fermai a considerare quella bella veduta, e udendo che s'apriva la porta, non mi mossi. Era il custode,
il quale, scorgendomi lassù arrampicato, dimenticò ch'io

[1] Pan dolce, fatto a guisa di anello, assai popolare a Venezia, corrispondente ai buccellati toscani.

[2] Il Vescovo di Venezia ha dal 1450 nome di Patriarca, perché erede dell'autorità del Patriarca di Grado.

[3] Pietro Maria Caporali di Cesena, arrestato a Pordenone
perché Carbonaro, accusato d'alto tradimento, sfrattato in seguito dal Regno Lombardo-Veneto, arrestato e condannato al
carcere perpetuo dal Governo papale; durante la prigionia
perdette la ragione, e solo allora fu graziato, nel 1828. Morì
nel 1831.

non poteva passare come un sorcio attraverso le sbarre, pensò ch'io tentassi di fuggire, e nel rapido istante del suo turbamento, saltò sul letto, ad onta di una sciatica che lo tormentava, e m'afferrò per le gambe gridando come un'aquila.

— Ma non vedete, — gli dissi, — o smemorato, che non si può fuggire per causa di queste sbarre? Non capite che salii per sola curiosità?

— *Vedo, sior, vedo, capisco; ma la cali giù, le digo, la cali; queste le son tentazion de scappar.*

E mi convenne discendere, e ridere.

CAPO QUADRAGESIMOTERZO

Alle finestre delle prigioni laterali conobbi sei altri detenuti per cose politiche[1].

Ecco dunque che, mentre io mi disponeva ad una solitudine maggiore che in passato, io mi trovo in una specie di mondo. A principio m'increbbe, sia che il lungo vivere romito avesse già fatta alquanto insocievole l'indole mia, sia che il dispiacente esito della mia conoscenza con Giuliano mi rendesse diffidente.

Nondimeno quel poco di conversazione che prendemmo a fare, parte a voce e parte a segni, parvemi in breve un beneficio, se non come stimolo ad allegrezza, almeno come divagamento. Della mia relazione con Giuliano non feci motto con alcuno. C'eravamo egli ed io dato parola d'onore, che il secreto resterebbe sepolto in noi. Se ne favello in queste carte, gli è perché sotto gli occhi di chiunque andassero, gli sarebbe impossibile indovinare chi, di tanti che giacevano in quelle carceri, fosse Giuliano.

Alle nuove mentovate conoscenze di concaptivi s'aggiunse un'altra che mi fu pure dolcissima.

Dalla finestra grande io vedeva, oltre lo sporgimento di carceri che mi stava in faccia, una estensione di tetti, ornata di camini, di altane[2], di campanili, di cupole,

---

[1] Erano i Carbonari del Polesine, anch'essi condannati a pene diverse, e mandati allo Spielberg o nella fortezza di Lubiana.

[2] Specie di terrazze recinte, poste sopra i tetti delle case: per lo più in legno.

— Mamma, mamma, han posto qualcheduno lassù nei
Piombi (cap. XLIII)

la quale andava a perdersi colla prospettiva del mare e del cielo. Nella casa più vicina a me, ch'era un'ala del patriarcato, abitava una buona famiglia, che acquistò diritti alla mia riconoscenza, mostrandomi coi suoi saluti la pietà ch'io le ispirava. Un saluto, una parola d'amore agl'infelici, è una gran carità!

Cominciò colà, da una finestra, ad alzare le sue manine verso me un ragazzetto di nove o dieci anni, e l'intesi gridare:

— Mamma, mamma, han posto qualcheduno lassù nei Piombi. O povero prigioniero, chi sei?

— Io sono Silvio Pellico, — risposi.

Un altro ragazzo più grandicello corse anch'egli alla finestra, e gridò:

— Tu sei Silvio Pellico?

— Sì, e voi, cari fanciulli?

— Io mi chiamo Antonio S...[1] e mio fratello, Giuseppe. Poi si voltava indietro, e diceva: — Che cos'altro debbo dimandargli?

Ed una donna, che suppongo essere stata lor madre, e stava mezzo nascosta, suggeriva parole gentili a quei cari figliuoli, ed essi le diceano, ed io ne li ringraziava colla più viva tenerezza.

Quelle conversazioni erano piccola cosa, e non bisognava abusarne per non far gridare il custode, ma ogni giorno ripetevansi con mia grande consolazione, all'alba, a mezzodì e a sera. Quando accendevano il lume, quella donna chiudeva la finestra, i fanciulli gridavano: — Buona notte, Silvio! — Ed ella, fatta coraggiosa dall'oscurità, ripetea con voce commossa: — Buona notte, Silvio! coraggio!

Quando que' fanciulli faceano colezione o merenda, mi diceano: — Oh se potessimo darti del nostro caffè e latte! Oh se potessimo darti de' nostri *buzzolai*! Il giorno che andrai in libertà sovvengati di venirci a vedere! Ti daremo dei *buzzolai* belli e caldi, e tanti baci[2]!

---

[1] Nel manoscritto delle *Mie Prigioni*, il cognome è scritto: *Samueli*.

[2] Quest'episodio di una delicatezza squisita, denota con quale simpatia era seguita la dolorosa vicenda di questi processi politici.

CAPO QUADRAGESIMOQUARTO

Il mese di ottobre era la ricorrenza del più brutto de' miei anniversari. Io era stato arrestato il 13 di esso mese, dell'anno antecedente. Parecchie tristi memorie mi ricorrevano inoltre in quel mese. Due anni prima, in ottobre, s'era per funesto accidente annegato nel Ticino un valentuomo ch'io molto onorava[1]. Tre anni prima, in ottobre, s'era involontariamente ucciso con uno schioppo Odoardo Briche[2], giovinetto che io amava quasi fosse stato mio figlio. A' tempi della mia prima gioventù, in ottobre, un'altra grave afflizione m'aveva colpito[3].

Bench'io non sia superstizioso, il riscontrarsi fatalmente in quel mese ricordanze così infelici, mi rendea tristissimo.

Favellando dalla finestra con que' fanciulli e coi miei concaptivi, io mi fingea lieto, ma, appena rientrato nel mio antro, un peso inenarrabile di dolore mi piombava sull'anima.

Prendea la penna per comporre qualche verso o per attendere ad altra cosa letteraria, ed una forza irresistibile parea costringermi a scrivere tutt'altro. Che? lunghe lettere ch'io non poteva mandare; lunghe lettere alla mia cara famiglia, nelle quali io versava tutto il mio cuore. Io le scriveva sul tavolino, e poi le raschiava. Erano calde espressioni di tenerezza, e rimembranze della felicità ch'io aveva goduto presso genitori, fratelli e sorelle così indulgenti, così amanti. Il desiderio ch'io sentiva di loro mi ispirava un'infinità di cose appassionate. Dopo avere scritto ore ed ore, mi restavano sempre altri sentimenti a svolgere.

Questo era, sotto una nuova forma, un ripetermi la mia biografia ed illudermi ridipingendo il passato; un forzarmi a tener gli occhi sul tempo felice che non era più. Ma, oh Dio! quante volte, dopo aver rappresentato con animatissimo quadro un tratto della mia più bella vita, dopo avere inebbriata la fantasia fino a parermi ch'io

---

[1] Il fratello di Lodovico di Breme.

[2] Odoardo Briche s'era però ucciso volontariamente, il 17 ottobre 1818, a Lorentecchio.

[3] Quasi certamente si tratta d'una giovinetta che, a Torino, il Pellico aveva amata.

fossi colle persone a cui parlava, mi ricordava repentinamente del presente, e mi cadea la penna ed inorridiva! Momenti veramente spaventosi eran quelli! Aveali già provati altre volte, ma non mai con convulsioni pari a quelle che or m'assalivano.

Io attribuiva tali convulsioni e tali orribili angosce al troppo eccitamento degli affetti, a cagione della forma epistolare ch'io dava a quegli scritti e del dirigerli a persone sì care.

Volli far altro, e non potea; volli abbandonare almeno la forma epistolare, e non potea. Presa la penna, e messomi a scrivere, ciò che ne risultava era sempre una lettera piena di tenerezza e di dolore.

— Non son io più libero del mio volere? — andava dicendo. — Questa necessità di fare ciò che non vorrei fare, è dessa uno stravolgimento del mio cervello? Ciò per l'addietro non m'accadeva. Sarebbe stata cosa spiegabile nei primi tempi della mia detenzione; ma ora che sono naturato alla vita carceraria, ora che la fantasia dovrebbe essersi calmata su tutto, ora che mi son cotanto nutrito di riflessioni filosofiche e religiose, come divento io schiavo delle cieche brame del cuore, e pargoleggio così? Applichiamoci ad altro.

Cercava allora di pregare o d'opprimermi collo studio della lingua tedesca. Vano sforzo! Io m'accorgeva di tornar a scrivere un'altra lettera.

CAPO QUADRAGESIMOQUINTO

Simile stato era una vera malattia; non so se debba dire una specie di sonnambulismo. Era senza dubbio effetto d'una grande stanchezza, operata dal pensare e dal vegliare.

Andò più oltre. Le mie notti divennero costantemente insonni e per lo più febbrili. Indarno cessai di prendere il caffè la sera; l'insonnia era la stessa.

Mi pareva che in me fossero due uomini, uno che voleva sempre scriver lettere e l'altro che voleva far altro. Ebbene, diceva io, transigiamo, scrivi pur lettere, ma scrivile in tedesco; così impareremo quella lingua.

Quindi in poi scriveva tutto in un cattivo tedesco. Per tal modo almeno feci qualche progresso in quello studio.

150

Il mattino, dopo lunga veglia, il cervello spossato cadeva in qualche sopore. Allora sognava, o piuttosto delirava, di vedere il padre, la madre, o altro mio caro disperarsi sul mio destino. Udiva di loro i più miserandi singhiozzi, e tosto mi destava singhiozzando e spaventato.

Talvolta in que' brevissimi sogni sembravami d'udire la madre consolare gli altri, entrando con essi nel mio carcere, e volgermi le più sante parole sul dovere della rassegnazione; e, quand'io più mi rallegrava del suo coraggio e del coraggio degli altri, ella prorompeva improvvisamente in lagrime, e tutti piangevano. Niuno può dire quali strazii fossero allora quelli dell'anima mia.

Per uscire di tanta miseria, provai di non andare più affatto a letto. Teneva acceso il lume l'intera notte[1], e stava al tavolino a leggere e scrivere. Ma che? veniva il momento ch'io leggeva, destissimo, ma senza capir nulla, e che assolutamente la testa più non mi reggeva a comporre pensieri. Allora io copiava qualche cosa, ma copiava ruminando tutt'altro che ciò ch'io scriveva, ruminando le mie afflizioni.

Eppure, s'io andava a letto, era peggio. Niuna posizione m'era tollerabile, giacendo: m'agitava convulso, e conveniva alzarmi. Ovvero, se alquanto dormiva, que' disperati sogni mi faceano più male del vegliare.

Le mie preci erano aride, e nondimeno io le ripeteva sovente; non con lungo orare di parole, ma invocando Dio! Dio unito all'uomo ed esperto degli umani dolori!

In quelle orrende notti, l'immaginativa mi s'esaltava talora in guisa che pareami, sebbene svegliato, or d'udir gemiti nel mio carcere, or d'udir risa soffocate. Dall'infanzia in poi, non era mai stato credulo a streghe e folletti, ed or quelle risa e que' gemiti mi atterrivano, e non sapea come spiegar ciò, ed era costretto a dubitare s'io non fossi ludibrio d'incognite maligne potenze.

Più volte presi tremando il lume, e guardai se v'era alcuno sotto il letto che mi beffasse. Più volte mi venne il dubbio, che m'avessero tolto dalla prima stanza e tra-

[1] Forse usava il porta-lumino che la Zanze gli aveva dato e che adesso è conservato nel Museo del Risorgimento di Udine. S'avverta che il Codice austriaco vietava ai prigionieri di tener lumi, ma è evidente che la sorveglianza nelle carceri di Venezia era molto rilassata.

sportato in questa, perché ivi fosse qualche trabocchello, ovvero nelle pareti qualche secreta apertura, donde i miei sgherri spiassero tutto ciò ch'io faceva, e si divertissero crudelmente a spaventarmi.

Stando al tavolino, or pareami che alcuno mi tirasse pel vestito, or che fosse data una spinta ad un libro, il quale cadeva a terra, or che una persona dietro a me soffiasse sul lume per ispegnerlo. Allora io balzava in piedi, guardava intorno, passeggiava con diffidenza, e chiedeva a me stesso s'io fossi impazzato, od in senno. Non sapea più che cosa, di ciò ch'io vedeva e sentiva, fosse realtà o illusione, e sclamava con angoscia: « *Deus meus, Deus meus, ut quid dereliquisti me?* »[1].

CAPO QUADRAGESIMOSESTO

Una volta, andato a letto alquanto prima dell'alba, mi parve d'avere la più gran certezza d'aver messo il fazzoletto sotto il capezzale. Dopo un momento di sopore, mi destai al solito, e mi sembrava che mi strangolassero. Sento d'avere il collo strettamente avvolto. Cosa strana! Era avvolto col mio fazzoletto, legato forte a più nodi. Avrei giurato di non aver fatto que' nodi, di non aver toccato il fazzoletto, dacché l'avea messo sotto il capezzale. Convien ch'io avessi operato sognando o delirando, senza più serbarne alcuna memoria; ma non potea crederlo, e d'allora in poi stava in sospetto ogni notte d'essere strangolato.

Capisco quanto simili vaneggiamenti debbano essere ridicoli altrui, ma a me che li provai, faceano tal male, che ne raccapriccio ancora.

Si dileguavano ogni mattino; e finché durava la luce del dì, io mi sentiva l'animo così rinfrancato còntro que' terrori, che mi sembrava impossibile di doverli mai più patire. Ma al tramonto del sole io cominciava a rabbrividire, e ciascuna notte riconduceva le brutte stravaganze della precedente.

Quanto maggiore era la mia debolezza nelle tenebre, tanto maggiori erano i miei sforzi durante il giorno per mostrarmi allegro ne' colloqui co' compagni, coi due

[1] « *Dio mio, Dio mio, perché mi hai abbandonato?* ». (San Matteo, XXVII, 46).

ragazzi del patriarcato, e co' miei carcerieri. Nessuno, udendomi scherzare com'io faceva, si sarebbe immaginato la misera infermità ch'io soffriva. Sperava con quegli sforzi di rinvigorirmi; ed a nulla giovavano. Quelle apparenze notturne, che di giorno io chiamava sciocchezze, la sera tornavano ad essere per me realtà spaventevoli.

Se avessi ardito, avrei supplicato la Commissione di mutarmi di stanza, ma non seppi mai indurmivi, temendo di far ridere.

Essendo vani tutti i raziocinii, tutti i proponimenti, tutti gli studi, tutte le preghiere, l'orribile idea d'essere totalmente e per sempre abbandonato da Dio, si impadronì di me.

Tutti que' maligni sofismi contro la Provvidenza, che, in istato di ragione, poche settimane prima, m'apparivano sì stolti, or vennero a frullarmi nel capo bestialmente, e mi sembrarono attendibili. Lottai contro questa tentazione parecchi dì, poi mi vi abbandonai.

Sconobbi la bontà della religione; dissi, come avea udito dire da rabbiosi atei, e come testè Giuliano scriveami: « La religione non vale ad altro che ad indebolire le menti ». M'arrogai di credere che rinunciando a Dio, la mente mi si rinforzerebbe. Forsennata fiducia! Io negava Dio, e non sapea negare gl'invisibili malefici enti che sembravano circondarmi e pascersi de' miei dolori.

Come qualificare quel martirio? Basta egli il dire ch'era una malattia? od era egli, nello stesso tempo, un castigo divino per abbattere il mio orgoglio, e farmi conoscere che, senza un lume particolare, io poteva divenire incredulo come Giuliano, e più insensato di lui?

Checché ne sia, Dio mi liberò di tanto male, quando meno me l'aspettava.

Una mattina, preso il caffè, mi vennero vomiti violenti e coliche. Pensai che m'avessero avvelenato. Dopo la fatica de' vomiti, era tutto in sudore, e stetti a letto. Verso mezzogiorno m'addormentai, e dormii placidamente fino a sera.

Mi svegliai, sorpreso di tanta quiete; e, parendomi di non aver più sonno, m'alzai. « Stando alzato », diss'io, « sarò più forte contro i soliti terrori ».

Ma i terrori non vennero. Giubilai, e nella piena della mia riconoscenza, tornando a sentire Iddio, mi gettai a terra ad adorarlo, e chiedergli perdono d'averlo, per più giorni negato. Quell'effusione di gioia esaurì le mie forze, e fermatomi in ginocchio alquanto, appoggiato ad una sedia, fui ripigliato dal sonno, e mi addormentai in quella posizione.

Di lì, non so se ad un'ora o più ore, mi desto a mezzo, ma appena ho tempo di buttarmi vestito sul letto, e ridormo sino all'aurora. Fui sonnolento ancor tutto il giorno; la sera mi coricai presto, e dormii l'intera notte. Qual crisi erasi operata in me? Lo ignoro, ma io era guarito.

CAPO QUADRAGESIMOSETTIMO

Cessarono le nausee che pativa da lungo tempo il mio stomaco, cessarono i dolori di capo e mi venne un appetito straordinario. Io digeriva eccellentemente, e cresceva in forze. Mirabile Provvidenza! ella m'avea tolte le forze per umiliarmi; ella me le rendeva, perché appressavasi l'epoca delle sentenze, e voleva ch'io non soccombessi al loro annunzio.

Addì 24 novembre, un de' nostri compagni, il dottor Foresti[1], fu tolto dalle carceri de' Piombi, e trasportato non sapevam dove[2]. Il custode, sua moglie ed i secondini erano atterriti; niuno di loro volea darmi luce su questo mistero.

— E che cosa vuol ella sapere, — diceami Tremerello, — se nulla v'è di buono a sapere? Le ho detto già troppo, le ho detto già troppo.

— Su via, che serve il tacere? — gridai raccapricciando; — non v'ho io capito? Egli è dunque condannato a morte?

— Chi?... Egli?... il dottor Foresti?...

[1] Felice Foresti, già pretore a Ferrara, uno dei Carbonari del Polesine. Arrèstato, nel 1818, si offerse di rivelare delle circostanze importanti se gli avessero accordata l'impunità. Nonostante le sue delazioni, fu condannato a 20 anni di carcere duro. Uscito nel 1835, andò nell'America del Nord, d'onde poté tornare in Italia, a Genova, pochi anni dopo. Morì l'anno 1858. Scrisse la propria Autobiografia.
[2] Nelle carceri dell'isola di San Michele di Murano, dove pure trovavasi Piero Maroncelli. Più tardi l'isola di San Michele divenne il Camposanto di Venezia.

Tremerello esitava; ma la voglia di chiacchierare non era l'infima delle sue virtù.

— Non dica poi che son ciarlone; io non volea proprio aprir bocca su queste cose. Si ricordi che m'ha costretto.

— Sì, sì, v'ho costretto; ma, animo! ditemi tutto. Che n'è del povero Foresti?

— Ah, signore! gli fecero passare il ponte de' Sospiri[1]! egli è nelle carceri criminali! La sentenza di morte è stata letta a lui e a due altri.

— E si eseguirà? quando? Oh miseri! E chi sono gli altri due?

— Non so altro, non so altro. Le sentenze non sono ancora pubblicate. Si dice per Venezia che vi saranno parecchie commutazioni di pena. Dio volesse che la morte non s'eseguisse per nessuno di loro! Dio volesse che, se non son tutti salvi da morte, ella almeno lo fosse! Io ho messo a lei tale affezione... perdoni la libertà... come se fosse un mio fratello!

E se ne andò commosso. Il lettore può pensare in quale agitazione io mi trovassi tutto quel dì e la notte seguente, e tanti altri giorni, ché nulla di più potei sapere.

Durò l'incertezza un mese: finalmente le sentenze relative al primo processo furono pubblicate. Colpivano molte persone, nove delle quali erano condannate a morte[2], e poi per grazia a carcere duro, quali per vent'anni, quali per quindici (e ne' due casi doveano scontar la pena nella fortezza di Spielberg, presso la città di Brünn in Moravia), quali per dieci anni o meno (ed allora andavano nella fortezza di Lubiana).

L'essere stata commutata le pena a tutti quelli del primo processo, era egli argomento che la morte dovesse

[1] Il Ponte dei Sospiri, celebre passaggio coperto di pesante architettura, costruito nel 1600 circa, che unisce le nuove Prigioni col Palazzo Ducale: così chiamato perché, nei secoli precedenti, i detenuti per gravi reati lo attraversavano quando andavano dalle prigioni in cui erano rinchiusi alla Saletta degli Inquisitori di Stato, presso la quale era la *camera del tormento*, dove si applicava la tortura, per strappare rivelazioni e confessioni agli accusati.

[2] Le sentenze di morte furono tredici, non nove: Foresti, Villa, Solera, don Fortini, Oroboni, Bacchiega, Rinaldi, Canonici, Delfini, Cecchetti, Munari, Caravieri, Monti: tutti ebbero però la pena capitale commutata nel carcere duro.

risparmiarsi anche a quelli del secondo? Ovvero l'indulgenza sarebbesi usata ai soli primi, perché arrestati prima delle notificazioni che si pubblicarono contro le Società secrete[1], e tutto il rigore cadrebbe sui secondi?

« La soluzione del dubbio non può esser lontana », diss'io; « sia ringraziato il Cielo, che ho tempo di prevedere la morte e d'apparecchiarmivi ».

CAPO QUADRAGESIMOTTAVO

Era mio unico pensiero il morire cristianamente e col debito coraggio. Ebbi la tentazione di sottrarmi al patibolo col suicidio, ma questa sgombrò. « Qual merito evvi a non lasciarsi ammazzare da un carnefice, ma rendersi invece carnefice di sé? Per salvar l'onore? E non è fanciullaggine il credere che siavi più onore nel fare una burla al carnefice, che nel non fargliela, quando pur sia forza morire? ». Anche se non fossi stato cristiano, il suicidio, riflettendovi, mi sarebbe sembrato un piacere sciocco, una inutilità.

« Se il termine della mia vita è venuto », m'andava io dicendo, « non sono io fortunato, che sia in guisa da lasciarmi tempo per raccogliermi e purificare la coscienza con desiderii e pentimenti degni d'un uomo? Volgarmente giudicando, l'andare al patibolo è la peggiore delle morti; giudicando da savio, non è dessa migliore delle tante morti che avvengono per malattia, con grande indebolimento d'intelletto, che non lascia più luogo a rialzar l'anima da pensieri bassi? ».

La giustezza di tal ragionamento mi penetrò sì forte nello spirito, che l'orror della morte, e di quella specie di morte, si dileguava interamente da me. Meditai molto sui Sacramenti che dovevano invigorirmi al solenne passo, e mi parea d'essere in grado di riceverli con tali disposizioni da provarne l'efficacia. Quell'altezza d'animo ch'io credea d'avere, quella pace, quell'indulgente affezione verso coloro che m'odiavano, quella gioia di poter sacrificare la mia vita alla volontà di Dio, le avrei io serbate s'io fossi stato condotto al supplizio? Ahi! che l'uomo è pieno di contraddizioni, e quando sembra essere

[1] La Notificazione contro i Carbonari del 29 agosto 1820.

più gagliardo e più santo, può cadere fra un istante in debolezza ed in colpa! Se allora io sarei morto degnamente, Dio solo il sa. Non mi stimo abbastanza da affermarlo.

Intanto la verisimile vicinanza della morte fermava su quest'idea siffattamente la mia immaginazione, che il morire pareami non solo possibile, ma significato da infallibile presentimento. Niuna speranza d'evitare questo destino penetrava più nel mio cuore, e ad ogni suono di pedate e di chiavi, ad ogni aprirsi della mia porta, io mi dicea: « Coraggio! forse vengono a prendermi per udire la sentenza. Ascoltiamola con dignitosa tranquillità, e benediciamo il Signore ».

Meditai ciò ch'io dovea scrivere per l'ultima volta alla mia famiglia, e partitamente al padre, alla madre, a ciascun dei fratelli e a ciascuna delle sorelle; e volgendo in mente quelle espressioni d'affetti sì profondi e sì sacri, io m'inteneriva con molta dolcezza, e piangeva, e quel pianto non infiacchiva la mia rassegnata volontà.

Come non sarebbe ritornata l'insonnia? Ma quanto era diversa dalla prima! Non udiva né gemiti, né risa nella stanza; non vaneggiava né di spiriti, né d'uomini nascosti. La notte m'era più deliziosa del giorno, perch'io mi concentrava di più nella preghiera. Verso le quattr'ore io solea mettermi a letto, e dormiva placidamente circa due ore. Svegliatomi, stava in letto fino a tardi per riposare. M'alzava verso le undici.

Una notte, io m'era coricato alquanto prima del solito, ed avea dormito appena un quarto d'ora, quando, ridesto, m'apparve un'immensa luce nella parete in faccia a me. Temetti d'essere ricaduto ne' passati delirii; ma ciò ch'io vedeva non era un'illusione. Quella luce veniva dal finestruolo a tramontana, sotto il quale io giaceva.

Balzo a terra, prendo il tavolino, lo metto sul letto, vi sovrappongo una sedia, ascendo, e veggo uno de' più belli e terribili spettacoli ch'io potessi immaginarmi.

Era un grande incendio, a un tiro di schioppo dalle nostre carceri. Prese alla casa ov'erano i forni pubblici, e la consumò.

La notte era oscurissima, e tanto più spiccavano quei vasti globi di fiamme e di fumo, agitati com'erano da furioso vento. Volavano scintille da tutte le parti, e sembrava che il cielo le piovesse. La vicina laguna rifletteva

157

l'incendio. Una moltitudine di gondole andava e veniva. Io m'immaginava lo spavento ed il pericolo di quelli che abitavano nella casa incendiata e nelle vicine, e li compiangeva. Udiva lontane voci d'uomini e donne che si chiamavano: — Tognina! Momolo! Beppo! Zanze! — Anche il nome di Zanze mi sonò all'orecchio! Ve ne sono migliaia a Venezia; eppure io temeva che potesse essere quell'una, la cui memoria m'era sì soave! Fosse mai là quella sciagurata? e circondata forse dalle fiamme? Oh potessi scagliarmi a liberarla!

Palpitando, raccapricciando, ammirando, stetti sino all'aurora a quella finestra; poi discesi oppresso da tristezza mortale, figurandomi molto più danno che non era avvenuto. Tremerello mi disse non essere arsi se non i forni e gli annessi magazzini, con grande quantità di sacchi di farina.

CAPO QUADRAGESIMONONO

La mia fantasia era ancora vivamente colpita dall'aver veduto quell'incendio, allorché, poche notti appresso, - io non era ancora andato a letto, e stava al tavolino studiando, e tutto intirizzito dal freddo, - ecco voci poco lontane: erano quelle del custode, di sua moglie, de' loro figli, de' secondini: — *Il fogo! Il fogo! Oh beata Vergine! oh noi perdui!*

Il freddo mi cessò in un istante: balzai tutto sudato in piedi, e guardai intorno se già si vedevano fiamme. Non se ne vedevano.

L'incendio per altro era nel palazzo stesso, in alcune stanze d'ufficio vicino alle carceri.

Uno de' secondini gridava: — *Ma, sior paron, cossa faremo de sti siori ingabbiai, se el fogo s'avanza?*

Il custode rispondeva: — *Mi no gh'ho cor de lassarli abbrustolar. Eppur no se po averzer la preson, senza el permesso de la Commission. Anemo, digo, corrè dunque a dimandar sto permesso.*

— *Vado de botto, sior, ma la risposta no sarà miga in tempo, sala.*

E dov'era quella eroica rassegnazione ch'io teneami così sicuro di possedere, pensando alla morte? Perché l'idea di bruciar vivo mi mettea la febbre? Quasicché ci fosse maggior piacere a lasciarsi stringer la gola che a bruciare! Pensai a ciò, e mi vergognai della mia paura; stava per gridare al custode, che per carità m'aprisse, ma mi frenai. Nondimeno io avea paura.

« Ecco », diss'io, « qual sarà il mio coraggio, se, scampato dal fuoco, verrò condotto a morte. Mi frenerò, nasconderò altrui la mia viltà, ma tremerò. Se non che... non è egli pure coraggio l'operare come se non si sentissero tremiti, e sentirli? Non è egli generosità lo sforzarsi di dar volentieri ciò che rincresce di dare? Non è egli obbedienza l'obbedire ripugnando? ».

Il trambusto nella casa del custode era sì forte, che indicava un pericolo sempre crescente. Ed il secondino ito a chiedere la permissione di trarci di que' luoghi, non ritornava! Finalmente sembrommi d'intendere la sua voce. Ascoltai, e non distinsi le sue parole. Aspetto, spero; indarno! nessuno viene. Possibile che non siasi conceduto di traslocarci in salvo dal fuoco? E se non ci fosse più modo di scappare? E se il custode e la sua famiglia stentassero a mettere in salvo se medesimi, e nessuno più pensasse ai poveri *ingabbiai*?

« Tant'è », ripigliava io, « questa non è filosofia, questa non è religione! Non farei io meglio d'apparecchiarmi a veder le fiamme entrare nella mia stanza e divorarmi? ».

Intanto i romori scemavano. A poco a poco non udii più nulla. È questo prova esser cessato l'incendio? Ovvero tutti quelli che poterono sarann'essi fuggiti, e non rimangono più qui se non le vittime abbandonate a sì crudel fine?

La continuazione del silenzio mi calmò: conobbi che il fuoco doveva essere spento.

Andai a letto, e mi rimproverai come viltà l'affanno sofferto; ed or che non si trattava più di bruciare, m'increbbe di non essere bruciato, piuttosto che avere tra pochi giorni ad essere ucciso dagli uomini.

La mattina seguente intesi da Tremerello qual fosse stato l'incendio, e risi della paura ch'ei mi disse avere avuto, quasi che la mia non fosse stata eguale o maggiore della sua.

CAPO QUINQUAGESIMO

Addì 11 gennaio (1822), verso le 9 del mattino, Tremerello coglie un'occasione per venire da me, e tutto agitato mi dice:

— Sa ella che nell'isola di San Michele di Murano, qui poco lontano da Venezia, v'è una prigione dove sono forse più di cento Carbonari?

— Me l'avete già detto altre volte. Ebbene... che volete dire?... Su, parlate. Havvene forse di condannati?

— Appunto.

— Quali?

— Non so.

— Vi sarebbe mai il mio infelice Maroncelli?

— Ah signore, non so, non so chi vi sia.

Ed andossene turbato, e guardandomi con atti di compassione.

Poco appresso viene il custode, accompagnato da secondini e da un uomo ch'io non avea mai veduto. Il custode parea confuso. L'uomo nuovo prese la parola:

— Signore, la Commissione ha ordinato ch'ella venga con me.

— Andiamo, — dissi; — e voi dunque chi siete?

— Sono il custode delle carceri di San Michele[1], dov'ella dev'essere tradotta.

Il custode de' Piombi consegnò a questo i denari miei, che egli avea nelle mani. Dimandai, ed ottenni la permissione di far qualche regalo a' secondini. Misi in ordine la mia roba, presi la Bibbia sotto il braccio e partii. Scendendo quelle infinite scale, Tremerello mi strinse furtivamente la mano; parea voler dirmi: « Sciagurato! tu sei perduto ».

Uscimmo da una porta che mette sulla laguna; e quivi era una gondola con due secondini del nuovo custode.

Entrai in gondola, ed opposti sentimenti mi commoveano: un certo rincrescimento d'abbandonare il soggiorno de' Piombi, ove molto avea patito, ma ove pure io m'era affezionato ad alcuno, ed alcuno erasi affezionato a me; il piacere di trovarmi, dopo tanti mesi di reclusione, all'aria aperta, di vedere il cielo e la città e le acque, senza l'infausta quadratura delle inferriate; il

---

[1] Chiamavasi Domenico Merlo.

ricordarmi la lieta gondola che in tempo tanto migliore mi portava per quella laguna medesima, e le gondole del lago di Como e quelle del lago Maggiore, e le barchette del Po, e quelle del Rodano e della Senna!... Oh ridenti anni svaniti! E chi era stato al mondo felice al par di me?

Nato da' più amorevoli parenti, in quella condizione che non è povertà, e che avvicinandoti quasi ugualmente al povero ed al ricco, t'agevola il vero conoscimento de' due stati, condizione ch'io reputo la più vantaggiosa per coltivare gli affetti; io, dopo un'infanzia consolata da dolcissime cure domestiche, era passato a Lione presso un vecchio cugino materno, ricchissimo e degnissimo delle sue ricchezze, ove tutto ciò che può esservi d'incanto per un cuore bisognoso di eleganza e di amore avea deliziato il primo fervore della mia gioventù: di lì tornato in Italia, e domiciliato co' genitori a Milano, avea proseguito a studiare ed amare la società ed i libri, non trovando che amici egregi, e lusinghevole plauso. Monti e Foscolo, sebbene avversari fra loro, m'erano benevoli egualmente. Mi affezionai più a quest'ultimo; e siffatto iracondo uomo, che colle sue asprezze provocava tanti a disamarlo, era per me tutto dolcezza e cordialità, ed io lo riveriva teneramente. Gli altri letterati d'onore mi amavano anch'essi, com'io li riamava. Niuna invidia, niuna calunnia m'assalì mai, od almeno erano di gente sì screditata che non potea nuocere. Alla caduta del Regno d'Italia [1], mio padre avea riportato il suo domicilio a Torino, col resto della famiglia, ed io, procrastinando di raggiungere sì care persone, avea finito per rimanermi a Milano, ove tanta felicità mi circondava, da non sapermi indurre ad abbandonarla.

Fra altri ottimi amici, tre, in Milano, predominavano sul mio cuore, D. Pietro Borsieri, mons. Lodovico di Breme, ed il conte Luigi Porro Lambertenghi [2]. Vi si aggiunse in appresso il conte Federigo Confalonieri [3].

---

[1] Nell'aprile del 1814.

[2] P. Borsieri e Lodovico di Breme, *vedi pag. 101*; Luigi Porro Lambertenghi, *vedi pag. 88*.

[3] Federico Confalonieri (1785-1846), patrizio lombardo, italiano devoto alla patria. Nel 1814 fu della Commissione, inviata a Parigi dalla Reggenza milanese a propugnare presso

161

Fattomi educatore di due bambini di Porro, io era a quelli come un padre, ed al loro padre come un fratello. In quella casa affluiva tutto ciò non solo che aveva di più colto la città, ma copia di ragguardevoli viaggiatori. Ivi conobbi la Staël, Schlegel, Davis, Byron, Hobbhouse, Brougham[1] e molti altri illustri di varie parti d'Europa. Oh quanto rallegra e quanto stimola ad ingentilirsi, la conoscenza degli uomini di merito! Sì, io era felice! io non avrei mutata la mia sorte con quella di un principe! E da sorte sì gioconda balzare tra sgherri, passare di carcere in carcere, e finire per essere strozzato, o perire nei ceppi!

le Alte Potenze vittoriose l'indipendenza della Lombardia. Fondò e sorresse finanziariamente il *Conciliatore*. Arrestato nel 1821, per Carboneria e alto tradimento, errò, per eccesso di abilità, nel metodo della difesa, cosicché fu cagione di danno a sé e ad altri. Purtuttavia non rinnegò le sue idealità patrie, fu esempio di fierezza: condannato a morte, ebbe commutata la pena capitale nel carcere perpetuo. Graziato nel 1836 e uscito dallo Spielberg, fu deportato in America. Morì nel 1846 in Isvizzera, mentre stava per far ritorno a Milano. Fu amicissimo del Pellico, e ordinò che fosse aiutato mercé i suoi beni, quando il saluzzese, nel 1830, uscì dal carcere.

[1] Tutti scrittori e politici liberali, o romantici; la scuola letteraria romantica identificandosi con la politica liberale, nelle speranze, nelle manifestazioni, nelle finalità umane e civili.

Louise Necker de Staël (1766-1817), figlia del celebre ministro di Luigi XVI, scrittrice notissima, fieramente avversa a Napoleone imperatore e re, fu animatrice del movimento romantico.

Schlegel August (1767-1845), critico e poeta tedesco, uno degli iniziatori della scuola romantica.

Forse Humphry Davis (1778-1829), inventore della lampada di sicurezza per i minatori.

George Byron (1778-1824), celebre poeta inglese, che visse a lungo in Italia: morì combattendo per la libertà della Grecia, al pari del nostro Santorre di Santarosa.

John Hobbhouse (1786-1869), uomo politico britannico, amico di Byron e di Foscolo.

Henry Brougham (1778-1868), letterato e politico inglese, di scuola liberale.

CAPO QUINQUAGESIMOPRIMO

Volgendo tai pensieri, giunsi a San Michele, e fui chiuso in una stanza che avea la vista d'un cortile, della laguna e della bella isola di Murano[1]. Chiesi di Maroncelli al custode, alla moglie sua, a quattro secondini. Ma mi facevano visite brevi e piene di diffidenza, e non voleano dirmi niente.

Nondimeno dove son cinque o sei persone, egli è difficile che non se ne trovi una vogliosa di compatire e di parlare. Io trovai tal persona, e seppi quanto segue:

Maroncelli, dopo essere stato lungamente solo, era stato messo col conte Camillo Laderchi[2]: quest'ultimo era uscito di carcere, da pochi giorni, come innocente, ed il primo tornava ad esser solo. De' nostri compagni erano anche usciti, come innocenti, il professor Gian Domenico Romagnosi, ed il conte Giovanni Arrivabene[3].

[1] L'isola di S. Michele trovasi a nord di Venezia, a 800 metri circa dalla città, circondata dalle acque della Laguna. L'isola di Murano, celebre per la fabbricazione dei vetri soffiati, trovasi a 400 metri a nord-est di San Michele: in essa è una graziosa cittadetta, con circa 6000 abitanti, d'impronta schiettamente veneziana.

[2] Camillo Laderchi, d'illustre famiglia faentina, processato mentre era studente a Pavia, in seguito alla lettera sequestrata al Maroncelli; fu assolto in un primo momento, ma, nuovamente arrestato, la Commissione inquirente di Venezia riuscì a estorcergli confessioni e denunzie, fra cui l'accusa contro il suo professore Adeodato Ressi, che venne perciò arrestato e morì in carcere.

[3] Gian Domenico Romagnosi di Salsomaggiore (1761-1835), insigne giurista e filosofo, autore della *Genesi del diritto penale* e di molte altre opere, arrestato per essere stato nominato nella lettera del Maroncelli, origine del processo.

Giovanni Arrivabene di Mantova, dove si adoperò a diffondere la Carboneria. Accusato di non aver denunziato il Pellico che gli aveva rivelato la sua qualità di Carbonaro, poté convincere i magistrati della sua innocenza e, dopo alcuni mesi di carcere, fu assolto. Correndo poi grave pericolo di essere nuovamente imprigionato, riparò all'estero: fu condannato a morte in contumacia nei primi mesi del 1824. Rientrò in patria solo nel 1848, ma dovette tornare all'estero e continuò a vivere in Belgio, fin dopo la guerra del 1859. Nel 1860 fu nominato senatore del Regno.

Il capitano Rezia ed il signor Canova erano insieme[1].
Il professor Ressi[2] giacea moribondo, in un carcere vicino a quello di questi due.

— Di quelli che non sono usciti, — diss'io, — le condanne sono dunque venute. E che si aspetta a palesarcele? Forse che il povero Ressi muoia, o sia in grado d'udire la sentenza, non è vero?

— Credo di sì.

Tutti i giorni io dimandava dell'infelice.

— Ha perduto la parola; — l'ha riacquistata, ma vaneggia e non capisce; — dà pochi segni di vita; — sputa sovente sangue, e vaneggia ancora; — sta peggio; — sta meglio; — è in agonia.

Tali risposte mi si diedero per più settimane. Finalmente una mattina mi si disse:

— È morto!

Versai una lagrima per lui, e mi consolai pensando ch'egli aveva ignorata la sua condanna!

Il dì seguente 21 febbraio (1822), il custode viene a prendermi: erano le dieci antimeridiane. Mi conduce nella sala della Commissione, e si ritira. Stavano seduti, e si alzarono, il presidente, l'inquisitore e i due giudici assistenti[3].

Il presidente, con atto di nobile commiserazione, mi disse che la sentenza era venuta, e che il giudizio era stato terribile, ma già l'Imperatore l'avea mitigato.

L'inquisitore mi lesse la sentenza:

— Condannato a morte. — Poi lesse il rescritto imperiale: — La pena è commutata in quindici anni di car-

[1] Alfredo Rezia di Bellagio (1786-1856), arrestato col fratello Francesco: si addossò tutta la colpa e fu condannato a 5 anni, ridotti poi a tre.
Angelo Canova (1781-1854), attore della compagnia Marchionni, condannato a 5 anni e liberato dopo 3.
[2] Adeodato Ressi di Cervia (1768-1822), insegnante economia politica nell'Università di Pavia, arrestato e condannato per le imprudenti confessioni del suo scolaro Laderchi, morì in carcere per malattia.
[3] Era presidente della Commissione l'avvocato Guglielmo Gardani, uomo mite; inquisitore, il celebre Antonio Salvotti, trentino, odiato come uomo iniquo, che il Luzio ha presentato sotto un aspetto più umano e veritiero; i giudici assistenti erano Stefano Grabmayer e Luigi de Roner; un terzo giudice, Giuseppe Tosetti, quel giorno non era presente.

cere duro, da scontarsi nella fortezza di Spielberg.

Risposi:

— Sia fatta la volontà di Dio!

E mia intenzione era veramente di ricevere da cristiano questo orrendo colpo, e non mostrare né nutrire risentimento contro chicchessia.

Il presidente lodò la mia tranquillità, e mi consigliò a serbarla sempre, dicendomi che da questa tranquillità potea dipendere l'essere forse, fra due o tre anni, creduto meritevole di maggior grazia. (Invece di due o tre, furono poi molti di più).

Anche gli altri giudici mi volsero parole di gentilezza e di speranza. Ma uno di loro che nel processo m'era ognora sembrato molto ostile, mi disse alcun che di cortese che pur pareami pungente; e quella cortesia giudicai che fosse smentita dagli sguardi nei quali avrei giurato essere un riso di gioia e d'insulto.

Or non giurerei più che fosse così: posso benissimo essermi ingannato. Ma il sangue allora mi si rimescolò, e stentai a non prorompere in furore. Dissimulai, e mentre ancora mi lodavano della mia cristiana pazienza, io già l'aveva in segreto perduta.

— Dimani, — disse l'inquisitore, — ci rincresce di doverle annunziare la sentenza in pubblico; ma è formalità impreteribile.

— Sia pure, — dissi.

— Da quest'istante le concediamo, — soggiunse, — la compagnia del suo amico.

E, chiamato il custode, mi consegnarono di nuovo a lui, dicendogli che fossi messo con Maroncelli.

CAPO QUINQUAGESIMOSECONDO

Qual dolce istante fu per l'amico e per me il rivederci, dopo un anno e tre mesi di separazione e di tanti dolori! Le gioie dell'amicizia ci fecero quasi dimenticare per alcuni istanti la condanna.

Mi strappai nondimeno tosto dalle sue braccia, per prendere la penna e scrivere a mio padre. Io bramava ardentemente che l'annuncio della mia triste sorte giungesse alla famiglia da me, piuttosto che da altri, affinché lo strazio di quegli amati cuori venisse temperato dal mio linguaggio di pace e di religione. I giudici mi promisero di spedir subito quella lettera.

Dopo ciò, Maroncelli mi parlò del suo processo, ed io del mio, ci confidammo parecchie carcerarie peripezie, andammo alla finestra, salutammo tre altri amici ch'erano alle finestre loro: due erano Canova e Rezia, che trovavansi insieme, il primo condannato a sei anni di carcere duro[1], ed il secondo a tre; il terzo era il dottor Cesare Armari che, ne' mesi precedenti, era stato mio vicino ne' Piombi[2]. Questi non aveva avuto alcuna condanna, ed uscì poi dichiarato innocente.

Il favellare cogli uni e cogli altri fu piacevole distrazione per tutto il dì e tutta la sera. Ma, andati a letto, spento il lume, e fatto silenzio, non mi fu possibile dormire, la testa ardevami, ed il cuore sanguinava, pensando a casa mia. « Reggerebbero i miei vecchi genitori a tanta sventura? Basterebbero gli altri lor figli a consolarli? Tutti erano amati quanto io, e valeano più di me; ma un padre ed una madre trovano essi mai, ne' figli che lor restano, un compenso per quelli che perdono? ».

Avessi solo pensato a' congiunti ed a qualche altra diletta persona! La lor ricordanza m'affliggeva e m'inteneriva. Ma pensai anche al creduto riso di gioia e d'insulto di quel giudice, al processo, al perché delle condanne, alle passioni politiche, alla sorte di tanti miei amici... e non seppi più giudicare con indulgenza alcuno de' miei avversarii. Iddio mi metteva in una gran prova! Mio debito sarebbe stato di sostenerla con virtù. Non potei! non volli! La voluttà dell'odio mi piacque più del perdono; passai una notte d'inferno.

Il mattino, non pregai. L'universo mi parea opera di una potenza nemica del bene. Altre volte era già stato così calunniatore di Dio; ma non avrei creduto di ridivenirlo, e ridivenirlo in poche ore! Giuliano ne' suoi massimi furori non poteva essere più empio di me. Ruminando pensieri d'odio, principalmente quando uno è percosso da somma sventura, la quale dovrebbe renderlo

[1] Il Pellico erra: il Canova fu condannato a cinque anni.
[2] Giulio Cesare Armari di Bondeno in quel di Ferrara, arrestato nel 1819 e prosciolto per mancanza di prove, fu sfrattato dagli Stati austriaci. Per aver preso parte ai moti del '31, fu costretto ad emigrare, e passò gli ultimi suoi anni a Parigi, vivendo modestissimamente.

vieppiù religioso, - foss'egli anche stato giusto, - diventa iniquo. Sì, foss'egli anche stato giusto; perocché non si può odiare senza superbia. E chi sei tu, o misero mortale, per pretendere che niun tuo simile ti giudichi severamente? per pretendere che niuno ti possa far male di buona fede, credendo d'operare con giustizia? per lagnarti, se Dio permette che tu patisca piuttosto in un modo che in un altro?

Io mi sentiva infelice di non poter pregare; ma ove regna superbia, non rinviensi altro Dio che se medesimo.

Avrei voluto raccomandare ad un Supremo Soccorritore i miei desolati parenti, e più in Lui non credeva.

CAPO QUINQUAGESIMOTERZO

Alle 9 antimeridiane[1], Maroncelli ed io fummo fatti entrare in gondola, e ci condussero in città. Approdammo al palazzo del Doge, e salimmo alle carceri. Ci misero nella stanza ove pochi giorni prima era il signor Caporali; ignoro ove questi fosse stato tradotto. Nove o dieci sbirri sedeano a farci guardia, e noi, passeggiando, aspettavamo l'istante d'esser tratti in piazza. L'aspettazione fu lunga. Comparve soltanto a mezzodì l'inquisitore, ad annunciarci che bisognava andare. Il medico si presentò, suggerendoci di bere un bicchierino d'acqua di menta; accettammo e fummo grati non tanto di questa, quanto della profonda compassione che il buon vecchio ci dimostrava. Era il dottor Dosmo[2]. S'avanzò quindi il caposbirro, e ci pose le manette. Seguimmo lui, accompagnati dagli altri sbirri.

Scendemmo la magnifica scala de' *Giganti*, ci ricor-

[1] Il 22 febbraio 1822.
[2] Il dottor Marcantonio Dosmo, medico delle carceri di Venezia: forse quello stesso che comunicò alla Gegia e a Carlotta Marchionni, le quali trovavansi a Venezia con la Compagnia a recitare mentre Silvio era nei Piombi, da qual lato del Palazzo Ducale erano le carceri: e allora le due donne, a sera fatta, in gondola, si recarono presso quel luogo, e la Gegia cantò, accompagnandosi con la chitarra, *La chanson du troubadour* (*La canzone del trovatore*), che il Pellico aveva scritta per lei. Le sentinelle austriache interruppero il canto, che Silvio non ebbe modo di ascoltare.

dammo del doge Marin Faliero, ivi decapitato, entrammo nel gran portone che dal cortile del palazzo mette sulla piazzetta, e qui giunti voltammo a sinistra verso la laguna. A mezzo della piazzetta era il palco ove dovemmo salire. Dalla scala de' *Giganti* fino a quel palco stavano due file di soldati tedeschi; passammo in mezzo ad esse.

Montati là sopra, guardammo intorno, e vedemmo in quell'immenso popolo il terrore. Per varie parti, in lontananza, schieravansi altri armati. Ci fu detto esservi i cannoni colle miccie accese dappertutto.

Ed era quella piazzetta ove, nel settembre 1820, un mese prima del mio arresto, un mendico aveami detto:

— Questo è luogo di disgrazia!

Sovvennemi di quel mendico e pensai: « Chi sa che in tante migliaia di spettatori non siavi anch'egli, e forse mi ravvisi! ».

Il capitano tedesco gridò che ci volgessimo verso il palazzo e guardassimo in alto. Obbedimmo, e vedemmo sulla loggia un curiale con una carta in mano: era la sentenza. La lesse con voce elevata.

Regnò profondo silenzio sino all'espressione: *condan-*

nati a morte. Allora s'alzò un generale mormorio di compassione. Successe nuovo silenzio per udire il resto della lettura. Nuovo mormorio s'alzò all'espressione: *condannati a carcere duro, Maroncelli per vent'anni, e Pellico per quindici.*

Il capitano ci fe' cenno di scendere. Gettammo un'altra volta lo sguardo intorno, e scendemmo. Rientrammo nel cortile, risalimmo lo scalone, tornammo nella stanza donde eravamo stati tratti, ci tolsero le manette; indi fummo ricondotti a San Michele.

CAPO QUINQUAGESIMOQUARTO

Quelli ch'erano stati condannati avanti noi, erano già partiti per Lubiana e per lo Spielberg, accompagnati da un commissario di polizia. Ora aspettavasi il ritorno del medesimo commissario, perché conducesse noi al destino nostro. Questo intervallo durò un mese.

La mia vita era allora, di molto favellare ed udir favellare, per distrarmi. Inoltre Maroncelli mi leggeva le sue composizioni letterarie, ed io gli leggeva le mie. Una sera lessi dalla finestra l'*Ester d'Engaddi* a Canova, Rezia ed Armari; e la sera seguente: l'*Iginia d'Asti.*

Ma la notte io fremeva e piangeva, e dormiva poco o nulla.

Bramava, e paventava, ad un tempo, di sapere come la notizia del mio infortunio fosse stata ricevuta da' miei parenti.

Finalmente venne una lettera di mio padre. Qual fu il mio dolore, vedendo che l'ultima da me indirizzatagli non gli era stata spedita subito, come io avea tanto pregato l'inquisitore! L'infelice padre, lusingatosi sempre che sarei uscito senza condanna, presa un giorno la *Gazzetta di Milano*, vi trovò la mia sentenza! Egli stesso mi narrava questo crudele fatto, e mi lasciava immaginare quanto l'anima sua ne rimanesse straziata.

Oh come, insieme all'immensa pietà che sentii di lui, della madre e di tutta la famiglia, arsi di sdegno, perché la lettera mia non fosse stata sollecitamente spedita! Non vi sarà stata malizia in questo ritardo, ma io la supposi infernale; io credetti di scorgervi un raffinamento di barbarie, un desiderio che il flagello avesse tutta la gravezza possibile anche per gl'innocenti miei congiunti. Avrei voluto poter versare un mare di sangue per punire questa sognata inumanità.

Or che giudico pacatamente, non la trovo verisimile. Quel ritardo non nacque, senza dubbio, da altro che da noncuranza.

Furibondo qual io era, fremetti udendo che i miei compagni si proponevano di fare la Pasqua prima di partire, e sentii ch'io non dovea farla, stante la niuna mia volontà di perdonare. Avessi dato questo scandalo!

CAPO QUINQUAGESIMOQUINTO

Il commissario giunse alfine di Germania e venne a dirci che fra due giorni partiremmo.

— Ho il piacere, — soggiunse, — di poter dar loro una consolazione. Tornando dallo Spielberg, vidi a Vienna S. M. l'Imperatore, la quale mi disse che i giorni di pena di lor signori vuol valutarli, non di 24 ore, ma di 12. Con questa espressione intende significare che la pena è dimezzata.

Questo dimezzamento non ci venne poi mai annunziato officialmente, ma non v'era alcuna probabilità che il commissario mentisse, tanto più che non ci diede già quella nuova in segreto, ma conscia la Commissione.

Io non seppi neppur rallegrarmene. Nella mia mente erano poco meno orribili sett'anni e mezzo di ferri, che quindici anni. Mi pareva impossibile di vivere sì lungamente.

La mia salute era di nuovo assai misera. Pativa dolori di petto gravi, con tosse, e credea lesi i polmoni. Mangiava poco, e quel poco nol digeriva.

La partenza fu nella notte tra il 25 e il 26 marzo. Ci fu permesso d'abbracciare il dottor Cesare Armari nostro amico. Uno sbirro c'incatenò trasversalmente la mano destra ed il piede sinistro, affinché ci fosse impossibile fuggire. Scendemmo in gondola, e le guardie remigarono verso Fusina[1].

Ivi giunti, trovammo allestiti due legni. Montarono Rezia e Canova nell'uno; Maroncelli ed io nell'altro. In

[1] Borgata della terraferma veneta.

uno de' legni era coi due prigioni il commissario, nell'altro un sotto commissario cogli altri due. Compivano il convoglio sei o sette guardie di polizia, armate di schioppo e sciabola, distribuite parte dentro i legni, parte sulla cassetta del vetturino.

Essere costretto da sventura ad abbandonare la patria è sempre doloroso, ma abbandonarla incatenato, condotto in climi orrendi, destinato a languire per anni fra sgherri, è cosa sì straziante che non v'ha termini per accennarla!

Prima di varcare le Alpi, vieppiù mi si faceva cara d'ora in ora la mia nazione, stante la pietà che dappertutto ci dimostravano quelli che incontravamo. In ogni città, in ogni villaggio, per ogni sparso casolare, la notizia della nostra condanna essendo già pubblicata da qualche settimana, eravamo aspettati. In parecchi luoghi, i commissari e le guardie stentavano a dissipare la folla che ne circondava. Era mirabile il benevolo sentimento che veniva palesato a nostro riguardo[1].

In Udine ci accadde una commovente sorpresa. Giunti alla locanda, il commissario fece chiudere la porta del cortile e respingere il popolo. Ci assegnò una stanza, e disse ai camerieri che portassero da cena e l'occorrente per dormire. Ecco un istante appresso entrare tre uomini con materassi sulle spalle. Qual è la nostra meraviglia, accorgendoci che solo uno di loro è al servizio della locanda, e che gli altri sono due nostri conoscenti! Fingemmo d'aiutarli a por giù i materassi, e toccammo loro furtivamente la mano. Le lagrime sgorgavano dal cuore ad essi ed a noi. Oh quanto ci fu penoso di non poterle versare tra le braccia gli uni degli altri!

I commissarii non s'avvidero di quella pietosa scena, ma dubitai che una delle guardie penetrasse il mistero, nell'atto che il buon Dario[2] mi stringeva la mano. Quella guardia era un veneto. Mirò in volto Dario e me, impallidì, sembrò tentennare se dovesse alzar la voce, ma tacque e pose gli occhi altrove, dissimulando. Se non indovinò che quelli erano amici nostri, pensò almeno che fossero camerieri di nostra conoscenza.

CAPO QUINQUAGESIMOSESTO

Il mattino partivamo d'Udine, ed albeggiava appena: quell'affettuoso Dario era già nella strada, tutto mantellato; ci salutò ancora, ci seguì lungo tempo. Vedemmo anche una carrozza venirci dietro per due o tre miglia. In essa qualcheduno faceva sventolare un fazzoletto. Alfine retrocesse. Chi sarà stato? Lo supponemmo[3].

[1] Nel manoscritto era detto ancora: « ed il timore che tenea tanta turba rispettosa verso i nostri conduttori; la molteplicità degli armati, distribuiti allora per tutti quei paesi, produceva quella tranquillità ».

[2] Dario Cappelli, attore della compagnia Marchionni. L'altro dei due doveva essere il « generico » della Compagnia Marchionni, come si può dedurre da una lettèra della Carlotta a Carolina Gabusi-Malfatti, scritta evidentemente dopo la pubblicazione delle *Mie Prigioni*.

[3] In quella carrozza vi erano la Gegia e la Carlotta Marchionni, rispettive fidanzate, una, di Silvio Pellico, l'altra, di Maroncelli.

Scendemmo in gondola... (cap. LV)

Che Iddio benedica tutte le anime generose, che non s'adontano d'amare gli sventurati! Ah, tanto più le apprezzo, dacché, negli anni della mia calamità, ne conobbi pur di codarde, che mi rinnegarono, e credettero vantaggiarsi, ripetendo improperii contro me. Ma quest'ultime furono poche, ed il numero delle prime non fu scarso.

M'ingannava, stimando che quella compassione che trovavamo in Italia dovesse cessare, laddove fossimo in terra straniera. Ah il buono è sempre compatriota degl'infelici! Quando fummo in paesi illirici e tedeschi avveniva lo stesso che ne' nostri. Questo gemito era universale: *arme Herren!* (poveri signori!).

Talvolta, entrando in qualche paese, le nostre carrozze erano obbligate di fermarsi, avanti di decidere dove s'andasse ad alloggiare. Allora la popolazione si serrava intorno a noi, ed udivamo parole di compianto che veramente prorompevano dal cuore. La bontà di quella gente mi commoveva più ancora di quella de' miei connazionali. Oh come io era riconoscente a tutti! Oh quanto è soave la pietà de' nostri simili! Quanto è soave l'amarli!

La consolazione ch'io indi traea, diminuiva persino i miei sdegni contro coloro ch'io nomava miei nemici.

« Chi sa », pensava io, « se vedessi da vicino i loro volti, e se essi vedessero me, e se potessi leggere nelle anime loro, ed essi nella mia, chi sa ch'io non fossi costretto a confessare non esservi alcuna scelleratezza in loro; ed essi, non esservene alcuna in me! Chi sa che non fossimo costretti a compatirci a vicenda e ad amarci? ».

Pur troppo sovente gli uomini s'abborrono, perché reciprocamente non si conoscono; e se scambiassero insieme qualche parola, uno darebbe fiducialmente il braccio all'altro.

Ci fermammo un giorno a Lubiana, ove Canova e Rezia furono divisi da noi, e condotti nel castello: è facile immaginarsi quanto questa separazione fosse dolorosa per tutti quattro.

La sera del nostro arrivo a Lubiana ed il giorno seguente, venne a farci cortese compagnia un signore che ci dissero, se io bene intesi, essere un segretario municipale. Era molto umano, e parlava affettuosamente e dignitosamente di religione. Dubitai che fosse un prete: i preti in Germania sogliono vestire affatto come secolari. Era di quelle facce sincere che ispirano stima: m'increbbe di non poter fare più lunga conoscenza con lui, e m'incresce d'avere avuto la storditezza di dimenticare il suo nome.

Quanto dolce mi sarebbe anche di sapere il tuo nome, o giovinetta, che in un villaggio della Stiria ci seguisti in mezzo alla turba, e poi quando la nostra carrozza dovette fermarsi alcuni minuti, ci salutasti con ambe le mani, indi partisti col fazzoletto agli occhi, appoggiata

al braccio d'un garzone mesto, che alle chiome biondissime parea tedesco, ma che forse era stato in Italia, ed avea preso amore alla nostra infelice nazione!

Quanto dolce mi sarebbe di sapere il nome di ciascun di voi, o venerandi padri e madri di famiglia, che in diversi luoghi vi accostaste a noi per dimandarci se avevamo genitori, ed intendendo che sì, impallidivate esclamando: « Oh restituiscavi presto Iddio a que' miseri vecchi! ».

CAPO QUINQUAGESIMOSETTIMO

Arrivammo al luogo della nostra destinazione il 10 di aprile.

La città di Brünn è capitale della Moravia, ed ivi risiede il governatore delle due provincie di Moravia e Slesia. È situata in una valle ridente, ed ha un certo aspetto di ricchezza. Molte manifatture di panni prosperavano ivi allora, le quali poscia decaddero; la popolazione era di circa 30 mila anime [1].

Accosto alle sue mura, a ponente, s'alza un monticello, e sovr'esso siede l'infausta rocca di Spielberg, altre volte reggia de' signori di Moravia, oggi il più severo ergastolo della monarchia austriaca [2]. Era cittadella assai forte, ma i francesi la bombardarono e presero a' tempi della famosa battaglia d'Austerlitz [3] (il villaggio d'Austerlitz è a poca distanza). Non fu più ristaurata da poter servire di fortezza, ma si rifece una parte della cinta, ch'era diroccata. Circa trecento condannati, per lo più ladri ed assassini, sono ivi custoditi, quali a carcere *duro*, quali a *durissimo*.

Il carcere *duro* significa essere obbligati al lavoro, portare la catena ai piedi, dormire su nudi tavolacci, e mangiare il più povero cibo immaginabile. Il *durissimo* significa essere incatenati più orribilmente, con una cerchia di ferro intorno a' fianchi, e la catena infitta nel muro, in guisa che appena si possa camminare rasente il tavolaccio che serve di letto; il cibo è lo stesso, quantunque la legge dica: *pane ed acqua*.

Noi, prigionieri di Stato, eravamo condannati al carcere duro.

[1] Da quando Brünn fa parte della Repubblica cecoslovacca, ha mutato il suo nome in quello boemo di Brno, ed ha oltre 250.000 abitanti.

[2] Lo Spielberg s'innalza a ovest di Brünn, a 283 m. sul livello del mare. Fu prima importante fortezza, poi fino al 1857 prigione. Esisteva già nell'884. In carte del 1028, e in altre della fine del sec. XII, è chiaramente menzionata. Essa era sede dei principi di Brünn e dei Margravi di Moravia, che vi tenevano le assemblee nel giorno del Parlamento e del Tribunale.

[3] Battaglia combattuta e vinta da Napoleone sugli eserciti alleati in Austria e Russia, il 2 dicembre 1805.

Salendo per l'erta di quel monticello, volgevamo gli occhi indietro per dire addio al mondo, incerti se il baratro che vivi c'ingojava si sarebbe più schiuso per noi. Io era pacato esteriormente, ma dentro di me ruggiva. Indarno volea ricorrere alla filosofia per acquetarmi; la filosofia non avea ragioni sufficienti per me.

Partito di Venezia in cattiva salute, il viaggio m'aveva stancato miseramente. La testa e tutto il corpo mi dolevano: ardea dalla febbre. Il male fisico contribuiva a tenermi iracondo, e probabilmente l'ira aggravava il male fisico.

Fummo consegnati al soprintendente dello Spielberg, ed i nostri nomi vennero da questo inscritti fra i nomi de' ladroni. Il commissario imperiale ripartendo ci abbracciò, ed era intenerito:

— Raccomando a lor signori particolarmente la docilità, — diss'egli; — la minima infrazione alla disciplina può venir punita dal signor soprintendente con pene severe.

Fatta la consegna, Maroncelli ed io fummo condotti in un corridoio sotterraneo, dove ci s'apersero due tenebrose stanze non contigue. Ciascun di noi fu chiuso nel suo covile.

177

CAPO QUINQUAGESIMOTTAVO

Acerbissima cosa, dopo aver già detto addio a tanti oggetti, quando non si è più che in due amici, egualmente sventurati, ah sì! acerbissima cosa è il dividersi! Maroncelli, nel lasciarmi, vedeami infermo, e compiangeva in me un uomo ch'ei probabilmente non vedrebbe mai più: io compiangeva in lui un fiore splendido di salute, rapito forse per sempre alla luce vitale del sole. E quel fiore infatti oh come appassì! Rivide un giorno la luce, ma oh in quale stato!

Allorché mi trovai solo in quell'orrido antro, e intesi serrarsi i catenacci, e distinsi al barlume che discendeva da alto finestruolo, il nudo pancone datomi per letto, ed una enorme catena al muro, m'assisi fremente su quel letto, e, presa quella catena, ne misurai la lunghezza, pensando fosse destinata per me.

Mezz'ora dappoi, ecco stridere le chiavi; la porta s'apre: il capo carceriere mi portava una brocca d'acqua.

— Questo è per bere, — disse con voce burbera; — e domattina porterò la pagnotta.

— Grazie, buon uomo.

— Non sono buono, — riprese.

— Peggio per voi, — gli dissi sdegnato. — E questa catena, — soggiunsi, — è forse per me?

— Sì, signore, se mai ella non fosse quieta, se infuriasse, se dicesse insolenze. Ma se sarà ragionevole non le porremo altro che una catena a' piedi. Il fabbro la sta apparecchiando.

Ei passeggiava lentamente su e giù, agitando quel villano mazzo di grosse chiavi, ed io con occhio irato mirava la sua gigantesca, magra, vecchia persona; e, ad onta de' lineamenti non volgari del suo volto, tutto in lui mi sembrava l'espressione odiosissima d'un brutale rigore!

Oh come gli uomini sono ingiusti, giudicando dall'apparenza, e secondo le loro superbe prevenzioni! Colui ch'io m'immaginava agitasse allegramente le chiavi, per farmi sentire la sua trista podestà, colui ch'io riputava impudente per la lunga consuetudine d'incrudelire, volgea pensieri di compassione, e certamente non parlava a quel modo con accento burbero, se non per nascondere questo sentimento. Avrebbe voluto nasconderlo, a fine di non parer debole, e per timore ch'io ne fossi inde-

178

A ponente, s'alza un monticello, e sovr'esso siede l'infausta
rocca di Spielberg (cap. LVII)

gno; ma, nello stesso tempo, supponendo che forse io era più infelice che iniquo, avrebbe desiderato di palesarmelo.

Nojato della sua presenza, e più della sua aria da padrone, stimai opportuno d'umiliarlo, dicendogli imperiosamente, quasi a servitore:

— Datemi da bere.

Ei mi guardò, e parea significare: « Arrogante! qui bisogna divezzarsi dal comandare ».

Ma tacque, chinò la sua lunga schiena, prese in terra la brocca, e me la porse. M'avvidi, pigliandola, ch'ei tremava, e attribuendo quel tremito alla sua vecchiezza, un misto di pietà e di reverenza temperò il mio orgoglio.

— Quanti anni avete? — gli dissi con voce amorevole.

— Settantaquattro, signore: ho già veduto molte sventure e mie ed altrui.

Questo cenno sulle sventure sue ed altrui fu accompagnato da nuovo tremito, nell'atto ch'ei ripigliava la brocca; e dubitai fosse effetto, non della sola età, ma d'un certo nobile perturbamento. Siffatto dubbio cancellò dall'anima mia l'odio che il suo primo aspetto m'aveva impresso.

— Come vi chiamate? — gli dissi.

— La fortuna, signore, si burlò di me, dandomi il nome d'un grand'uomo. Mi chiamo Schiller[1].

Indi in poche parole mi narrò qual fosse il suo paese, quale l'origine, quali le guerre vedute, e le ferite riportate.

Era svizzero, di famiglia contadina: avea militato contro a' turchi sotto il generale Laudon[2] a' tempi di Maria Teresa e di Giuseppe II[3], indi in tutte le guerre dell'Austria contro alla Francia, sino alla caduta di Napoleone.

CAPO QUINQUAGESIMONONO

Quando d'un uomo, che giudicammo dapprima cattivo, concepiamo migliore opinione, allora, badando al suo viso, alla sua voce, a' suoi modi, ci pare di scoprire evidenti segni di onestà. È questa scoperta una realtà? Io la sospetto illusione. Questo stesso viso, quella stessa voce, quegli stessi modi ci pareano, poc'anzi, evidenti segni di bricconeria. S'è mutato il nostro giudizio sulle qualità morali, e tosto mutano le conclusioni della nostra scienza fisionomica. Quante facce veneriamo, perché sappiamo che appartennero a valent'uomini, le quali non ci sembrerebbero punto atte ad ispirare venerazione, se fossero appartenute ad altri mortali! E così viceversa. Ho riso una volta d'una signora che, vedendo un'immagine di Catilina e confondendolo con Collatino, sognava di scorgervi il sublime dolore di Collatino per la morte di

[1] Friedrich Schiller, l'omonimo del carceriere di Pellico, fu grandissimo poeta germanico (1759-1805), amico di Wolfgang Goethe.

[2] Gideon von Laudon (1717-1790), maresciallo dell'esercito austriaco al tempo di Maria Teresa.

[3] Maria Teresa (1717-1780), imperatrice d'Austria e regina d'Ungheria, madre di Giuseppe II, il quale, succedutole, regnò dal 1780 al 1790 e morì a soli quarant'anni di età.

Lucrezia[1]. Eppure siffatte illusioni sono comuni.

Non già che non vi sieno facce di buoni, le quali portano benissimo impresso il carattere di bontà, e non vi sieno facce di ribaldi, che portano benissimo impresso quello di ribalderia; ma sostengo che molte havvene di dubbia espressione.

Insomma, entratomi alquanto in grazia il vecchio Schiller, lo guardai più attentamente di prima, e non mi dispiacque più. A dir vero, nel suo favellare, in mezzo a certa rozzezza, eranvi anche tratti d'anima gentile.

— Caporale qual sono, — diceva egli, — m'è toccato per luogo di riposo il tristo ufficio di carceriere: e Dio sa se non mi costa assai più rincrescimento che il rischiare la vita in battaglia.

Mi pentii d'avergli testé dimandato con alterigia da bere. — Mio caro Schiller, — gli dissi, stringendogli la mano, — voi lo negate indarno, io conosco che siete buono, e poiché sono caduto in questa avversità, ringrazio il Cielo di avermi dato voi per guardiano.

Egli ascoltò le mie parole, scosse il capo, indi rispose, fregandosi la fronte, come uomo che ha un pensiero molesto:

— Io sono cattivo, o signore; mi fecero prestare un giuramento, a cui non mancherò mai. Sono obbligato a trattare tutti i prigionieri, senza riguardo alla loro condizione, senza indulgenza, senza concessione di abusi, e tanto più i prigionieri di Stato. L'Imperatore sa quello che fa: io debbo obbedirgli.

— Voi siete un brav'uomo, ed io rispetterò ciò che riputate debito di coscienza. Chi opera per sincera coscienza può errare, ma è puro innanzi a Dio.

— Povero signore! abbia pazienza, e mi compatisca. Sarò ferreo ne' miei doveri, ma il cuore... il cuore è pieno di rammarico di non poter sollevare gl'infelici. Questa è la cosa ch'io voleva dirle.

Ambi eravamo commossi. Mi supplicò d'essere quieto,

[1] Catilina, cospiratore de' tempi di Cicerone, tentò mutare l'ordine politico e sociale della Repubblica romana. Collatino, marito di Lucrezia, visse nel VI secolo a. C., quando finì il dominio dell'ultimo dei sette Re di Roma, e fu instaurata la Repubblica; fu eletto console con Bruto, dopo la cacciata del settimo re.

Il vecchio Schiller (cap. LIX)

di non andare in furore, come fanno spesso i condannati, di non costringerlo a trattarmi duramente.

Prese poscia un accento ruvido, quasi per celarmi una parte della sua pietà, e disse:

— Or bisogna ch'io me ne vada.

Poi tornò indietro, chiedendomi da quanto tempo io tossissi così miseramente com'io faceva, e scagliò una grossa maledizione contro il medico, perché non veniva in quella sera stessa a visitarmi.

— Ella ha una febbre da cavallo, — soggiunse; — io me ne intendo. Avrebbe d'uopo almeno d'un paglieric-cio, ma finché il medico non l'ha ordinato, non possiamo darglielo.

Uscì, richiuse la porta, ed io mi sdraiai sulle dure ta-vole, febbricitante sì e con forte dolore di petto, ma me-no fremente, meno nemico degli uomini, meno lonta-no da Dio.

CAPO SESSAGESIMO

A sera venne il soprintendente, accompagnato da Schil-ler, da un altro caporale e da due soldati, per fare una perquisizione.

Tre perquisizioni quotidiane erano prescritte: una a mattina, una a sera, una a mezzanotte. Visitavano ogni angolo della prigione, ogni minuzia; indi gl'inferiori usci-vano, ed il soprintendente (che mattina e sera non man-cava mai) si fermava a conversare alquanto con me.

La prima volta che vidi quel drappello, uno strano pensiero mi venne. Ignaro ancora di quei molesti usi, e delirante dalla febbre, immaginai che mi movessero con-tro per trucidarmi, e afferrai la lunga catena che mi sta-va vicino, per rompere la faccia al primo che mi s'ap-pressasse.

— Che fa ella? — disse il soprintendente. — Non ve-niamo per farle alcun male. Questa è una visita di for-malità a tutte le carceri, a fine di assicurarci che nulla siavi d'irregolare.

Io esitava; ma quando vidi Schiller avanzarsi verso me e tendermi amicamente la mano, il suo aspetto pa-terno m'ispirò fiducia: lasciai andare la catena, e presi quella mano fra le mie.

— Oh come arde! — diss'egli al soprintendente. — Si potesse almeno dargli un pagliericcio!

Pronunciò queste parole con espressione di sì vero, affettuoso cordoglio, che ne fui intenerito.

Il soprintendente mi tastò il polso, mi compianse: era uomo di gentili maniere, ma non osava prendersi alcun arbitrio.

— Qui tutto è rigore anche per me, — diss'egli. — Se non eseguisco alla lettera ciò ch'è prescritto, rischio d'essere sbalzato dal mio impiego.

Schiller allungava le labbra, ed avrei scommesso ch'ei pensava tra sé: « S'io fossi soprintendente non porterei la paura fino a quel grado; né il prendersi un arbitrio così giustificato dal bisogno, e così innocuo alla monarchia, potrebbe mai riputarsi gran fallo ».

Quando fui solo, il mio cuore, da qualche tempo incapace di profondo sentimento religioso, s'intenerì e pregò. Era una preghiera di benedizioni sul capo di Schiller; ed io soggiungeva a Dio: « Fa ch'io discerna pure negli altri qualche dote che loro m'affezioni; io accetto tutti i tormenti del carcere, ma deh, ch'io ami! deh, liberami dal tormento d'odiare i miei simili! ».

A mezzanotte udii molti passi nel corridoio. Le chiavi stridono, la porta s'apre. È il caporale con due guardie, per la visita.

— Dov'è il mio vecchio Schiller? — diss'io con desiderio. Ei s'era fermato nel corridoio.

— Son qua, son qua, — rispose.

E, venuto presso al tavolaccio, tornò a tastarmi il polso, chinandosi inquieto a guardarmi, come un padre sul letto del figliuolo infermo.

— Ed or che me ne ricordo, domani è giovedì! — borbottava egli; — pur troppo giovedì!

— E che volete dire con ciò?

— Che il medico non suol venire, se non le mattine del lunedì, del mercoledì e del venerdì, e che dimani pur troppo non verrà.

— Non v'inquietate per ciò.

— Ch'io non m'inquieti, ch'io non m'inquieti! in tutta la città non si parla d'altro che dell'arrivo di lor signori: il medico non può ignorarlo. Perché diavolo non ha fatto lo sforzo straordinario di venire una volta di più?

— Chi sa che non venga dimani sebben sia giovedì?

Il vecchio non disse altro, ma mi serrò la mano con forza bestiale, e quasi da storpiarmi. Benché mi facesse male, n'ebbi piacere. Simile al piacere che prova un innamorato, se avviene che la sua diletta, ballando, gli pesti un piede: griderebbe quasi dal dolore, ma invece le sorride, e s'estima beato.

CAPO SESSAGESIMOPRIMO

La mattina del giovedì, dopo una pessima notte, indebolito, rotte le ossa dalle tavole, fui preso da abbondante sudore. Venne la visita. Il soprintendente non v'era: siccome quell'ora gli era incomoda, ei veniva poi alquanto più tardi.

Dissi a Schiller: — Sentite come sono inzuppato di sudore; ma già mi si raffredda sulle carni; avrei bisogno subito di mutar camicia.

— Non si può! — gridò con voce brutale.

Ma fecemi secretamente cenno cogli occhi e colla mano. Usciti il caporale e le guardie ei tornò a farmi un cenno nell'atto che chiudeva la porta.

Poco appresso ricomparve portandomi una delle sue camicie, lunga due volte la mia persona.

— Per lei, — diss'egli, — è un po' lunga, ma or qui non ne ho altre.

— Vi ringrazio, amico, ma siccome ho portato allo Spielberg un baule pieno di biancheria, spero che non mi si ricuserà l'uso delle mie camicie: abbiate la gentilezza d'andare dal soprintendente a chiedere una di quelle.

— Signore, non è permesso di lasciarle nulla della sua biancheria. Ogni sabato le si darà una camicia della casa, come agli altri condannati.

— Onesto vecchio, — dissi, — voi vedete in che stato sono; è poco verisimile ch'io più esca vivo di qui: non potrò mai ricompensarvi di nulla.

— Vergogna, signore! — sclamò, — vergogna! Parlare di ricompensa a chi non può rendere servigi! a chi appena può imprestare furtivamente ad un infermo di che asciugarsi il corpo grondante di sudore!

E gettatami sgarbatamente addosso la sua lunga camicia, se n'andò brontolando e chiuse la porta con uno strepito da arrabbiato.

Circa due ore più tardi mi portò un tozzo di pan nero.
— Questa, — disse, — è la porzione per due giorni.
Poi si mise a camminare fremendo.
— Che avete? — gli dissi. — Siete in collera con me?
Ho pure accettata la camicia che mi favoriste.
— Sono in collera col medico, il quale, benché oggi sia
giovedì, potrebbe pur degnarsi di venire!
— Pazienza! — dissi.
Io diceva « Pazienza! » ma non trovava modo di giacer
così sulle tavole, senza neppure un guanciale: tutte le
mie ossa doloravano.
Alle ore undici, mi fu portato il pranzo da un condannato, accompagnato da Schiller. Componevano il pranzo
due pentolini di ferro, l'uno contenente una pessima minestra, l'altro legumi conditi con salsa tale, che il solo
odore metteva schifo.
Provai d'ingoiare qualche cucchiaio di minestra: non
mi fu possibile.
Schiller mi ripeteva: — Si faccia animo; procuri d'av-
vezzarsi a questi cibi; altrimenti le accadrà, come è già
accaduto ad altri, di non mangiucchiare se non un po'
di pane, e di morir quandi di languore.
Il venerdì mattina venne finalmente il dottor Bayer[1].
Mi trovò febbre, m'ordinò un pagliericcio, ed insistè perch'io fossi tratto di quel sotterraneo e trasportato al piano superiore. Non si poteva, non v'era luogo. Ma fattone
relazione al conte Mitrowsky, governatore delle due provincie, Moravia e Slesia, residente in Brünn, questi rispose che, stante la gravezza del mio male, l'intento del
medico fosse eseguito.
Nella stanza che mi diedero penetrava alquanto di
luce; ed arrampicandomi alle sbarre dell'angusto finestruolo, io vedeva la sottoposta valle, un pezzo della città di Brünn, un sobborgo con molti orticelli, il cimitero,
il laghetto della Certosa, ed i selvosi colli che ci divide-
no da' famosi campi di Austerlitz.
Quella vista m'incantava. Oh! quanto sarei stato lieto,
se avessi potuto dividerla con Maroncelli!

---

[1] Il dottor Giuseppe Bayer era il medico incaricato delle visite periodiche e dei rapporti trisettimanali.

CAPO SESSAGESIMOSECONDO

Ci si facevano intanto i vestiti da prigioniero. Di lì a cinque giorni mi portarono il mio.

Consisteva in un paio di pantaloni di ruvido panno, a destra color grigio, e a sinistra color cappuccino; un giustacuore di due colori egualmente collocati, ed un giubbettino di simili due colori, ma collocati oppostamente, cioè il cappuccino a destra ed il grigio a sinistra. Le calze erano di grossa lana; la camicia di tela di stoppa piena di pungenti stecchi, un vero cilicio: al collo una pezzuola di tela pari a quella della camicia. Gli stivaletti erano di cuoio non tinto, allacciati. Il cappello era bianco.

Compivano questa divisa i ferri a' piedi, cioè una catena da una gamba all'altra, i ceppi della quale furono fermati con chiodi che si ribadirono sopra un incudine. Il fabbro che mi fece questa operazione, disse ad una guardia, credendo ch'io non capissi il tedesco:

— Malato com'egli è, si poteva risparmiargli questo giuoco; non passano due mesi, che l'angelo della morte viene a liberarlo.

— *Möchte es sein!* (fosse pure!) — gli diss'io, battendogli colla mano sulla spalla.

Il pover'uomo strabalzò e si confuse; poi disse:

— Spero che non sarò profeta, e desidero ch'ella sia liberata da tutt'altro angelo.

— Piuttosto che vivere così, non vi pare, — gli risposi, — che sia benvenuto anche quello della morte?

Fece cenno di sì col capo, e se n'andò compassionandomi.

Io avrei veramente volentieri cessato di vivere, ma non era tentato di suicidio. Confidava che la mia debolezza di polmoni fosse già tanto rovinosa da sbrigarmi presto. Così non piacque a Dio. La fatica del viaggio m'avea fatto assai male: il riposo mi diede qualche giovamento.

Un istante dopo che il fabbro era uscito, intesi suonare il martello sull'incudine nel sotterraneo. Schiller era ancora nella mia stanza.

— Udite que' colpi? — gli dissi. — Certo, si mettono i ferri al povero Maroncelli.

E ciò dicendo, mi si serrò talmente il cuore, vacillai, e se il buon vecchio non m'avesse sostenuto, io cadeva. Stetti più di mezz'ora in uno stato che parea svenimento, eppure non era. Non potea parlare, i miei polsi battevano appena, un sudor freddo m'inondava da capo a piedi, e ciò non ostante intendeva tutte le parole di Schiller, ed avea vivissima la ricordanza del passato e la cognizione del presente.

Il comando del soprintendente e la vigilanza delle guardie avevan tenuto fino allora tutte le vicine carceri in silenzio. Tre o quattro volte io avea inteso intonarsi qualche cantilena italiana, ma tosto era soppressa dalle grida delle sentinelle. Ne avevamo parecchie sul terrapieno sottoposto alle nostre finestre, ed una nel medesimo nostro corridoio, la quale andava continuamente orecchiando alle porte e guardando agli sportelli per proibire i romori.

Un giorno, verso sera (ogni volta che ci penso mi si rinnovano i palpiti che allora mi si destarono) le sentinelle, per felice caso, furono meno attente, ed intesi spiegarsi e proseguire, con voce alquanto sommessa ma chiara, una cantilena nella prigione contigua alla mia.

Oh qual gioia, qual commozione m'invase!

M'alzai dal pagliericcio, tesi l'orecchio, e quando tacque proruppi in irresistibile pianto.

— Chi sei, sventurato? — gridai, — chi sei? Dimmi il tuo nome. Io sono Silvio Pellico.

— Oh Silvio! — gridò il vicino, — io non ti conosco di persona, ma t'amo da gran tempo. Accostati alla finestra, e parliamoci a dispetto degli sgherri.

M'aggrappai alla finestra, egli mi disse il suo nome, e scambiammo qualche parola di tenerezza.

Era il conte Antonio Oroboni, nativo di Fratta presso Rovigo, giovine di ventinove anni [1].

Ahi, fummo tosto interrotti da minacciose urla delle

---

[1] Antonio Fortunato Oroboni, il recluso dello Spielberg, aveva 32 anni, essendo nato in Ferrara il 9 agosto 1791, dal conte Antonio e da certa signora Cassandra Aguazzi (o Guazzo), figlia di Giovanni Andrea, di Fratta Polesine. Antonio Fortunato era figlio naturale: fu arrestato, perché Carbonaro, il 7 gennaio 1819. La condanna a morte gli fu commutata in 15 anni di carcere duro. Morì allo Spielberg il 13 giugno 1823.

sentinelle! Quella del corridoio picchiava forte col calcio
dello schioppo, ora all'uscio d'Oroboni, ora al mio. Non
volevamo, non potevamo obbedire, ma pure le maledi-
zioni di quelle guardie erano tali, che cessammo, avver-
tendoci di ricominciare quando le sentinelle fossero mutate.

CAPO SESSAGESIMOTERZO

Speravamo - e così infatti accadde - che, parlando più
piano ci potremmo sentire, e che talvolta capiterebbero
sentinelle pietose, le quali fingerebbero di non accorger-

si del nostro cicaleccio. A forza d'esperimenti, imparam-
mo un modo d'emettere la voce tanto dimesso, che bastava alle nostre orecchie, ed o sfuggiva alle altrui, o si
prestava ad essere dissimulato. Bensì avveniva a quando a quando, che avessimo ascoltatori d'udito più fino, o
che ci dimenticassimo di essere discreti nella voce. Allora tornavano a toccarci urla, e picchiamenti agli usci,

e, ciò ch'era peggio, la collera del povero Schiller e del soprintendente.

A poco a poco perfezionammo tutte le cautele, cioè di parlare piuttosto in certi quarti d'ora che in altri, piuttosto quando v'erano le tali guardie che quando v'erano le tali altre, e sempre con voce moderatissima. Sia eccellenza della nostr'arte, sia in altrui un'abitudine di condiscendenza che si andava formando, finimmo per potere ogni giorno conversare assai, senza che alcun superiore più avesse quasi mai a garrirci.

Ci legammo di tenera amicizia. Mi narrò la sua vita, gli narrai la mia; le angoscie e consolazioni dell'uno divenivano angoscie e consolazioni dell'altro. Oh di quanto conforto ci eravamo a vicenda! Quante volte, dopo una notte insonne, ciascuno di noi, andando il mattino alla finestra, e salutando l'amico, ed udendone le care parole, sentiva in cuore addolcirsi la mestizia e raddoppiarsi il coraggio! Uno era persuaso di essere utile all'altro, e questa certezza destava una dolce gara d'amabilità ne' pensieri, e quel contento che ha l'uomo, anche nella miseria, quando può giovare al suo simile.

Ogni colloquio lasciava il bisogno di continuazione, di schiarimenti; era uno stimolo vitale, perenne all'intelligenza, alla memoria, alla fantasia, al cuore.

A principio, ricordandomi di Giuliano, io diffidava della costanza di questo nuovo amico. Io pensava: « Finora non ci è accaduto di trovarci discordi; da un giorno all'altro posso dispiacergli in alcuna cosa, ed ecco che mi manderà alla malora ».

Questo sospetto ben presto cessò. Le nostre opinioni concordavano su tutti i punti essenziali. Se non che ad un'anima nobile, ardente di generosi sensi, indomita dalla sventura, egli univa la più candida e piena fede nel Cristianesimo, mentre questa in me da qualche tempo vacillava, e talora pareami affatto estinta.

Ei combatteva i miei dubbi con giustissime riflessioni e con molto amore: io sentiva ch'egli avea ragione e gliela dava, ma i dubbi tornavano. Ciò avviene a tutti quelli che non hanno il Vangelo nel cuore, a tutti quelli che odiano altrui, ed insuperbiscono di sé. La mente vede un istante il vero, ma siccome questo non le piace, lo discrede l'istante appresso, sforzandosi di guardare altrove.

Oroboni era valentissimo a volgere la mia attenzione sui motivi che l'uomo ha, d'essere indulgente verso i nemici. Io non gli parlava di persona abborrita, ch'ei non prendesse destramente a difenderla, e non già solo colle parole, ma anche coll'esempio. Parecchi gli avean nociuto[1]. Ei ne gemeva, ma perdonava a tutti, e se poteva narrarmi qualche lodevole tratto d'alcuno di loro, lo faceva volentieri.

L'irritazione che mi dominava e mi rendea irreligioso dalla mia condanna in poi, durò ancora alcune settimane; indi cessò affatto. La virtù d'Oroboni m'aveva invaghito. Industriandomi di raggiungerla, mi misi almeno sulle sue traccie. Allorché potei di nuovo pregare sinceramente per tutti e non più odiare nessuno, i dubbi sulla fede sgombrarono: *Ubi charitas et amor, Deus ibi est*[2].

CAPO SESSAGESIMOQUARTO

Per dir vero, se la pena era severissima ed atta ad irritare, avevamo nello stesso tempo la rara sorte, che buoni fossero tutti coloro che vedevamo. Essi non potevano alleggerire la nostra condizione, se non con benevole e rispettose maniere; ma queste erano usate da tutti. Se v'era qualche ruvidezza nel vecchio Schiller, quanto non era compensata dalla nobiltà del suo cuore! Persino il miserabile Kunda (quel condannato che ci portava il pranzo, e tre volte al giorno l'acqua) voleva che ci accorgessimo che ci compativa. Ei ci spazzava la stanza due volte la settimana. Una mattina, spazzando, colse il momento che Schiller si era allontanato due passi dalla porta, e m'offerse un pezzo di pan bianco. Non l'accettai, ma gli strinsi cordialmente la mano. Quella stretta di mano lo commosse. Ei mi disse in cattivo tedesco (era polacco): — Signore, le si dà ora così poco da mangiare, ch'ella sicuramente patisce la fame. — Assicurai di no, ma io assicurava l'incredibile.

[1] Tra gli altri Antonio Villa e Felice Foresti, che pure eran coloro che l'avevano attratto nella Carboneria, o gli avevano affidato carte e documenti da conservare, lo denunziarono, per guadagnarsi la vita, se non l'impunità.

[2] « *Dove sono la carità e l'amore, ivi è Iddio* ».

Il medico, vedendo che nessuno di noi potea mangiare quella qualità di cìbi che ci aveano dato ne' primi giorni, ci mise tutti a quello che chiamano *quarto di porzione*, cioè al vitto dell'ospedale. Erano tre minestrine leggerissime al giorno, un pezzettino d'arrosto d'agnello da ingoiarsi in un boccone, e forse tre once di pan bianco. Siccome la mia salute s'andava facendo migliore, l'appetito cresceva, e quel *quarto* era veramente troppo poco. Provai di tornare al cibo dei sani, ma non v'era guadagno a fare, giacché disgustava tanto, ch'io non potea mangiarlo. Convenne assolutamente ch'io m'attenessi al *quarto*. Per più d'un anno conobbi quanto sia il tormento della fame. E questo tormento lo patirono con veemenza anche maggiore alcuni de' miei compagni, che, essendo più robusti di me, erano avvezzi a nutrirsi più abbondantemente[1]. So d'alcuni di loro che accettarono pane e da Schiller e da altre due guardie addette al nostro servizio, e perfino da quel buon uomo di Kunda.

— Per la città si dice che a lor signori si dà poco da mangiare, — mi disse una volta il barbiere, un giovinotto praticante del nostro chirurgo.

— È verissimo, — risposi schiettamente.

Il seguente sabato (ei veniva ogni sabato) volle darmi di soppiatto una grossa pagnotta bianca. Schiller finse di non veder l'offerta. Io, se avessi ascoltato lo stomaco, l'avrei accettata, ma stetti saldo a rifiutare, affinché quel povero giovine non fosse tentato di ripetere il dono; il che alla lunga gli sarebbe stato gravoso.

Per la stessa ragione, io ricusava le offerte di Schiller. Più volte mi portò un pezzo di carne lessa, pregandomi che la mangiassi, e protestando che non gli costava niente, che gli era avanzata, che non sapea che farne, che l'avrebbe davvero data ad altri, s'io non la prendeva. Mi sarei gettato a divorarla, ma se io la prendeva, non avrebbe egli avuto tutti i giorni il desiderio di darmi qualche cosa?

Solo due volte, ch'ei mi recò un piatto di ciriege, e una volta alcune pere, la vista di quella frutta mi affa-

---

[1] Il Villa, che era aitante e vigoroso, e l'Oroboni soffrirono a tal punto la fame, che morirono d'esaurimento!

scinò irresistibilmente. Fui pentito d'averla presa, appunto perché d'allora in poi non cessava più d'offrirmene.

CAPO SESSAGESIMOQUINTO

Nei primi giorni fu stabilito che ciascuno di noi avesse, due volte la settimana, un'ora di passeggio. In seguito, questo sollievo fu dato un giorno sì, un giorno no; e più tardi ogni giorno, tranne le feste.

Ciascuno era condotto a passeggio separatamente, fra due guardie aventi schioppo in ispalla. Io, che mi trovava alloggiato in capo al corridoio, passava, quando usciva, innanzi alle carceri di tutti i condannati di Stato italiani, eccetto Maroncelli, il quale unico languiva dabbasso.

— Buon passeggio! — mi sussurravano tutti dallo

sportello de' loro usci: ma non mi era permesso di fermarmi a salutare nessuno.

Si discendeva una scala, si traversava un ampio cortile, e s'andava sovra un terrapieno situato a mezzodì, donde vedevasi la città di Brünn e molto tratto di circostante paese.

Nel cortile suddetto erano sempre molti dei condannati comuni, che andavano o venivano dai lavori, o passeggiavano in frotta conversando. Fra essi erano parecchi ladri italiani, che mi salutavano con gran rispetto e diceano tra loro: « Non è un birbone come noi, eppure la sua prigionia è più dura della nostra ».

Infatti essi avevano molto più libertà di me.

Io udiva queste ed altre espressioni, e li risalutava con cordialità. Uno di loro mi disse una volta: — Il suo saluto, o signore, mi fa bene. Ella forse vede sulla mia fisionomia qualche cosa che non è scelleratezza. Una passione infelice mi trasse a commettere un delitto; ma, o signore, no, non sono scellerato!

E proruppe in lagrime. Gli porsi la mano, ma egli non me la poté stringere. Le mie guardie, non per malignità, ma per le istruzioni che aveano, lo respinsero. Non doveano lasciarmi avvicinare da chicchesifosse. Le parole che quei condannati mi dirigevano, fingevano per lo più di dirsele tra loro, e se i miei due soldati s'accorgeano che fossero a me rivolte, intimavano silenzio.

Passavano anche per quel cortile uomini di varie condizioni estranei al castello, i quali venivano a visitare il soprintendente, o il cappellano, o il sergente, o alcuno de' caporali. — Ecco uno degl'Italiani, ecco uno degl'Italiani! — diceano sottovoce. E si fermavano a guardarmi; e più volte li intesi dire in tedesco, credendo ch'io non li capissi: — Quel povero signore non invecchierà; ha la morte sul volto.

Io infatti, dopo essere dapprima migliorato di salute, languiva per la scarsezza del nutrimento, e nuove febbri sovente m'assalivano. Stentava a trascinare la mia catena fino al luogo del passeggio, e là mi gettava sull'erba, e vi stava ordinariamente finché fosse finita la mia ora.

Stavano in piedi, o sedeano vicino a me le guardie, e ciarlavamo. Una di esse, per nome Kral, era un boemo, che, sebbene di famiglia contadina e povera, avea

BRUGNOT.

ricevuto una certa educazione, e se l'era perfeziona-
ta quanto più avea potuto, riflettendo con forte discer-
nimento su le cose del mondo e leggendo tutti i libri che gli capitavano alle mani[1]. Avea cognizione di
Klopstock, di Wieland, di Goethe[2], di Schiller e di molti altri buoni scrittori tedeschi. Ne sapea un'infinità di
brani a memoria, e li dicea con intelligenza e con sentimento. L'altra guardia era un polacco, per nome Ku-

[1] Ernst Kral: essendo nell'esercito austriaco, aveva **preso**
parte alla battaglia di Dresda, nell'agosto 1813.
[2] Friedrich Klopstock (1724-1803), celebre poeta tedesco: sua
opera principale è *Il Messia*. Christoph Wieland (1733-1813),
letterato e poeta tedesco. Wolfgang Goethe, nato a Francofor-
te sul Meno (1749-1832), il più grande poeta tedesco, autore
del *Faust*.

196

bitzcky, ignorante, ma rispettoso e cordiale. La loro compagnia mi era assai cara.

CAPO SESSAGESIMOSESTO

Ad un'estremità di quel terrapieno, erano le stanze del soprintendente; all'altra estremità alloggiava un caporale con moglie ed un figliuolino. Quand'io vedeva alcuno uscire di quelle abitazioni, io m'alzava e m'avvicinava alla persona o alle persone che ivi comparivano, ed era colmato di dimostrazioni di cortesia e di pietà.

La moglie del soprintendente era ammalata da lungo tempo, e deperiva lentamente. Si faceva talvolta portare sopra un canapè all'aria aperta. È indicibile quanto si commovesse, esprimendomi la compassione che provava per tutti noi. Il suo sguardo era dolcissimo e timido, e quantunque timido, s'attaccava di quando in quando con intensa, interrogante fiducia allo sguardo di chi le parlava.

Io le dissi una volta, ridendo: — Sapete, signora, che somigliate alquanto a persona che mi fu cara?

Arrossì, e rispose con seria ed amabile semplicità: — Non vi dimenticate dunque di me, quando sarò morta; pregate per la povera anima mia, e pei figliuolini che lascio sulla terra.

Da quel giorno in poi, non poté più uscire dal letto; non la vidi più. Languì ancora alcuni mesi, poi morì.

Ella avea tre figli, belli come amorini, ed uno ancor lattante. La sventurata abbracciavali spesso in mia presenza, e diceva: — Chi sa qual donna diventerà lor madre dopo di me? Chiunque sia dessa, il Signore le dia viscere di madre, anche pei figli non nati da lei! — E piangeva.

Mille volte mi son ricordato dì quel suo prego e di quelle lagrime.

Quand'ella non era più, io abbracciava talvolta quei fanciulli, e m'inteneriva, e ripeteva quel prego materno. E pensava alla madre mia, ed agli ardenti voti che il suo amatissimo cuore alzava senza dubbio per me, e con singhiozzi io sclamava: — Oh più felice quella madre che, morendo, abbandona figliuoli inadulti, di quella che, dopo averli allevati con infinite cure, se li vede rapire!

Due buone vecchie solevano essere con quei fanciulli; una era la madre del soprintendente, l'altra la zia. Vollero sapere tutta la mia storia, ed io loro la raccontai in compendio.

— Quanto siamo infelici, — diceano coll'espressione del più vero dolore, — di non potervi giovare in nulla! Ma siate certo che pregheremo per voi, e che se un giorno viene la vostra grazia, sarà una festa per tutta la nostra famiglia.

La prima di esse, ch'era quella ch'io vedeva più sovente, possedeva una dolce, straordinaria eloquenza nel dar consolazioni. Io le ascoltava con filiale gratitudine, e mi si fermavano nel cuore.

Dicea cose ch'io sapea già, e mi colpivano come cose nuove: — Che la sventura non degrada l'uomo, se ei non è dappoco, ma anzi lo sublima; - che, se potessimo entrare nei giudizi di Dio, vedremmo essere, molte volte, più da compiangersi i vincitori che i vinti, gli esultanti i mesti, i doviziosi che gli spogliati di tutto; - che l'amicizia particolare mostrata dall'Uomo-Dio per gli sventurati è un gran fatto; - che dobbiamo gloriarci della croce, dopo che fu portata da omeri divini.

Ebbene, quelle due buone vecchie, ch'io vedea tanto volentieri, dovettero in breve, per ragioni di famiglia, partire dallo Spielberg; i figliuoli cessarono anche di venire sul terrapieno. Quanto queste perdite m'afflissero!

CAPO SESSAGESIMOSETTIMO

L'incomodo della catena a' piedi, togliendomi di dormire, contribuiva a rovinarmi la salute. Schiller voleva ch'io reclamassi, e pretendeva che il medico fosse in dovere di farmela levare.

Per un poco non l'ascoltai, poi cedetti al consiglio, e dissi al medico che, per riacquistare il beneficio del sonno, io lo pregava di farmi scatenare, almeno per alcuni giorni.

Il medico diss . non giungere allora a tal grado le mie

La moglie del soprintendente era ammalata da lungo tempo

(cap. LXVI)

febbri, ch'ei potesse appagarmi; ed essere necessario ch'io m'avvezzassi ai ferri[1].

La risposta mi sdegnò, ed ebbi rabbia di aver fatto quell'inutile domanda.

— Ecco ciò che guadagnai a seguire il vostro insistente consiglio, — dissi a Schiller.

Conviene che gli dicessi queste parole assai sgarbatamente: quel ruvido buon uomo se ne offese.

— A lei spiace, — gridò, — d'essersi esposta ad un rifiuto, e a me spiace ch'ella sia meco superba!

Poi continuò una lunga predica: — I superbi fanno consistere la loro grandezza in non esporsi a rifiuti, in non accettare offerte, in vergognare di mille inezie. *Alle Eseleien!* tutte asinate: vana grandezza! ignoranza della vera dignità! E la vera dignità sta, in gran parte, in vergognare soltanto delle male azioni!

Disse, uscì, e fece un fracasso infernale colle chiavi.

Rimasi sbalordito. « Eppure quella rozza schiettezza », dissi, « mi piace. Sgorga dal cuore, come le sue offerte, come i suoi consigli, come il suo compianto. E non mi predicò egli il vero? A quante debolezze non do io il nome di dignità, mentre non sono altro che superbia? ».

All'ora del pranzo, Schiller lasciò che il condannato Kunda portasse dentro i pentolini e l'acqua, e si fermò sulla porta. Lo chiamai.

— Non ho tempo, — rispose asciutto asciutto.

Discesi dal tavolaccio, venni a lui e gli dissi: — Se volete che il mangiare mi faccia buon pro, non mi fate quel brutto ceffo.

— E qual ceffo ho a fare? — dimandò, rasserenandosi.

— D'uomo allegro, d'amico, — risposi.

— Viva l'allegria! — sclamò. — E se, perché il mangiare le faccia buon pro, vuole anche vedermi ballare, eccola servita.

E misesi a sgambettare colle sue magre e lunghe pertiche sì piacevolmente, che scoppiai dalle risa. Io ridea ed avea il cuore commosso.

---

[1]Gli furono tolti solo qualche tempo dopo, nel 1823, per eccezionale disposizione superiore, quando le sue condizioni di salute si fecero più gravi, tanto che parve dovesse morire.

Due buone vecchie solevano essere con quei fanciulli
(cap. LXVI)

CAPO SESSAGESIMOTTAVO

Una sera, Oroboni ed io stavamo alla finestra, e ci dolevamo a vicenda d'essere affamati. Alzammo alquanto la voce, e le sentinelle gridarono. Il soprintendente, che per mala ventura passava da quella parte, si credette in dovere di far chiamare Schiller e di rampognarlo fieramente, che non vigilasse meglio a tenerci in silenzio.

Schiller venne con grand'ira a lagnarsene da me, e m'intimò di non parlar più mai dalla finestra. Voleva ch'io glielo promettessi.

— No, — risposi, — non ve lo voglio promettere.

— Oh, *der Teufel! der Teufel*[1]!, — gridò, — a me s'ha a dire: non voglio! a me che ricevo una maledetta strapazzata per causa di lei!

— M'increce, caro Schiller, della strapazzata che avete ricevuta, me n'increce davvero; ma non voglio promettere ciò che sento che non manterrei.

— E perché non lo manterrebbe?

— Perché non potrei; perché la solitudine continua è tormento sì crudele per me, che non resisterò mai al bisogno di mettere qualche voce da' polmoni, d'invitare il mio vicino a rispondermi. E se il vicino tacesse, volgerei la parola alle sbarre della mia finestra, alle colline che mi stanno in faccia, agli uccelli che volano.

— *Der Teufel!* e non mi vuole promettere?

— No, no, no! — sclamai.

Gettò a terra il rumoroso mazzo delle chiavi, e ripeté: — *Der Teufel! der Teufel!* — Indi proruppe abbracciandomi:

— Ebbene, ho io a cessare d'essere uomo per quella canaglia di chiavi? Ella è un signore come va, ed ho gusto che non mi voglia promettere ciò che non manterrebbe. Farei lo stesso anch'io.

Raccolsi le chiavi e gliele diedi.

— Queste chiavi, — gli dissi, — non sono poi tanto *canaglia*, poiché non possono, d'un onesto caporale qual siete, fare un malvagio sgherro.

— E se credessi che potessero far tanto, — rispose, — le porterei a' miei superiori, e direi: se non mi voglio-

---

[1] Diavolo! Diavolo!

202

no dare altro pane che quello del carnefice, andrò a dimandare l'elemosina.

Trasse di tasca il fazzoletto, s'asciugò gli occhi, poi li tenne alzati, giungendo le mani, in atto di preghiera. Io giunsi le mie, e pregai al pari di lui in silenzio. Ei capiva ch'io faceva voti per esso, com'io capiva ch'ei ne facea per me.

Andando via, mi disse sotto voce: — Quando ella conversa col conte Oroboni, parli sommesso più che può. Farà così due beni: uno di risparmiarmi le grida del signor soprintendente, l'altro di non far forse capire qualche discorso... debbo dirlo?... qualche discorso, che, riferito, irritasse sempre più chi può punire.

L'assicurai che dalle nostre labbra non usciva mai parola, che, riferita a chicchessia, potesse offendere.

Non avevamo infatti d'uopo d'avvertimenti per essere cauti. Due prigionieri che vengono a comunicazione tra loro, sanno benissimo crearsi un gergo, col quale dir tutto, senza essere capiti da qualsiasi ascoltatore.

CAPO SESSAGESIMONONO

Io tornava un mattino dal passeggio: era il 7 d'agosto. La porta del carcere d'Oroboni stava aperta, e dentro eravi Schiller, il quale non mi aveva inteso venire. Le mie guardie vogliono avanzare il passo per chiudere quella porta. Io le prevengo, mi vi slancio, ed eccomi nelle braccia d'Oroboni.

Schiller fu sbalordito; disse: — *Der Teufel! der Teufel!* — e alzò il dito per minacciarmi. Ma gli occhi gli s'empirono di lagrime, e gridò singhiozzando: — Oh mio Dio, fate misericordia a questi poveri giovani ed a me, ed a tutti gl'infelici, voi che foste anche tanto infelice sulla terra!

Le due guardie piangevano pure. La sentinella del corridoio, ivi accorsa, piangeva anch'essa. Oroboni mi diceva: — Silvio, Silvio, quest'è uno dei più cari giorni della mia vita! — Io non so che gli dicessi; era fuor di me dalla gioia e dalla tenerezza.

Quando Schiller ci scongiurò di separarci, e fu forza obbedirgli, Oroboni proruppe in pianto dirottissimo, e disse:

— Ci rivedremo noi mai più sulla terra? — E non lo rividi mai più! Alcuni mesi dopo, la sua stanza era vôta, ed Oroboni giaceva in quel cimitero ch'io aveva dinanzi alla mia finestra!

Dacché ci eravamo veduti quell'istante, pareva che ci amassimo anche più dolcemente, più fortemente di prima, pareva che ci fossimo a vicenda più necessari.

Egli era un bel giovine, di nobile aspetto, ma pallido e di misera salute. I soli occhi erano pieni di vita. Il mio affetto per lui veniva aumentato dalla pietà che la sua magrezza ed il suo pallore m'ispiravano. La stessa cosa provava egli per me. Ambi sentivamo quanto fosse verisimile che ad uno di noi toccasse d'essere presto superstite all'altro.

Fra pochi giorni egli ammalò. Io non faceva altro che gemere e pregare per lui. Dopo alcune febbri racquistò un poco di forza, e poté tornare ai colloqui amicali. Oh come l'udire di nuovo il suono della sua voce mi consolava!

— Non ingannarti, — diceami egli: — sarà per poco tempo. Abbi la virtù d'apparecchiarti alla mia perdita; ispirami coraggio col tuo coraggio.

In que' giorni si volle dare il bianco alle pareti delle nostre carceri e ci trasportarono frattanto ne' sotterranei. Disgraziatamente, in quell'intervallo, non fummo posti in luoghi vicini. Schiller mi diceva che Oroboni stava bene, ma io dubitava che non volesse dirmi il vero, e temeva che la salute già sì debole di questo deteriorasse in que' sotterranei.

Avessi almeno avuto la fortuna d'esser vicino in quell'occasione al mio caro Maroncelli! Udii per altro la voce di questo. Cantando ci salutammo, a dispetto de' garriti delle guardie.

Venne in quel tempo a vederci il protomedico di Brünn, mandato forse in conseguenza delle relazioni che il soprintendente faceva a Vienna, sull'estrema debolezza a cui tanta scarsità di cibo ci aveva tutti ridotti, ovvero perché allora regnava nelle carceri uno scorbuto molto epidemico[1].

[1] Malattia probabilmente infettiva, che si manifesta con emorragie cutanee diffuse o circoscritte a forma di punti, di striscie

Non sapendo io il perché di questa visita, m'immaginai che fosse per nuova malattia d'Oroboni. Il timore di perderlo mi dava un'inquietudine indicibile. Fui allora preso da forte melanconia e da desiderio di morire. Il pensiero del suicidio tornava a presentarmisi. Io lo combatteva; ma era come un viaggiatore spossato, che mentre dice a se stesso: « È mio dovere d'andar sino alla meta », si sente un bisogno prepotente di gettarsi a terra e riposare.

M'era stato detto che, non avea guari, in uno di quei tenebrosi covili, un vecchio boemo s'era ucciso, spaccandosi la testa alle pareti. Io non potea cacciare dalla fantasia la tentazione d'imitarlo. Non so se il mio delirio non sarebbe giunto a quel segno, ove uno sbocco di sangue dal petto non m'avesse fatto credere vicina la mia morte. Ringraziai Dio di volermi esso uccidere in questo modo, risparmiandomi un atto di disperazione che il mio intelletto condannava.

Ma Dio invece volle conservarmi. Quello sbocco di sangue alleggerì i miei mali. Intanto fui riportato nel carcere superiore, e quella maggior luce, e la riacquistata vicinanza d'Oroboni mi riaffezionarono alla vita.

CAPO SETTUAGESIMO

Gli confidai la tremenda melanconia che io avea provato, diviso da lui; ed egli mi disse aver dovuto egualmente combattere il pensiero del suicidio.

— Profittiamo, — diceva egli, — del poco tempo che di nuovo c'è dato, per confortarci a vicenda colla religione. Parliamo di Dio; eccitiamoci ad amarlo; ci sovvenga ch'egli è la giustizia, la sapienza, la bontà, la bellezza, ch'egli è tutto ciò che d'ottimo vagheggiammo sempre. Io ti dico davvero che la morte non è lontana da me. Ti sarò grato eternamente, se contribuirai a rendermi in questi ultimi giorni tanto religioso, quanto avrei dovuto essere tutta la vita.

e con una speciale infiammazione alle gengive: si diffonde tra le persone mal nutrite o che abitano luoghi umidi, freddi, oscuri, antigienici. Maroncelli ne fu colpito due volte durante la prigionia.

Ed i nostri discorsi non volgeano più sovr'altro che sulla filosofia cristiana, e su paragoni di questa colle meschinità della sensualistica. Ambi esultavamo di scorgere tanta consonanza tra il Cristianesimo e la ragione; ambi nel confronto delle diverse comunioni evangeliche vedevamo, essere la sola cattolica quella che può veramente resistere alla critica, e la dottrina della comunione cattolica consistere in dogmi purissimi ed in purissima morale, e non in miseri sovrappiù prodotti dall'umana ignoranza.

— E se, per accidente poco sperabile, ritornassimo nella società, — diceva Oroboni, — saremmo noi così pusillanimi da non confessare il Vangelo? da prenderci soggezione, se alcuno immaginerà che la prigione abbia indebolito i nostri animi, e che per imbecillità siamo divenuti più fermi nella credenza?

— Oroboni mio, — gli dissi, — la tua dimanda mi svela la tua risposta, e questa è anche la mia. La somma delle viltà è d'essere schiavo de' giudizii altrui, quando hassi la persuasione che sono falsi. Non credo che tal viltà, né tu, né io, l'avremmo mai.

In quelle effusioni di cuore commisi una colpa. Io aveva giurato a Giuliano di non confidar mai ad alcuno, palesando il suo vero nome, le relazioni ch'erano state fra noi. Le narrai ad Oroboni, dicendogli: — Nel mondo non mi sfuggirebbe mai dal labbro cosa simile, ma qui siamo nel sepolcro, e se anche tu ne uscissi, so che posso fidarmi di te.

Quell'onestissima anima taceva.

— Perché non mi rispondi? — gli dissi.

Alfine prese a biasimarmi seriamente della violazione del secreto. Il suo rimprovero era giusto. Niuna amicizia, per quanto intima ella sia, per quanto fortificata da virtù, non può autorizzare a tal violazione.

Ma poiché questa mia colpa era avvenuta, Oroboni me ne derivò un bene. Egli avea conosciuto Giuliano, e sapea parecchi tratti onorevoli della sua vita. Me li raccontò, e dicea: — Quell'uomo ha operato sì spesso da cristiano, che non può portare il suo furore anti-religioso fino alla tomba. Speriamo, speriamo così! E tu bada, Silvio, a perdonargli di cuore i suoi mali umori, e prega per lui!

Le sue parole m'erano sacre.

CAPO SETTUAGESIMOPRIMO

Le conversazioni di cui parlo, quali con Oroboni, quali con Schiller o altri, occupavano tuttavia poca parte delle mie lunghe ventiquattr'ore della giornata, e non rade erano le volte, che niuna conversazione riusciva possibile col primo.

Che faceva io in tanta solitudine?

Ecco tutta quanta la mia vita in que' giorni. Io mi alzava sempre all'alba, e, salito in capo del tavolaccio, m'aggrappava alle sbarre della finestra, è diceva le orazioni. Oroboni già era alla sua finestra, o non tardava di venirvi. Ci salutavamo; e l'uno e l'altro continuava tacitamente i suoi pensieri a Dio. Quanto erano orribili i nostri covili, altrettanto era bello lo spettacolo esterno per noi. Quel cielo, quella campagna, quel lontano moversi di creature nella valle, quelle voci delle villanelle, quelle risa, que' canti ci esilaravano, ci facevano più caramente sentire la presenza di Colui ch'è sì magnifico nella sua bontà, e del quale avevamo tanto di bisogno.

Veniva la visita mattutina delle guardie. Queste davano un'occhiata alla stanza per vedere se tutto era in ordine, ed osservavano la mia catena, anello per anello, a fine di assicurarsi che qualche accidente o qualche malizia non l'avesse spezzata; o piuttosto (dacché spezzar la catena era impossibile) faceasi questa ispezione per obbedire fedelmente alle prescrizioni di disciplina. S'era giorno che venisse il medico, Schiller dimandava se si volea parlargli, e prendea nota.

Finito il giro delle nostre carceri, tornava Schiller ed accompagnava Kunda, il quale aveva l'ufficio di pulire ciascuna stanza.

Un breve intervallo, e ci portavano la colazione. Questa era un mezzo pentolino di broda rossiccia, con tre sottilissime fettine di pane; io mangiava quel pane e non bevea la broda.

Dopo ciò mi poneva a studiare. Maroncelli avea portato d'Italia molti libri, e tutti i nostri compagni ne aveano pure portati, chi più, chi meno. Tutto insieme formava una buona bibliotechina. Speravamo inoltre di poterla aumentare, coll'uso de' nostri denari. Non era ancor venuta alcuna risposta dell'Imperatore sul permes-

so che dimandavamo di leggere i nostri libri ed acqui-
starne altri; ma intanto il governatore di Brünn ci con-
cedeva *provvisoriamente* di tener ciascuno di noi due
libri presso di sé, da cangiarsi ogni volta che volessimo.
Verso le nove, veniva il soprintendente, e se il medico
era stato chiesto, ei l'accompagnava.

Un altro tratto di tempo restavami quindi per lo studio, fino alle undici, ch'era l'ora del pranzo.

Fino al tramonto non avea più visite, e tornava a studiare. Allora Schiller e Kunda venivano per mutarmi
l'acqua, ed un istante appresso, veniva il soprintendente con alcune guardie per l'ispezione vespertina a tutta
la stanza ed ai miei ferri.

In una delle ore della giornata, or avanti, or dopo il
pranzo, a beneplacito delle guardie, eravi il passeggio.

Terminata la suddetta visita vespertina, Oroboni ed io
ci mettevamo a conversare, e quelli solevano essere i
colloqui più lunghi. Gli straordinari avvenivano di mattina, od appena pranzato, ma per lo più brevissimi.

Qualche volta le sentinelle erano così pietose, che ci
dicevano: — Un po' più piano, signori, altrimenti il castigo cadrà su noi.

Altre volte fingeano di non accorgersi che parlassimo,
poi, vedendo spuntare il sergente, ci pregavano di tacere finché questi fosse partito; ed appena partito esso,
diceano: — Signori patroni, adesso potete[1], ma piano più
che star possibile.

Talora alcuni di que' soldati si fecero arditi, sino a dia-
logare con noi, soddisfare alle nostre dimande, e darci
qualche notizia d'Italia.

A certi discorsi non rispondevamo se non pregandoli
di tacere. Era naturale che dubitassimo, se fossero tutte espansioni di cuori schietti, ovvero artifizi, a fine di
scrutare i nostri animi. Nondimeno inclino molto più a
credere che quella gente parlasse con sincerità.

CAPO SETTUAGESIMOSECONDO

Una sera avevamo sentinelle benignissime, e quindi
Oroboni ed io non ci davamo la pena di comprimere la

[1] Cioè: adesso potete parlare...

voce. Maroncelli nel suo sotterraneo, arrampicatosi alla finestra, ci udì e distinse la voce mia. Non poté frenarsi; mi salutò cantando. Mi chiedea com'io stava, e m'esprimea colle più tenere parole il suo rincrescimento di non avere ancora ottenuto che fossimo messi insieme. Questa grazia l'aveva io pure dimandata, ma né il soprintendente di Spielberg, né il governatore di Brünn, non aveano l'arbitrio di concederla. La nostra vicendevole brama era stata significata all'Imperatore, e niuna risposta erane fin allora venuta.

Oltre quella volta che ci salutammo cantando nei sotterranei, io aveva inteso parecchie volte dal piano superiore le sue cantilene, ma senza capire le parole, ed appena pochi istanti, perché nol lasciavano proseguire.

Ora alzò molto più la voce, non fu così presto interrotto, e capii tutto. Non v'ha termini per dire l'emozione che provai.

Gli risposi, e continuammo il dialogo circa un quarto d'ora. Finalmente si mutarono le sentinelle sul terrapieno, e quelle che vennero non furono compiacenti. Ben ci disponevamo a ripigliare il canto, ma furiose grida s'alzarono a maledirci, e convenne rispettarle.

Io mi rappresentava Maroncelli giacente da sì lungo tempo in quel carcere tanto peggiore del mio; m'immaginava la tristezza che ivi dovea sovente opprimerlo ed il danno che la sua salute ne patirebbe, e profonda angoscia m'opprimeva.

Potei alfine piangere, ma il pianto non mi sollevò.

Mi prese un grave dolor di capo con febbre violenta. Non mi reggeva in piedi, mi buttai sul pagliericcio. La convulsione crebbe; il petto doleami con orribile spasimo. Credetti quella notte morire.

Il dì seguente la febbre era cessata, e del petto stava meglio, ma pareami d'aver fuoco nel cervello, e appena potea muovere il capo, senza che vi si destassero atroci dolori.

Dissi ad Oroboni il mio stato. Egli pure si sentiva più male del solito.

— Amico, — diss'egli, — non è lontano il giorno, che uno di noi due non potrà più venire alla finestra. Ogni volta che ci salutiamo può essere l'ultima. Teniamoci dunque pronti l'uno e l'altro sì a morire, sì a sopravvivere all'amico.

La sua voce era intenerita; io non potea rispondergli. Stemmo un istante in silenzio, indi ei riprese:

— Te beato, che sai il tedesco! Potrai almeno confessarti! Io ho dimandato un prete che sappia l'italiano: mi dissero che non v'è. Ma Dio vede il mio desiderio, e dacché mi sono confessato a Venezia, in verità mi pare di non aver più nulla che m'aggravi la coscienza.

— Io, invece, a Venezia mi confessai, — gli dissi, — con animo pieno di rancore, e feci peggio che se avessi ricusato i Sacramenti. Ma se ora mi si concede un prete, t'assicuro che mi confesserò di cuore e perdonando a tutti.

— Il Cielo ti benedica! — sclamò; — tu mi dai una grande consolazione. Facciamo, sì, facciamo il possibile entrambi, per essere eternamente uniti nella felicità, come lo fummo in questi giorni di sventura!

Il giorno appresso l'aspettai alla finestra e non venne. Seppi da Schiller ch'egli era ammalato gravemente.

Otto o dieci giorni dopo, egli stava meglio, e tornò a salutarmi. Io dolorava, ma mi sostenea. Parecchi mesi passarono, sì per lui che per me, in queste alternative di meglio e di peggio.

CAPO SETTUAGESIMOTERZO

Potei reggere sino al giorno 11 di gennaio 1823. La mattina m'alzai con mal di capo non forte, ma con disposizione al deliquio. Mi tremavano le gambe, e stentava a trarre il fiato.

Anche Oroboni, da due o tre giorni, stava male, e non s'alzava.

Mi portano la minestra, ne gusto appena un cucchiaio, poi cado privo di sensi. Qualche tempo dopo, la sentinella del corridoio guardò per accidente dallo sportello, e vedendomi giacente a terra, col pentolino rovesciato accanto a me, mi credette morto, e chiamò Schiller.

Venne anche il soprintendente, fu chiamato subito il medico, mi misero a letto. Rinvenni a stento.

Il medico disse ch'io era in pericolo, e mi fece levare

i ferri¹. Mi ordinò non so qual cordiale, ma lo stomaco non potea ritener nulla. Il dolor di capo cresceva terribilmente.

Fu fatta immediata relazione al governatore, il quale spedì un corriere a Vienna per sapere come io dovessi essere trattato. Si rispose che non mi ponessero nell'infermeria, ma che mi servissero nel carcere colla stessa diligenza che se fossi nell'infermeria. Di più autorizzavasi il soprintendente a fornirmi brodi e minestre della sua cucina, finché durava la gravezza del male.

Quest'ultimo provvedimento mi fu a principio inutile: niun cibo, niuna bevanda mi passava. Peggiorai per tutta una settimana, e delirava giorno e notte.

Kral e Kubitzky mi furono dati per infermieri; ambi mi servivano con amore.

Ogni volta ch'io era alquanto in senno, Kral mi ripeteva:

¹ I ferri, tolti al Pellico e ad altri condannati nel 1823, furono riapplicati, ma più leggeri, perché fossero adatti al debole stato di loro salute, nel 1826; nel 1827 furono tolti del tutto, perché non potevano tollerarli.

— Abbia fiducia in Dio; Dio solo è buono.

— Pregate per me — dicevagli io, — non ch'e mi risani, ma che accetti le mie sventure e la mia morte in espiazione de' miei peccati.

Mi suggerì di chiedere i Sacramenti.

— Se non li chiesi, — risposi, — attribuitelo alla debolezza della mia testa; ma sarà per me gran conforto il riceverli.

Kral riferì le mie parole al soprintendente e fu fatto venire il cappellano delle carceri.

Mi confessai, comunicai, e presi l'Olio Santo. Fui contento di quel sacerdote. Si chiamava Sturm. Le riflessioni che mi fece sulla giustizia di Dio, sull'ingiustizia degli uomini, sul dovere del perdono, sulla vanità di tutte le cose del mondo, non erano trivialità: aveano l'impronta d'un intelletto elevato e colto, e d'un sentimento caldo di vero amore di Dio e del prossimo.

CAPO SETTUAGESIMOQUARTO

Lo sforzo d'attenzione che feci per ricevere i Sacramenti sembrò esaurire la mia vitalità, ma invece giovommi gettandomi in un letargo di parecchie ore che mi riposò.

Mi destai alquanto sollevato, e vedendo Schiller e Kral vicini a me, presi le lor mani e li ringraziai delle loro cure.

Schiller mi disse: — L'occhio mio è esercitato a veder malati: scommetterei che ella non muore.

— Non parvi di farmi un cattivo pronostico? — diss'io.

— No, — rispose; — le miserie della vita sono grandi, è vero, ma chi le sopporta con nobiltà d'animo e con umiltà, ci guadagna sempre vivendo.

Poi soggiunse: — S'ella vive, spero che avrà fra qualche giorno una gran consolazione. Ella ha dimandato di vedere il signor Maroncelli?

— Tante volte ho ciò dimandato, ed invano; non ardisco più sperarlo.

— Speri, speri, signore! e ripeta la dimanda.

La ripetei infatti quel giorno. Il soprintendente disse parimenti ch'io doveva sperare, e soggiunse essere verisimile, che non solo Maroncelli potesse vedermi, ma che mi fosse dato per infermiere, ed in appresso per indivisibile compagno.

Siccome, quanti eravamo prigionieri di Stato, avevamo più o meno tutti la salute rovinata, il governatore avea chiesto a Vienna che potessimo esser messi tutti a due a due, affinché uno servisse d'aiuto all'altro.

Io aveva anche dimandato la grazia di scrivere un ultimo addio alla mia famiglia.

Verso la fine della seconda settimana, la mia malattia ebbe una crisi, ed il pericolo si dileguò.

Cominciava ad alzarmi, quando un mattino s'apre la porta, e vedo entrar festosi il soprintendente, Schiller ed il medico. Il primo corre a me e mi dice: — Abbiamo il permesso di darle per compagno Maroncelli, e di lasciarle scrivere una lettera a' parenti.

La gioia mi tolse il respiro, ed il povero soprintendente, che, per impeto di buon cuore, avea mancato di prudenza, mi credette perduto.

Quando riacquistai i sensi, e mi sovvenne dell'annuncio udito, pregai che non mi si ritardasse un tanto bene. Il medico consentì, e Maroncelli fu condotto nelle mie braccia.

Oh qual momento fu quello! — Tu vivi? — sclamavamo a vicenda. — Oh amico! oh fratello! che giorno felice c'è ancor toccato di vedere! Dio ne sia benedetto!

Ma la nostra gioia ch'era immensa congiungeasi ad una immensa compassione. Maroncelli doveva esser meno colpito di me, trovandomi così deperito com'io era: ei sapea qual grave malattia avessi fatto. Ma io, anche pensando che avesse patito, non me lo immaginava così diverso da quel di prima. Egli era appena riconoscibile. Quelle sembianze, già sì belle, sì floride, erano consumate dal dolore, dalla fame, dall'aria cattiva del tenebroso suo carcere!

Tuttavia il vederci, l'udirci, l'essere finalmente indivisi ci confortava. Oh quante cose avemmo a comunicarci, a ricordare, a ripeterci! Quanta soavità nel compianto! Quanta armonia in tutte le idee! Qual contentezza di trovarci d'accordo in fatto di religione, di odiare bensì l'uno e l'altro la ignoranza e la barbarie, ma di non odiare alcun uomo, e di commiserare gli ignoranti ed i barbari, e pregare per loro!

CAPO SETTUAGESIMOQUINTO

Mi fu portato un foglio di carta ed il calamaio, affinch'io scrivessi a' parenti.

Siccome propriamente la permissione erasi data ad un moribondo, che intendea di volgere alla famiglia l'ultimo addio, io temeva che la mia lettera, essendo ora d'altro tenore, più non venisse spedita. Mi limitai a pregare colla più grande tenerezza genitori, fratelli e sorelle, che si rassegnassero alla mia sorte, protestando loro d'essere rassegnato.

Quella lettera fu nondimeno spedita, come poi seppi, allorché dopo tanti anni rividi il tetto paterno. L'unica fu dessa che, in sì lungo tempo della mia captività, i cari parenti potessero avere da me[1]. Io da loro non n'ebbi mai alcuna: quelle che mi scriveano furono sempre tenute a Vienna. Egualmente privati d'ogni relazione colle famiglie erano gli altri compagni di sventura.

Dimandammo infinite volte la grazia di avere almeno carta e calamaio per istudiare, e quella di far uso dei nostri denari per comprar libri. Non fummo esauditi mai.

Il governatore continuava frattanto a permettere che leggessimo i libri nostri.

Avemmo anche, per bontà di lui, qualche miglioramento di cibo, ma ahi! non fu durevole. Egli avea consentito che, invece d'essere provveduti dalla cucina del *trattore* delle carceri, il fossimo da quella del soprintendente. Qualche fondo di più era da lui stato assegnato a tal uso. La conferma di queste disposizioni non venne; ma, intanto che durò il beneficio, io ne provai molto giovamento. Anche Maroncelli racquistò un po' di vigore. Per l'infelice Oroboni era troppo tardi!

Quest'ultimo era stato accompagnato, prima coll'avvocato Solera, indi col sacerdote D. Fortini[2].

Quando fummo appajati in tutte le carceri, il divieto

[1] È un errore. Nemmeno questa lettera fu spedita. Essa fu poi trovata nell'Archivio di Brünn.

[2] Antonio Solera, di Milano, arrestato e condannato alla pena di morte, commutatagli in 20 anni di carcere duro, fu graziato nel 1827. Don Marco Fortini, di Fratta Polesine, fu arrestato nello stesso tempo, e graziato anch'egli nel '27.

di parlare alle finestre ci fu rinnovato, con minaccia a chi contravvenisse d'essere riposto in solitudine. Violammo, a dir vero, qualche volta il divieto, per salutarci, ma lunghe conversazioni più non si fecero.

L'indole di Maroncelli e la mia armonizzavano perfettamente. Il coraggio dell'uno sosteneva il coraggio dell'altro. Se un di noi era preso da mestizia o da fremiti d'ira contro i rigori della nostra condizione, l'altro l'esilarava con qualche scherzo o con opportuni raziocinii. Un dolce sorriso temperava quasi sempre i nostri affanni.

Finché avemmo libri, benché ormai tanto riletti da saperli a memoria, eran dolce pascolo alla mente, perché occasione di sempre nuovi esami, confronti, giudizii, rettificazioni, ecc. Leggevamo, ovvero meditavamo gran parte della giornata in silenzio, e davamo al cicaleccio il tempo del pranzo, quello del passeggio e tutta la sera.

Maroncelli nel suo sotterraneo avea composti molti versi d'una gran bellezza. Me li andava recitando, e ne componeva altri. Io pure ne componeva e li recitava. E la nostra memoria esercitavasi a ritenere tutto ciò. Mirabile fu la capacità che acquistammo di poetare lunghe produzioni a memoria, limarle e tornarle a limare infinite volte, e ridurle a quel segno medesimo di possibile finitezza che avremmo ottenuto scrivendole. Maroncelli compose così, a poco a poco, e ritenne in mente parecchie migliaia di versi lirici ed epici. Io feci la tragedia di *Leoniero da Dertona* e varie altre cose.

CAPO SETTUAGESIMOSESTO

Oroboni, dopo aver molto dolorato nell'inverno e nella primavera, si trovò assai peggio la state. Sputò sangue, e andò in idropisia.

Lascio pensare qual fosse la nostra afflizione, quand'ei si stava estinguendo sì presso di noi, senza che potessimo rompere quella crudele parete che c'impediva di vederlo e di prestargli i nostri amichevoli servigi!

Schiller ci portava le sue nuove. L'infelice giovane patì atrocemente, ma l'animo suo non si avvilì mai. Ebbe i soccorsi spirituali del cappellano (il quale, per buona sorte, sapeva il francese).

Morì nel suo dì onomastico, il 13 giugno 1823. Qualche ora prima di spirare, parlò dell'ottogenario suo padre, s'intenerì e pianse. Poi si riprese, dicendo: — Ma perché piango il più fortunato de' miei cari, poich'egli è alla vigilia di raggiungermi all'eterna pace?

Le sue ultime parole furono: — Io perdono di cuore ai miei nemici.

Gli chiuse gli occhi D. Fortini, suo amico dall'infanzia, uomo tutto religione e carità.

Povero Oroboni! qual gelo ci corse per le vene, quando ci fu detto ch'ei non era più! Ed udimmo le voci ed i passi di chi venne a prendere il cadavere! E vedemmo dalla finestra il carro in cui veniva portato al cimitero! Traevano quel carro due condannati comuni; lo seguivano quattro guardie. Accompagnammo cogli occhi il triste convoglio fino al cimitero. Entrò nella cinta. Si fermò in un angolo. Là era la fossa.

Pochi istanti dopo, il carro, i condannati e le guardie tornarono indietro. Una di queste era Kubitzky. Mi disse (gentile pensiero, sorprendente in un uomo rozzo):

— Ho segnato con precisione il luogo della sepoltura, affinché, se qualche parente od amico potesse un giorno ottenere di prendere quelle ossa e portarle al suo paese, si sappia dove giacciono.

Quante volte Oroboni m'avea detto, guardando dalla

finestra il cimitero: — Bisogna ch'io m'avvezzi all'idea d'andare a marcire là entro: eppur confesso che questa idea mi fa ribrezzo. Mi pare che non si debba star così bene sepolto in questi paesi come nella nostra cara penisola.

Poi ridea e sclamava: — Fanciullaggini! quando un vestito è logoro e bisogna deporlo, che importa dovunque sia gettato?

Altre volte diceva: — Mi vado preparando alla morte, ma mi sarei rassegnato più volentieri ad una condizione: rientrare appena nel tetto paterno, abbracciare le ginocchia di mio padre, intendere una parola di benedizione, e morire!

Sospirava e soggiungeva: — Se questo calice non può allontanarsi, o mio Dio, sia fatta la tua volontà!

E l'ultima mattina della sua vita, disse ancora, baciando un crocifisso che Kral gli porgea:

— Tu ch'eri divino, avevi pure orrore della morte, e dicevi: *Si possibile est, transeat a me calix iste*[1]*!* Perdona, se lo dico anch'io. Ma ripeto anche le altre tue parole: *Verumtamen non sicut ego volo, sed sicut tu*[2]*!*

CAPO SETTUAGESIMOSETTIMO

Dopo la morte di Oroboni, ammalai di nuovo. Credeva di raggiungere presto l'estinto amico; e ciò bramava. Se non che, mi sarei io separato senza rincrescimento da Maroncelli?

Più volte, mentr'ei, sedendo sul pagliericcio, leggeva o poetava, o forse fingeva al pari di me di distrarsi con tali studi e meditava sulle nostre sventure, io lo guardava con affanno e pensava: « Quanto più trista non sarà la tua vita, quando il soffio della morte m'avrà tocco, quando mi vedrai portar via di questa stanza, quando, mirando il cimitero, dirai: "Anche Silvio è là!" ». E m'inteneriva su quel povero superstite, e faceva voti che gli dessero un altro compagno, capace d'apprezzarlo come lo apprezzava io, ovvero che il Signore prolungasse i miei martirii, e mi lasciasse il dolce uffizio di temperare quelli di questo infelice, dividendoli.

Io non noto quante volte le mie malattie sgombrarono e ricomparvero. L'assistenza che in esse facemi Maroncelli era quella del più tenero fratello. Ei s'accorgea quando il parlare non mi convenisse, ed allora stava in silenzio; ei s'accorgeva quando i suoi detti potessero sollevarmi, ed allora trovava sempre soggetti confacentisi alla disposizione del mio animo, talor secon-

[1] « *Se possibile, questo calice si allontani da me!* ».
[2] « *Tuttavia non come voglio io, ma come tu vuoi!* ».

218

dandola, talor mirando grado grado a mutarla. Spiriti più nobili del suo, io non ne avea mai conosciuti; pari al suo, pochi. Un grande amore per la giustizia, una grande tolleranza, una gran fiducia nella virtù umana e negli aiuti della Provvidenza, un sentimento vivissimo del bello in tutte le arti, una fantasia ricca di poesia, tutte le più amabili doti di mente e di cuore si univano per rendermelo caro.

Io non dimenticava Oroboni, ed ogni dì gemea della sua morte, ma gioivami spesso il cuore immaginando che quel diletto, libero di tutti i mali ed in seno alla Divinità, dovesse pure annoverare fra le sue contentezze quella di vedermi con un amico non meno affettuoso di lui.

Una voce parea assicurarmi nell'anima, che Oroboni non fosse più in luogo di espiazione; nondimeno io pregava sempre per lui. Molte volte sognai di vederlo, che pregasse per me; e que' sogni io amava di persuadermi che non fossero accidentali, ma bensì vere manifestazioni sue, permesse da Dio per consolarmi. Sarebbe cosa ridicola s'io riferissi la vivezza di tali sogni, e la soavità che realmente in me lasciavano per intere giornate.

Ma i sentimenti religiosi e l'amicizia mia per Maroncelli alleggerivano sempre più le mie afflizioni. L'unica idea che mi spaventasse era la possibilità che quest'infelice, di salute già assai rovinata, sebbene meno minacciante della mia, mi precedesse nel sepolcro. Ogni volta ch'egli ammalava, io tremava; ogni volta che vedealo star meglio, era una festa per me.

Queste paure di perderlo davano al mio affetto per lui una forza sempre maggiore; ed in lui la paura di perder me, operava lo stesso effetto.

Ah! v'è pur molta dolcezza in quelle alternazioni di affanni e di speranze per una persona che è l'unica che ti rimanga! La nostra sorte era sicuramente una delle più misere che si dieno sulla terra; eppure lo stimarci e l'amarci così pienamente formava in mezzo a' nostri dolori una specie di felicità; e davvero la sentivamo.

CAPO SETTUAGESIMOTTAVO

Avrei bramato che il cappellano, (del quale io era stato così contento al tempo della mia prima malattia[1]), ci fosse stato conceduto per confessore, e che potessimo vederlo a quando a quando, anche senza trovarci gravemente infermi. Invece di dare quest'incarico a lui, il governatore ci destinò un agostiniano, per nome P. Battista, intantoché venisse da Vienna o la conferma di questo, o la nomina d'un altro.

Io temea di perderci nel cambio; m'ingannava. Il padre Battista era un angiolo di carità; i suoi modi erano educatissimi ed anzi eleganti; ragionava profondamente dei doveri dell'uomo[2].

Lo pregammo di visitarci spesso. Veniva ogni mese, e più frequentemente, se poteva. Ci portava anche, col permesso del governatore, qualche libro, e ci diceva, a nome del suo abate, che tutta la biblioteca del convento stava a nostra disposizione. Sarebbe stato un gran guadagno questo per noi se fosse durato. Tuttavia ne profittammo per parecchi mesi.

Dopo la confessione, ei si fermava lungamente a conversare, e da tutti i suoi discorsi appariva un'anima retta, dignitosa, innamorata della grandezza e della santità dell'uomo. Avemmo la fortuna di godere circa un anno de' suoi lumi e della sua affezione, e non si smentì mai. Non mai una sillaba, che potesse far sospettare intenzioni di servire, non al suo ministero, ma alla politica. Non mai una mancanza di qualsiasi delicato riguardo.

A principio, per dir vero, io diffidava di lui, io m'aspettava di vederlo volgere la finezza del suo ingegno ad indagini sconvenienti. In un prigioniero di Stato, simile

---

[1] Padre Sturm, che già gli aveva recato i Sacramenti.

[2] Il padre Battista si chiamò al secolo Giovanni Battista Vorthey. Nel 1817, ordinato sacerdote, fu scelto a coadiutore della parrocchia agostiniana di Brünn. Nel gennaio del 1821 fu nominato cappellano dello Spielberg, dal quale ufficio fu allontanato di lì a un anno; morì nel 1876, dopo una lunga vita tutta spesa in opere di pietà, tra le quali a noi particolarmente interessa quella di avere di proposito studiato l'italiano per essere in grado di conversare con i prigionieri dello Spielberg e di aver consolato quei sepolti vivi con sublime spirito cristiano.

diffidenza è pur troppo naturale; ma oh quanto si resta sollevato allorché svanisce, allorché si scopre nell'interprete di Dio niun altro zelo che quello della causa di Dio e dell'umanità!

Egli aveva un modo a lui particolare ed efficacissimo di dar consolazioni. Io m'accusava, per esempio, di fremiti d'ira pei rigori della nostra carceraria disciplina. Ei moralizzava alquanto sulla virtù di soffrire con serenità e perdonando; poi passava a dipingere con vivissima rappresentazione le miserie di condizioni diverse della mia. Avea molto vissuto in città ed in campagna, conosciuto grandi e piccoli, e meditato sulle umane ingiustizie; sapea descrivere bene le passioni ed i costumi delle varie classi sociali. Dappertutto ei mi mostrava forti e deboli, calpestanti e calpestati; dappertutto la necessità o di odiare i nostri simili, o di amarli per generosa indulgenza e per compassione. I casi ch'ei raccontava per rammemorarmi l'universalità della sventura, ed i buoni effetti che si possono trarre da questa, nulla aveano di singolare; erano anzi affatto ovvii; ma diceali con parole così giuste, così potenti, che mi faceano fortemente sentire le deduzioni da ricavarne.

Ah sì! ogni volta ch'io aveva udito quegli amorevoli rimproveri e que' nobili consigli, io ardeva d'amore della virtù, io non abborriva più alcuno, io avrei data la vita pel minimo de' miei simili, io benediceva Dio d'avermi fatto uomo.

Ah! infelice chi ignora la sublimità della confessione! infelice chi, per non parer volgare, si crede obbligato di guadagnarla con ischerno! Non è vero che, ognuno sapendo già che bisogna esser buono, sia inutile di sentirselo a dire; che bastino le proprie riflessioni ed opportune letture; no! la favella viva d'un uomo ha una possanza, che né le letture né le proprie riflessioni non hanno! L'anima n'è più scossa; le impressioni che vi si fanno sono più profonde. Nel fratello che parla v'è una vita ed un'opportunità che sovente indarno si cercherebbero ne' libri e ne' nostri proprii pensieri.

CAPO SETTUAGESIMONONO

Nel principio del 1824, il soprintendente, il quale aveva la sua cancelleria a uno de' capi del nostro corridoio, trasportossi altrove, e le stanze di cancelleria con altre annesse furono ridotte a carceri. Ahi! capimmo che nuovi prigionieri di Stato doveano aspettarsi d'Italia.

Giunsero infatti in breve quelli d'un terzo processo[1]; tutti amici e conoscenti miei! Oh, quando seppi i loro nomi qual fu la mia tristezza! Borsieri era uno de' più antichi miei amici! A Confalonieri io era affezionato da men lungo tempo, ma pur con tutto il cuore! Se avessi potuto, passando al carcere *durissimo* od a qualunque

immaginabile tormento, scontare la loro pena e liberarli, Dio sa se non l'avrei fatto! Non dico solo, dar la vita per essi: ah che cos'è il dar la vita? soffrire è ben più!

Avrei avuto allora tanto d'uopo delle consolazioni del P. Battista; non gli permisero più di venire.

Nuovi ordini vennero pel mantenimento della più se-

[1] È il grande processo dei Carbonari lombardi.

vera disciplina. Quel terrapieno che ci serviva di passeggio fu dapprima cinto di steccato, sicché nessuno, nemmeno in lontananza con telescopii, potesse più vederci; e così noi perdemmo lo spettacolo bellissimo delle circostanti colline e della sottoposta città. Ciò non bastò. Per andare a quel terrapieno, conveniva attraversare, come dissi, il cortile, ed in questo molti aveano campo di scorgerci. A fine di occultarci a tutti gli sguardi, ci fu tolto quel luogo di passeggio, e ce ne venne assegnato uno piccolissimo, situato contiguamente al nostro corridoio, ed a pretta tramontana, come le nostre stanze.

Non posso esprimere quanto questo cambiamento di passeggio ci affliggesse. Non ho notato tutti i conforti che avevamo nel luogo che ci veniva tolto. La vista dei figliuoli del soprintendente, i loro cari amplessi, dove avevamo veduta inferma ne' suoi ultimi giorni la loro madre; qualche chiacchiera col fabbro, che aveva pur ivi il suo alloggio; le liete canzoncine e le armonie d'un caporale che suonava la chitarra; e per ultimo un innocente amore: un amore non mio, né del mio compagno, ma d'una buona caporalina ungherese, venditrice di frutta. Ella erasi invaghita di Maroncelli.

Già prima che fosse posto con me, esso e la donna, vedendosi ivi quasi ogni giorno, aveano fatto un poco d'amicizia. Egli era anima sì onesta, sì dignitosa, sì semplice nelle sue viste, che ignorava affatto d'avere innamorato la pietosa creatura. Ne lo feci accorto io. Esitò di prestarmi fede e, nel dubbio solo che avessi ragione, impose a se stesso di mostrarsi più freddo con essa. La maggior riserva di lui, invece di spegnere l'amore della donna, pareva aumentarlo.

Siccome la finestra della stanza di lei era alta appena un braccio dal suolo del terrapieno, ella balzava dal nostro lato, per l'apparente motivo di stendere al sole qualche pannolino, o fare alcun'altra faccenduola, e stava lì a guardarci; e se poteva, attaccava discorso.

Le nostre povere guardie, sempre stanche di aver poco o niente dormito la notte, coglievano volontieri l'occasione d'essere in quell'angolo, dove, senz'essere vedute da' superiori, poteano sedere sull'erba, e sonnecchiare. Maroncelli era allora in grande imbarazzo, tanto appariva l'amore di quella sciagurata. Maggiore era l'imba-

razzo mio. Nondimeno simili scene, che sarebbero state
assai risibili, se la donna ci avesse ispirato poco rispetto,
erano per noi serie, e potrei dire patetiche. L'infelice
ungherese aveva una di quelle fisionomie, le quali an-
nunciano indubitabilmente l'abitudine della virtù ed il
bisogno di stima. Non era bella, ma dotata di tale espressione di gentilezza, che i contorni alquanto irregolari
del suo volto sembravano abbellirsi ad ogni sorriso, ad
ogni moto de' muscoli.

Se fosse mio proposito di scrivere d'amore, mi resterebbero non brevi cose a dire di quella misera e virtuo-
sa donna, ora morta. Ma basti l'avere accennato uno de'
pochi avvenimenti del nostro carcere.

CAPO OTTAGESIMO

I cresciuti rigori rendevano sempre più monotona la
nostra vita. Tutto il 1824, tutto il 25, tutto il 26, tutto
il 27, in che si passarono per noi? Ci fu tolto quell'uso
de' nostri libri che per *interim* ci era stato conceduto
dal governatore. Il carcere divenneci una vera tomba,
nella quale neppure la tranquillità della tomba c'era
lasciata. Ogni mese veniva, in giorno indeterminato, a
farvi una diligente perquisizione, il direttore di polizia,
accompagnato d'un luogotenente e di guardie. Ci spo-
gliavano nudi, esaminavano tutte le cuciture de' vestiti,
nel dubbio che vi si tenesse celata qualche carta o altro,
si scucivano i pagliericci per frugarvi dentro. Benché
nulla di clandestino potessero trovarci, questa visita
ostile e di sorpresa, ripetuta senza fine, aveva non so
che, che m'irritava, e che ogni volta metteami la febbre.

Gli anni precedenti m'erano sembrati sì infelici, ed
ora io pensava ad essi con desiderio, come ad un tempo
di care dolcezze. Dov'erano le ore ch'io m'ingolfava nello
studio della Bibbia, o d'Omero? A forza di leggere Omero
nel testo, quella poca cognizione di greco ch'io aveva, si
era aumentata, ed erami appassionato per quella lingua.
Quanto incresceami di non poterne continuare lo studio!
Dante, Petrarca, Shakespeare, Byron, Walter Scott[1],

[1] Walter Scott (1771 - 1832), romanziere e poeta scozzese,
creatore del romanzo storico.

Le liete canzoncine e le armonie d'un caporale che suonava
la chitarra (cap. LXXIX)

Schiller, Goethe, ecc., quanti amici m'erano involati! Fra siffatti io annoverava pure alcuni libri di cristiana sapienza, come il Bourdaloue, il Pascal, l'Imitazione di Gesù Cristo, la Filotea, ecc.[1], libri che se si leggono con critica ristretta ed illiberale, esultando ad ogni reperibile difetto di gusto, ad ogni pensiero non valido, si gettano là e non si ripigliano; ma che, letti senza malignare e senza scandalezzarsi dei lati deboli, scoprono una filosofia alta e vigorosamente nutritiva pel cuore e per l'intelletto.

Alcuni di siffatti libri di religione ci furono poscia mandati in dono dall'Imperatore, ma con esclusione assoluta di libri di altra specie, servienti a studio letterario.

Questo dono d'opere ascetiche venneci impetrato nel 1825 da un confessore dalmata, inviatoci da Vienna, il P. Stefano Paulowich[2], fatto, due anni appresso, vescovo di Cattaro. A lui fummo pur debitori d'aver finalmente la messa, che prima ci si era sempre negata, dicendoci che non poteano condurci in chiesa, e tenerci separati a due a due, siccome era prescritto.

Tanta separazione non potendo mantenersi, andavamo alla messa divisi in tre gruppi; un gruppo sulla tribuna dell'organo, un altro sotto la tribuna, in guisa da non essere veduto, ed il terzo in un oratorietto guardante in chiesa per mezzo d'una grata.

Maroncelli ed io avevamo allora per compagni, ma con divieto che una coppia parlasse coll'altra, sei condannati, di sentenza anteriore alla nostra[3]. Due di essi erano stati miei vicini nei *Piombi* di Venezia. Eravamo

[1] Bourladoue (1634-1704), predicatore francese. L'*Imitazione di Gesù Cristo*: opera di meditazione religiosa attribuita a Tommaso da Kempis (1380-1471), agostiniano. *La Filotea*: libro di preghiere, di cui è autore San Francesco di Sales (1567-1622).

[2] Stefano Paulowich (1790-1835), di nobile famiglia dalmata, nominato cappellano aulico nelle carceri dello Spielberg, fu incaricato di assistere spiritualmente i condannati italiani, cercando nello stesso tempo di estorcere loro delle confessioni.

[3] Evidentemente i condannati nel processo dei Carbonari di Fratta Polesine, che furono nei *Piombi* nello stesso tempo del Pellico.

condotti da guardie al posto assegnato, e ricondotti, dopo la messa, ciascuna coppia nel suo carcere. Veniva a dirci la messa un cappuccino. Questo buon uomo finiva sempre il suo rito con un *Oremus* implorante la nostra liberazione dai vincoli, e la sua voce si commovea. Quando veniva via dall'altare, dava una pietosa occhiata a ciascuno de' tre gruppi, ed inchinava mestamente il capo pregando.

CAPO OTTAGESIMOPRIMO

Nel 1825 Schiller fu riputato ormai troppo indebolito dagli acciacchi della vecchiaia e gli diedero la custodia d'altri condannati, pei quali sembrasse non richiedersi tanta vigilanza. Oh quanto c'increbbe ch'ei si allontanasse da noi, ed a lui pure increbbe di lasciarci!

Per successore ebb'egli dapprima Kral, uomo non inferiore a lui in bontà. Ma anche a questo venne data in breve un'altra destinazione, e ne capitò uno, non cattivo, ma burbero ed estraneo ad ogni dimostrazione d'affetto.

Questi mutamenti m'affliggevano profondamente. Schiller, Kral e Kubitzky, ma in particolar modo i due primi, ci avevano assistiti nelle nostre malattie come un padre ed un fratello avrebbero potuto fare. Incapaci di mancare al loro dovere, sapeano eseguirlo senza durezza di cuore. Se v'era un po' di durezza nelle forme, era quasi sempre involontaria, e riscattavanla pienamente i tratti amorevoli che ci usavano. M'adirai talvolta contr'essi, ma oh come mi perdonavano cordialmente! come anelavano di persuaderci che non erano senza affezione per noi; e come gioivano vedendo che n'eravamo persuasi, e li stimavamo uomini dabbene!

Dacché fu lontano da noi, più volte Schiller s'ammalò e si riebbe. Dimandavamo contezza di lui con ansietà filiale. Quando egli era convalescente veniva talvolta a passeggiare sotto le nostre finestre. Noi tossivamo per salutarlo, ed egli guardava in su con sorriso melanconico, e diceva alla sentinella, in guisa che udissimo: — *Da sind meine Söhne!* — (Là sono i miei figli!).

Povero vecchio! che pena mi mettea il vederti strascinare stentamente l'egro fianco, e non poterti sostenere col mio braccio!

Talvolta ei sedeva lì sull'erba, e leggea. Erano libri ch'ei m'aveva prestati. Ed affinché io li riconoscessi, ei ne diceva il titolo alla sentinella, o ne ripeteva qualche squarcio. Per lo più tai libri erano novelle da calendari, od altri romanzi di poco valore letterario, ma morali.

Dopo varie ricadute d'apoplessia, si fece portare all'ospedale dei militari. Era già in pessimo stato, e colà in breve morì. Possedeva alcune centinaia di fiorini, frutto de' suoi lunghi risparmi: queste erano da lui state date in prestito ad alcuni suoi commilitoni. Allorché si vide presso il suo fine, appellò a sé quegli amici, e disse: — Non ho più congiunti; ciascuno di voi si tenga ciò che ha nelle mani. Vi domando solo di pregare per me.

Uno di tali amici aveva una figlia di diciotto anni, la quale era figlioccia di Schiller. Poche ore prima di mo-

Si cavò di dito un anello d'argento, ultima sua ricchezza, e lo mise in dito a lei (cap. LXXXII)

rire, il buon vecchio la mandò a chiamare. Ei non potea
più proferire parole distinte; si cavò di dito un anello
d'argento, ultima sua ricchezza, e lo mise in dito a lei.
Poi la baciò, e pianse baciandola. La fanciulla urlava, e
lo inondava di lagrime. Ei gliele asciugava col fazzoletto.
Prese le mani di lei e se le pose su gli occhi. Quegli occhi
erano chiusi per sempre.

CAPO OTTAGESIMOSECONDO

La consolazioni umane ci andavano mancando una dopo l'altra; gli affanni erano sempre maggiori. Io mi rassegnava al voler di Dio, ma mi rassegnava gemendo; e
l'anima mia, invece d'indurirsi al male, sembrava sentirlo sempre più dolorosamente.

Una volta mi fu clandestinamente recato un foglio della Gazzetta d'Augsburgo[1], nel quale spacciavasi stranis-
sima cosa di me, a proposito della monacazione di una
delle mie sorelle.

Diceva: « La signora Maria Angiola Pellico, figlia, ecc.,
prese addì, ecc., il velo nel monastero della V.isitazione
in Torino, ecc. È dessa sorella dell'autore della *Francesca da Rimini*, Silvio Pellico, il quale uscì recentemente
dalla fortezza di Spielberg, graziato da S. M. l'Imperatore; tratto di clemenza degnissimo di sì magnanimo Sovrano, e che rallegrò tutta Italia, stanteché, ecc. ». E qui
seguivano le mie lodi.

La frottola della grazia non sapeva immaginarmi perché fosse stata inventata. Un puro divertimento del gior-
nalista non pareva verisimile; era forse qualche astuzia
delle polizie tedesche? Chi lo sa? Ma i nomi di Maria
Angiola erano precisamente quelli di mia sorella minore.
Doveano, senza dubbio, essere passati dalla gazzetta di
Torino ad altre gazzette. Dunque quell'ottima fanciulla
s'era veramente fatta monaca? Ah, forse ella prese quello stato perché ha perduto i genitori! Povera fanciulla!
Non ha voluto ch'io solo patissi le angustie del carcere:
anch'ella ha voluto recludersi! Il Signore le dia, più
che non dà a me, le virtù della pazienza e dell'abnega-
zione! Quante volte, nella sua cella, quell'angelo penserà

[1] La *Allgemeine Zeitung.*

«La signora Maria Angiola Pellico, figlia, ecc., prese addì, ecc., il velo...» (cap. LXXXII)

a me! quanto spesso farà dure penitenze per ottener da
Dio che alleggerisca i mali del fratello!

Questi pensieri m'intenerivano, mi straziavano il cuore.
Pur troppo le mie sventure potevano avere influito ad
abbreviare i giorni del padre o della madre, o d'entrambi! Più ci pensava, e più mi pareva impossibile che senza siffatta perdita la mia Marietta avesse abbandonato
il tetto paterno. Questa idea mi opprimeva quasi certezza, ed io caddi quindi nel più angoscioso lutto[1].

Maroncelli n'era commosso non meno di me. Qualche
giorno appresso ei diedesi a comporre un lamento poe-

[1] Quasi nello stesso tempo si diffondeva in Italia la voce che
il Pellico fosse morto allo Spielberg, ciò che ispirò al poeta
Giunio Bazzoni l'ode notissima che il Maroncelli riferisce nelle *Addizioni*.

tico sulla sorella del prigioniero. Riuscì un bellissimo poemetto spirante melanconia e compianto. Quando l'ebbe terminato, me lo recitò. Oh come gli fui grato della sua gentilezza! Fra tanti milioni di versi che fino allora si erano fatti per monache, probabilmente quelli erano i soli che si componessero in carcere, pel fratello della monaca, da un compagno di ferri. Qual concorso d'idee patetiche e religiose!

Così l'amicizia addolciva i miei dolori. Ah! da quel tempo non volse più giorno ch'io non m'aggirassi lungamente col pensiero in un convento di vergini; che fra quelle vergini io non ne considerassi con più tenera pietà una; ch'io non pregassi ardentemente il Cielo d'abbellirle la solitudine, e di non lasciare che la fantasia le dipingesse troppo orrendamente la mia prigione!

CAPO OTTAGESIMOTERZO

L'essermi venuta clandestinamente quella gazzetta non faccia immaginare al lettore che frequenti fossero le notizie del mondo, ch'io riuscissi a procurarmi. No: tutti erano buoni intorno a me, ma tutti legati da somma paura. Se avvenne qualche lieve clandestinità, non fu se non quando il pericolo potea veramente parer nullo. Ed era difficil cosa che potesse parer nullo in mezzo a tante perquisizioni ordinarie e straordinarie.

Non mi fu mai dato d'avere nascostamente notizie de' miei cari lontani, tranne il surriferito cenno relativo a mia sorella.

Il timore ch'io aveva che i miei genitori non fossero più in vita, venne di lì a qualche tempo piuttosto aumentato che diminuito, dal modo con cui una volta il direttore di polizia venne ad annunciarmi che a casa mia stavano bene.

— S. M. l'Imperatore comanda, — diss'egli, — che io le partecipi buone nuove di que' congiunti ch'ella ha a Torino.

Trabalzai dal piacere e dalla sorpresa a questa non mai prima avvenuta partecipazione, e chiesi maggiori particolarità.

— Lasciai, — gli diss'io, — genitori, fratelli e sorelle a Torino. Vivono tutti? Deh, s'ella ha una lettera d'alcun di loro, la supplico di mostrarmela!

— Non posso mostrar niente. Ella deve contentarsi di ciò. È sempre una prova di benignità dell'Imperatore il farle dire queste consolanti parole. Ciò non s'è ancor fatto a nessuno.

— Concedo esser prova di benignità dell'Imperatore; ma ella sentirà che m'è impossibile trarre consolazione da parole così indeterminate. Quali sono que' miei congiunti che stanno bene? Non ne ho io perduto alcuno?

— Signore, mi rincresce di non poterle dire di più di quel che m'è stato imposto.

E così se ne andò.

L'intenzione era certamente stata di recarmi un sollievo con quella notizia. Ma io mi persuasi che, nello stesso tempo che l'Imperatore avea voluto cedere alle istanze di qualche mio congiunto, e consentire che mi fosse portato quel cenno, ei non volea che mi si mostrasse alcuna lettera, affinch'io non vedessi quali de' miei cari mi fossero mancati.

Indi a parecchi mesi, un annuncio simile al suddetto mi fu recato. Niuna lettera, niuna spiegazione di più.

Videro ch'io non mi contentava di tanto, e che rimaneane vieppiù afflitto, e nulla mai più mi dissero della mia famiglia.

L'immaginarmi che i genitori fossero morti, che il fossero fors'anco i fratelli, e Giuseppina altra mia amatissima sorella; che forse Marietta, unica superstite, s'estinguerebbe presto nell'angoscia della solitudine e negli stenti della penitenza, mi distaccava sempre più dalla vita.

Alcune volte, assalito fortemente dalle solite infermità o da infermità nuove, come coliche orrende con sintomi dolorosissimi e simili a quelli del *morbo-colera*, io sperai di morire. Sì; l'espressione è esatta: *sperai*.

E nondimeno, oh contraddizioni dell'uomo! dando un'occhiata al languente mio compagno, mi si straziava il cuore al pensiero di lasciarlo solo, e desiderava di nuovo la vita!

Che forse Marietta... s'estinguerebbe presto... negli stenti
della penitenza... (cap. LXXXIII)

CAPO OTTAGESIMOQUARTO

Tre volte vennero di Vienna personaggi d'alto grado a visitare le nostre carceri, per assicurarsi che non ci fossero abusi di disciplina. La prima fu del barone Von Münch, e questi, impietosito della poca luce che avevamo, disse che avrebbe implorato di poter prolungare la nostra giornata, facendoci mettere per qualche ora della sera una lanterna alla parte esteriore dello sportello. La sua visita fu nel 1825. Un anno dopo fu eseguito il suo pio intento. E così a quel lume sepolcrale potevamo indi in poi vedere le pareti, e non romperci il capo passeggiando.

La seconda visita fu del barone Von Vogel. Egli mi trovò in pessimo stato di salute, ed udendo che, sebbene il medico reputasse a me giovevole il caffè, non s'attentava d'ordinarmelo perché oggetto di lusso, disse una parola di consenso a mio favore; ed il caffè mi venne ordinato.

La terza visita fu di non so qual altro signore della Corte, uomo tra i cinquanta ed i sessanta, che ci dimostrò co' modi e colle parole la più nobile compassione. Non potea far nulla per noi, ma l'espressione soave della sua bontà era un beneficio, e gli fummo grati.

Oh qual brama ha il prigioniero di veder creature della sua specie! La religione cristiana, che è sì ricca d'umanità, non ha dimenticato di annoverare fra le opere di misericordia il *visitare i carcerati*. L'aspetto degli uomini cui duole della tua sventura, quand'anche non abbiano modo di sollevartene più efficacemente, te l'addolcisce.

La somma solitudine può tornar vantaggiosa all'ammendamento d'alcune anime; ma credo che in generale lo sia assai più, se non ispinta all'estremo, se mescolata di qualche contatto colla società. Io almeno son così fatto. Se non vedo i miei simili, concentro il mio amore su troppo picciolo numero di essi, e disamo gli altri; se posso vederne, non dirò molti, ma un numero discreto, amo con tenerezza tutto il genere umano.

Mille volte mi son trovato col cuore sì unicamente amante di pochissimi, e pieno di odio per gli altri, ch'io me ne spaventava. Allora andava alla finestra sospirando di vedere qualche faccia nuova e m'estimava felice se la sentinella non passeggiava troppo rasente il muro; se si scostava sì che potessi vederla; se alzava il capo, udendomi tossire; se la sua fisionomia era buona. Quando mi parea scorgervi sensi di pietà, un dolce palpito prendeami, come se quello sconosciuto soldato fosse un intimo amico. S'ei s'allontanava, io aspettava con innamorata inquietudine ch'ei ritornasse, e s'ei ritornava guardandomi, io ne gioiva come d'una grande carità. Se non passava più in guisa ch'io lo vedessi, io restava mortificato come uomo che ama, e conosce che altri nol cura.

CAPO OTTAGESIMOQUINTO

Nel carcere contiguo, già d'Oroboni, stavano ora D. Marco Fortini ed il signor Antonio Villa[1]. Quest'ultimo, altre volte robusto come un Ercole, patì molto la fame il primo anno, e quando ebbe più cibo, si trovò senza forze per digerire. Languì lungamente, e poi, ridotto quasi all'estremità, ottenne che gli dessero un carcere più arioso. L'atmosfera mefitica d'un angusto sepolcro gli era senza dubbio nocivissima, siccome lo era a tutti gli altri. Ma il rimedio da lui invocato non fu sufficiente. In quella stanza grande, campò qualche mese ancora, poi dopo vari sbocchi di sangue morì.

Fu assistito dal concaptivo D. Fortini, e dall'abate Paulowich, venuto in fretta di Vienna, quando si seppe ch'era moribondo.

Bench'io non mi fossi vincolato con lui così strettamente come con Oroboni, pur la sua morte mi afflisse molto. Io sapeva ch'egli era amato colla più viva tenerezza da' genitori e da una sposa! Per lui, era più da invidiarsi che da compiangersi; ma que' superstiti!...

Egli era anche stato mio vicino sotto i *Piombi*; Tremerello m'avea portato parecchi versi di lui, e gli avea portati de' miei. Talvolta regnava in que' suoi versi un profondo sentimento.

[1]Antonio Villa di Fratta Polesine, arrestato perché appartenente alla Carboneria, denunciò alcuni compagni nella speranza che ciò gli valesse l'impunità. Condannato invece a venti anni di carcere duro, vi morì di fame e di patimenti.

Dopo la sua morte mi parve d'essergli più affezionato che in vita, udendo dalle guardie quanto miseramente avesse patito. L'infelice non potea rassegnarsi a morire, sebbene religiosissimo. Provò al più alto grado l'orror di quel terribile passo, benedicendo però sempre il Signore, e gridandogli con lagrime: « Non so conformare la mia volontà alla tua, eppur voglio conformarla, opera tu in me questo miracolo! ».

Ei non avea il coraggio d'Oroboni, ma lo imitò, protestando di perdonare a' nemici.

Alla fine di quell'anno (era il 1826) udimmo una sera nel corridoio il romore mal compresso di parecchi camminanti. I nostri orecchi erano divenuti sapientissimi a discernere mille generi di romori. Una porta viene aperta; conosciamo essere quella ov'era l'avvocato Solera. Se n'apre un'altra: è quella di Fortini. Fra alcune voci dimesse, distinguiamo quella del direttore di polizia. Che sarà? Una perquisizione ad ora sì tarda! e perché?

Ma in breve escono di nuovo nel corridoio. Quand'ecco la cara voce del buon Fortini: — *Oh poveretto mi! la scusi, sàla; ho desmentegà un tomo del breviario.*

E lesto lesto ei correva indietro a prendersi quel tomo, poi raggiungeva il drappello. La porta della scala s'aperse, intendemmo i loro passi fino al fondo: capimmo che i due felici aveano ricevuto la grazia; e, sebbene c'increscesse di non seguirli, ne esultammo.

CAPO OTTAGESIMOSESTO

Era la liberazione di que' due compagni, senza alcuna conseguenza per noi? Come uscivano essi, i quali erano stati condannati al pari di noi, uno a 20 anni, l'altro a 15, e su noi e su molt'altri non riplendea grazia[1]?

Contro i non liberati esistevano dunque prevenzioni più ostili? Ovvero sarebbevi la disposizione di graziarci tutti, ma a brevi intervalli di distanza, due alla volta? forse ogni mese? forse ogni due o tre mesi?

Così per alcun tempo dubitammo. E più di tre mesi volsero, né altra liberazione faceasi. Verso la fine del

---

[1] Il manoscritto delle *Mie Prigioni* continua: « Questo ci parve indizio manifesto ch'eravamo giudicati ».

1827, pensammo che il dicembre potesse essere determinato per anniversario delle grazie. Ma il dicembre passò e nulla accadde.

Protraemmo l'aspettativa sino alla state del 1828, terminando allora per me i sett'anni e mezzo di pena, equivalenti, secondo il detto dell'Imperatore, ai quindici, ove pure la pena si volesse contare dall'arresto. Che se non vòleasi comprendere il tempo del processo (e questa supposizione era la più verisimile), ma bensì cominciare dalla pubblicazione della condanna, i sett'anni e mezzo non sarebbero finiti che nel 1829[1].

Tutti i termini calcolabili passarono, e grazia non rifulse. Intanto, già prima dell'uscita di Solera e Fortini, era venuto al mio povero Maroncelli un tumore al ginocchio sinistro. In principio il dolore era mite, e lo costringea soltanto a zoppicare. Poi stentava a trascinare i ferri, e di rado usciva a passeggio. Un mattino d'autunno, gli piacque di uscir meco per respirare un poco d'aria: v'era già neve; ed in un fatale momento ch'io nol sosteneva, inciampò e cadde. La percossa fece immantinente divenir acuto il dolore del ginocchio. Lo portammo sul suo letto; ei non era più in grado di reggersi. Quando il medico lo vide, si decise finalmente a fargli levare i ferri. Il tumore peggiorò di giorno in giorno, e divenne enorme e sempre più doloroso. Tali erano i martirii del povero infermo, che non poteva aver requie né in letto, né fuor di letto.

Quando gli era necessità muoversi, alzarsi, porsi a giacere, io dovea prendere colla maggior delicatezza possibile la gamba malata, e trasportarla lentissimamente nella guisa che occorreva. Talvolta, per fare il più piccolo passaggio da una posizione all'altra, ci volevano quarti d'ora di spasimo.

Sanguisughe, fontanelle, pietre caustiche, fomenti or asciutti, or umidi, tutto fu tentato dal medico. Erano ac-

[1] In quest'anno appunto il padre del Pellico indirizzava all'Imperatore la sua terza supplica per la liberazione del figlio (la prima è del 1822, la seconda del 1825), fondata sulla promessa che le giornate sarebbero contate come se fossero di 12 ore.

crescimenti di strazio, e niente più. Dopo i bruciamenti colle pietre si formava la suppurazione. Quel tumore era tutto piaghe; ma non mai diminuiva, non mai lo sfogo delle piaghe recava alcun lenimento al dolore.

Maroncelli era mille volte più infelice di me; nondimeno, oh quanto io pativa con lui! Le cure d'infermiere m'erano dolci, perché usate a sì degno amico. Ma vederlo così deperire, fra sì lunghi atroci tormenti, e non potergli recar salute! e presagire che quel ginocchio non sarebbe mai più risanato! e scorgere che l'infermo tenea più verisimile la morte che la guarigione! e doverlo continuamente ammirare pel suo coraggio e per la sua serenità! ah, ciò m'angosciava in modo indicibile!

CAPO OTTAGESIMOSETTIMO

In quel deplorabile stato, ei poetava ancora, ei cantava, ei discorreva; ei tutto faceva per illudermi, per nascondermi una parte de' suoi mali. Non poteva più digerire, né dormire; dimagrava spaventosamente; andava frequentemente in deliquio; e tuttavia, in alcuni istanti, raccoglieva la sua vitalità e faceva animo a me.

Ciò ch'egli patì per nove lunghi mesi non è descrivibile. Finalmente fu conceduto che si tenesse un consulto. Venne il protomedico, approvò tutto quello che il medico avea tentato, e, senza pronunciare la sua opinione sull'infermità e su ciò che restasse a fare, se n'andò.

Un momento appresso, viene il sottintendente, e dice a Maroncelli: — Il protomedico non s'è avventurato di spiegarsi qui in sua presenza; temeva ch'ella non avesse la forza d'udirsi annunziare una dura necessità. Io l'ho assicurato che a lei non manca il coraggio.

— Spero, — disse Maroncelli, — di averne dato qualche prova, in soffrire senza urli questi strazi. Mi si proporrebbe mai?...

— Sì, signore, l'amputazione. Se non che il protomedico, vedendo un corpo così emunto, esita a consigliarla. In tanta debolezza, si sentirà ella capace di sostenere l'amputazione? Vuol ella esporsi al pericolo?...

240

— Di morire? E non morrei in breve egualmente, se non si mette termine a questo male?

— Dunque faremo subito relazione a Vienna d'ogni cosa, ed appena venuto il permesso di amputarla...

— Che? ci vuole un permesso?

— Sì, signore.

Di lì ad otto giorni, l'aspettato consentimento giunse.

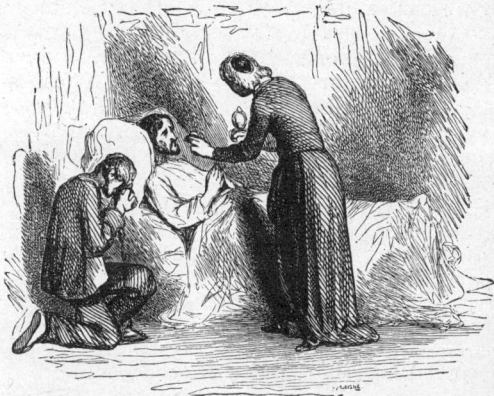

Il malato fu portato in una stanza più grande; ei dimandò ch'io lo seguissi.

— Potrei spirare sotto l'operazione, — diss'egli; — che io mi trovi almeno fra le braccia dell'amico.

La mia compagnia gli fu conceduta.

L'abate Wrba, nostro confessore (succeduto a Paulo-wich), venne ad amministrare i Sacramenti all'infelice. Adempiuto questo atto di religione, aspettavamo i chirurgi, e non comparivano. Maroncelli si mise ancora a cantare un inno.

I chirurgi vennero alfine: erano due. Uno, quello ordinario della casa, cioè il nostro barbiere, ed egli, quando occorrevano operazioni, aveva il diritto di farle di sua mano, e non voleva cederne l'onore ad altri[1]. L'al-

_____
[1] Era il Linhardt, ad un tempo barbiere e chirurgo.

tro era un giovane chirurgo, allievo della scuola di Vienna, e già godente fama di molta abilità. Questi, mandato dal governatore per assistere all'operazione e dirigerla, avrebbe voluto farla egli stesso, ma gli convenne contentarsi di vegliare all'esecuzione.

Il malato fu seduto sulla sponda del letto colle gambe giù: io lo tenea fra le mie braccia. Al disopra del ginocchio, dove la coscia cominciava ad esser sana, fu stretto un legaccio, segno del giro che dovea fare il coltello. Il vecchio chirurgo tagliò, tutto intorno, la profondità d'un dito; poi tirò in su la pelle tagliata, e continuò il taglio sui muscoli scorticati. Il sangue fluiva a torrenti dalle arterie, ma queste vennero tosto legate con filo di seta. Per ultimo si segò l'osso.

Maroncelli non mise un grido. Quando vide che gli portavano via la gamba tagliata, le diede un'occhiata di compassione, poi, voltosi al chirurgo operatore, gli disse:

— Ella m'ha liberato d'un nemico, e non ho modo di rimunerarnela.

V'era in un bicchiere sopra la finestra una rosa.

— Ti prego di portarmi quella rosa, — mi disse.

Gliela portai. Ed ei l'offerse al vecchio chirurgo, dicendogli: — Non ho altro a presentarle in testimonianza della mia gratitudine.

Quegli prese la rosa e pianse.

CAPO OTTAGESIMOTTAVO

I chirurgi aveano creduto che l'infermeria di Spielberg provvedesse tutto l'occorrente, eccetto i ferri ch'essi portarono. Ma fatta l'amputazione, s'accorsero che mancavano diverse cose necessarie: tela incerata, ghiaccio, bende, ecc.

Il misero mutilato dovette aspettare due ore che tutto questo fosse portato dalla città. Finalmente poté stendersi sul letto, ed il ghiaccio gli fu posto sul tronco.

Il dì seguente, liberarono il tronco dai grumi di sangue formativisi, lo lavarono, tirarono in giù la pelle e fasciarono.

Per parecchi giorni non si diede al malato, se non qualche mezza chicchera di brodo con tuorlo d'uovo sbattu-

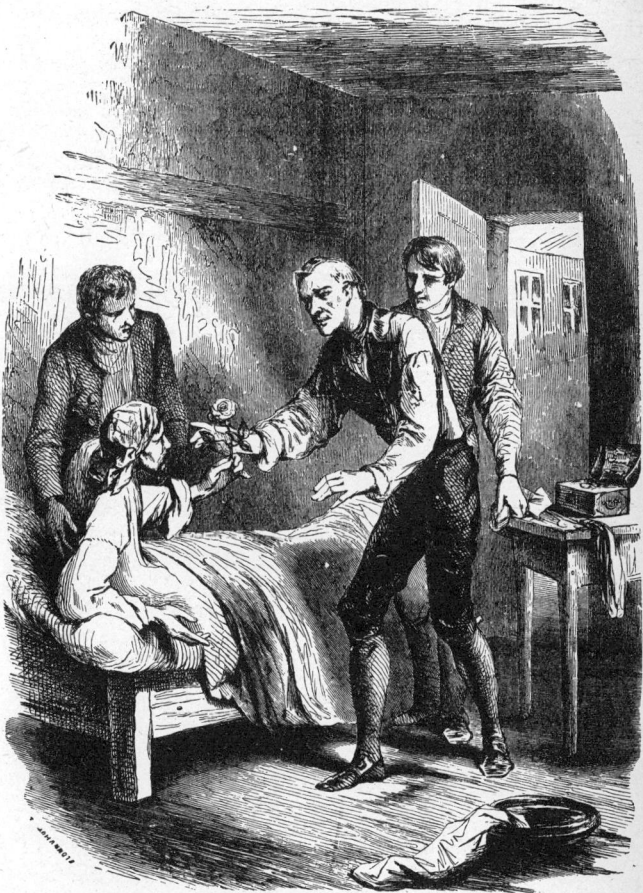

Non ho altro a presentarle in testimonianza della mia gratitudine (cap. LXXXVII)

to. E quando fu passato il pericolo della febbre vulneraria, cominciarono gradatamente a ristorarlo con cibo più nutritivo. L'Imperatore aveva ordinato che, finché ie forze fossero ristabilite, gli si desse buon cibo, della cucina del soprintendente.

La guarigione si operò in quaranta giorni, dopo i quali fummo ricondotti nel nostro carcere; questo per altro ci venne ampliato, facendo cioè un'apertura al muro ed unendo la nostra antica tana a quella già abitata da Oroboni e poi da Villa.

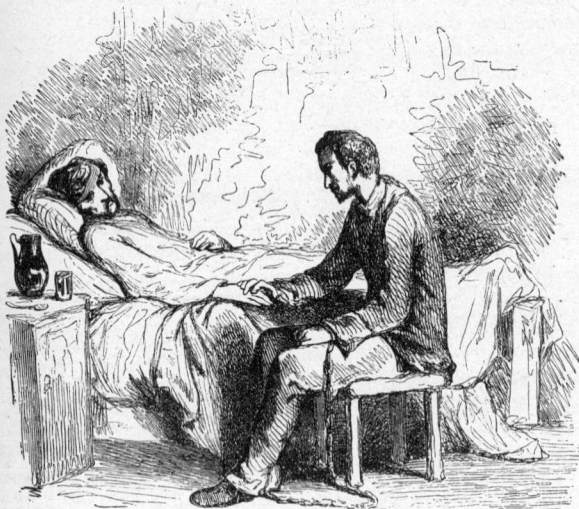

Io trasportai il mio letto al luogo medesimo, ov'era stato quello d'Oroboni, ov'egli era morto. Quest'identità di luogo m'era cara; pareami di essermi avvicinato a lui. Sognava spesso di lui, e pareami che il suo spirito veramente mi visitasse e mi rasserenasse con celesti consolazioni.

Lo spettacolo orribile di tanti tormenti sofferti da Maroncelli, e prima del taglio della gamba e durante quell'operazione e dappoi, mi fortificò l'animo. Iddio che mi avea dato sufficiente salute nel tempo della malattia di quello, perché le mie cure gli erano necessarie, me la tolse allorch'egli poté reggersi sulle grucce.

Ebbi parecchi tumori glandulari dolorosissimi. Ne risanai, ed a questi successero affanni di petto, già provati altre volte, ma ora più soffocanti che mai, vertigini e dissenterie spasmodiche.

« È venuta la mia volta », diceva tra me. « Sarò io meno paziente del mio compagno? ».

M'applicai quindi ad imitare, quant'io sapea, la sua virtù.

Non v'è dubbio, che ogni condizione umana ha i suoi doveri. Quelli d'un infermo sono la pazienza, il coraggio, e tutti gli sforzi per non essere inamabile a coloro che gli sono vicini.

Maroncelli, sulle sue povere grucce, non avea più l'agilità d'altre volte, e rincresceagli, temendo di servirmi meno bene. Ei temeva inoltre che, per risparmiargli i movimenti e la fatica, io non mi prevalessi dei suoi servigi quanto m'abbisognava.

E questo veramente talora accadeva, ma io procacciava che non se n'accorgesse.

Quantunque egli avesse ripigliato forza, non era però senza incomodi. Ei pativa, come tutti gli amputati, sensazioni dolorose ne' nervi, quasicché la parte tagliata vivesse ancora. Gli doleano il piede, la gamba ed il ginocchio ch'ei più non aveva. Aggiugneasi che l'osso era stato mal segato, e sporgeva nelle nuove carni, e faceva frequenti piaghe. Soltanto dopo circa un anno, il tronco fu abbastanza indurito e più non s'aperse.

CAPO OTTAGESIMONONO

Ma nuovi mali assalirono l'infelice e quasi senza intervallo. Dapprima una artritide, che cominciò per le giunture delle mani e poi gli martirò più mesi tutta la persona; indi lo scurbuto. Questo gli coperse in breve il corpo di macchie livide e mettea spavento.

Io cercava di consolarmi, pensando tra me: « Poiché convien morire qua dentro, è meglio che sia venuto ad uno dei due lo scorbuto; egli è male attaccaticcio, e ne condurrà nella tomba, se non insieme, almeno a poca distanza di tempo ».

Ci preparavamo entrambi alla morte, ed eravamo tranquilli. Nove anni di prigione e di gravi patimenti ci aveano finalmente addomesticati coll'idea del totale disfacimento di due corpi così rovinati e bisognosi di pace. E le anime fidavano nella bontà di Dio, e credeano di riunirsi entrambe in luogo ove tutte le ire degli uomini cessano, ed ove pregavamo che a noi si riunissero anche, un giorno, placati, coloro che non ci amavano.

Lo scorbuto, negli anni precedenti, aveva fatto molta strage in quelle prigioni. Il governo, quando seppe che Maroncelli era affetto da quel terribile male, paventò nuova epidemia scorbutica, e consentì all'inchiesta del medico, il quale diceva non esservi rimedio efficace per Maroncelli se non l'aria aperta, e consigliava di tenerlo il meno possibile entro la stanza.

Io, come contubernale di questo, ed anche infermo di discrasìa[1], godetti lo stesso vantaggio.

In tutte quelle ore che il passeggio non era occupato da altri, cioè, da mezz'ora avanti l'alba per un paio d'ore, poi durante il pranzo, se così ci piaceva, indi per tre ore della sera sin dopo il tramonto, stavamo fuori. Ciò pei giorni feriali. Ne' festivi, non essendovi il passeggio consueto degli altri, stavamo fuori da mattina a sera, eccettuato il pranzo.

Un altro infelice, di salute danneggiatissima, e di circa settant'anni, fu aggregato a noi, reputandosi che l'ossigeno potessegli pur giovare. Era il signor Costantino Munari, amabile vecchio, dilettante di studii letterari e filosofici, e la cui società ci fu assai piacevole.

Volendo computare la mia pena, non dall'epoca dell'arresto, ma da quella della condanna, i sette anni e mezzo finivano nel 1829 ai primi di luglio, secondo la firma imperiale della sentenza, ovvero ai 22 d'agosto, secondo la pubblicazione.

[1] Alterazione del sangue, per eccesso o difetto di qualcuno de' suoi elementi.

Ma anche questo termine passò, e morì ogni speranza.

Fino allora Maroncelli, Munari ed io facevamo talvolta la supposizione di rivedere ancora il mondo, la nostra Italia, i nostri congiunti; e ciò era materia di ragionamenti pieni di desiderio, di pietà e d'amore.

Passato l'agosto e poi il settembre, e poi tutto quell'anno, ci avvezzammo a non isperare più nulla sopra la terra, tranne l'inalterabile continuazione della reciproca nostra amicizia, e l'assistenza di Dio, per consumare degnamente il resto del nostro lungo sacrifizio.

Ah, l'amicizia e la religione sono due beni inestimabili! Abbelliscono anche le ore de' prigionieri, a cui più non risplende verisimiglianza di grazia! Dio è veramente cogli sventurati; cogli sventurati che amano!

CAPO NONAGESIMO

Dopo la morte di Villa, all'abate Paulowich, che fu fatto vescovo, seguì per nostro confessore l'abate Wrba, moravo, professore di Testamento Nuovo a Brünn, va-

lente allievo dell'*Istituto Sublime* di Vienna.

Quest'istituto è una congregazione fondata dal celebre Frint, allora parroco di corte. I membri di tal congregazione sono tutti sacerdoti, i quali, già laureati in teologia, proseguono ivi sotto severa disciplina i loro studii, per giungere al possesso del massimo sapere conseguibile. L'intento del fondatore è stato egregio: quello, cioè, di produrre un perenne disseminamento di vera e forte scienza nel clero cattolico di Germania. E simile intento viene, in generale, adempiuto.

Wrba, stando a Brünn, potea darci molta più parte del suo tempo che Paulowich. Ei divenne per noi ciò ch'era il P. Battista, tranne che non gli era lecito di prestarci alcun libro. Facevamo spesso insieme lunghe conferenze; e la mia religiosità ne traeva grande profitto; o, se questo è dir troppo, a me pareva di trarnelo, e sommo era il conforto che indi sentiva.

Nell'anno 1829, ammalò, poi, dovendo assumere altri impegni, non poté più venire da noi. Ce ne spiacque altamente, ma avemmo la buona sorte che a lui seguisse altro dotto ed egregio uomo, l'abate Ziak, vicecurato[1].

Di que' parecchi sacerdoti *tedeschi* che ci furono destinati, non capitarne uno cattivo! non uno che scoprissimo volersi fare stromento della politica (e questo è sì facile a scoprirsi!), non uno, anzi, che non avesse i riuniti meriti di molta dottrina, di dichiaratissima fede cattolica e di filosofia profonda! Oh quanto, ministri della Chiesa siffatti, sono rispettabili!

Que' pochi ch'io conobbi mi fecero concepire un'opinione assai vantaggiosa del clero cattolico tedesco.

Anche l'abate Ziak teneva lunghe conferenze con noi. Egli pure mi serviva d'esempio per sopportare con serenità i miei dolori. Incessanti flussioni ai denti, alla gola, agli orecchi lo tormentavano, ed era nondimeno sempre sorridente.

Intanto la molt'aria aperta fece scomparire a poco a poco le macchie scorbutiche di Maroncelli; e parimente Munari ed io stavamo meglio.

_____
[1] Ziak è autore di un importante rapporto in data 8 febbraio 1829, in seguito al quale l'Imperatore decidette di concedere la grazia al Pellico.

CAPO NONAGESIMOPRIMO

Spuntò il 1° d'agosto del 1830. Volgeano dieci anni ch'io avea perduta la libertà; ott'anni e mezzo ch'io scontava il carcere duro.

Era giorno di domenica. Andammo, come le altre feste, nel solito recinto. Guardammo ancora dal muricciolo la sottoposta valle ed il cimitero, ove giaceano Oroboni e Villa; parlammo ancora del riposo, che un dì v'avrebbero le nostre ossa. Ci assidemmo ancora sulla solita panca ad aspettare che le povere condannate venissero alla messa, che si diceva prima della nostra. Queste erano condotte nel medesimo oratorietto, dove per la messa seguente andavamo noi. Esso era contiguo al passeggio.

È uso in tutta la Germania che, durante la messa, il popolo canti inni in lingua viva. Siccome l'impero d'Austria è paese misto di tedeschi e di slavi, e nelle prigioni di Spielberg il maggior numero de' condannati comuni appartiene all'uno o all'altro di que' popoli, gl'inni vi si cantano una festa in tedesco e l'altra in islavo. Così, ogni festa, si fanno due prediche, e s'alternano le due lingue. Dolcissimo piacere era per noi l'udire que' canti e l'organo che li accompagnava.

Fra le donne ve n'avea la cui voce andava al cuore!

Infelici! Alcune erano giovanissime. Un amore, una gelosia, un mal esempio le avea trascinate al delitto! - Mi suona ancor nell'anima il loro religiosissimo canto del *Sanctus*: « *Heilig! heilig! heilig!* ». Versai ancora una lagrima udendolo.

Alle ore dieci le donne si ritirarono, e andammo alla messa noi. Vidi ancora quelli de' miei compagni di sventura che udivano la messa sulla tribuna dell'organo, dai quali una sola grata ci separava, tutti pallidi, smunti, traenti con fatica i loro ferri!

Dopo la messa tornammo ne' nostri covili. Un quarto d'ora dopo, ci portarono il pranzo. Apparecchiavamo la nostra tavola, il che consisteva nel mettere un'assicella sul tavolaccio e prendere i nostri cucchiai di legno, quando il signor Wegrath, sottintendente, entrò nel carcere.

— M'incresce di disturbare il loro pranzo, — disse, — ma si compiacciano di seguirmi; v'è di là il signor direttore di polizia.

Siccome questi solea venire per cose moleste, come perquisizioni od inquisizioni, seguimmo assai di malumore il buon sottintendente fino alla camera d'udienza.

Là trovammo il direttore di polizia ed il soprintendente; ed il primo ci fece un inchino, gentile più del consueto.

Prese una carta in mano, e disse con voci tronche, forse temendo produrci troppo forte sorpresa se si esprimeva più nettamente:

— Signori... ho il piacere... ho l'onore... di significar loro... che S. M. l'Imperatore ha fatto ancora... una grazia...

Ed esitava a dirci qual grazia fosse. Noi pensavamo che fosse qualche minoramento di pena, come d'essere esenti dalla noia del lavoro[1], d'avere qualche libro di più, di avere alimenti men disgustosi.

— Ma non capiscono? — disse.

— No, signore. Abbia la bontà di spiegarci quale specie di grazia sia questa.

— È la libertà per loro due, e per un terzo che fra poco abbracceranno.

Parrebbe che quest'annuncio avesse dovuto farci prorompere in giubilo. Il nostro pensiero corse subito ai

[1] I prigionieri dovevano segar legna, preparare filacce, fare la calza.

parenti, de' quali da tanto tempo non avevamo notizia,
ed il dubbio che forse non li avremmo più trovati sulla
terra, ci accorò tanto, che annullò il piacere suscitato dal-
l'annuncio della libertà.

— Ammutoliscono? — disse il direttore di polizia. —
Io m'aspettava di vederli esultanti.

— La prego, — risposi, — di far nota all'Imperatore
la nostra gratitudine; ma, se non abbiamo notizia delle
nostre famiglie, non ci è possibile di non paventare che
a noi sieno mancate persone carissime. Questa incertezza
ci opprime anche in un istante che dovrebbe essere quello della massima gioia.

Diede allora a Maroncelli una lettera di suo fratello,
che lo consolò. A me disse che nulla c'era della mia fa-

miglia; e ciò mi fece vieppiù temere che qualche disgrazia fosse in essa avvenuta.

— Vadano, — proseguì, — nella loro stanza; e fra poco manderò loro quel terzo che pure è stato graziato.

Andammo ed aspettavamo con ansietà quel terzo. Avremmo voluto che fossero tutti, eppure non poteva essere che uno. — Fosse il povero vecchio Munari! fosse quello! fosse quell'altro! — Niuno era per cui non facessimo voti.

Finalmente la porta s'apre, e vediamo quel compagno essere il signor Andrea Tonelli di Brescia [1].

Ci abbracciammo. Non potevamo più pranzare.

[1] Andrea Tonelli (1794-1859), della gloriosa schiera dei cospiratori bresciani. Arrestato dopo il Confalonieri, fu condannato a morte. Gli venne commutata la pena in dieci anni di carcere duro.

Favellammo sino a sera, compiangendo gli amici che restavano.

Al tramonto ritornò il direttore di polizia per trarci da quello sciagurato soggiorno. I nostri cuori gemevano, passando innanzi alle carceri de' tanti amati, e non potendo condurli con noi! Chi sa quanto tempo vi languirebbero ancora? chi sa quanti di essi doveano quivi esser preda lenta della morte?

Fu messo a ciascuno di noi un tabarro da soldato sulle spalle ed un berretto in capo, e così, coi medesimi vestiti da galeotto, ma scatenati, scendemmo il funesto monte, e fummo condotti in città, nelle carceri della polizia.

Era un bellissimo lume di luna. Le strade, le case, la gente che incontravamo, tutto mi pareva sì gradevole e sì strano, dopo tanti anni che non avea più veduto simile spettacolo!

CAPO NONAGESIMOSECONDO

Aspettammo nelle carceri di polizia un commissario imperiale che dovea venire da Vienna per accompagnarci sino ai confini. Intanto, siccome i nostri bauli erano stati venduti, ci provvedemmo di biancheria e vestiti, e deponemmo la divisa carceraria[1].

Dopo cinque giorni il commissario arrivò, ed il direttore di polizia ci consegnò a lui, rimettendogli nello stesso tempo il danaro che avevamo portato sullo Spielberg, e quello che si era ricavato dalla vendita de' bauli e dei libri; danaro che poi ci venne a' confini restituito.

La spesa del nostro viaggio fu fatta dall'Imperatore, e senza risparmio.

Il commissario era il signor Von Noe, gentiluomo impiegato nella segreteria del ministro della polizia. Non poteva esserci destinata persona di più compita educazione. Ci trattò sempre con tutti i riguardi.

Ma io partii da Brünn con una difficoltà di respiro penosissima, ed il moto della carrozza tanto crebbe il male, che a sera ansava in guisa spaventosa, e temeasi da un istante all'altro ch'io restassi soffocato. Ebbi inoltre ardente febbre tutta notte, ed il commissario era incerto,

[1]Vestiti e biancheria dei prigionieri erano stati venduti. I libri e i manoscritti poterono riaverli solo nel 1834.

il mattino seguente, s'io potessi continuare il viaggio sino a Vienna. Dissi di sì, partimmo: la violenza dell'affanno era estrema; non potea né mangiare, né bere, né parlare.

Giunsi a Vienna semivivo. Ci diedero un buon alloggio nella direzione generale di polizia. Mi posero a letto: si chiamò un medico; questi mi ordinò una cavata di sangue, e ne sentii giovamento. Perfetta dieta e molta digitale fu per otto giorni la mia cura, e risanai. Il medico era il signor Singer; m'usò attenzioni veramente amichevoli.

Io aveva la più grande ansietà di partire, tanto più ch'era a noi penetrata la notizia delle *tre giornate* di Parigi[1].

Nello stesso giorno che scoppiava quella rivoluzione, l'Imperatore avea firmato il decreto della nostra libertà! Certo, non l'avrebbe ora rivocato. Ma era pur cosa non inverisimile che, i tempi tornando ad essere critici per tutta Europa, si temessero movimenti popolari anche in Italia, e non si volesse dall'Austria, in quel momento, lasciarci ripatriare. Eravamo ben persuasi di non ritornare sullo Spielberg; ma paventavamo che alcuno suggerisse all'Imperatore di deportarci in qualche città dell'impero lungi dalla penisola.

Mi mostrai anche più risanato che non era, e pregai che si sollecitasse la partenza. Intanto era mio desiderio ardentissimo di presentarmi a S. E. il signor conte di Pralormo, Inviato della Corte di Torino alla Corte Austriaca, alla bontà del quale io sapeva di quanto andassi debitore. Egli erasi adoperato colla più generosa e costante premura ad ottenere la mia liberazione. Ma il divieto ch'io non vedessi chi che si fosse, non ammise eccezioni.

Appena fui convalescente, ci si fece la gentilezza di mandarci per qualche giorno la carrozza, perché girassimo un poco per Vienna. Il commissario avea l'obbligo

---

[1] I moti rivoluzionari del 27-28 e 29 luglio 1830, che portarono alla caduta di re Carlo X e al succedergli di Luigi Filippo di Orléans, per cui i Governi della Santa Alleanza ne furono spaventati. Le tre giornate parigine ebbero invero la loro ripercussione in Italia, nel 1831.

Mentre eravamo ne' magnifici viali di Schönbrunn, passò
l'Imperatore (cap. XCII)

d'accompagnarci e di non lasciarci parlare con nessuno. Vedemmo la bella chiesa di Santo Stefano, i deliziosi passeggi della città, la vicina villa Lichtenstein, e per ultimo la villa imperiale di Schönbrunn.

Mentre eravamo ne' magnifici viali di Schönbrunn, passò l'Imperatore, ed il commissario ci fece ritirare, perché la vista delle nostre sparute persone non l'attristasse.

CAPO NONAGESIMOTERZO

Partimmo finalmente da Vienna, e potei reggere fino a Bruck. Ivi l'asma tornava ad essere violenta. Chiamammo il medico: era un certo signor Jüdmann, uomo di molto garbo. Mi fece cavar sangue, star a letto, e continuare la digitale. Dopo due giorni feci istanza perché il viaggio fosse proseguito.

Traversammo l'Austria e la Stiria, ed entrammo in Carinzia senza novità; ma, giunti ad un villaggio per nome Feldkirchen, poco distante da Klagenfurt, ecco giungere un contr'ordine. Dovevamo ivi fermarci sino a nuovo avviso.

Lascio immaginare quanto spiacevole ci fosse quest'evento. Io inoltre aveva il rammarico di essere quello che portava tanto danno a' miei due còmpagni; s'essi non poteano ripatriare, la mia fatal malattia n'era cagione.

Stemmo cinque giorni a Feldkirchen, ed ivi pure il commissario fece il possibile per ricrearci. V'era un teatrino di commedianti, e vi ci condusse. Ci diede un giorno il divertimento d'una caccia. Il nostro oste e parecchi giovani del paese, col proprietario d'una bella foresta, erano i cacciatori; e noi collocati in posizione opportuna, godevamo lo spettacolo.

Finalmente venne un corriere da Vienna, con ordine al commissario che ci conducesse pure al nostro destino[1]. Esultai co' miei compagni di questa felice notizia, ma nello stesso tempo tremava che s'avvicinasse per me il giorno d'una scoperta fatale; ch'io non avessi più né padre né madre, né chi sa quali altri de' miei cari!

E la mia mestizia cresceva a misura che c'inoltravamo verso Italia.

Da quella parte l'entrata in Italia non è dilettosa all'occhio, ed anzi si scende da bellissime montagne del paese tedesco a pianura itala, per lungo tratto sterile ed inamena; cosicché i viaggiatori che non conoscono ancora la nostra penisola ed ivi passano, ridono della magnifica idea che se n'erano fatta, e sospettano d'essere stati burlati da coloro onde l'intesero tanto vantare.

La bruttezza di quel suolo contribuiva a rendermi più triste. Il rivedere il nostro cielo, l'incontrare facce umane di forma non settentrionale, l'udire da ogni labbro voci del nostro idioma, m'inteneriva; ma era un'emozione che m'invitava più al pianto che alla gioia. Quante volte in carrozza mi copriva colle mani il viso, fingendo di dormire, e piangeva! Quante volte la notte non chiudeva occhio, e ardea di febbre, or dando con tutta l'anima le più calde benedizioni alla mia dolce Italia, e rin-

---

[1] Nell'attesa, i tre reduci dallo Spielberg scrissero all'Imperatore per ringraziarlo della libertà ridonata e per chiedere il permesso di fermarsi a Milano. Fu risposto negativamente.

graziando il Cielo d'essere a lei renduto; or tormentando-
mi di non aver notizie di casa, e fantasticando sciagure; or pensando che fra poco sarebbe stato forza separarmi, e forse per sempre, da un amico che tanto avea meco
patito, e tante prove di affetto fraterno aveami dato!

Ah! sì lunghi anni di sepoltura non aveano spenta l'e-
nergia del mio sentire! ma questa energia era sì poca
per la gioia, e tanta pel dolore!

Come avrei voluto rivedere Udine e quella locanda ove
quei due generosi aveano finto di essere camerieri, e ci
aveano stretto furtivamente la mano!

Lasciammo quella città a nostra sinistra, e oltrepas-
sammo.

CAPO NONAGESIMOQUARTO

Pordenone, Conegliano, Ospedaletto, Vicenza, Verona,
Mantova mi ricordavano tante cose! Del primo luogo
era nativo un valente giovane, statomi amico, e perito
nelle stragi di Russia[1]: Conegliano era il paese, ove i
secondini de' *Piombi* m'aveano detto essere stata condotta la Zanze: in Ospedaletto era stata maritata, ma or
non viveavi più, una creatura angelica ed infelice, ch'io
aveva già tempo venerato e ch'io venerava ancora. In
tutti que' luoghi insomma mi sorgeano rimembranze più
o meno care; ed in Mantova più che in niun'altra città.
Mi parea jeri ch'io v'era venuto con Lodovico[2] nel 1815;
mi parea jeri ch'io v'era venuto con Porro nel 1820! Le
stesse strade, le stesse piazze, gli stessi palazzi, e tante
differenze sociali! Tanti miei conoscenti involati da morte! tanti esuli! una generazione d'adulti i quali io aveva
veduti nell'infanzia! E non poter correre a questa, o
quella casa! non poter parlare del tale, o del tal altro
con alcuno!

E, per colmo d'affanno, Mantova era il punto di separazione per Maroncelli e per me. Vi pernottammo tristis-
simi entrambi. Io era agitato come un uomo alla vigilia
d'udire la sua condanna.

[1] La guerra napoleonica del 1812, nella quale perirono non
meno di ventiseimila italiani.
[2] Lodovico di Breme, di cui è detto innanzi.

258

La mattina mi lavai la faccia, e guardai nello specchio se si conoscesse ancora ch'io avessi pianto. Presi, quanto meglio potei, l'aria tranquilla e sorridente; dissi a Dio una picciola preghiera, ma per verità molto distratto; ed udendo che già Maroncelli movea le sue grucce e parlava col cameriere, andai ad abbracciarlo. Tutti due sembravamo pieni di coraggio per questa separazione; ci parlavamo un po' commossi, ma con voce forte. L'uffiziale di gendarmeria che dee condurlo a' confini di Romagna è giunto; bisogna partire: non sappiamo quasi che dirci; un amplesso, un bacio, un amplesso ancora. Montò in carrozza, disparve; io restai come annichilato.

Tornai nella mia stanza, mi gettai in ginocchio, e pregai per quel misero mutilato, diviso dal suo amico, e proruppi in lagrime ed in singhiozzi.

Conobbi molti uomini egregi, ma nessuno più affettuosamente socievole di Maroncelli, nessuno più educato a tutti i riguardi della gentilezza, più esente da accessi di selvaticume, più costantemente memore che la virtù si compone di continui esercizii di tolleranza, di generosità e di senno. Oh mio socio di tanti anni di dolore, il Cielo ti benedica ovunque tu respiri, e ti dia amici che m'agguaglino in amore e mi superino in bontà!

CAPO NONAGESIMOQUINTO

Partimmo la stessa mattina da Mantova per Brescia. Qui fu lasciato libero l'altro conceptivo, Andrea Tonelli. Quest'infelice seppe ivi d'aver perduta la madre, e le desolate sue lagrime mi straziarono il cuore.

Benché angosciatissimo qual io m'era, per tante cagioni, il seguente caso mi fece alquanto ridere.

Sopra una tavola della locanda[1] v'era un annuncio teatrale. Prendo e leggo: « *Francesca da Rimini*, opera per musica[2], ecc. ».

— Di chi è quest'opera? — dico al cameriere.

— Chi l'abbia messa in versi e chi in musica, nol so,

[1] Era l'albergo del Gambero.
[2] Forse quella musicata da Mercadante, autore di cinquantacinque opere, nato ad Altamura nel 1797, morto nel 1870.

— risponde. — Ma insomma è sempre quella *Francesca da Rimini*, che tutti conoscono.

— Tutti? V'ingannate. Io che vengo di Germania, che cosa ho da sapere delle vostre Francesche?

Il cameriere (era un giovinotto di faccia sdegnosetta, veramente bresciana) mi guardò con disprezzante pietà.

— Che cosa ha da sapere? Signore, non si tratta di Francesche. Si tratta d'una *Francesca da Rimini* unica. Voglio dire la tragedia del signor Silvio Pellico. Qui l'hanno messa in opera, guastandola un pochino, ma tutt'uno è sempre quella.

— Ah! Silvio Pellico? Mi pare d'aver inteso a nominarlo. Non è quel cattivo mobile che fu condannato a morte e poi a carcere duro, otto o nove anni sono?

Non avessi mai detto questo scherzo! Si guardò intorno, poi guardò me, digrignò trentadue bellissimi denti, e se non avesse udito rumore, credo che m'accoppava.

Se n'andò borbottando: — Cattivo mobile? — Ma, prima ch'io partissi, scoperse chi mi fossi. Ei non sapea più né interrogare, né rispondere, né servire, né camminare. Non sapea più altro, che pormi gli occhi addosso, fregarsi le mani, e dire a tutti, senza proposito: — *Sior sì, sior sì!* — che parea che sternutasse.

Due giorni dopo, addì 9 settembre, giunsi col commissario a Milano. All'avvicinarmi a questa città, al rivedere la cupola del duomo, al ripassare in quel viale di Loreto, già mia passeggiata sì frequente e sì cara, al rientrare per Porta Orientale[1], e ritrovarmi al corso, e rivedere quelle case, quei templi, quelle vie, provai i più dolci ed i più tormentosi sentimenti: uno smanioso desiderio di fermarmi alcun tempo in Milano e riabbracciarvi quegli amici ch'io v'avrei rinvenuti ancora: un infinito rincrescimento pensando a quelli ch'io aveva lasciato sullo Spielberg, a quelli che ramingavano in terre straniere, a quelli ch'erano morti: una viva gratitudine, rammentando l'amore che m'avevano dimostrato in generale i Milanesi: qualche fremito di sdegno contro alcuni che mi avevano calunniato, mentre erano sempre stati l'oggetto della mia benevolenza e della mia stima.

Andammo ad alloggiare alla *Bella Venezia*[2].

Qui io era stato tante volte a lieti amicali conviti: qui avea visitato tanti e degni forestieri; qui una rispettabile attempata signora mi sollecitava, ed indarno, a seguirla in Toscana, prevedendo, s'io restava a Milano, le sventure che mi accaddero. Oh commoventi memorie! Oh passato sì cosparso di piaceri e di dolori, e sì rapidamente fuggito!

I camerieri dell'albergo scopersero subito chi foss'io. La voce si diffuse, e verso sera vidi molti fermarsi sulla piazza e guardare alle finestre. Uno (ignoro chi foss'egli) parve riconoscermi, e mi salutò alzando ambe le braccia.

Ah, dov'erano i figli di Porro, i miei figli? Perché non li vid'io?

[1] È, come già detto, l'attuale Porta Venezia.
[2] Albergo che, fino a qualche anno fa, si trovava in piazza S. Fedele; e dove nel 1848 abitò anche Giuseppe Mazzini.

CAPO NONAGESIMOSESTO

Il commissario mi condusse alla polizia, per presentarmi al direttore. Qual sensazione nel rivedere quella casa, mio primo carcere! Quanti affanni mi ricorsero alla mente! Ah! mi sovvenne con tenerezza di te, o Melchiorre Gioja, e dei passi precipitati ch'io ti vedea muovere su e giù fra quelle strette pareti, e delle ore che stavi immobile al tavolino scrivendo i tuoi nobili pensieri, e dei cenni che mi facevi col fazzoletto, e della mestizia con cui mi guardavi quando il farmi cenni ti fu vietato! Ed immaginai la tua tomba[1], forse ignorata dal maggior numero di coloro che t'amarono, siccom'era ignorata da me! — ed implorai pace al tuo spirito!

Mi sovvenne anche del mutolino, della patetica voce di Maddalena, de' miei palpiti di compassione per essa, de' ladri miei vicini, del preteso Luigi XVII, del povero condannato che si lasciò cogliere il viglietto e sembrommi avere urlato sotto il bastone.

Tutte queste ed altre memorie m'opprimeano come un sogno angoscioso, ma più m'opprimea quella delle due visite fattemi ivi dal mio povero padre, dieci anni addietro. Come il buon vecchio s'illudeva, sperando ch'io presto potessi raggiungerlo a Torino! Avrebb'egli sostenuto l'idea di dieci anni di prigionia ad un figlio, e di tal prigionia? Ma quando le sue illusioni svanirono, avrà egli, avrà la madre avuto forza di reggere a sì lacerante cordoglio? Erami dato ancora di rivederli entrambi? o forse uno solo dei due? e quale?

Oh dubbio tormentosissimo e sempre rinascente! Io era, per così dire, alle porte di casa, e non sapeva ancora se i genitori fossero in vita; se fosse in vita pur uno della mia famiglia.

Il direttore della polizia m'accolse gentilmente, e permise ch'io mi fermassi alla *Bella Venezia* col commissario imperiale, invece di farmi custodire altrove.

Non mi si concesse per altro di mostrarmi ad alcuno, ed io quindi mi determinai a partire il mattino seguente. Ottenni soltanto di vedere il Console Piemontese, per

---

[1] Melchiorre Gioja era morto nel gennaio del 1829.

chiedergli contezza de' miei congiunti. Sarei andato da lui, ma essendo preso da febbre e dovendo pormi in letto, lo feci pregare di venire da me.

Ebbe la compiacenza di non farsi aspettare, ed oh quanto gliene fui grato!

Ei mi diede buone nuove di mio padre e di mio fratello primogenito. Circa la madre, l'altro fratello e le due sorelle, rimasi in crudele incertezza.

In parte confortato, ma non abbastanza, avrei voluto, per sollevare l'anima mia, prolungare molto la conversazione col signor Console. Ei non fu scarso della sua gentilezza, ma dovette pure lasciarmi.

Restato solo, avrei avuto bisogno di lagrime, e non ne avea. Perché talvolta mi fa il dolore prorompere in pianto, ed altre volte, anzi il più spesso, quando parmi che il piangere mi sarebbe sì dolce ristoro, lo invoco inutilmente? Questa impossibilità di sfogare la mia afflizione accresceami la febbre: il capo doleami forte.

Chiesi da bere a Stundberger. Questo buon uomo era un sergente della polizia di Vienna, facente funzione di cameriere del commissario. Non era vecchio, ma diedesi il caso che mi porse da bere con mano tremante. Quel tremito mi ricordò Schiller, il mio amato Schiller, quando, il primo giorno del mio arrivo a Spielberg, gli dimandai con imperioso orgoglio la brocca dell'acqua, e me la porse.

Cosa strana! Tal rimembranza, aggiunta alle altre, ruppe la selce del mio cuore, e le lagrime scaturirono.

CAPO NONAGESIMOSETTIMO

La mattina del 10 settembre abbracciai il mio eccellente commissario, e partii. Ci conoscevamo solamente da un mese, e mi pareva un amico di molti anni. L'anima sua, piena di sentimento del bello e dell'onesto, non era investigatrice, non era artifiziosa; non perché non potesse avere l'ingegno di esserlo, ma per quell'amore di nobile semplicità ch'è negli uomini retti.

Taluno, durante il viaggio, in un luogo dove c'eravamo fermati, mi disse ascosamente: — Guardatevi da quell'*angelo custode*; se non fosse di quei neri, non ve l'avrebbero dato.

— Eppur v'ingannate, — gli dissi; — ho la più intima persuasione che v'ingannate.

— I più astuti, — riprese quegli, — sono coloro che appaiono più semplici.

— Se così fosse, non bisognerebbe mai credere alla virtù d'alcuno.

— Vi sono certi posti sociali, ove può esservi molto elevata educazione per le maniere, ma non virtù! non virtù! non virtù!

Non potei rispondergli altro, se non che:

— Esagerazione! signor mio, esagerazione!

— Io sono conseguente, — insisté colui.

Ma fummo interrotti. E mi sovvenne il *Cave a consequentiariis* di Leibnizio[1].

Pur troppo la più parte degli uomini ragiona con questa falsa e terribile logica: — Io seguo lo stendardo *A*, che son certo essere quello della giustizia; colui segue lo stendardo *B*, che son certo essere quello dell'ingiustizia: dunque egli è un malvagio.

Ah no, o logici furibondi! di qualunque stendardo voi siate, non ragionate così disumanamente! Pensate che partendo da un dato svantaggioso qualunque (e dov'è una società od un individuo che non abbiane di tali?) e procedendo con rabbioso rigore di conseguenza in conseguenza, è facile a chicchessia il giungere a questa conclusione: « Fuori di noi quattro, tutti i mortali meritano d'essere arsi vivi ». E se si fa più sagace scrutinio, ciascuno dei quattro dirà: « Tutti i mortali meritano d'essere arsi vivi, fuori di me ».

Questo volgare rigorismo è sommamente antifilosofico. Una diffidenza moderata può esser savia: una diffidenza oltrespinta, non mai.

Dopo il cenno che m'era stato fatto su quell'*angelo custode*, io posi più mente di prima a studiarlo, ed ogni giorno più mi convinsi della innocua e generosa sua natura.

Quando v'è un ordine di società stabilito, molto o poco buono ch'ei sia, tutti i posti sociali, che non vengono

---

[1] *Cave a consequentiariis*: « Guàrdati da chi vuol trarre da una premessa le estreme conseguenze ». Gottfried Leibniz (1646-1716), celebre filosofo, matematico ed erudito, nato a Lipsia.

per universale coscienza riconosciuti infami, tutti i posti sociali che promettono di cooperare nobilmente al ben pubblico, e le cui promesse sono credute da gran numero di gente, tutti i posti sociali in cui è assurdo negare che vi sieno stati uomini onesti, possono sempre da uomini onesti essere occupati.

Lessi d'un quacchero[1], che aveva orrore dei soldati. Vide una volta un soldato gettarsi nel Tamigi, e salvare un infelice che si annegava; ei disse: « Sarò sempre quacchero, ma anche i soldati son buone creature ».

CAPO NONAGESIMOTTAVO

Stundberger m'accompagnò sino alla vettura, ove montai col brigadiere di gendarmeria, al quale io era stato affidato. Pioveva e spirava aria fredda.

— S'avvolga bene nel mantello, — diceami Stundberger, — si copra meglio il capo, procuri di non arrivare a casa ammalato; ci vuol così poco per lei a raffreddarsi! Quanto m'incresce di non poterle prestare i miei servigi fino a Torino!

E tutto ciò egli diceami sì cordialmente e con voce commossa!

— D'or innanzi, ella non avrà forse più mai alcun tedesco vicino a sé, soggiuns'egli; non udrà forse più mai parlare questa lingua, che gl'Italiani trovano sì dura. E poco le importerà probabilmente. Fra i tedeschi ebbe tante sventure a patire, che non avrà troppa voglia di ricordarsi di noi. E nondimeno io, di cui ella dimenticherà presto il nome, io, signore, pregherò sempre per lei.

— Ed io per te, — gli dissi, toccandogli l'ultima volta la mano.

Il pover'uomo gridò ancora: — *Guten Morgen! guten Reise! leben Sie wohl!* — (Buon giorno! buon viaggio! stia bene!). Furono le ultime parole tedesche che udii

[1] Quaccheri, società religiosa diffusa in Inghilterra e in America; professano semplicità di vita fraterna, senza cerimonie.

pronunciare, e mi sonarono care, come se fossero state della mia lingua.

Io amo appassionatamente la mia patria, ma non odio alcun'altra nazione. La civiltà, la ricchezza, la potenza, la gloria sono diverse nelle diverse nazioni; ma in tutte havvi anime obbedienti alla gran vocazione dell'uomo, di amare e compiangere e giovare.

Il brigadiere che m'accompagnava mi raccontò essere stato uno di quelli che arrestarono il mio infelicissimo Confalonieri. Mi disse come questi avea tentato di fuggire, come il colpo gli era fallito, come, strappato dalle braccia di sua sposa, Confalonieri ed essa fossero inteneriti e sostenessero con dignità quella sventura.

Io ardeva di febbre udendo questa misera storia, ed una mano di ferro parea stringermi il cuore.

Il narratore, uomo alla buona, e conversante per fiduciale socievolezza, non s'accorgeva che, sebbene io non avessi nulla contro di lui, pur non poteva a meno di raccapricciare guardando quelle mani che s'erano scagliate sul mio amico.

A Boffalora ei fece colazione; io era troppo angosciato, non presi niente.

Una volta, in anni già lontani, quando villeggiava in

Arluno co' figli del conte Porro, veniva talora a passeggiare a Buffalora lungo il Ticino.

Esultai di vedere terminato il bel ponte, i cui materiali io aveva veduti sparsi sulla riva lombarda, con opinione allora comune che tal lavoro non si facesse più. Esultai di ritraversare quel fiume, e di ritoccare la terra piemontese. Ah! bench'io ami tutte le nazioni, Dio sa quanto io prediliga l'Italia; e bench'io sia così invaghito dell'Italia, Dio sa quanto più dolce d'ogni altro nome d'italico paese mi sia il nome del Piemonte, del paese de' miei padri!

CAPO NONAGESIMONONO

Dirimpetto a Buffalora è San Martino. Qui il brigadiere lombardo parlò a' carabinieri piemontesi, indi mi salutò e ripassò il ponte.

— Andiamo a Novara, — dissi al vetturino.

— Abbia la bontà d'aspettare un momento, — disse un carabiniere.

Vidi ch'io non era ancora libero, e me n'afflissi, temendo che avesse ad essere ritardato il mio arrivo alla casa paterna.

Dopo più d'un quarto d'ora comparve un signore, che mi chiese il permesso di venire a Novara con me. Un'altra occasione gli era mancata; or non v'era altro legno che il mio; egli era ben felice ch'io gli concedessi di profittarne, ecc.

Questo carabiniere travestito era d'amabile umore, e mi tenne buona compagnia sino a Novara. Giunti in questa città, fingendo di voler che smontassimo ad un albergo, fece andare il legno nella caserma dei carabinieri, e qui mi fu detto esservi un letto per me, nella camera di un brigadiere, e dover aspettare gli ordini superiori.

Io pensava di poter partire il dì seguente; mi posi a letto e, dopo aver chiacchierato alquanto coll'ospite brigadiere, mi addormentai profondamente. Da lungo tempo non avea più dormito così bene.

Mi svegliai verso il mattino, m'alzai presto, e le prime ore mi sembrarono lunghe. Feci colezione, chiacchierai, passeggiai in istanza e sulla loggia, diedi un'occhiata ai libri dell'ospite; finalmente mi s'annuncia una visita.

Un gentile uffiziale mi viene a dar nuove di mio padre, e a dirmi esservi di esso in Novara una lettera, la quale mi sarà in breve portata. Gli fui sommamente tenuto di questa amabile cortesia.

Volsero alcune ore che pur mi sembrarono eterne, e la lettera alfin comparve.

Oh qual gioia nel rivedere quegli amati caratteri! qual gioia nell'intendere che mia madre, l'ottima mia madre viveva! e vivevano i miei due fratelli, e la sorella maggiore! Ahi! la minore, quella Marietta fattasi monaca della Visitazione, e della quale erami clandestinamente giunto notizia nel carcere, avea cessato di vivere nove mesi prima!

M'è dolce credere essere debitore della mia libertà a tutti coloro che m'amavano e che intercedevano incessantemente presso Dio per me, ed in particolar guisa ad una sorella che morì con indizî di somma pietà. Dio la compensi di tutte le angosce che il suo cuore sofferse a cagione delle mie sventure!

I giorni passavano, e la permissione di partire di Novara non veniva[1]. Alla mattina del 16 settembre, questa permissione finalmente mi fu data, e ogni tutela di carabinieri cessò. Oh da quanti anni non mi era più avvenuto d'andare ove mi piaceva senza accompagnamento di guardie!

Riscossi qualche danaro, ricevetti le gentilezze di persona conoscente di mio padre, e partii verso le tre pomeridiane. Avea per compagni di viaggio una signora, un negoziante, un incisore, e due giovani pittori, uno dei quali era sordo e muto. Questi pittori venivano da Roma; e mi fece piacere l'intendere che conoscessero la famiglia di Maroncelli. È sì soave cosa il poter parlare di coloro che amiamo con alcuno che non siavi indifferente!

Pernottammo a Vercelli. Il felice giorno 17 di settembre spuntò. Si proseguì il viaggio. Oh come le vetture sono lente! non si giunse a Torino che a sera.

Chi mai, chi mai potrebbe descrivere la consolazione del mio cuore e de' cuori a me diletti, quando rividi e riabbracciai padre, madre, fratelli?... Non v'era la mia cara sorella Giuseppina, che il dover suo teneva a Chieri[2]; ma, udita la mia felicità, s'affrettò a venire per alcuni giorni in famiglia. Renduto a que' carissimi oggetti della mia tenerezza, io era, io sono il più invidiabile de' mortali!

Ah! delle passate sciagure e della contentezza presente, come di tutto il bene ed il male che mi sarà serbato, sia benedetta la Provvidenza, della quale gli uomini e le cose, si voglia o non si voglia, sono mirabili stromenti ch'ella sa adoprare a fini degni di sé.

[1] Il Governatore di Novara avrebbe, senz'altro, voluto precludere la via del Piemonte o, in ogni caso, della capitale a un così pericoloso individuo!

[2] Giuseppina Pellico trovavasi a Chieri, superiora della Pia casa di ricovero delle Rosine.

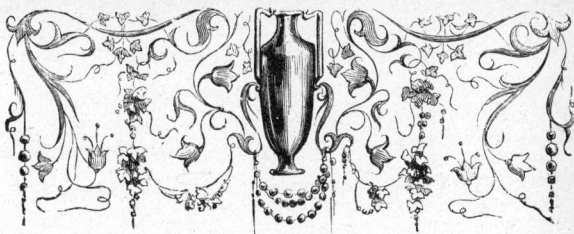

CAPITOLI AGGIUNTI A
«LE MIE PRIGIONI»

CAPITOLO PRIMO

La prima notte dopo il mio ritorno in famiglia non fu che un succedersi d'ore febbrili, piene di sentimenti contrari, tumultuosi, inspirati ora dal dolore, ora dalla contentezza. Mi fu impossibile chiudere occhio fino al mattino. Avrei voluto dar tregua a' miei pensieri, fermandoli su Dio con parole di gratitudine e amore; ma ad ogni momento mi divagava pensando di nuovo agli anni della mia prigionia, ai tempi che la precedettero, agli amici ch'io aveva lasciati in catene, a quelli dei quali lamentava l'assenza o la morte, alle illusioni svanite, a tutte le riflessioni che la sventura m'avea suggerito, alla fede di cui erami stata concessa la grazia, alla sorte ottenuta di uscire dal carcere, di rivedere la patria, di ritrovare i genitori e i fratelli. Tutte queste distrazioni mi commoveano troppo vivamente, e, per riacquistare un poco di tranquillità, io tornava a rivolgermi a Dio, invocava tutti i suoi Santi, e principalmente la Vergine Maria, di cui pareami avere più che mai sentito la protezione materna nei momenti più ardui del mio recente viaggio. Ma quella folla di rimembranze, non cessava di assediarmi e di trasportare la mia immaginazione più spesso in mezzo ai dolori, che dal lato delle consolazioni. All'angoscia di siffatto irresistibile agitarsi della mente si aggiungeva un fierissimo dolore di capo, e una tale oppressione che mi toglieva il respiro. Pareami al tutto naturale che il mio corpo così affranto non potesse resistere più lungamente, e che quella notte per me fosse l'ultima. Ringraziai Dio d'avermi ricondotto vivo nella casa di mio padre, e di concedermi di morirvi, se era la sua volontà ch'io morissi. Non pertanto il pensiero della morte mi conturbava, e dominavami il desiderio di vivere ancora, e godere le ineffabili dolcezze della famiglia, e riuscire un durevole e saldo sostegno per la vecchiezza de' miei genitori.

Sul far del giorno respirai meglio, e potei leggermente assopirmi: il sonno fu breve, ma pur n'ebbi un gran giovamento. Essendomi svegliato libero dal dolore di capo, saltai dal letto, malgrado la mia stanchezza, provando una gioia indicibile ad accertarmi che quello non era un sogno, che io era veramente in casa mia. Impiegai appena il tempo necessario a vestirmi, e passai nella camera vicina, ove mi gettai in ginocchioni per pregare piangendo. Pareami di non potere essere mai abbastanza grato al Signore, la cui bontà aveva spezzato i miei ceppi, e voleva ch'io vedessi sorgere ancora giorni così avventurosi.

Quella fervida adorazione, e quelle lagrime di gioia mi ravvivarono. Mi alzai sentendo i passi di mia madre, che veniva con amorosa sollecitudine a vedere se io era desto, e ad accertarsi che non fossi malato. Le corsi incontro col cuore palpitante d'amore, e mi slanciai tra le sue braccia. Alle sue domande inquiete risposi; ma le tacqui la mia veglia, e l'agitazione nella quale aveva passata tutta la notte; finsi avere assai più forza di quella che in fatto avessi; e le parlai della grande misericordia del Signore verso di me. — Amalo dunque, — ella esclamò, — amalo sempre per le grazie ch'egli ti ha compartito e per quellè di che ha ricolma la tua povera madre!

Ella profferiva queste parole singhiozzando e sorridendo ad un tempo. Avresti detto che fosse ancora oppressa dalla memoria delle angoscie sofferte, nel punto stesso in cui rallegravasi perché le era reso il suo figlio.

CAPITOLO SECONDO

Le gioie soavi di quella mattina crebbero vie più, quando rividi il mio carissimo padre e i miei buoni fratelli. Ci abbracciammo ancora, considerammo quanta consolazione ne era stata serbata, e discorremmo a lun-

go di mille cose che avevamo da dirci. Le loro parole, l'espressione dei loro volti, mi esaltavano, m'inebbriavano; ed io sentiami felice scorgendo in loro una esaltazione pari alla mia.

Dato sì libero sfogo ai nostri cuori, rimasi più che mai convinto della loro benevolenza sincera verso tutti, e conobbi che un affetto sì generoso era maggiore d'ogni bene ch'io potessi desiderare sulla terra. Ci separammo per rivederci in breve ora. Io scesi alla vicina chiesa di San Francesco, e ascoltai la messa con un vivo sentimento di amore e di gratitudine, promettendo a Dio di non mai dimenticare ch'egli avea rotto le mie catene e che avevami reso alla casa paterna.

Per la vivacità di quelle emozioni pareami già di star meglio; ma un'estrema debolezza succedè ad un tratto a quel momentaneo vigore. A stento potei trascinarmi fino

a casa, e più di una volta mi sentii presso a cadere per via, e su per le scale.

Mia madre restò spaventata al vedermi così spossato e sì pallido; pure mi riuscì di rassicurarla dissimulando il mio male. Presi alcune gocce di elisire, e mi trattenni parecchie ore con lei per riposarmi, e per conversare, non seco soltanto, ma ancora con mio padre e co' miei fratelli, che di continuo andavano e venivano. Non ci potevamo saziare di vederci e parlarci, né ci stancavamo di domande e risposte per riempire in qualche modo il vuoto immenso di dieci lunghi anni ch'io aveva passati lontano da loro.

Tutto inteso a raccontare i particolari della mia storia dolorosa a quelle anime sensibili, e a farmi raccontare la storia non meno melanconica di tutte le angoscie che aveano provato per me, io ebbi ancora per tutto quel giorno, nella commozione di tali racconti, una forza apparente; il mio polso però batteva coll'agitazione della febbre, e il capo dolevami forte. Nascosi il mio male; ma quando fui in letto sentii indescrivibili stiramenti nei nervi del cranio, nel cervello e in tutta la persona. A questi sintomi tenne dietro un languore da me creduto mortale, con sudori, brividi e una grande oppressione. Tutto questo si risolvé in una specie di sonno letargico, che mi opprimeva, e ch'io cercava di scuotere, credendolo il principio dell'agonia. Poche notti ho passato cotanto orribili, a vicenda delirando e riacquistando la memoria e la ragione, tentato di chiamare per soccorso, e rattenuto dal timore di spaventare i miei poveri genitori.

Sul mattino mi sentii un poco meglio; ma durai molta fatica ad alzarmi. Non feci parola di quella orrida nottata, e mi ingegnai nuovamente di vincere le gravi inquietudini de' miei cari genitori per la mia salute. Tuttavia si accorsero ch'io aveva una grande difficoltà di respiro, e mia madre mi raccomandò un rigoroso silenzio; ubbidii, persuaso che il riposo sarebbe stato sufficiente a guarirmi; ma per molti giorni e per molte notti gli spasimi e i languori mi travagliarono miseramente, e non era il minore de' miei tormenti lo sforzo continuo ch'io faceva per rassicurare mio padre e mia madre, e apparire tranquillo.

CAPITOLO TERZO

Questo stato durò più di quattro mesi, cioè sino al fine di gennaio 1831; ma a poco a poco le notti divennero meno angosciose, e taluna anche ne passai delle buone.

Se non che allo spuntare del giorno, la rimembranza del mio arresto, del mio processo, della mia sentenza di morte, e dei dieci anni della mia prigionia, produceami costantemente un sogno spaventoso, analogo alle circostanze le cui impressioni mi si ridestavano nell'anima.

Ma ogni giorno del pari, svegliandomi, mi era serbata la dolce sorpresa di passare dalle angoscie del carcere o dai terrori del supplizio imminente alla gioia di trovarmi in seno della mia famiglia. Io provo ancora ogni mattina questa cara sorpresa, e tutti i miei sogni ritornano a quegli anni di amare afflizioni.

Al termine di quattro mesi, la mia salute migliorò notevolmente; poi si alterò di nuovo più volte durante due anni; ma la guarigione tenea tosto dietro alla recidiva.

Finalmente i miei nervi e i miei polmoni presero sufficiente consistenza e vigore, e non si risentirono più se non leggermente al mutare delle stagioni.

Ma se dure prove afflissero il corpo, ben altre ebbe a

sopportarne il mio cuore. Ahimè! Quante persone amatissime aveva io perduto in quei dieci anni! Quante altre erano cadute in un abisso di sciagure! Quanti nuovi errori agitavano le menti! Quanti odii! Quante calunnie! Quante folli speranze seducevano sotto i miei occhi una moltitudine di persone, e le trascinavano alla propria rovina! Dai nuovi sconvolgimenti di Francia io non mi prometteva già risultati favorevoli all'Italia; io scorgeva in essi, all'opposto, una sorgente di pericoli, di irritazioni, di violenze. Nel giro delle mie relazioni conosceva alcuni giovani generosi, ma indocili e ammaliati dalle circostanze, che esponevano se stessi, e ne traevano altri al precipizio. Inoltre io sentiva che i moti furiosi di quell'epoca avrebbero avuto deplorabili conseguenze per quelli fra i miei cari compagni che gemevano ancora nelle carceri dello Spielberg[1]. Era evidente che non si sarebbe pensato a far loro grazia finché durasse il fermento delle rivoluzioni. Compiangeva la sorte di tutti quei poveri prigionieri, ma due ve n'erano a me più diletti. Uno di essi fino dalla mia gioventù erami unito coi vincoli di un'amicizia fraterna, Pietro Borsieri, uomo d'ingegno svegliato e coltissimo, appartenente a una famiglia nella quale io non conosceva che nobili cuori, e non contava che amici. Stringevami all'altro un'amicizia meno antica, ma intima, intensa, ed io mi sentiva legato a lui per le tante prove di particolare affezione che n'avea ricevuto; era il conte Federigo Confalonieri, pel quale avrei sacrificato la mia vita, tante erano le ragioni che mi rendevano preziosa la sua!

Seppi con gioia la liberazione di Alessandro Andryane[2], ch'io stimava ed amava; pure, mentre mi rallegrava per lui, io mi affliggeva pensando quanto dolore doveva recare a Confalonieri il perdere un tale amico, e il restar solo fra quelle orribili mura.

CAPITOLO QUARTO

Fra i motivi che mi faceano condannare le ultime rivoluzioni compiute o tentate, certamente è necessario annoverare la mia piena adesione ai principii dell'Evangelo, il quale non permette siffatte imprese della violenza. Non già che fossi divenuto fautore della servitù, e nemico dei lumi; ma io era convinto che i lumi non debbono diffon-

[1] Sono i moti di Parigi del 1830, i moti del '31 in Italia a cui seguì la spedizione della Savoia nel '33 e '34: tutto ciò, secondo il pensiero del Pellico, avrebbe ritardato la liberazione dei suoi compagni di carcere rimasti allo Spielberg.
[2] Alessandro Andryane, di Parigi, arrestato a Milano come Carbonaro nel 1823, scontò la prigionia allo Spielberg fino al 1832, in cui, tornato in Francia, pubblicò le sue *Memorie*.

dersi se non con mezzi legittimi e giusti, mai coll'abbattere un potere costituito, e coll'innalzare la bandiera della guerra civile. Dal punto in cui cessarono i miei dubbi intorno alla religione, e credei fermamente alla verità della fede cattolica, non potei più ammettere che l'amor della patria possa derivare altronde le sue inspirazioni che dal Cristianesimo, che vuol dire odio profondo contro l'ingiustizia congiunto all'amore del bene pubblico, ma colla ferma risoluzione di non commettere il male per la speranza di un bene. Un governo è cattivo? non v'è altro compenso che l'andarsene, o restare soggetto alle sue leggi senza aver parte ne' suoi errori, e perseverare nella pratica d'ogni virtù, non escluso il sacrifizio della vita se occorra, anziché rendersi complice di qualsiasi iniquità[1].

Del resto, se nella mia gioventù i miei principii politici erano più esaltati, io non gli aveva mai spinti fino alla demagogia e al disprezzo di tutte le antiche leggi. Gli adepti del giacobinismo mi erano odiosi. L'ardente amore della mia patria non eccedeva in me il desiderio di un governo nazionale e della cacciata dello straniero che vi fa da padrone.

L'età, maturando le mie opinioni, le ha modificate senza mutarle nella sostanza. Nondimeno, la mia aperta riprovazione d'ogni intrigo e delle guerre civili in generale, destò ira e stupore, dopo la mia scarcerazione, in una moltitudine di sedicenti liberali. Parecchi di loro aveano la pretensione di regolare tutte le mie azioni; e ne sentiva pietà. Altri cercarono di offendermi nell'onore, rappresentandomi qual uomo avvilito dalla superstizione. I più stolidi mi diressero lettere anonime piene d'insulti.

Fatto singolare! Alcuni di questi frenetici mi perseguitavano in un senso; altri, in conseguenza di prevenzioni opposte, si arrogavano il diritto d'essermi ostili, qualificandomi *Carbonaro*, e il mio amore dell'ordine e della Chiesa non era agli occhi loro se non pretta ipo-

---

[1] Queste considerazioni si possono comprendere nel Pellico, schiantato nelle forze fisiche dalla decennale prigionia: ma in tal modo l'Italia non sarebbe risorta a nazione, né alcun progresso politico e sociale sarebbe mai stato possibile.

crisia[1]. Ebbi prove non poco violente del mal talento di queste due fazioni estreme, e Dio senza dubbio volle così, perché, ogni giorno più compreso di orrore per ogni eccesso, io persevererassi a mantenermi nella moderazione, e a sottrarmi ad ogni influenza degli altrui giudizi.

Presi il partito di lasciarmi accusare e lacerare, fosse a voce o nei giornali, senza darmi pensiero per disingannare o calmare chicchessia. Temo però che questa apparente mansuetudine movesse piuttosto da orgoglio o da sdegno, che da virtù. E anc'oggi, quando penso all'odio cupo e codardo di certe persone, io sento di perdonare loro quest'odio, ma il mio perdono non è scevro affatto di risentimento.

CAPITOLO QUINTO

In famiglia però le consolazioni erano sempre le stesse. La mia presenza aveva rasserenato tutti quei volti. Per sì lunghi anni io era stato il desiderio unico dei loro cuori! Ed ora, che questo desiderio era appagato, ei mi mostravano apertamente d'esser felici.

Delle quattro amate persone tra le quali scorreva la mia vita, cioè mio padre, mia madre e i miei due fratelli Luigi e Francesco, non saprei dire quale ricambiasse più generosamente il mio affetto per loro; credo piuttosto che fosse in tutti un'eguale tenerezza. Ma il cuore d'una madre è sempre più espansivo, più bramoso di dolci ed intime rivelazioni; e a mia madre io presi a confidare i più segreti pensieri, i più reconditi miei sentimenti.

Altra volta, negli anni trascorsi, avea regnato fra noi

[1] Fra i cattolici-ultra che attaccarono il Pellico sí devono ricordare il fiero reazionario Monaldo Leopardi, padre di Giacomo, che nel suo giornaletto, *La voce della ragione* di Pesaro, attaccò vivamente il Saluzzese e il suo libro di ricordi; il giornale tipico della reazione austriacante, *La voce della verità* di Modena, fondato nel 1831; e perfino il celebre René de Chateaubriand, che, disoccupato come ministro e diplomatico, era tornato all'arte dello scrivere, e aveva osato sostenere che il Pellico mentiva, perché l'Austria non avrebbe mai usato i Piombi come carcere per i Carbonari. Lo stesso Metternich non'aveva avuta tanta sfrontatezza!

due una più stretta e più intima dimestichezza. Nulla-
dimeno, in quel tempo della mia bollente gioventù, molte delle mie opinioni, ed anche delle mie convinzioni religiose, divergevano dalle sue. Adesso l'unione delle nostre intelligenze era perfetta, e ne derivava ad entrambi una soddisfazione più viva. Le idee religiose divennero il subbietto più frequente dei nostri colloqui.

Mia madre non era donna istruita, ma dotata di un
intelletto infaticabilmente operoso, e di un discernimen-
to penetrantissimo e retto. Nudrita di un piccol numero di ottimi libri, abituata a porre d'accordo l'Evangelo
col raziocinio, ella possedea inoltre in un grado meraviglioso la memoria dei fatti che aveva veduto o udito
narrare. Non avea eloquenza feconda e fiorita, ma il suo
dire era energico, grave più che vivace: non pertanto

condito all'occasione d'una grazia arguta, e sempre profondamente simpatico a quanti la conoscevano. A chi mai la sua parola poteva riuscire simpatica più che a me, il quale, rimastone privo sì lungamente, ne godeva ora con una nuova tenerezza, con un rispetto nuovo, e come si gode di una rara benedizione del Signore che si credeva perduta, e si rinviene ad un tratto!

Disposta per carattere e per una lunga abitudine ai sublimi slanci della carità e ai più duri sacrifizi, mia madre era divotissima; ma nulla di meschino, nulla di superstizioso mischiavasi alla sua divozione[1].

CAPITOLO SESTO

Negli ultimi anni della mia prigionia, una delle mie più grandi consolazioni era stata l'avere per direttore di coscienza un sacerdote di molto merito[2]. Desiderava ardentemente trovarne a Torino uno simile, e lo trovai. Fu questi un venerabile ottuagenario, l'abate Giordano, curato della mia parrocchia, uomo di grande dottrina e santità. La scelta di un padre spirituale è per un cattolico di suprema importanza: e, quanto a me, non saprei dire tutto il bene che reca all'anima mia un amico vero di Dio, il quale di Dio mi parli con autorità, con amore, senza pedanteria.

Quel santo vecchio, avendomi udito a mano a mano raccontare per minuto tutto quello ch'io aveva sofferto nelle prigioni di Milano, di Venezia e dello Spielberg, mi consigliò a scriverne la narrazione e a pubblicarla. Dapprima non fui del suo parere. Mi sembravano tuttora troppo ardenti in Italia e in tutta l'Europa le passioni politiche, tuttora troppo comune il furore di calunniarsi a vicenda. — Le mie intenzioni saranno mal giudicate, — io diceva; — le cose che avrò raccontate con scrupolosa esattezza saranno rappresentate da' miei nemici come prette esagerazioni, e ogni riposo sarà perduto per me.

— Due sorta di riposo vi sono, — rispondevami il degno sacerdote: — il riposo delle anime forti, e quello dei pusillanimi; quest'ultimo è indegno di voi, è indegno di un cristiano. Nel libro che vi ho consigliato di scrivere,

[1] La madre di Silvio morì il 12 aprile 1837.
[2] Il buon padre Vincenzo Ziak.

voi renderete alta testimonianza alla immensa carità del
Signore verso gli infelici che ricorrono alla sua grazia;
mostrerete quanto il Deismo[1] e la filosofia sieno impo-
tenti, a fronte della religione cattolica. Molti giovani,
letto il vostro libro, scuoteranno il giogo della incredulità, o almeno saranno più disposti a rispettare la religione e a studiarla. E che importa, se mentre voi farete
un poco di bene, sorgerà qualche nemico a calunniare le
vostre intenzioni?

L'ottimo don Giordano aveva una maschia e generosa
eloquenza, efficacissima sul mio spirito. — Il riposo dei

---

[1] Il Deismo è una filosofia che ammette la esistenza di Dio,
ma non riconosce né la rivelazione né i dogmi.

pusillanimi non ha alcun valore! — ripetevami spesso. — Pensateci bene, se Dio vi concesse di acquistarvi nome in letteratura, fu per animarvi a scrivere qualche libro salutare pel prossimo.

Queste ragioni non mi aveano indotto ancora a promettere formalmente di ubbidire, e chiesi tempo a riflettere; ma ogni volta ch'io incontrava il buon vecchio, ei stringevami la mano come per trasfondere in me la sua energia; poi alzava due dita ripetendo: — Vi sono due sorta di riposo; scegliete.

Parlai di quel progetto a mia madre. — Vi scorgo un pericolo, — ella dissemi, — e questo mi fa tremare. La preghiera c'illumini!

Pochi giorni dopo, ella mi chiese se io aveva pregato Dio con questa intenzione. — Sì, — le risposi, — credo che un tal libro possa essere utile, e ch'io debba scriverlo.

— Alla prova, dunque! — risposemi; — io pure ho pregato, e ora mi sento tranquilla.

CAPITOLO SETTIMO

Scrissi con effusione di cuore i primi capitoli delle *Mie Prigioni*; e un giorno ch'io era in campagna a Villanova Solaro, dalla contessa di Masino, lessi segretamente quei capitoli a un vecchio di mia relazione che erami affezionatissimo. Ma questi ne rimase spaventato per amore di me, e mi supplicò di non pensare altrimenti a scrivere tali memorie. — Non è tempo ancora, — dicevami: — restano tuttora nella società troppi germi di malevolenza; lasciate che passino dieci o quindici anni; e frattanto scrivete altre tragedie, e nuove poesie, per accrescere la vostra fama.

L'opinione di quest'uomo mi fece una viva impressione. Tornato a Torino, ne feci la confidenza a due altre persone, e le trovai pienamente contrarie al libro proposto, lo che lasciommi in grande scoraggiamento. Fui quasi tentato di abbandonare il pensiero e di non parlarne più con nessuno. Ma essendo andato a passare due o tre giorni a Camerano, dal conte Cesare Balbo[1], volli

---

[1] Cesare Balbo (1789-1853), storico letterato e uomo politico; il famoso autore del *Sommario della Storia d'Italia*; presidente del primo ministero costituzionale del Piemonte, nel 1848.

sentire il parere di lui e della moglie sua intorno a quei pochi capitoli e alla convenienza di continuare, o no, quelle memorie. La loro approvazione fu piena. La contessa Balbo era un angelo di virtù. Quanto ella dissemi del bene che il mio libro poteva produrre troncò tutti i miei dubbi; ripresi la penna, né più la deposi che al fine dell'ultimo capitolo.

In materia di pubblicazioni io sono stato sempre assai timido; e non so per quale fatalità, terminando ora l'uno ora l'altro de' miei scritti, trovai sempre persone che mi consigliarono di non darli alla stampa. Certo è che molti più ne avrei pubblicati senza la debolezza ch'io aveva ad ogni occasione di consultare i miei amici. È sempre la minorità quella che dà coraggio; i più inclinano invece a disanimare, a biasimare, a richiedere che tutt'altro si faccia tranne ciò che si è fatto.

Allorché seppesi ch'io aveva scritto le *Mie Prigioni*, e che proponeami di darle alla luce, non si può creder quanto s'affaticarono alcuni per impedire ch'io mi arrischiassi di pubblicare quel libro. Gli uni mi avvertirono caritatevolmente che mi sarei tirata addosso l'inimicizia della fazione A; gli altri, ch'io poteva incorrere nell'odio della fazione B[1].

Io era quasi determinato a lasciar dormire per dieci o quindici anni il mio manoscritto, e questo era secondo i più il partito migliore: mia madre non consentì ch'io persistessi in questa determinazione, la quale più che altro era il frutto del tedio e della incertezza.

— Tutto dee farsi, — ella dissemi, — per obbedire alla propria coscienza, e nulla pei rispetti umani.

CAPITOLO OTTAVO

Nelle due settimane che succederono alla pubblicazione delle *Mie Prigioni*, non pochi mi considerarono come colpevole o di un delitto o di una grande scempiaggine. Alcuni dissero ch'io aveva composto un libro da far vergogna in questo secolo di lumi, e che la mia riputa-

[1] Com'è noto, le *Mie Prigioni* furono pubblicate, a Torino, nei primi giorni di novembre dell'anno 1832. Si ricordi che i capitoli aggiunti furono scritti e pubblicati molti anni più tardi.

zione era perduta; altri mi scrissero che omai, qualunque tragedia io facessi rappresentare in Italia, sarebbe fischiata senza pietà dai veri seguaci della filosofia. Più d'uno de' miei sedicenti amici volse il capo incontrandomi, per evitare di salutarmi. Diceano a voce alta, che quel capo d'opera di bacchettoneria avrebbe dovunque fatto porre in ridicolo il suo autore. E mentre questi falsi filosofi davano nelle furie contro di me per la testimonianza ch'io rendeva alla religione, molti altri, di opposto colore, vociferavano che la mia divozione non era che una commedia.

Questi clamori diversi presto cessarono, e molti de' miei avversari, vedendo che il mio libro era bene accolto dall'universale, si ridussero a farmi una guerra segreta, e cercarono di perdermi nell'opinione di stimabili persone, che mi onoravano della loro indulgenza. Il buon successo del libro crebbe rapidamente nella penisola. A Parigi, uno scrittore francese, il signor De Latour, lo tradusse nella sua lingua; le edizioni e le traduzioni si moltiplicarono ben oltre il merito del mio libro. Mi fu perdonata l'estrema semplicità dello stile, e l'assoluta mancanza di ornamenti, in grazia dell'incontestabile carattere di verità che n'emergeva a ogni pagina.

Un successo, tanto maggiore della mia aspettativa, mi

fu di grande soddisfazione. Esso era una prova per me, che il secolo non era avverso alla religione quant'io lo aveva fino allora creduto; il cinismo, dunque, e lo scherno, non erano più alla moda; quei disgraziati increduli che mi scriveano lettere ingiuriose erano l'ultimo avanzo d'una scuola agonizzante. A compensarmi di tali lettere, n'ebbi molte altre onorevolissime da compatrioti e da estranei. Fra le persone che ebbero la premura di scrivermi parole di approvazione, devo nominare la marchesa Giulietta Colbert di Barolo[1], che non mi conosceva, e fu questo, dalla parte di lei e del marchese suo marito, il primo segno di una stima che in breve tempo si convertì nella più generosa amicizia. Io già li venerava per l'immenso bene che fanno al nostro paese; allorché li conobbi da vicino, mi affezionai loro con tutte le potenze dell'anima.

Il mio vecchio curato dicevami: — L'amicizia che vi professa la casa di Barolo è una prova che Dio vi benedice, a confusione di quelli che vi maledicono.

Mia madre ancora me lo diceva, e soggiungea: — Dio voglia però che tu sappia rendertene degno.

CAPITOLO NONO

I vantaggi che mi derivarono dal libro delle *Mie Prigioni* non poterono essermi perdonati dalla malevolenza; ma io giunsi a non più affliggermi di queste ignobili inimicizie. Diverse cose concorsero ancora a recarmi dispiacere, e furono tra queste le *Addizioni* che fece alle *Mie Prigioni* l'infelice Piero Maroncelli, amico mio, che era allora a Parigi. Egli certamente non può avere avuto l'intenzione di nuocermi, e d'offendermi pur lievemente, ché n'era incapace; pure nelle sue *Addizioni* gli sfuggirono alcune sentenze che provocarono contro il suo libro la censura ecclesiastica, e questo libro fu posto all'Indice. I miei nemici ne trassero un grande argomento per infierire contro di me. Molti avrebbero allora voluto ch'io prendessi la penna a mia difesa. Credei che nel silenzio

[1] La marchesa Giulia Falletti di Barolo accolse più tardi il Pellico in casa sua, in qualità di segretario-bibliotecario, posto ch'egli tenne fino alla morte.

fosse per me maggior merito, e confido di non essermi ingannato.

Fra coloro che severamente mi biasimarono per avere scritto le *Mie Prigioni*, rinvenni un uomo leale, che mi spiacque assai meno degli altri. Era uno straniero sinceramente devoto al Governo austriaco. Ei si presentò con franchezza alla mia porta per ragionare con me, come un padre farebbe col proprio figlio.

— Riconoscete per vostra quest'opera? — mi domandò, presentandomi la traduzione pubblicata dal signor De Latour.

— Sono l'autore del testo, — risposi.

— Il testo non lo conosco, — ei soggiunse, — ma so che i traduttori in Francia hanno l'abitudine di prendersi qualunque licenza, e sperava che voi foste per dirmi: questo traduttore ha falsato il senso dell'originale.

Rimasi attonito, e gli chiesi perché mi facesse una tale interpellazione.

— Perché, — mi rispose, — io debbo dichiararvi, che, a parer mio e a giudizio di molte oneste persone, il vostro libro è detestabile. Voi l'avete scritto, — esclamò, — per vendicarvi di chi vi ha fatto soffrire!

— Perdonatemi, — gli dissi, — ma siffatta supposizione è indegna di un uomo rispettabile qual voi mi sembrate.

— Io sono un sincero protestante, — ei replicò, — ma un protestante dell'antica stampa, nemico delle temerarie opinioni del nostro secolo. Amo l'ordine e la verità, e, con mio gran dolore, la verità e l'ordine appunto sono attaccati nel vostro libro. Ma, voi altri cattolici, avete la coscienza larga, e trovate sempre preti indulgenti che di tutto vi assolvono. Ritenete per altro che Dio non conferma un perdono il quale vi è sì facilmente accordato da questi ministri di Baal.

Ascoltai la predica, che non fu breve, e replicai con tutta moderazione. La mia calma destò maraviglia nel mio avversario, e quando mi lasciò, credei d'accorgermi ch'egli più non avesse di me un'idea sì sfavorevole.

Né questi è il solo protestante che mi abbia parlato del mio libro così duramente, e che abbia tentato di indurmi a un Cristianesimo meno cattolico. Debbo dire però che altri mi aprirono la loro casa, e mi offrirono cordialmente la loro amicizia, rispettando le mie cre-

denze. Io prego per loro con tutta l'anima mia, e colla
speranza che non tutti morranno nemici della Chiesa.

CAPITOLO DECIMO

Sì, parecchi protestanti mi confessarono che le cose
scritte da me gli avevano disposti a studiare più seriamente la religione cattolica. Due di essi vennero a confidarmi che si sentivano attirati verso la nostra fede, e
ch'erano cattolici in cuore. Aggiunsero che forse in breve
si risolverebbero di abiurare, ma finora non mi hanno
dato questa consolazione.

Mi era invece serbata una viva gioia per la conversione del signor Woigt, uno dei più abili artisti della Baviera: ed ebbi la sorte che il mio libro non fosse senza
influenza in quella conversione.

Pochi anni innanzi, il signor Woigt, ancora giovanis-
simo, era stato a Roma, portatovi dall'amore delle belle
arti; egli è incisore[1]. Avendo contratta relazione in quella città con alcuni cattolici, ebbe opportunità di riflettere un poco sulla nostra religione, e gli parve che i dis-
sidenti male la conoscessero. Non per questo ei volle ab-
bracciarla, e nudrì lungamente l'inclinazione che sentiva
per essa, ma combattuto da mille dubbi. Poi sposò una
cattolica, senza poter ancora determinarsi all'abiura.
Tal matrimonio, affidato da tenerezza scambievole, era
felice; ma una pungentissima spina affliggeva pur sempre il cuore della pia consorte. Il signor Woigt amava
pressoché tutto nella nostra dottrina, ma il sacramento
della penitenza spaventava sì forte la sua immaginazione, ch'egli scorgeva in questo un ostacolo quasi invincibile. Vengono in luce *Le mie Prigioni*; curiosità lo muo-
ve ad aprire questo libro, e alcune delle mie parole hanno virtù di colpirlo: queste principalmente:

« Ah! infelice chi ignora la sublimità della confessione!
infelice chi, per non parer volgare, si crede obbligato di
guardarla con ischerno! Non è vero che, ognuno sapendo
già che bisogna esser buono, sia inutile di sentirselo
dire; che bastino le proprie riflessioni ed opportune let-

[1] Karl Woigt, incisore della zecca di Monaco di Baviera,
coniò parecchie medaglie e monete dei papi.

288

ture; no! la favella viva d'un uomo ha una possanza, che né le letture né le proprie riflessioni non hanno! ecc. ».

Il desiderio d'una più seria istruzione ridestossi allora nel signor Woigt. Il suo convincimento fu in breve completo; e nelle feste di Pasqua dell'anno 1834, per la grazia del Signore, la Chiesa acquistò in lui un nuovo figlio.

Seppi tutto ciò solamente dopo qualche tempo, quando giunse a Torino il cavaliere Manfredo di Sambuy. Scrissi al signor Woigt per congratularmi, ed egli mi rispose subito con una lettera commoventissima, nella quale narravami tutte le circostanze della sua conversione.

CAPITOLO UNDECIMO

Il mio buon curato godeva al pari di me del prospero successo del libro, di cui egli stesso avevami suggerito l'idea. Ei dicevami allora:

— Or dovreste giovarvi del favore che il pubblico vi dimostra per dargli un trattatello di morale, di cui la sostanza esser dovrebbe tutta evangelica.

— Oh! — gli risposi, — trattare direttamente la morale, non è piccolo assunto, e omai tanti grandi maestri ci hanno preceduto!

— Che importa? — risposemi: — vi sono molti ottimi libri che pur non si leggono, perché manca loro il pungolo della novità. Ove si possa scriverne dei nuovi, è debito il farlo per glorificare il Signore e rendersi utili al prossimo. Scrivete un Discorso alla gioventù, risvegliando in essa tutti i nobili sentimenti, e vi predico che non vi mancheranno lettori.

Riferii a mia madre queste parole del degno curato; vidi che il pensiero di lui non le dispiaceva, e di buon animo mi accinsi all'opera. Soltanto mia madre mi disse:

— Questo libretto non dee spirare se non benevolenza; bada che non vi si mescoli dramma di quella tinta satirica che si genera così facilmente nei moralisti.

Tale fu l'origine del mio discorso sui *Doveri degli uomini*, che ebbe tosto un successo simile a quello delle *Mie Prigioni*. Alcuni giornali lo lacerarono; e, fedele alla mia abitudine, io tacqui. Era pazienza e virtù? No: ma

289

qualunque apologia parevami opera perduta con avversarî sì tenacemente impegnati a farmi apparire un uomo
cattivo.

CAPITOLO DUODECIMO

La guerra che da ogni lato cercavano di farmi i raggiri delle due opposte fazioni, alle quali io non era aggregato certo mi riusciva alquanto molesta, ma non
poteva dirsi una grande disgrazia, ed io non me ne accorava già fino al segno di non aver la mente assai libera
per esercitarmi spesso a comporre sì in versi che in
prosa.

Dopo avere scritto dodici tragedie, otto delle quali
soltanto son pubblicate, ho cessato di comporre pel teatro, sentendo di non avere un fondo abbastanza ricco per
delineare caratteri. Nella mia gioventù m'era follemente
lusingato di poter un giorno occupare un seggio non molto lungi da Alfieri; ma coll'andar del tempo mi sono ricreduto di questa illusione, non ostante gli applausi che
talvolta mi toccarono in sorte. Oggi non mi compiaccio
che nel genere lirico e nel racconto epico; nei quali pure
io non mi sollevo a grande altezza; ma questa poesia
ha per me una grande attrattiva; io amo di espandere
in essa tutti i miei sentimenti, e particolarmente i miei
affetti religiosi.

Sento spesso il bisogno di fare dei versi per pregare, e
così nascono ora un'ode, ora un'elegia, nelle quali io
sfogo il mio cuore innanzi a Dio; e ciò basta a rasserenarmi. Vorrei veder sorgere poeti migliori di me, affinché accrescessero il numero di questi sacri componimenti, diffondessero l'amore di Dio e della virtù, e nobilitassero il loro intelletto e quello dei loro simili col
santo accordo dei forti pensieri e della religione. Abbiamo alcuni di tali poeti, ma in picciol numero; e troppo
spesso la più divina delle arti si consacra ad argomenti
frivoli, o, quel che è peggio, spregevoli.

Ho pure atteso alcun tempo ad un romanzo storico,
poi ad un altro; ma non ero ancora alla metà dell'opera,
che il mio ardore venne meno, considerando a quale immensa distanza io mi rimanessi pur sempre dai capi d'opera che in questo genere possediamo, specialmente dai
Promessi Sposi dell'inimitabile Manzoni. Tanto vale il

non fare alcun libro, che lo scriverne dei mediocri; e forse io ho già scritto anche troppo.

Dopo il discorso sui *Doveri degli uomini*, ho abbozzato, interrottamente, un piccolo trattato sui *Doveri delle donne*; ma i primi saggi non mi hanno appagato. Ho trovato in questo campo immense difficoltà; e sono portato a credere che solo una donna sarebbe in grado di comporre un tal libro con quella perfezione che in esso vorrei.

Insomma, io molto scrivo; ma raro avviene che termini alcuno de' miei lavori; e scrivo piuttosto per soddisfare a me stesso, che colla fiducia di poter produrre un libro di pregio. Talvolta prendo la penna e, non sapendo fare altro, scrivo la mia povera vita...

LE ADDIZIONI
DI PIERO MARONCELLI

LE PRIGIONI

Santa Margherita in antico fu chiostro di monache nel centro della città di Milano, fra il Teatro della Scala e la piazza de' Mercanti. Abolite le monache, ivi risiede ora la Direzione generale di polizia, la quale riunisce nel medesimo locale una lunga serie di carceri di diverse categorie: carceri per gl'imputati di trasgressione o di colpa; carceri per le imputate irregolarmente di meretricio; carceri per gl'indiziati o anche solo sospetti di taccia politica. Per quest'ultima categoria nel 1820, non essendo sufficienti quelle che già esistevano, se ne costruirono di nuove a pian terreno: — umide, per cui la più parte de' prigionieri di stato perdevano i capelli; — buie, per cui ivi si soffrirono pericolose oftalmie; — sinistre, fetide, tormentanti, per cui ricevettero il doppio battesimo di bolge dantesche e di cloàche — e la pessima di tutte, ove giaceva il conte Federigo Confalonieri, fu detta cloaca massima.

Questi nomi formarono parte del gergo che i prigionieri di stato crearono tra loro, onde evitare, allorché conversavano, il pericolo d'ascoltatori importuni.

In un libro che ha per titolo — Le Prigioni, — e in una circostanza in cui si costruirono prigioni apposite, — prigioni di stato, — non è forse del tutto inutile il descrivere com'erano materialmente fatte, in che differivano dalle precedenti; e indi instituir paragone tra la gelosia di stato de' secoli barbari, e la gelosia di stato de' secoli umani. E si vedrà come la face del progresso, caduta nelle mani de' cattivi, ha dovuto illuminare trovati cattivi; fatalità a cui è soggetta ogni più santa e più buona cosa quaggiù, dacché l'uomo, che può o nobilitar tutto o profanar tutto, ne fa strumento a' suoi fini.

Le più famigerate prigioni della Repubblica di Venezia, i pozzi o i piombi o le buiose del ponte de' sospiri, sono conosciute da ogni viaggiatore, — e noi le abbiamo abitate quasi tutte! Sempre così: all'interno una porta, — all'esterno una controporta, talora di doppie tavole di quercia, talora di doppie lastre di ferro. In più d'una, il buco che metteva nell'ambiente si sarà elevato da terra appena tre piedi, talché per entrare bisognava curvarsi affatto della persona. Pareti di macigni, ognuno de' quali avrà avuto tre o quattro piedi quadrati, quindi i muri intorno e al di fuori avevano questa profondità. Non ne' soli pozzi (ove non siamo stati), ma anche nelle altre prigioni, siccome le descrivo, la circuente laguna veniva a far compagnia al captivo, penetrando o surgendo da tutte parti. — Ivi ogni sozzura d'insetti!!!

La finestra che si protendeva per il lungo-lungo marmo che ho detto, aveva tre o quattro file di grossissime sbarre incrociate: eppure attraverso ad esse il recluso vedeva il cielo, vedeva il sole; e (non sotto a sé, ma lungi da sé) vedeva e case e piazze e uomini e altre cose, — o vive o almeno moventisi. Retro, la porta, l'immobile, la taciturna porta era pur la sola che sembrava proteggere al captivo una reliquia d'indipendenza. « Posso far quel che voglio; riderò, piangerò se voglio, benedirò, maledirò; il mio pensiero resterà mio, né sarà preda d'un delatore che vada ad accusarmi di fellonia; infine posso correre contro o le sbarre o il macigno o la porta e spezzarmi il cranio; e allora, addio processo, addio tortura fisica e morale, non sono ancora captivo del tutto, sono una potenza in lotta, e questa lotta sta in me di vincerla, o il lasciar che ella mi vinca ».

Tali erano le prigioni dell'antica gelosia di stato. Vediamo quali ha saputo costruirle la nuova. Finestra sbarrata, come nelle precedenti; ma dopo le sbarre, non aria libera! non vista e di cielo e di sole e d'uomini e di cose! ma un infausto cassone di legno che chiudeva ermeticamente i due lati e tutto il dinanzi, né lasciava altra apertura, che al di sopra, onde scendeva poca e falsa luce, ed aria peggiore. La porta non era più l'immobile, la taciturna porta, che pur sembrava proteggere un'ultima reliquia d'indipendenza al captivo, era un telaio di legno, tutto fornito di cristalli, e noi eravamo là entro come diamanti legati-a-giorno. Al di là de' cristalli una persiana, e sulla persiana appoggiavasi il naso di un gendarme onde spiare tutto che si faceva.

Così la costruzione delle nuove prigioni di stato, nel locale di Santa Margherita in Milano, l'anno 1821, regnante Francesco I, Imperatore d'Austria.

CAPO OTTAVO

E non son io testimonio delle lacrime che tante volte hai versate per quei cari fanciulli e pel loro genitore? E non son io testimonio che nella tua terribile malattia, giunto a prossimità di morte, tu sospiravi ad essi, tu pregavi per essi? E appena risanato avevi ancora sul labbro il loro nome, e quando, due anni dopo, i condannati milanesi vennero sullo Spielberg, il primo desiderio che ti struggeva era di sapere quali di tua famiglia vivessero, e tua famiglia erano padre, madre, fratelli, sorelle, il conte Porro, e i due cari bambini Mimino e Giulio! Questi ultimi tu sai come erano divenuti cari anche a me! Li conobbi solo alcuni mesi prima del nostro arresto, e m'avevano già posto tanto amore! Caro Mimino, caro Giulio, mi vedeste sì poco che forse non serbate più memoria del concaptìvo del vostro Silvio; eravate nell'età in cui le immagini delle cose, ed i sentimenti che in noi ridestano, si cancellano facilmente, per il rapido succedersi degli uni e delle altre; e l'anima novella ha troppo a fare per attendere alla non fuggevole comprensione di tutte.

Io ricordo invece che ad ogni mio venire nella casa vostra per trovar Silvio, scappavate cheti cheti nel giardino o nella stufa, e accostando insieme uno o due gambi d'erba ed un fiorellino, chiedevate alla vecchia Angiola un filo di seta per legarli; poi, venivate nel padiglione ove eravamo, tenendo celato dietro del dorso il gentile dono; indi giuntimi a lato me lo porgevate: « A lei, questo per sé, e questa per la persona che più ama ». Ora siete uomini, e sono certo non riderete di questa infantile rimembranza. Né il vostro egregio precettore v'esca mai dalla mente: egli ha sposato una causa santa, e non le è stato adultero anche in mezzo a' più lunghi, a' più atroci martirii. È il più bel testamento morale che Silvio, il vostro secondo padre, potesse legare a' suoi figliuoli di adozione: *l'Esempio!*

CAPO DECIMO

MELCHIORRE GIOJA.

Melchiorre Gioja, il più robusto pensatore che le scienze economiche s'abbiano avuto a questi giorni in Italia e forse fuori; - ed oltre ciò, uomo d'erudizione enciclopedica. *Le tavole statistiche*, il trattato *Del Merito e delle Ricompense*, il colossale *Prospetto di tutte le scienze economiche*, una *Logica per i giovanetti*, un *Galateo*, una *Filosofia della Statistica*; e forse venti altre opere o più, sono un monumento non perituro che egli ha innalzato alla gloria d'Italia e di sé.

Una gentile giovinetta, Bianca Milesi, prodigò cure veramente filiali al venerabile vecchio, per tutta la sua prigionia, ed egli riconoscente compì in carcere il trattato *Dell'ingiuria*, e lo pubblicò appena uscito, con dedica all'egregia fanciulla che aveva potentemente contribuito alla sua liberazione. Gioja era della società del *Conciliatore*. Fu in cattività nove mesi: morì nel gennaio del 1829.

CAPO DECIMOSECONDO

MADDALENA.

Maddalena, chi sei tu? ti conosco io? ben mi pare che sì. La sola buona fra tutte l'altre. Io pure ho udito i tuoi canti e le tue litanie, ed aveva sempre ignorato il tuo nome. Fuori del corridoio in cui si trovava Silvio, al di là del voltone, propriamente a un de' fianchi del cortile delle inferme, erano la mia camera al numero undici, e quella di Maddalena al numero nove; e due volte la settimana si dava permesso a tutte le abitatrici del nove d'uscire nel corridoio a prender aria per quindici o venti minuti. Questo corridoio essendo meno esposto agli altrui sguardi che quello di Silvio, il secondino non era obbligato a custodia tanto rigida, e l'innominata cantatrice delle litanie una volta s'accostò alla mia finestra e cheta-

mente mi disse: « Buona sera ». Io leggeva: alzo gli occhi, e veggo una giovine che mi parve bella, e che mostrava attendere risposta al pietoso saluto. Aveva il capo inclinato sopra una spalla, pallidetta, occhi espressivi, melanconici... Risposi con un dolore che mi faceva piacere: « Oh buona sera! », e il tuono della mia voce volle dirle, e son certo le disse: « E come, gentile creatura, fosti inspirata di venirmi a far dono della tua visita? la visita della donna! della donna bella, compassionante! ».
Ella disse:

— Chi siete? Povero giovine!

— Son qui per cosa politica.

— Carboneria?

— Sì.

— Oh Dio!

E sospirò profondamente, quasi volesse predirmi tutta l'Iliade di mali che susseguirono.

— Avete bisogno di qualche servigio? ho più libertà di voi: mi capite, è vero?

— O sì, capisco, e vorrei pregare...

— Dite, dite pure; farò con piacere, se posso.

Era lì lì per pronunciare la parola:

« *Portami una matita* ». Mi ritenni. Non dirò che mi paresse indiscretezza la mia, non dirò che diffidassi di quella simpatica faccia, ma stimai imprudenza esporre forse lei, e me ed altri. Non aveva risposta da Silvio, il vecchio non compariva più, e malgrado che io nulla sapessi dell'accaduto all'uno e all'altro, sospettai qualche malanno, e volli evitare la possibilità che ciò si ripetesse. Voltai discorso.

— Ebbene, volevate chiedermi qualche cosa; diffidate, o mi credete così da nulla?

— Poverina, no, no, sull'onor mio.

A sì dolce rimprovero sentii tanto rimorso d'aver destato in lei que' dubbi, che mi credetti in obbligo di farne riparazione: e sporgendo dalle sbarre la destra, gliela offersi ed ella strinsela, e mi sentii meglio.

— Voi cantate spesso, — diss'ella, — e le canzoni che dite mi paion sì belle! quanto le imparerei volentieri!

— Hanno due gran pecche, — io dissi; — sono troppo lunghe, e troppo serie. Per me stan bene, perché ho bisogno di abituarmi a lungo dolore: non uscirò più.

— Più davvero?

— Dentro, dentro, — gridò uno de' secondini; ed ella conoscendo la brutalità a cui talora si abbandonavano, quando non vedevano obbedienza pronta, non ebbe spazio che di darmi appena uno sguardo; fu tutto di tristezza e di pensiero.

Non potrei dire quanto quella apparizione femminina mi fece bene e male ad un tempo. Mi vennero alla mente mia madre, le mie sorelle, e quante altre egregie donne aveva conosciute e presentiva di staccarmi da loro per sempre. Stetti in queste immaginazioni due ore (erano le otto): quando sentii una voce chiamare:

— Numero undici!

Non rispondo; e si ripete:

— Undici! undici!

— Chi mi chiama?

— Sono la donna del nove, che augura la buona notte all'undici.

— Ve la ritorno di cuore, buona donna del nove. Iddio vi benedica.

— Oh! ci benedica tutti!

Non la vidi più perché quel tenue favore di prender aria per quindici o venti minuti, costava cinque soldi per volta: forse la poverina non potea pagarli, ma da quella sera in poi, alle otto, ella chiamava costantemente l'*undici* per augurargli salute, pazienza e buon sonno.

CAPO DECIMOSESTO

Impareggiabile amico! in quella momentanea apparizione la tua mente vide in me molte qualità che la tua benevolenza magnificava in mio vantaggio; vide tutte le angosce che provava questo cuore, non per me; - oh non per me! - ma per te, pe' miei congiunti, e pe' tuoi! né potesti aver pace, che dopo aver pregato su me e sulla mia casa quella divina assistenza che tu pregavi sulla tua. Impareggiabile amico! Non vedesti tu i preghi che il mio cuore innalzava per te, e per tutti i tuoi cari? e la mia inconsolabile smania d'esser inefficace a procurarti libertà? e ben più, d'essere involontariamente causa della tua detenzione? Ah tu sai tutto ciò, perché tutto ciò ho deposto mille volte nel tuo seno, e quando coabitammo insieme a Venezia, e quando insieme coabitammo allo Spielberg, e nel dì che fummo liberati, ed in quello che ci separammo. Ebbene, consenti d'udirlo anch'oggi, e pubblicamente, su queste carte che tu hai rendute semplici e vere come il Vangelo. Questa mia protesta sta bene qui, perché la religione del mio cuore verso il tuo è anche semplice e vera come il Vangelo.

CAPO DECIMOSETTIMO

ECCIDIO DI PRINA. - UOMINI DEL *CONCILIATORE*.
COR-MENTALISMO.

I

Il conte Luigi Porro Lambertenghi di Como, signore di nobilissimi sensi, passionatamente amico del suo paese, lontano da ogni ambizione, e pronto sempre a tutto sacrificare per la causa della sua patria, e sua patria non era Lombardia, era Italia. Ne' giorni da operare egli era uomo a mostrarsi e dire apertamente: « *Opero anch'io, chi vuol operare con me?* », e tutta Lombardia avrebbe operato col conte Porro alla testa, tanta era l'opinione di probità e di disinteresse ch'egli unanimemente godea!

Il primo fatto che mi si presenta alla mente ha ottenuto troppo storica celebrità, perché io non sia giustificato, se per restituire la fama d'onorate persone, mi dilungo più che non conviene all'ordinario corso di queste note.

Eugenio Beauharnais era a Mantova ed attendeva che il senato milanese lo proclamasse re. Erano ragioni pro, ragioni contro, e certamente queste ultime potevano essere un fatale errore per la causa italiana (come lo fu): ma anziché muovere da antinazionalismo, cioè da volontà d'evocare i Tedeschi[1], veniva da lassitudine che si aveva d'ogni nome straniero. La nobiltà milanese perciò credette di poter creare un governo indipendente, che a guisa della generosa *Lega Lombarda* antica, di cui fu gloriosissimo capitano-istitutore il Pontefice Alessandro III, fosse poi nucleo e antemurale a tutta la Italica libertà. Pensiero sublime, ma che le armi austriache

---

[1] I Tedeschi: qui sta per Austriaci.

avrebbero soffocato in culla; e non mancarono di soffocarlo!!!

Intanto il conte Ghislieri, consigliere aulico di Francesco I, era venuto a Milano e si teneva celato presso una illustre famiglia, bene accetta agli Austriaci. Colà ei vedeva gli antichi fedeloni dell'*Alta Casa*, e colà fu statuito il massacro di Prina[1], nel giorno in cui il senato, ripulsando il principe Eugenio, avrebbe nominato sovrano se stesso. I congiurati (tutti ricchi proprietari Lombardi), per ottenere l'intento, assunsero di chiamare i contadini delle rispettive loro campagne, i quali sarebbero entrati in città, senz'armi, e per varie porte, come se fossero venuti al mercato, e poscia nel palazzo N. N... si sarebbero muniti di bastoni, sassi e anche di qualch'arme. Quando il senato sarebbe stato unito, questa ciurma irromperebbe e chiederebbe a grandi urla il ministro Prina, onde consacrarlo alla universale vendetta, come autore o consigliere della troppa gravezza delle gabelle.

Lo scopo de' congiurati era di eccitare una sommossa popolare, per impedire l'impaurito senato *d'andare a partito*, perocché quando non fosse stato nominato Eugenio, quando il senato stesso non si fosse creato Reggenza indipendente, i fedeloni dell'Alta Casa avrebbero gridato *Francesco*! e la conquista Lombarda sarebbe stata (se non più facile) almeno più pronta.

Questa scelleratezza doveva manifestarsi alla luce del giorno pe' suoi effetti, ma chi l'avea macchinata adoperò ogni sforzo perché se ne ignorassero gli autori: al bisogno se ne sarebbe versata l'imputazione su chi tenea la parte dell'indipendenza Italiana. Calunnia atroce, poscia accreditata con sì felice ipocrisia, che scrittori anche egregi l'accolsero qual dimostrata verità. Il dì venne, le montagne del Comasco, quelle che circondavano il lago Maggiore, le pianure della parte opposta, vomitarono a torrenti i littorani e terrieri loro, truci, minacciosi, e forse chiedentisi l'un l'altro: « *Qual è il delitto che si vuol comperare da noi?* ».

L'appunto era nel palazzo N. N... ove avea incognita il conte Ghislieri; e da lui stesso ebbero il *santo* e la spinta.

[1]Nessuna prova fu mai data di queste affermazioni del Maroncelli; se congiura ci fu, essa restò ignorata.

La perversa genìa correa rovinosamente le strade e le piazze, finché giunse al senato. Prima non v'era: insensata e dibaccante tornò allora a dilagarsi per la città, finché giunse a San Fedele. Là era il palazzo di Prina, e là fu preso. Un istante prima, persona amica corse a lui e gli disse: « Fuggite »; l'infelice rispose: *« I saria nen Piemonteis! »* (non sarei Piemontese).

Il popolo assassino smantellò la casa: si lanciò sulla cassa forte del ministro, e i tesori di Creso, che spremendo il sangue de' poveri ei doveva avere ammucchiati, consistevano in 90 franchi in danaro, qualche nota di debito, e nessuna proprietà!

Grecia e Roma ne' loro tempi più belli contano anime grandi, d'illibatezza eguale, ma non maggiore!

Intanto i buoni vedevano e gemevano: solo il conte Federigo Confalonieri e il conte Luigi Porro montarono a cavallo e gridavano: « Che delirio vi prende? Cessate: è infamia quella che assumete: chi vi sfrena v'inganna: non vedete il laccio che v'è preparato! Dovreste attendere a non essere Francesi, a non essere Austriaci, ad esser VOI! Vedete là, il vostro senato sta per farvi liberi, indipendenti, sta per decretare che il vostro danaro non esca più d'Italia, che il vostro sangue non sia più sparso che per mantenere la sovranità vostra, e voi in momento così solenne, lordate la povera Milano e tutto il nome Lombardo del delitto d'assassinio! Siete ubbriachi d'ira? versatela contro i segni del dispotismo cessato, ed esponete generosamente e con dignità le vostre vite ad impedire che un altro ne sopravvenga, che sopravvenga lo straniero! ». Invano. Confalonieri e Porro corsero al general Pino, pregandolo di unire la poca forza militare ed opporla a quel popolo maniaco, per contenerlo, non per offenderlo. Pino temeva compromettere il credito dello sperato governo, temea che un primo atto di vigore potesse parer violenza, e volea blandire quel popolo, il cui assenso egli stimava troppo necessario in quel frangente, affinché la Reggenza Milanese fosse debitamente riconosciuta sovrana.

Ei risparmiò quindi la forza militare, e montato a cavallo si spargeva con dolci parole tra la moltitudine: il che, presso a chi era ignaro della difficilissima parte ch'ei sosteneva, valse a quell'onesto la taccia di conni-

vente. I tre cavalieri, non riuscendo a ridurre a pace
quell'idra inammansabile, per ultimo espediente ricorsero al parroco di San Fedele, pregandolo perché uscisse
processionalmente col Santissimo. La presenza venerabile d'un sacerdote che porta levata in alto *l'ostia di pace*
avrebbe operato su quella ondante rabbia come la presenza d'Israello sulle acque del mar Rosso: il popolo, di-
videndosi come in due muraglie, sarebbe rimasto immobile, e sotto l'ala di Dio il ministro del cielo e quello della
terra sarebbero passati incolumi. Ma il parroco fu di poco animo, non sentì la sua missione e si rifiutò. L'eccidio
di Prina fu consumato.

V'ha chi presume che Pino volea esser chiamato re
d'Italia; non è difficile che taluno lo abbia voluto, e che
Pino stesso lo abbia sperato. Certo, il vecchio vice-presidente Melzi, quella veneranda reliquia della repubblica
Cisalpina, il Washington italiano, allorché la nomina
regale fu recata a lui, mostrò le grucce su cui appoggiava
l'infermo suo corpo, e disse quelle belle parole: « Un
presidente non cangia il suo titolo con un altro; voi
avete bisogno di re giovine che vi conduca a combattere, eleggete Pino »[1].

V'ha pure chi presume che Eugenio avesse personal-
mente offeso il conte Federigo Confalonieri: non v'è di
vero se non che Eugenio avea voluto innalzare più volte
Confalonieri a cariche eminenti, e non v'è di vero se non
che Confalonieri rifiutò sempre.

Sul conte Porro non sono presunzioni; e ciascuno, anche nemici, gli consentono condotta immacolata nel fatto
di Prina. Consentirla a lui è consentirla agli altri due,
perocché Porro fu prima ed era allora intimamente legato con Pino e Confalonieri. Seguitò poscia ad esserlo
con quest'ultimo in ogni sua cosa privata e pubblica:
non così col general Pino, perché si ritrasse al tutto in
una campagna, ove affranto più da calunnia che da infermità, chiuse una vita onorata e cara.

Ma due fatti rendono più bello ogni testimonio di giustizia tribuito all'intemerato nome di Federigo Confalonieri. Uno: la contessa Calderara, compatriota ed intima
dell'estinto Prina, la quale innanzi non erasi avvicinata

---

[1] Il Maroncelli riferisce le dicerie correnti a Milano, anche
se non basate su fatti certi e provati.

mai a Federigo, desiderò poscia legarsi in nobile amicizia con lui, riconoscendo quanto egli avea adoperato per la salute di quell'illustre sventurato. Il fratello di lei, inquilino di casa Porro, settimanalmente sedeva ivi a convito col recente generoso amico della sorella e suo. Altro fatto è un'apologia di sé che lo stesso Confalonieri pubblicò a stampa, e dove era sì patente che il popolo assassino fu spinto da quella mano che inalberò la prima le insegne dell'*Alta Casa* in Milano, che questa, appena divenuta occupatrice delle provincie italiane, a cui le piace dar nome di regno Lombardo-Veneto, comandò al conte Confalonieri di espatriare per alcuni mesi, in espiazione dell'altero scritto[1]. Del resto, giustizia a tutti: non è nuovo incontrare nella storia ministri imprudenti che spingono lo zelo fino a commettere colpe le più atroci, le quali da' loro padroni né furono sapute prima, né approvate poi.

Io credo fermamente Casa d'Austria innocente del delitto del Prina, con che Ghislieri, per una sua sete omicida, inaugurava gl'incunaboli dell'Anti-Italiano regno Lombardo-Veneto.

La credo innocente, perché in generale, scelleratezze gratuite e individuali, si commettono da odii o da egoismi individuali, - non da governi; e Prina non avea promosso l'ira di Casa d'Austria; laddove Ghislieri, adulato dal suo egoismo, sperò cavar premio dalla prodizione.

La credo innocente perché non premiò Ghislieri di questo né di consimile misfatto.

Ghislieri ebbe mano principale nel processo per cui furono condannati il celebre medico Rasori, il generale Demeester, i colonnelli Gasparinetti, Moretti, Olini, ed altri. Casa d'Austria alla fine di questa secreta inquisizione disgraziò Ghislieri; ed egli, abbandonato da chi credeva avere servito, precipitò da quell'atmosfera di cortigianismo che persino abbacina il senso morale dell'onesto e del disonesto; ed allorché risensando vide il male commesso, parvegli esserne ricoperto dal capo alle piante, quasi da satanico mantello che inchiodatoglisi sulle spalle non potesse più deporre. Si squarciò le vesti

---

[1] Fu semplicemente ingiunto, dalla polizia, al Confalonieri, di ritirarsi in una sua casa di campagna.

secolari, come per ispogliarsene, - e indarno; - vestì l'abito di San Francesco, come per occultarlo, - e indarno: ei vedeva sempre intricata in esso tutta la persona. Tra siffatti deliranti rimorsi, da indi a pochi mesi spirò.

Noi che non abbiamo odio contro alcuno, e siamo in guerra col male, non siamo in guerra co' penitenti: il cilicio del pentimento è candido quanto la stola dell'innocenza, e l'uno e l'altra si maritano virginalmente in Dio. Questi conceda la pace all'anima di quell'infelice!

Ho nominato un parroco di San Fedele, e ho detto che fu di poco animo. Per evitare equivoco aggiungo che il vero rispettabile parroco di San Fedele era da più anni apopletico, e veniva sostituito da un collega che forse nella Cura sua sarebbe stato *Un Leon di Giuda*, e là, dovendo render conto ad altri, dubitò, tremò, s'insassì come Niobe. Io vidi l'egregio parroco apopletico ed ottuagenario, quattro anni dopo l'accaduto, e mi stringeva la mano, e piangeva dicendomi: « S'io fossi stato nel mio seggio parrocchiale, ed il conte Porro e il conte Confalonieri, antiche mie pecorelle, fossero venute a domandarmi di salvar Prina, presentandomi col Santissimo, - oh certo non mi sarei fatto aspettare! oh l'avrei ben fatto senza che me l'avessero chiesto! ».

II

Il senato, avversando Francesi e paventando Austriaci si disciolse, e una reggenza fu nominata. Non una reggenza che rappresentasse il regno Italico, siccome lo compose Napoleone, ma una reggenza solamente Lombarda. Primo atto di essa fu la scelta di tre commissari per essere spediti all'estero. Commissari furono il conte Federigo Confalonieri, il conte Luigi Porro, il barone Trecchi: Confalonieri andò a Parigi, ove allora era Congresso; Trecchi a Genova, presso lord Bentink; Porro al campo austriaco al di là del Ticino[1], presso il generale Bellegarde. Lord Bentink accolse bene il barone Trecchi e promise quel che potea promettere - nulla a nome del suo governo, tutto dal lato del suo buon volere. Il ge-

[1] Maroncelli avrà voluto scrivere: al di là del Mincio.

nerale Bellegarde, non rispettando nel conte Porro il diritto delle genti, la missione sacra di ambasciatore, rispose facendolo prigioniero, levando il campo, e mettendolo in moto sotto a' suoi occhi, per discendere in Lombardia[1]. Porro fuggì alle mani del nemico, e tornò alla reggenza recando le triste nuove.

Confalonieri si presentò in Parigi a Francesco I, che stupì come gli antichi suoi sudditi in Lombardia, dopo vent'anni d'occupazione francese, potessero nudrire il ribelle pensiero di farsi indipendenti. « Andate, e dite loro che a diritti vecchi ne aggiungo nuovi; le mie armi, ora che parlo, gli hanno riconquistati, e sono doppiamente cosa mia ». E nel vero, si vide abbattuta la reggenza, e Bellegarde piantare un governo provvisorio, sotto il quale accadde la cospirazione di Rasori e il processo che Ghislieri auspicò. Ma non furono trovati tra' cospiratori il conte Porro e il conte Confalonieri; così è; li incontreremo ancora; ma sempre con faccia scoperta; quando il giorno d'un periglio *ch'essi non provocarono* li ha chiamati; quando ogni cittadino dee pensare che ha una patria, e che il non pensarlo è delitto; e sempre usando i mezzi a loro necessariamente offerti dalle circostanze, non mai violentandoli.

III

Dopo quel guasto italiano che si è chiamato *Restaurazione*, Porro andò a Napoli, e conobbe dai preparativi di Murat, - aperti o non aperti, - la sua voglia di dilatarsi. Al suo ritorno visitò Pio VII, che lo abbracciò, prima ch'ei facesse mostra d'inginocchiarsi, e dimandatogli delle cose di Napoli, Porro disse quali ei le scorgeva prepararsi. Pio VII ripigliò: « Né sono avverso all'impresa di Murat, né ai mezzi secreti pei quali si conduce: i Carbonari hanno senso italiano, ed ella è italiano, conte Porro, - e lo sono anch'io! ». Chiunque ha conosciuto Pio VII sa che niuno fu più insofferente del giogo austriaco, e che queste sue non eran vane frasi, ma sentimenti che quel buon vecchio romagnolo avea nel cuore. Il cardinale

---

[1] Veramente, non risulta che il Porro sia stato trattenuto prigioniero al Quartier Generale Austriaco.

Spina, suo intimissimo, professava eguali principii, e finché fu legato a Bologna salvò dalla richiesta austriaca i Carbonari di colà.

Non si può dire altrettanto di tutti i cardinali delle legazioni.

Ma l'impresa di Murat andò fallita.

IV

Il conte Porro era tornato a Milano; il governo provvisorio austriaco era divenuto governo senza remissione; dunque non restava più agli onesti cittadini che attendere, ed intanto, attraverso ai fremiti di quella falsa pace, proteggere nobilmente ogni industria, ogni commercio, ogni coltura, ogni arte. Ed ecco ancora uniti Confalonieri e Porro, i quali dissero: *Rieduchiamo il nostro paese, rieduchiamolo tutto da capo.* - E lettere, arti, scuole, manifatture, tutto fu chiamato a contribuire a questo nuovo piano d'educazione italiana.

Si diè principio instituendo in casa Porro il celebre giornale del *Conciliatore*, di cui era segretario Silvio Pellico. Con questo mezzo intesero a dare nuova direzione letteraria agli spiriti, o in altri termini, a chiamare le lettere al puro e primigenio loro scopo, cioè,

> *Condurre al vero per mezzo del bello.*

Vollero abbattere i termini d'una critica gretta, esclusiva, intollerante, meglio apprezzare le ricchezze di casa propria, profittar meglio delle altrui, incoraggiare scrittori che abbandonassero i dogmi d'una natura convenzionale e contraffatta, per istudiare lei una e multiforme, ma pur sempre vitale e schietta.

Così le tragedie ch'io chiamo *Psicologiche* di Silvio Pellico; le *Istoriche* di Alessandro Manzoni; gl'inni sublimi di questo; le cantiche venturose e tenere di quello; l'*Ildegonda* e *I Crociati* di Grossi; *I Promessi Sposi*, infine quanto di più bello ha prodotto la patria letteratura dal 1819 in qua, è anch'oggi dovuto alla salutare ed illuminata impulsione che fu data allora.

Poiché adunque agli uomini d'una letteratura snervata, garrula, vuota, era susseguito Alfieri, il quale a guisa di portentoso Sansone sta unico contro due secoli intieri, e li stringe e li scrolla e li atterra, schiacciando un popolo di profani filistei; - poiché all'immane rovina, due soli camparono, scaldati dalla sacra fiamma del Dio d'Israello, il Canzonista delle cristiane vittorie su' Turchi[1], e il prepotente personificatore de' simboli delle umane origini[2], il VICO dei poeti, sublime, barbaro, ignorato come lui, inspiratore delle grandi immaginazioni di Milton, come Vico delle profonde verità che oggi invadono ogni scuola filosofica; - poiché d'intorno all'alfieriano colosso corse una ridente e casta corona di multiformi fabbri di squisito stile; - poiché non pochi tra que-

[1] Vincenzo Filicaja, il più sublime tra tutti i lirici italiani, che siano comparsi in quattrocento anni, da Petrarca a Manzoni. (*Nota di P. Maroncelli*).

[2] Andreini, autore della meravigliosa tragedia l'*Adamo*, in cui prendono parte e cielo e terra e inferno. La immaginazione gigante e gli ardimenti felici che offre la sua scena, la quale, secondo la vera natura della poesia drammatica (che vale poesia d'azione), non è raccontativa, ma operante, innalzano Andreini alla sfera de' più inventori. Si rappresentò a Milano la sua tragedia, che fu accolta con entusiasmo inenarrabile. Milton la vide e fu compreso da trasporti di dolcezza e di spavento: e com'è vero che vuolsi e un Dio e un grande poeta per creare un altro poeta, Milton trovò tanto poeta e tanto Dio in Andreini, che valse a suscitare in lui un celeste incendio; e questo arse ed arse, fino a che nella sacra fucina ebbe cardinato i fati della libertà degli angioli e degli uomini; a quel modo che nell'ardente roveto di Mosè si cardinarono i fati della libertà d'Israello.

Andreini, colla compagnia drammatica ch'ei dirigeva, fu chiamato da Maria de' Medici alla corte di Francia, ove lo attendevano onorificenze a quel tempi straordinarie. Un'edizione dell'*Adamo* con rami, veramente magnifica, fu fatta a Milano, prima della partenza dell'Andreini per Parigi (porta la data del 1617): da indi in poi Andreini andò in oblio, o se taluno lo dissotterrò, fu per ischernirlo. È vero che Andreini scrisse in tempi di cattivo stile; ma una scuola di corretto stile dovea giungere fino a calpestare la sostanza di quel sublime concepimento? È facile capire che prima di andare in possesso di *buone parole* e *buone cose*, avendo pel naturale progresso dello spirito umano (che va lento, graduato, e non a salti), dovuto passare pel regno delle sole *buone parole*, queste divennero tiranne, e dichiararono ribelli le *buone cose*. Quindi, ciò che in un secolo di nullità avvenne all'Andreini era da aspettarsi: ma del pari oggi è da aspettarsi che giustizia ed onore si rendano a quel massimo poeta di immaginazioni e di pen-

sti intesero già felicemente a fini morali, come Foscolo, Pindemonte, Parini; - poiché altri con l'ala di Shakespeare, di Calderón e di Schiller avea volato al di là della prescritta drammatica arena, che mal si dice aristotelica[1]; - era omai tempo che una nuova letteratura surgesse, nudrita di grandi pensieri e grandi sentimenti, insegnante grandi verità e spingente a grandi fatti.

Monti, quel fortunato patriarca del buon gusto, che non avea del suo che splendide e magnifiche parole, era stupendo a vestire italicamente una letteratura ch'ei non creava. Parlò meditazioni innamorate co' pensieri del *Werther* di Goethe, parlò epopea con Omero e Virgilio, parlò tragedie ed inni con l'anima de' migliori tragedi e lirici che lo precessero. Quando parlò solo, l'opera sua maggiore, miracolo di stile, fu ad un tempo una miseria, un furto (o una congerie di furti), e un delitto. Italia intera sentiva necessità di lavarsi dalla macchia della Basvilliana, come se Monti, con quella, l'avesse compromessa in solido. E l'altra piaga dell'*imitare* ci avea prostrati in una abiezione universale, da cui non fummo rialzati che allo spuntare della nuova aurora che ci apportava il *Conciliatore*. Del resto, Monti

sieri, pur confessando il suo lato debole. Io mi reputerò contento, se sarò stato causa che i miei concittadini rivendichino dalla morte dell'oblio una gloria italiana che aumenterà il credito delle nostre lettere in patria e fuori, e specialmente presso gl'Inglesi, i quali debbono ad Andreini il *Paradiso Perduto*. Non tacerò che il primo pensiero poetico di Milton, fu di seguire dappresso il suo inspiratore Andreini e fare come esso una tragedia: ma dopo alcune scene trasportò il suo pennello creatore sopra tela più vasta. (*Nota di P. Maroncelli*).

[1] Carlo Gozzi, che esteri hanno in onoranza, e italiani a schifo; dico gli italiani del secolo delle *nullità*, e quindi del regno delle sole buone parole. È inutile ricordare che i seguaci del dramma (largamente preso), tengono Carlo Gozzi tra i più valenti creatori del genere, e come vero genio originale. Anch'esso attende con Andreini la patria ospitalità che gli è negata, e sta a noi, esuli politici, stringerci d'intorno a questi nostri illustri che hanno sofferto l'ostracismo letterario, e con essi attendere che l'ora suoni in cui unione, libertà e indipendenza, sieno retaggio che l'uomo d'Italia lasci a' figli suoi. Allora, poiché per legge psicologica, una libertà non istà senza l'altra, destineremo in Campidoglio i piedestalli che dovranno sopportare le loro statue, e il culto che ne seguirà, sarà giusto risarcimento dell'ingratitudine antica. (*Nota di P. Maroncelli*).

e gli uomini del nuovo giornale erano i veri rappresentanti d'Italia, in fasi morali molto differenti.

Italia-Serva ebbe Monti che si curvò trenta volte, non a trenta diverse opinioni, ma a trenta diversi padroni; perocché l'anima sua né era per libertà, né per assolutismo, né per alcuna cosa in sé; era anima *feudale*, cioè devota a persone, non a principii. Ei non cantava per lo stato monarchico o democratico, ma per Napoleone imperatore o per Bonaparte console, e le due persone erano tutt'uno per lui. Occorrendo, scambiava indifferentemente Napoleone con Washington, Bonaparte con Francesco I d'Austria, Lafayette con Pio sesto. Parecchi tra' suoi poemi hanno infatti portato successivamente tutti questi nomi.

Uno schiavo è mezz'uomo, dice Omero; parrebbe che la condizione anti-libera in cui nacquero Monti e i suoi coetanei, non ponesse in lui che mezz'anima che lo rendea capace di sentire il bello, non di crearlo.

Famosa era la sua bile contro quella ch'ei chiamava libidine di creare: al suo dire bastava *imitare*, o anche solo *produrre di nuovo il già prodotto*.

Ma *Italia-Serva* avea pure qualch'anima irrequieta che non potea durare la comune schiavitù: questa frazione che sosteneva un antagonismo a cui la patria nostra dovrà un giorno la salute sua, era la favilla del fuoco sacro, che impedì la morte d'Italia, e fu transizione fra servili e liberi. Questa transizione fu rappresentata da Foscolo.

Certo, Foscolo era civicamente liberissimo; ma io parlo di libertà civica e artistica, del pari che di servilità artistica e civica. Italia adunque volente farsi libera ebbe gli uomini del *Conciliatore*: tanto è vero che nel regno morale come nel regno estetico, ogni cosa si collega e concorda; e l'arte diviene l'espressione dello stato civile, politico e religioso, in cui trovasi un popolo. Molte volte, per mancanza di svolgere un principio in tutte le sue conseguenze, taluno si rimane a mezza via, mentre tal altro tocca la mèta: il secondo è buon logico, il primo è in contraddizione con se stesso. Abbiamo in Italia celebri uomini e maestri miei, i quali professano libertà civica e servitù letteraria unilaterale, come Foscolo; e non s'accorgono che l'ufficio di transizione fu consumato da quest'ultimo, e fu generosità, fu progresso; ma che ora essendosi innegabilmente passato ad altro stadio, essi sono retrogradi, sono un impaccio, una *illiberalità*.

Premea bene enucleare il germe morale del *Conciliatore*, per intendere bene la somma importanza della sua creazione. Era una scuola logica di libertà. Il governo austriaco la chiamò congiura, ed è verissimo che in un certo senso, ogni sforzo onesto di miglioramento sociale è congiura. Congiura de' buoni contro i cattivi, congiura che il Vangelo indisse a tutti errori, a tutti pregiudizî, a tutte iniquità.

Due professori a Bologna, ambo venerati maestri miei, sostennero, l'uno il principio libero, solamente civico, di Foscolo, l'altro il principio libero, sì civico che estetico. Il primo è l'onorando Paolo Costa, a cui, anche dissentendo, protesto animo grato; il secondo è nome europeo, Francesco Orioli, che ha sbalordita Parigi, prima professando antichità etrusche, poi filosofia psicologica. Può dirsi ch'ei fondò in Bologna una colonia confessante la doppia libertà del *Conciliatore*, e che di più sentiva la bellezza morale ed estetica del principio religioso, né lo credé inconciliabile col vero patriottismo.

Come la, biblica pianta di Nabucco avea prodotto in una notte fiori e frutta, e tutte le gregge del campo venivano a pascere sotto gli ampli suoi rami, così il *Conciliatore*, in un baleno avea veduto due sommi Tragedi, che tolsero a risolvere due grandi problemi umani. Pellico, *scrutans corda et renes*, elesse l'individuo, ed ebbe innanzi a sé un universo affatto spirituale. Manzoni elesse l'uomo collettivo, il popolo, ne' suoi differenti gradi di barbarie e civiltà; quindi ebbe innanzi a sé un universo plastico, che come l'adamitica creta egli animò con soffio divino. Quindi ogni *esteriorità* che in Pellico, per iscopo propostosi, è accessoria, diviene, per altro iscopo propostosi, necessità capitale in Manzoni. Mentre Pellico e Manzoni compivano quietamente la missione d'insegnare i presenti, ritraendo, ciascuno alla sua guisa, passioni e caratteri, virtù e vizî, oppressioni e bisogni di ogni tempo; - Berchet, vero italico Tirteo, creava per oggi, per le provincie più soggiogate, una poesia che dà il mal del paese ai poveri esuli, e la febbre d'indipendenza a chi respira le aure della nostra bella e adorata penisola.

Dicasi pure, « *è poesia di parte, non è italica, non mondiale, non passerà* ». Sarà vero: Berchet avrà fatto poco per l'arte, ma moltissimo per il suo paese. Sappiamogli grado di ciò, veneriamolo per ciò, giacché avendo potuto altro, ha sacrificato una parte di prosperità del suo nome al supremo bene quaggiù, la libertà del suo nido natìo.

Collaboravano al *Conciliatore* anche altri sommi italiani che erano fuori della patria, Pellegrino Rossi e Sismondi, ambo residenti in Ginevra. Nelle scienze politiche eranvi Gioja, Romagnosi, Ressi, Pecchio, il marchese Hermes Visconti, il conte dal Pozzo, il conte Giovanni Arrivabene. Nelle mediche, quel sommo colosso Rasori. Nelle esatte, gli astronomi Plana, Carlini, Mussotti. Nelle lettere, oltre i ricordati, il barone Camillo Ugoni, primo esempio italiano di critica elegante, Giovita Scalvini, monsignor Lodovico de' Marchesi di Breme, don Pietro Borsieri.

La nuova dottrina estetica del *Conciliatore* ebbe i suoi critici che la sostennero, anche indipendentemente dall'opera stessa del giornale.

Primo Berchet pubblicò un volume di conversazioni con un suo zio canonico, a cui traduceva e dichiarava l'*Eleonora* di Bürger. Fu esempio pratico di un bello possibile, fuori delle carraie nelle quali i Retori ci dicevano esser solo permesso di correre; obliando essi, o ciecamente o ingratamente, che da Guido Guinizzelli (*pro-avo poetico* di Dante e *primo parente* dell'italica letteratura) fino a Carlo Gozzi, le sublimi glorie della nostra musa nacquero e moltiplicarono fuori appunto di quelle carraie. Quindi, - al tutto primigenie e originali. Ma tant'è, i Retori aveano prevalso; Dante, Petrarca e tutta la scuola che surse per propria forza creatrice, e non imitazione, era stata nefandamente rinnegata. Lo stesso Monti, che l'avea posta a sacco da lato delle parole, o meglio, da ogni lato estrinseco, rimproveravasi di non essere stato talvolta più *omerista*: e pensava che la bellissima sua versione dell'*Iliade* (la quale provava, come ho detto sopra, quanto ei sapesse italicamente vestire una letteratura da lui non creata, - e nulla più!) avrebbe servito appo i Retori a perdonargli le forme *non legittime* del Bardo ed altro, fino a che fosse poi venuta la *Feroniade* a proclamarlo completamente ortodosso.

Tutta Italia adunque tornava ad avere nelle mani la *Divina Commedia* ed il canzoniere di Laura: spettacolo bugiardo, simile alle aurore boreali, che mentono la luce vera del giorno ed il calor vitale del benefico sole. Tutta Italia ignorava qual nascosto tesoro si contenesse in que' libri; vo' dire qual germe ella potea tirare da loro, se avesse voluto e saputo guardarli con occhi vergini, originali e liberi, come l'anima *non prostituta e non ischiava* de' sommi poeti cittadini che li dettarono. Oibò; Dante e Petrarca non erano allora per l'Italia che due rinnovati dizionari o manuali di voci e frasi, molto più felici di quelli di Frugoni e Bettinelli; e si menava gran grido d'aver saputo abbattere il regno di que' due vanitosi e insulsi parolai: ma ciò che Dante e Petrarca essenzialmente fossero, giaceva nelle tenebre d'una notte densissima. Gasparo Gozzi, anima onesta e di delicato sentire, buon osservatore in morale, ma timidissimo critico, da una parte trascinato dal prepotente genio del fratello Carlo, e devoto dall'altra a' miseri precetti de' pigmei Boileau italiani, tolse a conciliare due contrarietà estreme e rifuggenti. In una sedicente apologia della *Divina Commedia* pretese mostrare che la *modula*, ossia lo *stampo epico*, con macchine e congegni obbligati, si trovavano in pratica per eccellenza presso l'Alighieri. Fu vero scandalo dell'arte, ma che attestò in Gasparo il buon volere di salvare (più per sentimento istintivo del bello, che per estetica chiaroveggenza) il più grande poeta di tutte le nazioni e di tutte le età. Gasparo Gozzi fece un bene, fu causa che Dante fosse accolto, ma accolto come omerista; la qual cosa, anziché schiarire le tenebre che avvolgevano il sublime e misterioso spirito dell'antica nostra letteratura, e indi preparare il giorno alla nuova, lo addenso di più. Cioè la prima ignoranza non si tolse, e ci fu per giunta un inganno.

Perciò a cattivare attenzione, Berchet adoperò accorgimento finissimo, facendosi innanzi, con esempi di lettura non nazionale: senza ciò avrebbe avuto due difficoltà a vincere, quella di far passare il nuovo principio, e quella di far vedere che desso nuovo era pur antico ed originale nostro principio. Ciascuno avea il suo Dante per le dita; e come non ne comprenderebbe i più celati misteri? Queste nuove intenzioni che si pretendevano scoprire in lui, avrebbero avuto faccia di sogni; e l'*amor proprio* sarebbe stato duro ostacolo alle convinzioni anche meno restìe. Pari a ciò ch'è avvenuto all'egregio mio Gabriele Rossetti, malgrado l'evidenza maravigliosa di prove senza replica, che *confortano* l'assunto di lui. E si sono veduti ieri celebri professori riparlare di Dante a nazioni straniere, tutte attonite alla sola proferta di tanto nome, ed essi camminare allegramente la trita e miserrima via che sconosce *l'opera* di quel massimo riordinatore di popoli liberi. Ben traluce anche agli altri che Dante è grandissima cosa, ma duolmi che cotesta grandissima cosa non si sveli in che consista. Era più nobile la condotta del dottissimo Gravina, il quale diceva: « Veggo in Dante un immenso mistero; io non ne ho la chiave, ma presento da lungi il dì che si avrà, e che l'opera sua sarà guardata da più sublime orizzonte ». E nonostante questa confessata ignoranza, Gravina chiamava Dante co' magnifici titoli di poeta legislatore, ed altro ed altro; giacché, anche nella sua ignoranza, ciò non mancava pur d'apparirgli. Ora, invece, i critici che da un lato non hanno fatto un solo passo di più del Gravina, da un altro sono retrogradi; perocché ripetendo quanto di positivo egli ha detto, dissimulano (ciò ch'ei non dissimulava) che altro vi sia a scoprire. Pazienza, se paura di compromettersi non li fa pronunciare aderentemente al Rossetti; ma non abbian vergogna di dire francamente esservi chi tentò rivelare l'immenso mistero, senza che assumano responsabilità dell'ingente tentativo.

Se il cenno incidente e fuggevole che io ne fo in queste carte potesse ristorare in qualche minima parte il silenzio pusillanime (non dirò mai invido) che si è serbato finora dai professori danteschi, citerei bellissimi nomi fra gli annuenti al Rossetti. *Camillo Ugoni*, quell'autore elegante d'un periodo della nostra storia letteraria; e quel penetrantissimo Francesco Orioli già sopra ricordato, e a petto del quale ogni lode è minore del vero. Avrei potuto aggiungere Salfi, ma egli dopo avere assentito si ritrattò, per reverenza a' sapienti che gli dicevano: « *Dunque voi e noi, avremo studiato il nostro Dante venti anni senza capirlo?* ».

Così Berchet che aveva bisogno di semplificare la quistione non di complicarla, lasciò da parte le cose note, e si presentò con le ignote. Nessuno tra noi avea pronun-

ciato sovr'esse: nessuno trovò quindi difficoltà a collo-
carle nella nùova scuola ch'ei facea presentire.

Monsignore Lodovico de' Marchesi di Breme, forte ingegno e altissimo core, vedeva bene che non si rifà una
letteratura senza un grande fecondo principio e che quello stesso della rigenerazione politica non può essere che
figliuolanza d'un altro su cui s'innesti come su tronco e
dal quale poscia proceda.

Altrimenti ricadrebbesi nell'egoismo individuale, salvi
gli onesti, i disinteressati, i Lafayette, d'ogni paese, ma
questi sono sì pochi, che ben è singolare la nazione e
l'età che vantino il loro. Vuolsi fede in qualche cosa; invece la filosofia che regnava allora in Italia, era capace
di distruggere ogni fede, non di crearla: era *filosofia
sperimentale*, al tutto arida di sentimento. Ma l'animo
religioso dell'ottimo Lodovico di Breme, l'amico intimo
di Silvio Pellico, può dirsi che ne piantò una sovra base
molto migliore dell'empirismo. Poi la veniva enucleando
con una eloquenza mansueta, con una logica irresistibile, con un incanto che innamorava tutti gli ascoltatori -
era la filosofia del VERBO.

Prepotenza del vero! Breme e Manzoni, i soli che
avessero il Vangelo nell'intelletto e nel core, erano cir-
condati d'amici prediletti, che non potevano accoglierlo
per raziocinio né per sentimento: grandissima vittoria
di trovar fra essi un *deista*! A poco a poco, meditazioni
serie sopra la necessità irresistibile d'un ricomponimento
sociale; studi diretti e spogli o di prevenzioni o di giudizi prestabiliti; buone conclusioni, vo' dire, sincere conseguenze di principii ineccepibili, ineluttabili, vinsero
quando questa, quando quella rocca d'anticristianismo:
e que' restii confessarono essere il principio cristiano il
solo principio per cui le società (anche non cristiane)
stanno, il solo principio per cui gl'individui (anche non
cristiani) si tollerano, si rispettano, si amano: ché cristianismo è da che sono uomini, perché non è *umano
trovato, ma umana natura*; e quindi più o meno invade
tutte le scuole, tutte le filosofie, tutte le religioni, secondo che più o meno esse tendono ad umanizzare o disu-
manizzare i figli d'Adamo. Problema risoluto (e per essi
filosoficamente dimostrato ad evidenza d'assioma) essere questo: « *Ogni umanità è cristianismo, ogni non cristianismo è antropofagia* ».

Breme aveva ordinato nella sua bella mente un libro ch'ei chiamava le *Armonie della Natura*; era la filosofia dell'amore, era un inno a Dio, era il Vangelo scientificato, ossia ridotto a logica, che facea forza a tutte le coscienze schiette e leali, - o per rientrare nell'immenso cerchio delle creazioni, amandosi, - o per uscirne, confessandosi missionario satanico, ente disgradantesi, destruttore, disamorato. Nascita di ogni diritto e suo esercizio; nascita d'ogni equità, d'ogni morale, d'ogni liberalismo; nascita d'amicizia, di fratellanza, d'uguaglianza, scaturire irrecusabilmente dal cerchio di creazione a cui l'umanità intera ha missione di dare complemento. In equità, in moralità, usurpazione, assolutismo, casta, antropofagia, esserne fuori, e rinnovare la nefanda lotta di Lucifero. Per isventura Breme morì senza dare in luce il suo libro, e quel ch'è peggio, senza aver forse lasciato materiali scritti, ond'altri potesse giovarsene.

Dettò due drammi, l'uno *Ida*, l'altro *Ernestina*. Non furono stampati, ma si rappresentarono a Milano e a Mantova dalla compagnia Marchionni, ed erano formicolanti di bellezze cardinali e primigenie.

Il marchese Hermes Visconti tolse a dare un rendiconto della *Ragion poetica* del *Conciliatore*, seguendo l'oltremontana denominazione del *classicismo e romanticismo*, che cagionò tante dispute, tanti errori tra sé cozzanti. Non era ancora tempo di rivelare a quel pubblico che si volea far uscire di civica e letteraria schiavitù le alte teoriche che avrebbe esposte il libro di Breme, bisognava condurre allo spiritualismo, ma gradatamente. Anzi, allargare dapprima il solo campo delle tenzoni, come sarebbe ammettere la storia de' mezzi tempi qual sorgente poetica a concorrenza con le antiche greca e romana: ammettere costumanze e credenze analoghe (cavalleria, vassallaggio e monoteismo), a concorrenza ed anche a preferenza di costumanze e credenze d'altro ordine sociale (patriziato, plebe e politeismo), non era uscire da alcuna materialità, era solo scambiare una plastica usata con altra più giovine, più fresca, più vergine. Che quella plastica usata, per distinzione convenzionale, si chiamasse *classica* (dal latino e dal greco, divenuti classici e parlati dagli uomini che fiorirono nell'età di quelle lingue) stia pure, e che la plastica nuova si chiamasse *romantica* (da' popoli che avendo cessato gli antichi latino e greco, parlano lingue, che derivano da' Romani si dissero romanze, romantiche), stia pure. O in altri termini, che, per le duplici ragioni sopradette, il tema di storia antica desse battesimo di *classico* al componimento, ed il tema di storia moderna gli desse battesimo di *romantico*, - tutto è convenzione e sta. Ma pur si vede che questo mutamento di *essenza*, bensì di *materia*: e quindi non può essere che una *transizione*, per giungere in seguito a mutamento *essenziale*. La poetica di questa transizione è appunto il libro d'Hermes Visconti.

Come ho detto, Breme morì, e non lasciò traccia del suo libro, che senza dubbio dovea dare complemento all'opera futura del *Conciliatore* già cominciata con la transizione viscontiana. E che il *Conciliatore* in principio non potesse essere che una transizione, lo dice lo stesso suo titolo, il quale con la voce *conciliazione* esprime una mira *ecclettica*, e non una mira *originale, fissa, organica*. Io non avea conosciuto Breme né le sue dottrine di spiritualismo, verbalmente esposte ai suoi amici: mi furono poi partecipate sullo Spielberg da Silvio Pellico. Ma prima, cioè quando m'era in carcere a Venezia coll'egregio conte Giovanni Arrivabene, ei mi propose questo problema: « Quale delle due letterature *classica* e *romantica* ha più onorato co' suoi prodotti lo spirito umano? ».

Invitato a scioglierlo, presi ad esame tempi passati e presenti; nazioni orientali, occidentali, meridionali e nordiche; ravvisai in ogni produzione caratteri duplicemente essenziali, e non legati ad ere o climi o favelle, ma a condizioni sociali, intendo a condizioni e morali e politiche e religiose, che sono proprie d'ogni singolo periodo di letteratura, oltre quelle in cui ogni rispettivo individuo si è particolarmente trovato. Le massime antichità, indiana, persiana, e de' credenti in Brama, Wisnou, Siva, Budda, Oromaze e Arimano, degli Egizi, de' Fenici e degli Ebrei; - quelle de' popoli greco-latini, de' soggetti alla teocrazia druidica, degli educati nelle tradizioni nordiche o tartatiche, ecc.; - quelle di Grecia e di Roma; - il medio e l'infimo evo; - e per ultimo le civiltà moderne, me ne presentarono tutte promiscuamente abbondevoli esempi. Infatti si dànno scrittori che rinnegano la buona condizione in cui i tempi storici gli hanno posti, e vanno indietro. Sono figli d'errore, ministri di tenebre, sono il MALE, condizione l'ogni cosa finita, e da cui neppure andò esente il paradiso. Si dànno altri invece che secondano lo spirito de' tempi (se è buono) e lo migliorano e lo spingon oltre e sono profeti e maestri di più avanzato ordine di civiltà. Tra questi due estremi, - gradazioni infinite.

Se adunque per iscoprire ciò che furono le arti e le lettere, bisogna sapere ciò che furono gli uomini e le rispettive loro società, io domanderò prima in generale: « Che cosa è uomo? - che cosa è società? - che fu paganismo? - e ch'è venuta a fare la virtù nova del Messia? ». Rimontando ad elevazione veramente filosofica si vedrà che l'uomo È onde sia società, - e non ond'ei resti *sol-ipso*[1], ed è impossibile che sia società senza carità. Carità è sola legge di progresso. Paganismo è *sol-ipsìa* e *sensualità*. Con paganismo accordasi ogni impero di forza, di ricchezza, ogni brutalità, ogni materialità: tutti logici corollari del principio *sol-ipsico* e *sensuale* ond'ei s'informa. Nulla importa che paganismo non li abbia sempre tutti conseguiti fino all'apice; potea conseguirli: su ciò cale esser d'accordo, per vedere la base pagana in contraddizione non solo con ogni qualsiasi aggregazione d'uomini, ma altresì con lo stato di famiglia.

Ciò preposto (e ciò è innegabile), invito il mio lettore ad essere strettamente conseguente. Voglio esaminare (per esempio) la letteratura biblica, e trovo nell'ordine religioso a cui appartiene un elemento comune coll'ordine religioso de' tempi cristiani, - il *Mono-teismo*; ma trovo altresì la dura cervice (sempre volta a terra) de' Giudei, in opposizione diretta con lo spiritualismo evangelico. Cristo beatificando *povertà di spirito*, uccide con una sola parola, da un lato sensualità e sol-ipsìa pagana, da un altro lato plastica giudaica. Passo in silenzio la interpretazione arlecchinesca di Voltaire, che credeva (o voleva far credere) che qui si benedicesse *povertà di spirito* degli stolti, e non il distacco cor-mentale dell'Io, da ciò che tocca e circonda la nostra parte materiale.

Ora domando:

1. Le letterature di Grecia pagana e di Roma pagana che doveano essere? La risposta sarà certa: doveano es-

---

[1] *Sol-ipso* dal latino *solus ipse,* invece d'*egoista*; dacché questa parola è adoperata ora da' filosofi per indicare i seguaci d'una particolare dottrina dell'Io, detta perciò *egoismo. (Nota di P. Maroncelli).*

sere *sensuali, sol-ipsiche, plastiche*; in generale poi *tutte profilari*[1], giacché mancava il principio serio che divenendo generatore le improntasse di cor-mentalismo. So bene che si possono dare eccezioni, ma gli uomini delle eccezioni distruggono, sì in bene che in male, lo stato reale dell'universalità. A quel modo che il gran Socrate col suo mono-teismo, non fu rappresentante, ma destruttore della teogonia vigente. Se avesse fatto versi, la sua poesia avrebbe avuto i caratteri della ebraica.

2. Proseguo a domandare: « E che sono le letterature bibliche antiche? ». Appunto l'opposto delle *sensuali, sol-ipsiche* e *profilari* del paganismo; ma possono essere *plastiche* come quelle.

3. E che sono le letterature cristiane? Dante è la sintesi la più perfetta d'una letteratura cristiana: perciò Dante è poeta incomparabilmente superiore a tutti. Come le bibliche, le letterature cristiane non sono *sensuali*, non *sol-ipsiche*, non *profilari*. Come nelle bibliche, trovasi in esse il *principio plastico*; ma con questa differenza, che nelle prime è dominante e solo, nelle seconde è subordinato interamente al principio spirituale; unito ad esso, ma informato sempre da esso, come l'*Io-pensante* regge, governa, informa il corpo umano. Ecco tutto intero il principio dell'arte presso i cristiani, il quale bisogna cominciare a discernerlo anche presso que' popoli che non furono cristiani, per la ragione detta più volte, che cristianismo è umana natura: quindi se ne può, anzi se ne deve trovar traccia più o meno profonda anche prima che il Vangelo ne facesse accorte le genti (e così è presso tutti i popoli mono-teisti Indòi, Ebrei, come più tardi presso i Maomettani): sempreché appunto non sia là dove un principio contrario a quello di carità erasi introdotto, - il principio anti-umano, antropofago, sol-ipsico. E tale è incontrastabilmente il caso delle nazioni pagane; e chi in esse teoricamente o praticamente elevasi, opponendo, fa opposizione destruttrice. In teorica dicemmo averlo fatto Socrate; e il fecero Platone, la scuola d'Alessandria e gli stoici fino ad Epitteto e Marc'Aurelio. In pratica il fecero tutte le parziali carità di patria onde furono piene le repubbliche greca e romana: con-

[1] Vedi più avanti la spiegazione di questo vocabolo, che è l'antitesi di *cor-mentale*. (*Nota di P. Maroncelli*).

traddizione flagrante con certe altre discipline di morale cattedratica le più in voga, e prova sempre più grande che cristianismo è natura umana, e che sbuccia anche in mezzo ai triboli e alle spine che talvolta più vorrebbero soffocarlo.

Da ciò si vegga quale e quanta è l'allucinazione di alcuni critici, i quali pretendono:

« Che il cristianismo ha distrutte le arti, perché ha cessato di spiritualizzarle come facevano i greci ».

Primo errore: il principio di spiritualizzazione regna tutto intero nel cristianismo, e forma anzi l'essenza-prima di esso e di quanto ei tocca, penetra, influenza. Secondo errore: i Greci non ebbero mai in mente che il concetto plastico, non solo nelle arti dello spazio, ma anche in quelle del tempo. Aprite Omero, Sofocle, Pindaro. - è tutta poesia plastica.

E donde veniva questo principio esclusivamente plastico di tutte le arti pagane? Eccolo. Relativamente ad altri uomini, il pagano è uomo che si dissocia, s'insol-ipsa, pone SÉ qual centro finale a cui tutti i raggi della periferia del creato debbono cospirare. Relativamente al creato, questo è per lui una suppellettile, più o meno splendida nelle diverse sue parti, ch'egli, secondo volontà e scienza, può adoperare a suo comodo. E come egli è finito, e tutto riporta a sé - finito, non ha del creato e sul creato che mire finite.

È cosa ben bassa questo CREATO pagano. Ma la conseguenza immediata per l'arte, qual'è? È l'*espressione* di questa suppellettile, con iscelta o senza (secondo che vuolsi), giacché ciò non è che pura differenza di scuola; *espressione* che l'arte esegue co' mezzi particolari che sono a lei destinati, sia che adopera nello spazio, ed allora nascono pittura, scultura, architettura, e tutto ciò che è *estensione*; sia se adopera nel tempo, ed allora nascono poesia, musica e tutto ciò che è *successione*. Siffatta *espressione* è ciò che sempre si chiamò IMITARE; e di là, tutta la genesi delle arti pagane, cioè:

IMITAZIONE, origine dell'arte.

REALTÀ, effetto dell'arte.

DILETTO, scopo dell'arte.

Imitazione; - ma finita, bassa, limitandosi (con iscelta o senza) alle *espressioni* di quanto apparisce, il quale non è che materia a diletto.

Realtà; - ogni espediente dell'arte e dell'artista è al suo colmo, se dipinta l'uva, gli uccelli vanno a beccarla; se velata la donna, l'Ateniese esige per vederla che sia tratta la tenda. Miracolose puerilità, sconosciuta importanza della sublime e spirituale aspirazione artistica. Realtà volle uccidere il dramma, allorché indisse che la durata dell'azione non oltrepassasse il tempo della esecuzione scenica, e per grazia l'estese poi a un giorno, a un giorno e mezzo. Realtà poeticata, è fondo dell'arte; - realtà nuda, è assenza dell'arte. Quest'ultima realtà ha annichilita Manzoni, nella preziosa sua poetica drammatica.

Diletto; ecco tutto rivelato: - comodo sol-ipsico e niuna elevazione.

Ma l'arte cristiana, ossia l'arte che sola conviene all'uomo che non si snatura, e che anzi vuol conseguire lo scopo della creazione, è questa.

Ei pensa: se sono nato, non per essere individuo, ma con-membro d'un corpo più grande, - la società, - il principio conservatore di tutti i con-membri sarà armonia, amore, *Charis*; sarà eguaglianza, fratellanza; sarà ab-negazione della parzialità, della frazione, per il bene dell'intero. Ogni mia *operazione* dovrà essere *co-operazione*. Tutto ciò adunque che potrò escogitare nella mia mente, tutto ciò che potrò concretare fuori d'essa, sia nella estensione dello spazio, sia nella successione del tempo, dee *co-operare*. Se seguo la via della morale teorica (come l'insegnamento); se seguo la via della morale pratica (come gli uffici politici o militari), so a quai fini debbo co-ordinarli. Se seguo la via delle scienze, queste pure debbono *co-operare*; la *co-operazione* di queste due categorie ad un ordinamento sociale qualunque, è di facile comprensione. Se seguo la via delle arti, so che questa categoria non meno delle due precedenti dee entrare nel grande anello del creato, - *amore, armonia, co-operazione,* sopra discorse.

Inoltre, dacché società è condizione indispensabile d'umana esistenza; dacché il sacrificio del diletto, del comodo individuale, è ordinato a moralità, cioè a utile, a progresso, a nobilitamento dell'umanità intera, questa nobilitantesi unità umana, quando nella pienezza de' tempi abbia conseguito l'apice suo, dee trovare a sé riservati, ALTRI DESTINI. Ecco avvenire, - ecco necessità d'un dispensatore provvidente di siffatto avvenire, - ecco Dio. Riconoscere *carità* per unica *legge sociale*, e non riconoscere che a posteriori (o per analisi), da *società* e *carità* si risale appunto a Dio, come a priori da Dio procedono *carità* e *società*, - È ASSURDO SOLENNE.

E allora all'uomo sociale, o sinonimicamente al cristiano (dacché cristianismo e legge o possibilità d'associazione, è fatto identico), che cosa è Dio, umanità, individuo, creato? Ed eccoci di nuovo alla domanda già espressa addietro, ed a cui qui solo, dopo le precedenze, poteasi completamente rispondere:

DIO è autore del tutto, tutto è in LUI, nulla è fuor di LUI; da LUI procede tutto, in LUI ritorna tutto. Umanità, individuo, creato, è manifestazione, di LUI, immagine di LUI, sembianza di LUI. Dio è SOSTANZA, perché è l'unico che da sé STA; creato è FORMA d'essa sostanza. Dio è BENE, è VERO, è POESIA; - creato è BELLO, è ARTE, è SPECCHIO che riflette il bene, il vero, la poesia, che sono essenza divina. SOSTANZA e FORMA non sono separate, ma costituite in UNITÀ: FORMA è condizione di spazio e di tempo, SOSTANZA è in-condizionata.

Dunque il tipo dell'arte che per il pagano sta nella espressione di natura finita, tal quale ci appare, per il cristiano sta nella espressione dell'infinito, ché al di là di natura, e di cui natura non è che *manifestazione, forma, riflesso*. L'arte cristiana cerca Dio per mezzo della *forma*: Dio è termine: *forma* è veicolo. L'arte pagana cerca l'uomo, e nemmeno l'UOMO-UMANITÀ, ma l'UOMO-SÉ, e lo cerca per un veicolo che ha identità con quello dell'arte cristiana, ma che è ben lungi dal prestare a lei ciò che presta a quest'ultima. Perché? perché le manca il *verbo* al proferire del quale i cancelli si spezzano, e l'interrogante è introdotto nel SANTO. Ciò è d'evidenza logica. Sotto l'arte cristiana, *natura-finita*, essenda obbligata a ritrarre l'*infinito*, s'eleva e quasi INFINITIZZA se stessa: sotto l'arte pagana s'abbassa, si disgrada, perocché essendo ella pur sempre MANIFESTAZIONE, FORMA, RIFLESSO di Dio-infinito, invece di essere ricondotta al suo SOLE, alla sua SOSTANZA, al suo ARCANO, si dis-centra, e serve a comodo dell'uomo-finito.

Dopo avere discorso, secondo la diversa loro natura,

le due arti pagana e cristiana, quest'ultima dice che il suo modello essendo più alto che natura, non lo imita, ma lo presente, lo indovina, aspira ad esso, e per ricambio è ispirata da esso; *afflatur a numine*. Perciò:

ISPIRAZIONE, origine dell'arte,

BELLO, mezzo dell'arte,

BENE, scopo dell'arte; cioè scopo dell'arte è sempre una *carità*, un *amore*, una *armonia sociale* che conduce a Dio, che È BENE, VERO E POESIA. Sia quindi che chiaminsi arti *ispirate*, arti *belle*, arti *buone*, è sempre giusto; e l'una denominazione non esclude e non disimpegna dalla condizione delle altre qualità; solo vuolsi avvertire che piuttosto saranno dette o dalla *origine* o dal *mezzo* o dallo *scopo*. Ma tutto ciò che È, dee avere origine e mezzo e scopo.

L'artista pagano sale l'ultime cime dell'Antille, e chiude il cielo con una volta d'adamante, la quale (salve le proporzioni) è per lui come la vôlta del suo studio, limitata d'ogni parte: di là, guardando la terra, questa è per lui l'universo; e siffatto preteso universo la tavolozza che gli fornisce colori per dipingere... CHE?... SÉ!!!

L'artista cristiano sentesi disciolto non solo da terra, ma da tutto il creato ch'ei domina; e raccolto nella palma, spicca un volo per avvicinarlo al SOGGETTO di cui è FORMA, e là nell'Ente universale unificarsi, riposarsi, indiarsi entrambi.

Questa, e non altra, è la genesi estetica delle arti cristiane. Chi essendo nato ne' tempi cristiani, non vi si conforma, è un Socrate satanico che distrugge il principio buono, siccome il Socrate di Atene distruggeva il principio cattivo. Chi non essendo nato ne' tempi cristiani vi si conforma, obbedisce alla legge finale dell'universo. Non v'ha scampo.

Prima sono le cose, poi è la scienza delle cose; ciò non è dubbio. Ma talora questa scienza è falsa, indovina delle cose il cui spirito non le fu rivelato, ed ella tuttavia imprende a rivelarlo. Schlegel, l'illustre Willhelm Schlegel, trovasi in questo caso. Rinnega lo scopo, il che vuol dire rinnegare tutta l'essenza dell'arte cristiana, che, come abbiam detto, è unica essenza finale dell'arte.

Neppure è da tacere che non si chiama conseguir l'arte (quale testè l'ho spiegata), perché taluno si proponga per iscopo il *bene*. Un sermone, il Vangelo, sarebbero le più cospicue produzioni artistiche: e quantunque da un lato non manchino del *fondo* per divenirlo, sempre mancherà loro il *mezzo* ond'essere costituite propriamente tali; - e questo mezzo abbiam detto essere il *bello*. Le epistole d'Orazio non saranno mai altro che nuda filosofia in versi ottimi, sarà filosofia cristiana o no, sociale o no, buona o cattiva, ma non mai POESIA filosofica, non mai POESIA sociale appunto perché a que' versi non manca filosofia, ma il POEMA.

Filosofia vuol essere com-penetrata, non separata dal poema; cioè, vuol nascere dalla natura, dalle viscere del soggetto, il quale in tutte sue parti dee parlare lo scopo, anche quando le parole non sono direttamente un insegnamento. Eccovi un inno, una narranza: tutto il poema non vi rivela o un fatto o un carattere cor-mentale, o che si coordini per sua intima natura a qualche amore o armonia sociale che conduce a Dio; ma invece il poeta (o alcun personaggio del componimento) farà una allocuzione splendidamente zeppa di egregi sensi. Non nego che per essa non siasi utile a' lettori; venero l'intento del galantuomo, ma non dico che, per conseguire quell'opera buona, ei siasi servito di mezzi artistici; ei rientra nella classe del filosofo che insegna dalla cattedra, senza poesia; se non che l'uno parla in versi, l'altro no.

Insomma bisogna che lo scopo (*il bene*) siasi trasfuso o in epica, o in lirica, o in drammatica - esclusa ogni forma didascalica. Sostenere che l'*arte è scopo a se stessa*, come lo ha detto Willhelm Schlegel e lo ripete ora Victor Hugo; indi aggiungere che l'arte e l'artista debbono ammaestrare per via, eccitare al BENE, svelare il VERO e farlo amare, è circolo vizioso; - e nel fondo la giustezza dell'espressione sta per me. Schlegel ed Hugo, ch'io venero principalmente come scrittori sommi (se non sempre e in ogni cosa, come sommi artisti), lo dico con l'arditezza che dà una coscienza leale, parmi che abbiano torto.

Ordinate tutte queste riflessioni nella mia mente, onde accingermi alla soluzione del problema, da Arrivabene propostomi, subito m'occorse abbattere la denominazione *classico* e *romantico*, che (non dall'essenza, ma dalla materia) erasi proferita nello stadio transitorio, di sopra accennato. E poiché i resultati caratteristici, da me notati a traverso le letterature d'ogni nazione ed età, ora portavano il marchio d'una profondità di pensiero e di sentimento, ora portavano il marchio d'una superficialità dell'uno e dell'altro: - poiché la nomenclatura di *classicismo* e *romanticismo*, scoperta transitoria, falsa, esprimente uno scambio di materia e non d'essenza, m'era caduta a terra e frantumatasi, - fui obbligato sostituirne una che rispondesse veracemente all'uopo. Volli evitare il moltiplice significato della voce *spiritualismo*, e non piacquemi limitarlo con parziale definizione, perché ciò non è potente ad evitare errori: prova appunto le mille accettazioni di *classico* e *romantico* su cui i critici non si sono intesi mai, perché in se stesse quelle voci non dicono la cosa. La poesia profonda, sia di pensiero o d'immaginazione o di sentimento, io credei determinarla da due parole; una comprende *pensiero* ed *immaginazione*, - è la parola *mente*; l'altra comprende *sentimento*, - è la parola *core*: ne dubitai formare da quelle i composti *cor-mentalismo, cor-mentale, cor-mentalista*. La parola *mente* è per additare ogni creazione, propriamente detta *intellettiva*: del pari che la parola *core* è per additare ogni creazione passionata, dall'affetto sfumatamente più delicato, alla commozione più contrita. Dall'intelletto, quasi madre, esce l'*idea* d'un carattere nuovo; dal core, quasi balio, viene accolta, indi prodotta ad adolescenza e virilità.

La poesia che pensa, immagina e sente con levità, strisciando fuggevolmente su tutto, e nulla approfondendo, non per vizio ma per *carattere* (e che forma quindi un genere proprio, e *buono* anch'esso ma *opposto* all'altro), potrebb'essere determinata dalle parole *superficialismo* e *superficiale*, se non avessero perduto l'originario e virgineo loro significato, ed acquistatone uno di faccia ostile. Evitiamo inutili occasioni di giudizi equivoci. Le parole *schizzo* e *profilo* sono accettate nelle arti sì del tempo che dello spazio, e l'una o l'altra designerebbe a maraviglia quel genere che tocca e non s'interna, che disegna e non incarna: eleggendo la seconda, perché determinata, potrebbe derivarsene *profilismo, profilare, profilista*.

Così, non legato a tempi o nazioni, dirò che quasi tutta la letteratura biblica è letteratura *cor-mentale*, e le letterature greca e romana, quasi interamente letterature *profilari*. Virgilio, poeta che *pre-sente* il cristianesimo, è transizione dalla poesia *profilare paganica* alla poesia *cor-mentale cristiana*: carattere che dee riconoscersi nel modo cor-mentale con cui tratteggia il sentimento. Ovidio s'addentra talora nella passione, e non in guisa solamente *profilare*. Tacito è scrittore al tutto cor-mentale. Dante, Petrarca, Ariosto, Tasso, Guarino, sono poeti cor-mentali. Dante, per la profondità di pensiero, d'immaginazione e di sentimento; Petrarca, più per quest'ultima che per le due precedenti; Ariosto, per quella parte d'immaginazione che si chiama *meccanica* o *plastica*, e si stende più in largo che in alto, ed è ben diversa da un'altra immaginazione che si chiama *spirituale*. Del resto poi Ariosto è al tutto ignaro della creazione de' caratteri, i quali s'ingenerano in solido, parte da intelletto (o propriamente da immaginazione spirituale), e parte da core, cioè da sentimento e passione.

Tasso è poeta cor-mentale, principalmente per quella immaginazione di spirito e di core che ha escogitato dipingendo caratteri; e sono i primi che s'incontrano nella nuova letteratura. Questo è il vero merito originale (e pure quasi non ricordato) di quel poema, a cui tante e tante cose mancano per attingere lo scopo che dovea proporsi un cantore di crociate contro Saraceni in Terra Santa. Ma rari s'incontrano i poeti che sieno altra cosa che i tempi in cui vivono. La nobile demenza delle crociate non potea essere giustificata che da doppia pre-potenza di sentimento: pre-potente sentimento di religione in pericolo, pre-potente sentimento di civiltà in pericolo. Il primo sentimento dovea esser figlio dell'anima cristiana del poeta; il secondo, dell'anima sua cittadina. Tasso è cristiano pallidissimo (come lo si dovea essere all'epoca critica in cui la vecchia unità cattolica venne spezzata dalla protesta di Lutero); la sua religione non è ispirata, e l'eremita Pietro è ultima figura nel quadro epico della *Gerusalemme liberata*. Tasso non è cittadino perché le anime generose d'allora non aveano campo di esserlo: un'antica educazione di servitù snervava l'intelletto, e se l'ingenita gentilezza s'arrovellava indomitamente in esse, versavasi poi al di fuori per indebite vie: era un bisogno, una sacra Minerva che la rea condizione de' tempi facea uscir cieca dal santuario dell'*Io*, e che molte volte, per cecità, cadeva in trivii contaminati. Il dì che questa sacra Minerva uscirà al tutto illuminata, andrà diritta al suo scopo, generando sulla terra la duplice franchigia dell'individuo e delle masse. Non sarà a questo apogèo che allor quando impugnerà due faci: la face religiosa nella destra, che accenda ad alimenti, la face politica nella sinistra.

Guarino, il gran Guarino, è poeta cor-mentale, per la immaginazione spirituale ed il core che pone nella creazione de' caratteri, e per l'immaginazione meccanica che gli ha fatto trovare una nuova forma drammatica, forma anteriore a quella di Shakespeare e che Shakespeare conobbe ed adottò. E tutti, tutti i grandi poeti inglesi che fondarono la patria loro letteratura (del pari che i susseguenti), conobbero i padri della nostra, e da quelli succhiarono il generoso latte che gli crebbe Ercoli. Guarino ha un'altra cor-mentalità (oltre quella de' *caratteri* e della *forma*), la commozione: prima di lui niun poeta drammatico moderno avea raggiunto in essa grado sì alto.

Ho parlato dei cor-mentali Andreini, Filicaja ed Alfieri, ma sotto altro aspetto e so di non avere ancora caratterizzata la loro poesia. Né è intento mio caratterizzarla qui più specificatamente, sia per essi, sia per quelli di cui ho fatto dianzi troppo fuggevole cenno, sia per quelli che non ancora ho nominati. Ottimi, Poliziano, Lorenzo de' Medici, Sannazzaro, Giambattista Giraldi-Cintio, due Buonarroti, Vittoria Colonna e Macchiavello. Ecco i soli poeti originali di questo periodo: poeti, il dico arditamente, ancora sconosciuti a' nostri critici, che li hanno pur tanto magnificati: essi formano una età nuova nella poesia creatrice italica, l'età seconda, dopo quella di Dante. Chi ha caratterizzata questa età seconda? ancora niuno: ma ben più: chi ha caratterizzata la stessa età prima? Ancora niuno, se si vuole escludere lo squarciatore di densi veli Gabriele Rossetti. (Tutti gli altri cinquecentisti, a noi dati da' nostri maestri come poeti massimi, non sono poeti). Marini (né in tutto condannabile, né in tutto assolvibile) sarebbe stato cento volte più grande di Ariosto, se avesse avuto lo stile di lui. E solamente lo stile? o non vi è vizio organico nella sua testa creatrice? lo credo.

Metastasio non fa drammi cor-mentali; e le sue accozzate scene sono da meno ancora che da *profilista*; sono programmi od ormature di drammi, qua e là gemmate di bellissime odicine, talora solo filosofiche, talora anche cor-mentali.

Savioli, profilista (ma ottimo profilista!) è ultimo cigno di Grecia. Si sa che i cigni morivano cantando, per risorgere come la fenice, di secolo in secolo; e in una di queste beate riapparizioni, Savioli toccò in sorte a Italia. Tutta la voluttà, tutti i profumi della scuola ellenica, conservano appo lui la freschezza delle rose di primavera; e sono rose originali!

Che dire di Chiabrera e di Guidi? Entrambi senza testa e senza core, come potevano essere poeti? Guidi piombò sopra un libro d'omelie papali, e le tradusse in versi che chiamò odi. Chiabrera saccheggiava una sentenza qua, un'altra colà, vuoi da Pindaro, vuoi da Isaia, e quelle gli bastavano per aggiungere liriche all'infinito; - e tutte vuote. Inventò metri, quanto volle, e a mio parere, con ineguale felicità: diè norma il primo ai composti alla greca, e così fe' dono all'idioma di nuove forme. È differenza tra Guidi e Chiabrera: quest'ultimo non sapea parlare che attraverso a locuzioni intricate, oscure, anti-grammaticali; pessimo stile, per vestire o un bel nulla, o qualche cosa non sua. Laddove Guidi corresse alla sua favella i vizi secentistici, e le parole furono per lui un magnifico arredo pontificale con cui illustrò l'omelista Clemente: - furono altresì tutta la sua poesia.

La scuola di Bologna cominciava a piantare un buon seme, e furono egregi cultori Zanotti, Manfredi, Fabri, Ghedini, ma non ebbero un poeta. Gasparo Gozzi era giunto a ringentilire affatto il terreno... quando Frugoni e Bettinelli vennero e passarono: fu la tempesta che spazzò con ali immani il campi circostanti. Per fortuna questi danni si ripararono, ed ora non ci ricorda più.

Il conte Terenzio Mamiani della Rovere ha pubblicato in Parigi l'anno scorso (1833) un opuscolo d'Inni sacri. Per quanto l'eleganza e la lindura dello stile a me sembrino aggiungere pregio alle lettere italiane, altrettanto stento a trovare in quegl'inni il poema. Vi sono espressi anche sentimenti degnissimi, ma non nascono della cosa. Il poeta ch'è sul bello dell'età potrà risarcirne di questa mancanza in altre produzioni; ed ei permetta ch'io gli abbia data pubblicamente lode da un lato ed eccitamento dall'altro, perché la prima è debito, il secondo io spero sia causa d'un dono di più, col quale egli è capacissimo di aumentare le patrie ricchezze.

Dovremmo dire che in quest'opera il bell'ingegno di Mamiani è stato vittima d'una critica erronea? *L'Europa letteraria* accenna particolarmente l'erroneità da me dubitata, la quale del resto parmi una confessione spontanea ed ingenua dell'autore medesimo. — « *Ei s'è sforzato* (ivi dicesi) *di vestire all'omerica il pensiero cristiano* ».

Lo avesse pur fatto! non siamo schiavi della *forma*, sebbene dessa è più sublime cosa, e move da più spirituale principio che non si crede. Tutte le forme sono buone, in quanto che ciascuna è atta a produrre l'effetto che le è proprio, — ma non si pensi mai essere cosa indifferente lo scambiare una forma con un'altra, e che gli effetti restino gli stessi. La forma tragica d'Alfieri s'accorda per eccellenza col pensiero ignudo ch'egli ha posto sulla scena. L'uomo d'Alfieri non appartiene ad alcuna patria, ad alcun clima, ad alcun tempo. Non è la storia d'un popolo o de' popoli ch'ei dramatizza, è la lotta indefinita, — metafisica, — astratta tra *libertà-politica* e *schiavitù*. Ovvero se qualche rara volta cangia tema, è per passare da un concetto morale ad un altro. *Mirra*, la divina *Mirra*, è l'incesto. La dolcissima *Alceste-seconda* è l'amor coniugale e l'amicizia. Il solo *Saulle* cessa d'esser un *Io* non circondato di carne, nervi ed ossa, come i personaggi precedenti; ma prende umana figura nel tempo e nello spazio, e si modella, si concreta alle condizioni reali dell'epoca, del popolo, delle costumanze e della credenza in cui è rappresentato. L'*Abele* è del pari concepito in questo novo ordine concreto, ed allora Alfieri è stato forzato a spezzare la forma che seguì prima. Si noti bene (ne prego il mio lettore) come la forma presso i grandi poeti è *necessità sine qua non* dello scopo propostosi. Quindi non occorre mai dire: *questa forma è migliore di quest'altra*. La nova forma che trovò Guarino, ed elaborata poi con fisonomia particolare d'individuo e di popolo, in Inghilterra da Shakespeare in un modo; in Ispagna da Lope, Cervantes, Calderon in tre altri; in Germania da Schiller, Goethe e Kotzebue in tre altri; in Italia da Andreini, Carlo Gozzi, Manzoni ed Alfieri (nell'*Abele*), in quattro altri, è forma ottima per la tragedia storica, per la tragedia il cui concetto è dramatizzare le circostanze estrinseche di loco, tempo ed altro; sarebbe pessima per la tragedia psicologica di Alfieri e di Pellico, il cui concetto è dramatizzare le *vicende intime* dell'IO. Quali delle due è più sublime? Ambo capaci di prestarsi ad ogni possibile sublimità (nel diverso loro genere); ma il poeta può mancare il suo scopo, per deficienza propria non della forma, quando pure egli abbia saputo sceglierla non in contraddizione con lo scopo. Alfieri non è punto vero che abbia la forma aristotelica; ardisco dire contro lo Schlegel che la forma greca è imperfetta e inettissima sì alla dramatizzazione dell'*uomo interno* che a quella dell'*uomo esterno*; giacché i Greci non hanno ritratto che di profilo (*e non cor-mentalmente*) l'uno e l'altro. L'imperfezione della loro forma è perciò conseguenza logica. È poi anche assai meno vero che Alfieri avesse la forma convenzionale e barocca de' teatri di Luigi XIV e di Luigi XV. - Alfieri è il primo poeta, sì tra gli antichi che tra' moderni, che abbia eseguita la dramatizzazione dell'Io, cioè dell'*uomo interno*. La forma che ha scelta è quindi la conseguenza escogitata, immeditata, necessarissima del suo concetto; è forma sua, è originale, è logica. Volle poi dramatizzare altro che l'Io, volle dramatizzare l'uomo *nel tempo e nello spazio*, e prese altra forma: questa non la inventò, perché Guarino in siffatto modo di dramatizzazione esterna lo aveva precesso, ed ei non fece che imprimerle un carattere a lui speciale, come, senza uscire dal genere, abbiamo veduto essere variamente avvenuto in Inghilterra, Spagna, Germania, secondo nazioni, tempi, costumi ed individui. Alfieri (ch'io mi sappia) non fu mai giudicato così; sofferse quindi biasimi atroci da nazionali ed esteri.

1. Per non essersi analiticamente renduti conto del concetto di rigenerazione morale a cui volle condurre i suoi compatrioti, e pel quale-solo Italia-libera dovrà innalzargli un tempio;

2. Per non essersi analiticamente renduti conto come il suo concetto estetico fu maravigliosamente concorde con lo scopo propostosi. Il che costituisce — secondo la critica che io professo — l'artista per eccellenza.

Pellico invece, che vide con-divisa con tanti suoi co-evi l'opera rigeneratrice politica che Alfieri sostenne solo, poté non condensare da un lato unico la pittura intima dell'*Io*, e tratteggiarla in fasi più variate, non ancor tocche e quindi originalissime. Infatti *Francesca da Rimini* è quadro di delicatissimo amore, e non quadro politico. *Eufemio di Messina*, sconosciuto, maltrattato, per miseria di critica, è cosa anche assai più grande di *Francesca*; è un'altra fase di passione, non delicata come quella, ma divorante, brutale: amore è ivi un immenso colosso che rovinando si sfracella in pezzi e cagiona un tremuoto terribile che inghiotte ogni cosa intorno a sé. *Erodiade* è la più sublime creazione di carattere che vanti la scena cor-mentale, e supera lo stesso *Saulle* di Alfieri e l'*Hamlet* di Shakespeare, con cui quel carattere ha comune il genere. *Gismonda*, *Leoniero di Dertona*, *Ester d'Engaddi*, *Iginia d'Asti*, accettano la pittura esterna molto più che non Alfieri, ma nondimeno è pur sempre ivi come incidente. *Guido antipapa* e il *Colombo* (inedite) l'accettano in modo principale, e quindi hanno la forma del Guarino, del Shakespeare, ecc. - Sempre ogni cosa a suo luogo, sempre *forma* concorde a *scopo*, e non già credere che *forma* per sé sola possa fare una letteratura, e dirsi quindi ecco forme classiche, ecco romantiche. Forme sono una suppellettile di cui tutte le letterature possono valersi più o meno bene, più o meno attamente all'uopo, giacché ogni forma è particolarmente destinata al suo *quìd*, e fuori di là è una sconcezza, un abito mendace, un impaccio.

Da ciò discende logicamente che il conte Mamiani avrebbe potuto benissimo vestire anche con la forma omerica il pensiero cristiano. Ma è appunto il pensiero di quegl'Inni che non è cristiano in alcun modo. Il pensiero cristiano avrebbe dovuto portar seco spiritualizzazione, ossia cor-mentalismo; - e questo manca affatto; avrebbe dovuto guidare ad uno scopo o psicologico o sociale; e questo manca affatto, in quanto che (se pur v'ha) non s'immedesima nell'essenza del poema, ma rimane nell'estrinseco di esso. Non resta dunque di cristiano che il *fatto*, cioè Raffaele invece di Mercurio, Geltrude invece di Diana. Di sopra ho chiamato ciò scambio di una plastica vecchia in una plastica giovine; ma l'anima di questa giovine plastica è pur sempre pagana. Per istima che fo quindi delle forze dell'autore, gli dico che l'intenzione sua (se è quella espressa nell'*Europa letteraria* 27 maggio, corrente anno 1834) non è conseguita.

Nella scorsa sulla filosofia italiana poi, che l'autore fa in quello stesso giornale ei non mi sembra tener conto d'un elemento importantissimo, anzi dell'unico principio delle arti italiane. Desso è il principio *platonico-alessandrino*, a noi trasmesso ne' tempi barbari pel canale de' santi Padri, il quale informò le lettere e le arti nostre dal loro nascere con Guido Guinizelli fino a Poliziano. Da Poliziano in qua, il principio delle arti continuando ad essere platonico, lo vedemmo, sotto altra fase, procedere non più dalla trasmissione de' santi Padri, ma dalla scuola medicea cui presiedeva Marsilio Ficino. Cosicché l'antagonismo, che nelle epoche critiche ha salvato fino *ab antico* (e salva ora) popoli ed arti, fu platonico nella prima età della nostra coltura letteraria, e gli artisti platonici trovaronsi in guerra con le scuole filosofiche. Nel secondo periodo, l'antagonismo platonico non fu solamente nell'arte, fu anche nella scuola; e dee contarsi come tempo d'abbassamento morale, politico ed estetico quello in cui in Italia ebbe il di sopra il principio opposto. Ed è principio che scongrega invece d'unire, e mena in ultimo a completa dis-associazione, a sol-ipsìa [1].

[1] Scrivea queste cose, allorché (come si fa tra persone che si onorano) ne feci lettura allo stesso conte Mamiani. Ei rispose: «Avete messo il dito sulla piaga; frescamente pieno della lettura d'Omero, m'invaghii di fare una corsa ne' suoi domìni. Ma come farmi leggere? Prendendo le storie del suo tempo? Impossibile. Presi quelle del mio, e le poeticai con pensieri pagani e forme pagane. Feci, come voi dite, uno scambio di plastica, e nulla più. Solo reclamo per l'Inno de' patriarchi, ove un'altra intenzione mi guidò.

«Quanto alla preterizione che voi notate avere io fatta ne' cenni sulla filosofia in Italia, è pur vera. Filosofia italiana, filosofia d'un paese qualunque, non è solamente quella che si detta dalle cattedre, è quella altresì che si pratica, ed in Italia fu l'antagonismo che dite. Le scuole *parlavano* Aristotele; le arti *facevano* Platone. Ciò fino alla caduta di Costantinopoli; indi, anche le scuole, parte furono platoniche, parte aristoteliche. S'io non ne parlai, fu perché i limiti concessi al mio lavoro essendo per sé ristrettissimi, appena potei seguire il filo della filosofia propriamente detta, ed avvertitamente dovetti tralasciare quella delle arti, de' costumi, ecc. ecc.».

Non era mestieri di grande acume perché il critico rilevasse ciò ch'io rilevato avea su que' due sopraccitati lavori del conte Mamiani; ma voleasi candore non comune perché l'autore ne

Questo è il principio della scuola di Costa, il quale con egregie mire, per allucinazione di sistema, produce effetti contrari. Molti giovani di nobile cuore, non meno del loro maestro, si sono con esso inariditi: nulla producono (sol-ipsìa è infeconda), e tutto disprezzano. Così si è estinto ora in Bologna un giovane generoso, una bella speranza d'Italia, l'avvocato Tognetti, a cui mille volte ho detto: « Ma non vedi tu, buono, la tua filosofia, che ti sembra il trionfo della ragione, essere un'empietà, e che ognuna delle tue molte virtù è in contraddizione con essa?». Due generazioni intere sono state rovinate così: ove il soffio di quella scuola ha toccato, - ivi desolazione totale.

Resterebbero ancora non pochi altri nomi, come quelli de' onorandi miei amici, Giambattista Niccolini di Firenze e Carlo Pepoli di Bologna. Questi, caro per le sue delicate rime, immagine fedelissima dell'anima dell'autore, temperata ad ogni più gentile sentimento, ad ogni più nobile virtù. Quegli, dettatore di parecchie tragedie, *Nabucco*, *Polissena*, *Antonio Foscarini*, *Giovanni da Procida*. Niccolini è pensatore profondissimo, Niccolini ha verso bello, dizione lusingatissima, delle quali due cose ei si vale per vestire, o ardite massime, o magnanime aspirazioni patriottiche, o infine sensi morali della più alta, della più nobile filosofia, - d'una filosofia che ha fede in qualche cosa, d'una filosofia sociale e quindi cristiana. Egli, senza aver lavorato al *Conciliatore*, amicava a quel giornale.

Ma dal lato estetico io veggo l'amico mio molto deficiente. La sua tragedia non è psicologica, non è istorica, - non è poema in alcun modo: meno ancora poema

convenisse così senza riserva alcuna. Onore al conte Mamiani, e giustizia sia renduta all'Inno sui patriarchi. Un concetto filosofico regna nel componimento. Non più (come negli Inni precedenti) nomi cristiani, poesia pagana: qui come ebraici, poesia ebraica. È pittura fedelissima di società infante, società nomade, e sulla fine respirasi un'aura affatto foriera di Cristianesimo. Il che conferma quanto più sopra ho espresso, cioè, che questo poeta, ora salutato in Italia pe' suoi Inni, come il fabro più abile di versi sciolti, può darci ben maggior cosa di sé purch'ei consenta a divenir poeta del suo tempo, e noi l'invochiamo da lui in nome della patria comune. (*Nota di P. Maroncelli*).

drammatico, ove *azione* (dramma vuol dire *azione*), *nodo* e *caratteri* sono indispensabili. E azione, nodo e caratteri non sono nelle tragedie di Niccolini.

Perticari, si sa, appartenne alla scuola di Monti. È molto più consolante il parlare del delicato autore dell'ode in morte della Sauli, la più squisita lirica nel colorito petrarchesco, che, dal suo inventore a lui, fosse comparsa in Italia. Questi è il conte Alessandro Marchetti. Tommaseo ha battuta una via critica di rigenerazione che entra al tutto nelle intenzioni del *Conciliatore*. Infine, a provare che l'impulsione di questo egregio giornale ha sempre durato e dura, malgrado il sonnecchiare di molt'anni, e l'antemurale COSTIANO, sorge ora un ardito giovine, bello d'ogni bella virtù, il marchese Massimo d'Azeglio, genero di Manzoni, e pubblica un romanzo istorico. Ha per titolo *Ettore Fieramosca*, e tutto ivi è puro, fresco, originale, nessuna imitazione del gran maestro, e tuttavia la sua scuola, - perché è scuola di verità. L'opera di Azeglio non è solo letteraria, v'è un'intenzione patriottica, è intenzione santa. Onore a d'Azeglio! a lui non ricorderà forse d'avermi veduto a Roma, nel tempo della mia prima captività; - io non ho mai dimenticato che sin d'allora m'empì il core di nobili speranze ch'egli ha sì bene verificate.

Ma un poeta, un vero e grande poeta, non dee, come l'autore della *Gerusalemme*, essere solamente ciò che sono i suoi tempi. Molto meno poi dee andare indietro. Questo è rimprovero che potrebbe farsi a Savioli, se non fosse che lo scopo da lui propostosi non è *sociale*, come quello di Petrarca, ma una ricreazione. Un vero poeta dee ispirarsi dalle buone o male circostanze dell'età in cui vive, e attaccati al suo carro i contemporanei, dee trascinarli ad ordine più elevato di civiltà. Volendo misurare il merito poetico su questa scala, Dante, Petrarca e Alfieri ne occupano i primi gradini: furono veri *Liberi-Muratori*, che nell'edificio dell'italica libertà posero la pietra angolare, - et ultra. Ad Ariosto, confinato nella sua folleggiante amabilità senza pari, nella sua cormentale immaginazione solamente meccanica, ma pure straordinaria, converrà disdire seggio tra poeti sommi, tra poeti che hanno missione di rifare i popoli. I popoli grideranno al piaggiatore della fedeltà coniugale di Lucrezia Borgia,

Tu, Lodovico, l'anima smorali!

e tal sia di te, se vai escluso!!!

Se non è intento mio percorrere con giudizi l'italica letteratura in tutte sue fasi, molto meno lo è di percorrere le straniere. Tuttavia non mi riterrò d'accennare rapidissimamente, come in una divisione ch'è tratta da natura e non da convenzioni gratuite, tutto va spontaneamente a collocarsi a suo luogo. Shakespeare e Milton, non può caderne dubbio, sono cor-mentali; similmente tutti i grandi poeti inglesi moderni; similmente Klopstock, Schiller, Goethe; similmente *el Cancionero del Cid, el Romancero*, Buscòn, Garcilasso, Lope de Vega, Cervantes, Calderon, Vasco de Gama.

Tra gli antichi greci, il massimo Aristofane. Tra' latini, ho parlato di Virgilio, d'Ovidio, di Tacito. La letteratura trobadorica non fu mai bene designata. La letteratura gallica non ha che narratori e satirici in versi, e niuno tra questi è poeta. La letteratura francese potrà sempre reclamare che si renda giustizia alla cor-mentalità di pensieri di Corneille, ed a quella amplissima di Racine, il più grande, anzi l'unico lirico francese fino agl'innovatori *Lamartine* ed *Hugo*. A questa cor-mentalità d'*immaginazione*, Racine aggiunge quella carissima di *sentimento* nella divina *Fedra* ed in altri drammi.

Invece, nella arbitrarissima divisione di classicismo e romanticismo, dicevasi: classici sono (tra moderni), Buscòn, Garcilasso, Tasso, Vasco de Gama, Cervantes, Milton, Klopstock, Alfieri; romantici sono: Dante, Petrarca, Ariosto, Shakespeare, Schiller, Lope, Calderon, *el Cancionero del Cid, el Romancero*, ecc., ecc. - Chi ha solamente l'ombra del senso critico, scorge subito qual confusione nasce da tal gratuita fabbricazione di categorie. E qui basti. Non paia ch'io parli in oracolo. Si faccia applicazione dal noto all'ignoto: partendo dai dati già esposti, il lettore ha come riempire i vuoti da sé. S'io nol fo ora, è perché qui non è mio istituto; parlo per incidente, e mi sono dilungato anche troppo.

Il lavoro ch'io feci abbraccia tutte le arti del bello, sì nello spazio, sì nel tempo, ed è propriamente una nuova poetica generale, non fatta per uno stato di transizione come dovea necessariamente e logicamente essere quella d'Hermes Visconti, ma *stabile* e *progredente* ad un'ora. E questa *stabilità* è coordinata in guisa che la sua maggiore conferma viene appunto ad essere statuita dal *progresso* perenne della condizione morale, politica e religiosa dell'età presente *et ultra*, fino al massimo incremento onde saranno capaci le future.

Ed ecco resumersi questo sunto storico ne' seguenti elementi. Berchet fu la prima squilla che svegliò il cervello de' dormenti e li avvertì della possibilità di trovare una nuova poesia; Hermes Visconti ne disegnò i modesti incunabili, siccome conveniva in quell'inizio; Breme incarnò l'*idea intera*, ma le sue lucubrazioni non ci furono trasmesse; infine venne il *cor-mentalismo*, che lasciati da parte i saggi transitorii, ricostruì l'edificio critico al tutto da capo, e lo portò a meta definitiva. Può dirsi con giustizia che il *Conciliatore* elevò il Pròdromo del cor-mentalismo. Auspice al primo, il conte Luigi Porro Lambertenghi in libertà, e circondato da corona di sommi itali ingegni; causa occasionale al secondo, il conte Giovanni Arrivabene, in carcere, al fianco d'un amico. Le molte carte a cui furono confidati questi pensieri, ed altre non poche le quali contenevano poemi e prose di vario argomento, mi seguirono sullo Spielberg ove le consegnai al direttore della fortezza. Così fece anche Silvio di tutte le sue, pur contenenti poemi e prose; così femmo entrambi de' molti libri che trasportammo in due enormi casse. Ci fu fatto scrivere doppia nota di tutto, ed avemmo solenne promessa di restituzione nel giorno della libertà, quando che fosse. Questo giorno venne, e nulla ci fu restituito. Pazienza della perdita de' libri; pazienza delle carte mie... benché quèste e quelli fossero l'unica proprietà che tanti anni di sventura m'aveano lasciata!!!... Ma la non restituzione delle carte di Silvio defrauda irreparabilmente uomini e lettere[1].

[1] Una parte del mio lavoro critico sulle arti del bello, cioè la parte che concerne la musica, ha cominciato a comparire nell'*Esule,* giornale di letteratura italiana antica e moderna che esce una volta al mese in Parigi. Alcuni hanno pensato che io mi servissi di dottrine, o anche solo di nomenclature tedesche, per dichiarare i principî musicali ch'ivi mi sono proposto d'enucleare. «Si vede (dicono), che è al tutto educato alla scuola germanica». Mi fanno onore, e ardirei dire

Intanto ben si penserà che nel mondo de' vivi la benemerita impresa del *Conciliatore* fosse interrotta. Monti, veramente destinato sino alla fine a nulla mai capire dell'andamento progressivo de' popoli, che pure accadeva sotto a' suoi occhi; allorché già la transizione del *Conciliatore* era consumata, ed altra salute letteraria non restava a Italia che abbracciare una creazione estetica

giustizia, quelli che leggendo un mio lavoro critico, credono riconoscere in esso un andamento alemanno, a quel modo che si onorano il pittore ed il musico d'oltramonti a cui si dica: « Il vostro quadro pare italiano, vuoi della scuola di Venezia o di Firenze o di Roma: e le vostre note si direbbero dettate a Napoli ». Il giudiziosissimo Camillo Ugoni, nell'opera sua ricordata, esprime arditamente un vero, che non dee umiliarci ma porci sul buon cammino: ei dice che gl'Italiani non sanno che sia estetica, cioè la filosofia che giudica e fa sentire altrui il bello. Noi *facciamo* il bello, nessuno anch'oggi ci supera nelle arti dello spazio; e circa quelle del tempo, il signor Artand ha detto che Manzoni è il più grande poeta vivente d'Europa. Ma questo bello non abbiamo saputo fin ora scientificarlo. Cesarotti e Manzoni fanno eccezione nelle diverse specialità a cui si dettero. Cesarotti attese alla critica ovvero filosofia delle lingue; Manzoni trattò un ramo di versificazione storica, e tutta intera la *logica-unità* del dramma. E non solo si levarono entrambi tant'alto da mostrare che non v'ha incapacità italica (come s'è creduto da varî stranieri) nell'applicazione de' nostri ingegni a studi siffatti: ma que' tre lavori sono e resteranno sempre il più bel modello da cui e Francesi e Inglesi e gli stessi maestri universali di critica, i Tedeschi, dovranno venire a prendere esempio. E Goethe lo sentì, e schiettamente pubblicò, anche da questo lato, la gloria dell'amico all'Europa intera.

Ma questi massimi sono nella critica italiana come due grandi SOLI di tanto prepotente splendore, che hanno spazzato il cielo come un deserto: non più astri minori, non più stelle fisse, un'immensa vôlta azzurra non mai interrotta. Attendo con impazienza i lavori drammaturgici del mio rispettabile amico ed antico precettore Bozzelli, i quali spero accresceranno gloria all'illustre autore, alla patria comune, ed a questa lunga e dolorosa emigrazione, ch'è sbattuta e tempestata da tutte parti, con accanimento ed in-sicurezza indicibili.

Dirò adunque ben alto, che mi pregio d'essermi interamente educato agli studi estetici delle scuole di Winkelmann, Mengs, Lessing, Schlegel, Boutterwech (e se si vuole anche della Staël e d'altri). Ma che le mie dottrine sieno tedesche è un equivoco: apertamisi la mente dacché ebbi familiari siffatti autori, mi parve vedere altra cosa che essi. Ch'io vegga bene

al tutto organica (quale per esempio è il cor-mentalismo), ei propose un avvicinamento tra classici e romantici. Cioè propose l'eclettismo, quando l'eclettismo cadeva, e non s'accorse che nella bocca degli stessi conciliatoristi era una menzogna, una simulazione di cui ebbero necessità per il momento, onde ottener passaporto che li guidasse più avanti. Ma un senso di nazionale ret-

o ch'io vegga male, sarà da giudicarsi poi; ma tutto quello che ho dianzi esposto intorno alla nuova poetica generale da me fondata su natura e non su convenzioni (e quindi invariabile, eterna), nulla ha che fare con le dottrine di questi sommi che mi precessero. Non s'ha che a instituire un'analisi de' loro principî e de' miei, e si vedrà subito: prendiamo il più antico e il più moderno. Winkelmann nega che vi sia poesia, se non è plastica come quella d'Omero; quindi Dante, Shakespeare, Milton, per lui non sono poeti, e tutta la potenza di spirito di questi sublimi, è nulla o almeno anti-artistica. Schlegel, il capo-scuola de' spiritualisti germanici, ho già detto e qui e in altro lavoro, come sia lontano dal principio sociale ch'io pongo; egli, a mio credere, distrugge appunto l'arte *cristiana e spirituale* che vuol edificare.

Quanto al dire ch'io mi serva di nomenclature tedesche, è un altro equivoco. Plastico (voce che mi cade spesso in acconcio) non appartiene più a questa che a quella scuola, ma all'arte: e poiché ell'ha produzioni che sono spirituali, ed altre che nol sono, questa antitesi, sia che si chiami o *fisica*, o *corporea*, o *plastica*, sarà sempre lo stesso. Ma poi quest'ultima parola è triplicemente italiana; deriva dal greco ed è stata accolta dal latino, ed inoltre essendo già ricevuta in questa significazione, sarebbe stoltezza se ci rifiutassimo di riprendere cosa che è nostra, per la sola ragione che le hanno accordata ospitalità anche gli estranei. E infine spogliamoci di passione, e giustizia sia renduta a tutti. Se noi siamo nulli in critica; se i Francesi sono peggio di noi (perché tra miseria e nulla, questo è ancor preferibile a quella), non dovremo accettare il sapere ove si trova? Bel liberalismo! E se altre nazioni avessero fatto così verso Italia, a che ne sarebbe la civiltà europea? Conveniamo che questo è falso orgoglio, e che certi liberalismi puzzano assai d'antichi pregiudizi, e non conducono alla fraternità universale delle nazioni. Risentiamoci allorché ci si vuol rubare cosa nostra, ma rendiamo ad altrui ciò·ch'è d'altrui. Dunque plastico, come parola, è anzi italiana che tedesca; e come nomenclatura appartiene all'arte, che per sua natura ha molte *spiritualità* e molte *corporeità*.

Quanto a *cor-mentale* e *profilare*, sono voci di genesi affatto italica, né si dica che servono a nomenclature straniere; son io

titudine impedì di dare ascolto a Monti, e questi fu lasciato nel suo Olimpo terraterra ch'ei pretese aver rivendicato per sempre agl'Iddii pagani.

Invece un uomo de' nostri era rimasto, che, *solo*, fu colpito a mezzo, - MONTANI, - il quale, se il *Conciliatore* durava, era stato destinato a sostituire Pellico nella sua qualità di secretario, onde lasciare all'autore d'*Eu*-

il primo che le ha formate, per segnare una divisione che (quantunque posata su natura) lo spirito umano non avea ancora distinta nelle produzioni del bello.

Così il giudizio ch'io dò su Mozart è ben certamente molto diverso da quello che conoscevamo de' critici alemanni nel lessico della conversazione e altrove. In questa sola occasione, parlando di Tedesco e apponendomi a giudizi tedeschi, mi sono servito della nomenclatura di Kant - *qualità e quantità*, - che in Germania applicasi a filosofia ed arti; e ciò ho fatto ond'essere capito colà.

È poi molta soddisfazione per me che in una biografia di Beethoven, pubblicata un mese dopo il mio lavoro, nella *Revue des deux Mondes, 1.er mai 1833*, il valentissimo autore, che mostra una straordinaria potenza di critica, abbia ripetuto su Mozart il mio stesso giudizio, ed assicuri che tale era anche l'opinione di quel sublime genio di Beethoven.

In questa biografia, firmata Hans Werner (che a giusto titolo è stata nominata guanto di sfida contro il materialismo), si accoglie completamente la spiritualizzazione del *cor-mentalismo* da me cominciata ad esporre un mese prima, nel sopraddetto giornale francese-italiano, l'*Esule*.

Poiché per sentimento di giustizia abbiamo parlato della nullità italica e della miseria francese in fatto di critica; e poiché abbiamo consolata quella nullità italica co' nomi sublimi ed europei di Cesarotti e Manzoni, un altro sentimento di giustizia ci fa dire che quella miseria francese parve dover cessare all'apparire del giornale che chiameremo *Vecchio Globo,* per distinguerlo dall'altro *Globo* san-simoniano che susseguì. Dico parve dover cessare, ma non cessò; perché quel buon giornale prese piuttosto una larga tendenza di riforma sociale che letteraria. Cosicché i primi veramente che in Francia levarono lo stendardo contro la grettezza della critica antica, furono appunto i san-simoniani. Sentirono il bisogno d'una via nuova, ed ebbero il merito di far sentire ad altri il loro bisogno: ma né essi la trovarono, né seppero indicare mezzi onde pervenirvi. Ecco quanto fecero: Barrault, *exploitant,* facendo suo pro' d'un articolo del *Produttore* (che avea scritto l'amico mio Buchez, e ch'egli ora rifiuta), distese con magnifiche parole una teoria sulle arti, che sarebbe bella quanto alla forma, se non fosse falsa quanto alla sostanza.

femio e di *Francesca* tutto agio di continuare più spe-
ditamente la sua missione poetica.

Montani, che avea abitato la casa Porro, fu pregato
di lasciare il cielo lombardo: andò a Firenze ov'ei fu tol-
lerato, e tollerata un'altra generosa impresa che il nobile animo d'un francese, Gianpietro Vieusseux, felicemente condusse per vari anni. Non era più il *Conciliato-*

Un altro san-simoniano, Duveyrier, fece due pubblici corsi di
sedicenti belle arti nella sala Taitbout; ma a me parve ch'ei
neppure giungesse ove giungeva Barrault. Eppure se Duveyrier fosse stato su miglior via, ha core da sentir l'arte.

Invece ho conosciuto un ardente giovine, *Robert,* discepolo
della scienza nuova. Questa scuola d'alta filosofia, che così
s'intitola dal massimo Vico, è diretta dall'egregio mio Buchez
che ora ha pubblicata l'introduzione alla storia dell'umanità.
Robert, come tutti gli altri galantuomini della *scienza nuova*
(Boulland, Roux, de Bois-le-Comte e Curmer) era amico mio,
e so che avea meditato profondamente e con grandi viste
sociali sulle arti. Io non avea mai voluto esplorare il suo pensiero, onde lasciargli integra la esposizione ch'ei ne avrebbe
fatta, quando i suoi lavori fossero stati completi. Mi sarebbe
sembrato essere causa d'un aborto l'obbligarlo a farmene anti-
cipazione alcuna. Un dì ricevo una lettera funeraria: era
invito per le esequie di Robert. Corro a Santa Genevieffa, come
insensato ed incredulo. L'amico non era più! Ne accompagnai
la salma al Vaugirard; Buchez era sì afflitto (oh Dio! come
lo eravamo tutti!) che non poté proferire che due parole:
« Bisogna affrettarvi », ci disse, « altrimenti la morte soprav-
viene e vi rapisce senza rispetto alle opere buone che fareste
in futuro. Vedete quanto avvenire ella ci ruba in questo giovine! ». Ora una pubblica promessa di Buchez ci avverte che
saremo ristorati della perdita del lavoro di Robert sulle arti.
Sia, e sia presto! Un altro Francese che professa l'arte ed è
eccellente critico di quella (come noi l'intendiamo) è l'amico
mio, lo scultore Bras, anch'esso della *scienza nuova*. Ciascuno
penserà che questa scuola si leghi coi principî d'una gran
mente ammiratrice di Vico, la mente del mio rispettabile
amico Ballanche, e che per la parte estetica combaci con le
mire di Sainte-Beuve.

I discepoli della scienza nuova pensano andar più avanti di
quel filosofo e di quel critico, il primo de' quali, se ben l'in-
tendono, dicono che non presenti avvenire. Essi profetano di
poter compire in Francia la missione che il *Conciliatore* avea
assunta in Milano, e senza ostacoli, e sino alla fine. L'*Europeo*,
giornale di scienze e lettere, ora cessato per ricomparire sot-
t'altra forma, è prodotto dalla scienza nuova. (*Nota di P. Maroncelli*).

343

re, che (per servirmi della frase dei discepoli della scienza nuova), con uno spirito organico ricomponeva l'ordine sociale; era l'*Antologia*, che non creava *libertà*, la difendeva; od anche non potendo altro, erale almeno permesso di piangerla. Spento in Milano l'Ettore dell'itala Troia, e trascinato nella polve con ogni più vile contumelia, l'*Antologia* a lui sorella, era una rediviva Cassandra, non mai vestita a festa, e profetante dai dignitosi suoi lutti, avveniri di dolori a molti popoli, a molti uomini, a molte cose: ma quando il calice della tremenda prova sarà vuotato fino all'ultima feccia, gli scardinati e precipiti cieli che schiacceranno? Sugli accecati e sugli stolti noi preghiamo

> *Mite vendetta dal braccio di Dio!*

La bocca di quella casta Cassandra è stata chiusa ieri. Dal suo labbro udivamo la parola di Montani e d'altri egregi, a cui forse il nostro plauso procaccerebbe nota di proscrizione: non nominiamoli adunque. Ma tu, Montani mio, cessasti di vivere la vigilia, forse portando nella tomba speranza di veder risorgere da quel sacro palladio che tu custodivi (con tanta gelosia di silenzio, e gravida d'italo pensiero), l'antica ìnsubre gagliardia; e forse dicevi: « Presento oramai la reddìta dell'ettòrea voce; essa mi canterà l'inno funebre: e da oggi in poi, questa trilustre Cassandra rallegrerà le sue gramaglie, ed avrà un riso e una parola da predir fortune ».

Non fu così; - pace all'onesto!

Questo fece il *Conciliatore* per la poesia: ecco la storia, quella per cui principalmente i popoli si rigenerano. Fu nobile pensiero di Silvio Pellico che una società di contribuenti fornisse un congruo fondo per rimeritare la fatica, se non l'ingegno, del sublime dettatore della guerra americana, al quale indi incomberebbe ufficio di comporre in uno le molteplici storie italiane. Pellico scrisse a Carlo Botta; l'alto incarico fu accettato, e Confalonieri e Porro si fecero primi azionisti e centro degli altri.

Un secondo modo di grande educazione popolare, e che avrebbe dato novi scrittori al teatro, fu da essi proposto, - stabilire una compagnia comica permanente in Milano; il governo austriaco non consentì.

L'infanzia avea meritato in guisa particolare le cure

di Confalonieri. Andò a Londra, a Parigi, e studiò co' più rispettabili istitutori la teoria e la pratica del mutuo insegnamento. Indi di ritorno in patria, se ne piantarono scuole a Milano, in casa Porro e in altri locali, poi il generoso conte Giovanni Arrivabene di Mantova accorse ad abbracciare l'impresa; poi a Brescia fece altrettanto l'eletta anima di Mompiani, la cui grazia e mansuetudine si disegnavano con sì armonica amicizia nella sua bella faccia, che Italiani e stranieri dicevano: « *Ei pare Gesù Cristo in mezzo a' pusilli* ». Poi di là si derivarono per tutta Italia. In Lombardia durarono alcuni anni, ma poscia il governo le abolì; fu un pianto universale di quel piccolo popolo e di un altro più grande, - i parenti, - che cominciavano a presentire che era educazione cittadina quella che si riceveva nelle scuole di mutuo insegnamento.

Per il commercio interno e limitrofo fu fatto costruire da Porro, da Confalonieri e dal marchese Alessandro Visconti un vascello a vapore, che partiva da Pavia e toccava il Piemontese e il Parmeggiano. Era il primo che si vedeva nel regno. Porro fu anche il primo che facesse venire in Italia macchine per l'illuminazione a gaz; Confalonieri le comandò a Londra per l'amico, ed un artefice inglese trapassò la Manica e le Alpi per sorvegliarne l'erezione. I tubi per i condotti furono fatti costruire alla fonderia di Lecco (sul lago di questo nome), ch'è la migliore d'Italia. Non riuscirono: si ripeté, e di nuovo non riuscirono; bisognò farli venire di Londra. Porro fu contento di scoprire questa deficienza, perché fu causa che i fonditori di Lecco, vedendo il lavoro inglese, s'illuminassero e divenissero indi capaci di fornire opere perfette.

Non s'ignora di quale importanza sia per gli Italiani il prodotto di lini e canape, e quindi quale immenso beneficio sarebbe il trovato d'una macchina per filarlo. In Inghilterra, frammezzo a molte tentate, una s'avvicina più allo scopo, senza tuttavia raggiungerlo; Confalonieri, non guardando alla forte spesa, ne fece acquisto; confidando per una sua patria carità che in alcun italo ingegno quella vista sveglierebbe pensieri inventivi che avrebbero potuto guidare all'intento.

Importante quanto lini e canape di Crema e Romagna è, per le vallate di Brescia e di Bergamo, il pro-

dotto della seta. Molti filatoi sono stati instituiti con me-
todi che intendevano ad ottenere semplicità, prontezza,
meno spesa e superlativa qualità di filato. Fu riconosciu-
to che gli sforzi di Porro ottenevano la palma, e la sua
grandiosa filanda di seta non ammise per lungo tempo
concorrenza alcuna. Egli stesso poi inventò una macchina semplicissima per macerare la canape, e fu corona-
ta dall'Istituto di Milano.

A vantaggio dell'industria, Confalonieri e Porro vollero aprire un Bazar; - il governo negò.

Quanto a belle arti, i migliori ingegni hanno fornito
capi-lavori per Confalonieri e Porro. Questi possedea i
più bei cartoni del celebre Bossi, venerato amico di Canova, che fu scolpito da lui in un busto che desta la
maraviglia di tutti i guardanti. Nel giardino della sua
casa, si vedea l'unica opera di Torwaldsen che allora fosse in Milano, - un monumento con tre bassi rilievi innalzato al caro e lacrimato ricordo della contessa Porro.

Così fino al 1820. In quest'anno il governo avea obbligato il *Conciliatore* a cessare, a forza di tali esorbitanti
censure che non lasciavano più negli articoli che il titolo e la firma: a un dipresso come fece la commissione con la lettera che il signor Onorato Pellico scriveva
a suo figlio; - tutto era cancellato, eccetto che in principio, *Carissimo figlio*, e in fine, *sono il tuo affezionatissimo padre*.

Pochi mesi erano passati e i costituzionali di Napoli
si levarono nell'estate: nel settembre il conte Porro, il
conte Confalonieri, Pellico, il poeta Vincenzo Monti, due
inglesi Williams e Caregham ed altri, aveano fatto un
viaggio sul vascello a vapore da Pavia a Venezia. Un
momento prima che montassero in vettura a Milano, ci
trovammo tutti in casa Porro, ed io dissi a Monti:

« Questi signori vanno alla conquista del vello d'oro.
Essi, Argonauti, - voi, Orfeo ». Montani aggiunse: « Chi
sa che un giorno non cantiate quest'evento? ». Monti
rispose: « Molto volontieri ». Sono certo che il povero
poeta non capì affatto di qual *vello d'oro* intendevamo
parlare Montani ed io.

Al ritorno di Venezia, Porro, Pellico ed i figli passarono a Mantova e furono ospitati dal conte Giovanni Arrivabene, alla sua campagna la Guàita. La polizia che poscia mise la mano su quegli Argonauti, non trascurò chi

n'era stato ospitatore. Così a diversi intervalli, Pellico, Confalonieri ed Arrivabene furono presi. Mentre Porro era ad una sua villa a Balbianino sul lago di Como, il conte Bolza ed àssecli suoi vollero prenderlo; si presentarono ad una porta, e Porro s'evase da un'altra. Iddio protesse la sua fuga.

Arrivabene fu colto alla Guàita: ci trovammo insieme a Venezia sull'isoletta di San Michele, e sarò sempre memore d'aver acquistato in esso un egregio amico. Quella captività era dolce, dacché ci lasciava almeno leggere e scrivere: egli era testimonio di tutti i miei studi, io de' suoi, e fu causa ch'io ne imprendessi di nuovi. Difficilmente s'incontrano sulla terra anime più pure, più innamorate del bene, più abneganti se stesse, di quella di Giovanni Arrivabene; tale è il giudizio di Pellico, di Porro, di Confalonieri, e tale è il mio. Agricoltura ed economia politica erano soggetto speciale delle sue meditazioni, onde pervenire a modi pratici che tornassero ad utilità de' più poveri. Per questi avea già instituita a sue spese (come ho detto sopra) una scuola di mutuo insegnamento che era figlia della madre scuola che piantò Confalonieri. Dichiarato innocente uscì in libertà, ma un tratto dell'animo suo che lo rivela educato ad ogni più squisito sentimento, e rivela la delicata voluttà ch'ei provava se poteva chiamare anche solo un sorriso sulle labbra d'un infelice, è il seguente. Gli fu letta la sentenza di libertà, se non erro, il dì 17 dicembre 1821, a due ore dopo mezzodì. V'era ben tempo per chiudere il suo baule, andar a pranzo alle cinque, indi spandersi nella società ed al teatro, due cose di cui il suo conversevole animo dovea patire sete immensa. No; gli parve di passar ivi la notte: parlava già di notte a due ore pomeridiane. Il seguente giorno partì; le prime famiglie nobili di Venezia, con cui era imparentato, la principessa Gonzaga, l'egregio presidente conte Cardani di Mantova che lo avea assolto, lo invitarono a pranzo, supplicandolo come d'una grazia. Ei fu riconoscente a tutti, ma disse al presidente Cardani, suo compatriotta:

— Ella piuttosto faccia a me un'ultima grazia.

— Subito, e quale? Nulla posso negarle.

— Mi conceda di rientrare nella mia prigione per poter dare le consolazioni dell'uomo libero a chi resta ancora nella sciagura. Andrò a pranzo all'isola di San Michele.

Quel gentile sentì quale e quanta era la brama di quell'animo cavalleresco, - e concesse. Con quali lacrime vi fosse accolto lo sa il mio cuore, che le versa anche in questo momento; lo sa il suo, cui certo non isfugge ogni più sfumato cenno di grato sentire. Rimpatriò: ma dopo alcun tempo s'accorse che il Governo Austriaco ripentivasi d'averlo lasciato libero. Un bel dì, col massimo silenzio esce dalla città, poco dopo traversa Brescia e batte alle case di Camillo Ugoni e di Giovita Scalvini, suoi antichi e svisceratissimi amici.

— Ebbene; io mi salvo dal governo che mi vuole di nuovo in arresto: voi non siete più sicuri di me; venite; il mio legno vi accoglie entrambi, finché n'è tempo.

Gli amici non esitarono; ma bisognava pur dar sesto a molte cose, e soprattutto partire senz'esser visti. Erano allora le quattro dopo mezzodì, e fu risoluto di attendere fino all'alba veniente. Scalvini accolse Arrivabene presso di sé, lo fece dormire nel letto di sua madre, e questa buona vecchia che dovea ignorare siffatta vicenda, fu opportunamente allontanata, in modo tuttavia che senza saperlo avrebbe potuto dare avviso al figlio e all'amico in caso di qualche ricerca di polizia.

Alle tre del mattino del 10 aprile 1822, i tre fuggenti e un servitore d'Arrivabene, lasciarono Brescia; e preso il cammino delle valli, dopo ben pochi passi, rimandarono il legno e seguirono il viaggio a cavallo. Tre giorni e tre notti durarono ne' torti giri e rigiri delle diverse vallate; sempre condotti da nuove guide, ed ospitati per tutto con amore, con una religione che rifà i tempi omerici e biblici, e ci popola il core di gioje innocenti quanto i loro costumi. Generoso popolo delle valli, quanto sei degno d'essere beato! e tu l'eri allora, ruminando il forte pensiero di farti libero!

Giungono a Edolo, villaggio sull'Adda, a distanza di dodici ore da Tirano. Entrano nell'albergo, e veggono appesi dinanzi alla vampa d'un gran caminetto uniformi di gendarmi, al tutto zuppi d'acqua.

— Che è questo?

— Zitti che dormono! povera gente, è peccato destarla!

I gendarmi cercavano tre fuggiaschi: la molt'acqua e

il lungo galoppare li avea infranti, ed ora riposavano lì sopra. I tre fuggiaschi che aveano carità, non vollero sturbare i dormenti dal loro sonno, e apponendo il dosso della mano sovr'una delle giberne, dissero: « *Qui forse sta il comando del nostro arresto. Animo, animo, cavalli a vista, e si lasci la caverna pria che ruggisca il leone* ».

Ottima volontà fu adoperata da ogni parte, ma non si poterono requisire che due sole bestie da trasporto. Il servitore andò a piedi. Camillo Ugoni montò uno de' cavalli, e Arrivabene e Scalvini si tennero ambo sulla sella dell'altro. Era scritto che la bontà di questi tre egregi non avea bisogno d'essere messa a prova, né di servire d'esempio, soffrendo il martirio: i gendarmi che dormivano seguitarono a dormire. All'alba i fuggiaschi passarono i *sapei della briga*, che sono grandi scaglioni del monte: là è una casa di gendarmi; ma quell'angiolo che aveva addormentati in Edolo gli occhi altrui, li addormentò qui pure: passarono inveduti.

Tuttavia il punto più difficile, il confine, non era ancora superato. Fecero preceder voce d'essere mercanti di buoi che andavano alla fiera; quindi chetamente chetamente traversarono una fila di presentini austriaci, che per rispetto si cavarono il berretto, credendo ad ogni modo venerar bovari, e non conti e baroni. Essi risposero alle onorate accoglienze, del pari scoprendosi, e appena varcata la pietra terminale, si lasciarono cader a terra, stanchi, e rimasero ivi senza moto e senza lena.

Non è descrivibile l'antitesi di questi due stati d'animo: due passi di là dal termine, i presentini blasfemanti, minaccianti, frementi, perché s'accorgevano d'aver dato adito a profughi e non a bovari; due passi di qua dal termine, questi egregi esultanti, che abbandonando patria, sostanza, amici e ogni cosa più caramente diletta, pure benedicevano con gioia tranquilla, semplice e dignitosa il cielo che li aveva salvi, e neppure ponevano mente agli improperi che a gola sfasciata erano loro lanciati contro. Se in Edolo, novi Danielli, entrarono nell'antro de' lioni dormenti e ne camparono per inpensata fortuna, ora sereni come i *fanciulli nella fornace*, la fiamma li circondava, non li offendeva.

Per onore dell'umanità, bisogna dire che più d'uno,

trovandosi anch'oggi nel caso dell'oste, ragiona così: « S'io fossi Austriaco, non commetterei giammai alle mani della forza un liberale che, in cerca d'asilo, avesse toccato la soglia della mia porta: del pari, essendo liberale, non commetterei mai alle mani de' nostri un nemico, anche Austriaco, allorché avesse scelto il mio tetto ». Questi principî vengono a loro da più alto che la parte politica ch'essi tengono; sono i principî pe' quali Europa è venuta a civiltà, distruggendo l'antropofago paganismo, e facendo strada all'impero della carità. Ma bisogna far sonare molt'alto all'orecchio e alla coscienza de' sovrani (i quali da Cristo si chiamano cattolici, apostolici e altro), che l'individuo, la famiglia, l'uomo privato hanno bensì accolta la rigenerazione del Vangelo, ma che la ragione di Stato è rimasta antropofaga e pagana. Ed ecco la sorgente perenne della lotta tra popoli e governi. Non uno, non uno solo pubblico reggimento è basato sul principio cristiano. E s'ha a vedere morale privata, diritto privato, distare come antipodi da morale pubblica, da diritto pubblico. Spogliare un individuo dell'avere e della capacità di rappresentare sì questo che la propria dignità, è misfatto, è sopraffazione; spogliarne un popolo dee chiamarsi virtù, gloria, diritto o di legittimità o di conquista! Come poté mai cadere nello spirito umano, e mantenervisi per tanti secoli, l'idea d'innestare la ragione della forza sul codice sacro-santo del Vangelo, che è venuto per far la guerra ai forti e proteggere i deboli, per sostituire all'impero materiale l'impero dello spirito, che ha detto anàtema alla forza *sola* e alla ricchezza *sola*, ed ha imposto alle creazioni del sentimento e della immaginazione di spiritualizzarsi?

Ma tornando al povero oste a cui forse era persino ignoto che i tre signori erano in fuga, ei fu lungamente in carcere e compulsato da terribile inquisizione di Stato. L'infelice sua moglie a cui si fece temere che il marito sarebbe condannato alla forca, ne morì di dolore e di spavento.

Intanto Ugoni, Arrivabene e Scalvini furono salvi. Oh, come dissimile la sorte del povero Confalonieri! Alzato appena di letto, dopo una terribile malattia che lo avea lungamente tenuto sull'orlo del sepolcro, un alto personaggio venne a far visita alla contessa, facendosi annunciare esclusivamente a lei e non al consorte, mentre ei sapeva pure ch'ell'era presso di esso; e vedendo il conte mostrò restare attonito.

— Come, voi in Milano? avea sognato questa notte che eravate partito. Credete a me, aria nuova gioverà molto alla vostra salute. — Confalonieri, com'era ben naturale, capì, e tuttavia restò. La notte seguente, una dama molto bene affetta alla contessa apprese straordinariamente che il comando di arresto era sottoscritto, e che tra pochi momenti sarebbesi eseguito. Balzò di letto, e più svestita che vestita volò a Teresa, e scongiurolla di persuadere il marito alla fuga. Costò molto al cuore di lui il sembrare o ingrato o incredulo o imprudente o stolto: ma ei non potea e non dovea evadersi se prima non si andava a cercarlo. Venuto il momento, i gendarmi erano già nella sua camera che prendevano in consegna molti fasci di carte; la contessa si presenta e gli dice:

— Che pensi fare?
— Quel che sempre ho pensato.
— Fàllo presto.

Confalonieri balza in un gabinetto e lo chiude dopo sé; indi monta per una scaletta all'*abbaino*, del quale ei solo avea la chiave. Tenta aprirlo... invano, invano, invano. Pochi giorni prima, il maestro di casa avendo fatto acconciare il tetto, mutò innocentemente la serratura di quell'*abbaino*: Confalonieri fu prigioniero.

CAPO DECIMOTTAVO

FRANCESCA DA RIMINI.

Della tragedia di Pellico, *Francesca da Rimini*, è parlato nella introduzione.

BODONI.

Il cavaliere Giovanni Bodoni, il più celebre *tipoturgo* (trovatore di tipi), che presenti tutta intera la storia dell'arte. Anche quel *tipografo* è salito più alto di tutti i moderni. Studiò in Roma lingue orientali; viaggiò, vide, e quanto vide fu germe su cui si venne inalbe-

rando magnifica pianta. Morì nel 1813, direttore della
reale stamperia di Parma. Il *Pater noster* poliglotto, l'*Iliade* in greco, l'*Epithalamia exoticis* ed il *Manuale* dell'arte
sua, saranno sempre veri miracoli di *tipoturgia* e di *tipografia*.

CAPO DECIMONONO

LUIGI XVII.

A Bologna ho conosciuto una giovinetta ch'ebbe cura
di lui nella sua malattia, ed alla quale ei confidò d'essere
Luigi XVII. Seppi ciò qualche tempo prima del mio arresto, mentre io studiava ancora alla Università: avrei
mai creduto che di là a poco saremmo stati incarcerati
insieme sotto l'Austria? Mi parlarono lungamente di lui
i prigionieri di stato milanesi che successero a noi nelle
carceri di Santa Margherita: ei s'è trovato in contatto
con tutti. Mi ricordo sempre che il signor Angiolino, reduce dalle conversazioni reali, veniva poi a dirmi: « Spero almeno che quando ei sia re, mi faccia suo gran guarda-portone: anzi io ho avuto la franchezza di domandarglielo, esso la bontà di promettermelo ».

CAPO VIGESIMOSECONDO

CONTE BOLZA.

Il conte Bolza, nativo di Menaggio sul lago di Como;
uno degli attuari della polizia. (*Nominazione tolta da
una nota dell'edizione di Londra*).

CAPO QUADRAGESIMOSETTIMO

PRIMA CONDANNA PRONUNCIATA A VENEZIA.

Tre o quasi quattro anni prima di noi, erano state arrestate quaranta o cinquanta persone, parte a Ferrara,
parte nel *Polesine* di Rovigo, sotto titolo di Carbonarismo.
Cecchetti di Fratta.
Dottor Caravieri di Crispino,

Rinaldi di Bologna,

Marchese Canonici di Ferrara, e nove altri furono condannati a morte, indi graziati chi a dieci e chi a sei anni di carcere duro nel castello di Leibach.

I seguenti furono condannati a morte, indi graziati, chi a venti e chi ha quindici anni di carcere duro sullo Spielberg:

Avvocato Felice Foresti, pretore a Crispino nel Polesine.

Avvocato Antonio Solera, pretore sul lago Iseo,

Costantino Munari di Calto,

Giovanni Bachiega della Gambarare,

Sacerdote don Marco Fortini,

Antonio Villa,

Conte Antonio Oroboni: questi tre, della Fratta nel Polesine.

Foresti, Munari e Solera furono i soli a cui si disse che la sentenza di morte doveva eseguirsi in loco. Un senatore venne a bella posta di Verona a Venezia, il signor M., e recò questa nuova a ciascuno degl'individui in particolare. E dopo averli lasciati alcun tempo in tale angustia, estrasse un bigliettino autografo dell'Imperatore, che cominciava coll'amorevole frase: « *Caro Peltnitz* ».

Peltnitz era presidente del senato, e i'Imperatore gli diceva di sospendere la pena di morte ai tre condannati, nel solo caso che si fossero determinati a fare rivelazioni importanti.

La proposizione fu loro fatta, e tutti e tre risposero: « Bisognerà bene che subiamo la pena di morte, poiché non abbiamo che rivelare ».

— Ebbene, sia così, — ripigliò il senatore, ma l'avvocato Solera si mise a ridere.

— Perché ride ella?

— Perché non lo credo.

— Non crede a me? non crede al chirografo imperiale? Questo poco rispetto per sì venerande cose è indegno di lei.

— Non è punto mancanza di rispetto, bensì di convinzione. Io non so persuadermi che l'Imperatore che ambisce tanto d'essere giusto, ci voglia condannare da senno, mentre sa la nostra innocenza, e mentre la legge che punisce ogni pertinenza a società segrete è stata

353

fatto solo dopo il nostro arresto. La scena ch'ella ora mi fa, è quindi una tortura morale, un estremo colpo di riserva, onde tentar di scoprire se in processo abbiamo taciuto qualche cosa. Per mia parte, nulla ho a dire.

Il senatore andò sulle furie, e, separati Solera, Foresti e Munari, fece loro incatenare piedi, mani e schiene, serrandoli per tal modo contro il muro, che non potevano fare il minimo moto.

Allora il povero Costantino Munari, rispettabile vec-chio di settant'anni, gli disse:

« Signor senatore, ella mi vide con le lacrime agli oc-chi, ma è il dolor fisico che me le spreme. La prego di cessare da una inutile crudeltà: guardi i miei polsi, sono rossi e gonfi, il sangue sta per uscirne, il mio corpo indebolito non regge più, ma nulla posso aggiungere alle mie deposizioni ».

Il senatore fece allentare un poco le manette, e durò così a torturarli per molti giorni.

Munari e l'avvocato Foresti credettero veramente che, nulla avendo a rivelare, le parole precisissime dell'Imperatore non ammettessero alcuna modificazione alla sentenza di morte: quindi il vecchio soffrì uno stringimento pericolosissimo alla vescica e sparse sangue in abbondanza; il giovine voleva sottrarsi al rabbrividente genere di supplizio che lo attendeva - la forca - (sotto l'Austria i soli nobili hanno grazia di morire decapitati), e giunto nel suo carcere spezzò una grossa bottiglia di cristallo, e l'ingoiò tutta a piccoli pezzetti.

Sorvegliati come eravamo, una guardia se ne avvide, corse ad avvertire, e il senatore stesso venne a sollecitare soccorsi.

« Abbiam voluto spaventarli », diss'egli, « col buon intento di scoprire il male e tagliarlo sino alla radice; ma nulla avendo veramente a rivelare, io spero, che siccome clemenza ha già parlato condizionalmente al core dell'Imperatore, ora gli riparlerà senza condizioni ».

A capo d'un mese venne la commutazione della loro pena: venti anni di carcere duro sullo Spielberg.

CAPO QUADRAGESIMOTTAVO

DEL SUICIDIO.

Pellico dice: « *Il suicidio mi sarebbe sembrato un piacere sciocco, una inutilità* ». Anche Foresti (che vidi poi sullo Spielberg) mi diceva che non era già intenzione di suicidio che lo aveva fatto operare così; e nemmeno intenzione di sottrarsi a pubblico esempio.

« La fune, il laccio, il pendere, mi cagionavano ribrezzo invincibile » (sono sue parole). « Ora capisco che questo ribrezzo è puerilità, e sono dolentissimo di quanto tentai ».

Ma allorché il foco s'appiccò ai forni di Venezia, e Silvio da' suoi piombi vedea quell'incendio, e credea che un dì non camperebbe da pubblica morte: « *M'increbbe* », ei dice, « *di non essere bruciato, piuttosto che avere fra pochi giorni ad essere ucciso dagli uomini* ».

Sì, se con tanta rassegnazione quanta n'era in Silvio, simile brama non era attuata nel suo core, penso che neppure lo fosse in quello del povero Foresti. Umana ma perdonabile concausa del suo tentativo, e dee aggiungersi alla sopracitata.

CAPO QUINQUAGESIMO

Per le persone e le cose nominate in questo capitolo, vedi le Addizioni al capo 17°.

CAPO QUINQUAGESIMOPRIMO

CONTE CAMILLO LADERCHI - PROFESSORI ROMAGNOSI E RESSI - CAPITANO REZIA - SIGNOR CANOVA.

Camillo Laderchi di cospicua famiglia Faentina. Suo padre fu vice-prefetto a Camerino, indi ad Ascoli, nel tempo del regno italiano.

Il professore Gian Domenico Romagnosi, nativo di Piacenza, insegnò per alcuni anni diritto criminale in Pavia. Indi, il governo italiano avendo instituito un'alta scuola legale per i giovani che avevano finito gli studi universitari, ne nominò professori:

1. Il degnissimo Salfi, che dianzi è spirato a Passy, presso Parigi, lasciando nel lutto gli amici d'Italia e i suoi. Ei fu institutore anche il conte Federigo Confalonieri; e quest'infelice ignora certamente la morte del suo maestro ch'ei ricordava con tanto amore;

2. L'avvocato Anelli;

3. Il summenzionato Romagnosi. Questo nome suona in Italia come quello del più sapiente ingegno del secolo XIX. Opera sua principale è la *Genesi del diritto penale*; ma molti altri scritti filosofici e letterari sono usciti dall'immortale sua penna. Né posso tacere la molta sua cooperazione nel creare il *Codice di procedura criminale del Regno italiano*. Questo Venerando ebbe a disputare passo passo le pochissime vittorie che riuscì a riportare su quel sinedrio d'irosi e crudeli. Molte volte gettando a terra i sui scritti (che venivano ripulsati come troppo benigni), gridava verso que' tronfi *Legulei*, tutti cavalieri della corona di ferro:

« Per Dio! la storia dirà che la croce che avete in petto è la testa di Medusa che v'insassisce il core ».

Al nome di Romagnosi s'adunano gli italiani come d'intorno ad una grande colonna monumentale di questa età: perocché qual è il letterato che non abbia sorbito verbalmente o per iscritto le dottrine che, in tanti diversi rami dello scibile, sono state trattate da lui?

Non credo indiscretezza, il riferire un detto che suona frequentissimo sulle labbra di questo ottagenario cosmopolita: « Confidate, confidate: ad ogni modo i *filadelfi* invadono la terra ». Allude così alla fede ch'egli ha nella vittoria della buona causa.

Nella scuola su-indicata, egli ebbe a discepolo il tirolese *Salvotti*, di Trento, che fu indi suo e nostro giudice inquirente. Giustizia a tutti; e a nemici prima che ad amici. Una nota dell'edizione di Londra dice che le persecuzioni contro Romagnosi vennero *dietro le accuse d'un ingrato tirolese ch'esso ammaestrò*. Evidentemente qui vuolsi indicare Salvotti; ma noi assicuriamo l'onorando annotatore ch'ei non è stato bene istruito. Il buon vecchio sapea chi lo aveva accusato, e non vide in ciò calunnia né malvagità: era solito dire senza punto adirarsi: « Sono qui per una leggerezza giovanile, per un discorso imprudente ».

Infatti un giovinetto era stato da lui per cose di studio, la parola cadde sulla Carboneria, ma al tutto teoricamente, cioè come novo elemento sociale che dovea essere considerato nella storia, al pari delle altre grandi associazioni, onde misurare la sua influenza sulla piega degli eventi. Questo giovinetto, indi arrestato e condotto a Venezia, fu richiesto: « Con chi avesse parlato di Carboneria? ». Rispose: « Co' miei professori di scienze politiche, Romagnosi e Ressi ». Si concluse: « Dunque Romagnosi e Ressi sono rei di alto tradimento, perché non son venuti ad accusare il loro discepolo parlante di Carboneria e perciò Carbonaro ». Per buona fortuna Pellico poté attestare che il discorso tra il discepolo e Romagnosi (a cui egli era presente), fu ad occasione del mutamento di governo in Napoli, allora seguìto per impulso del Carbonarismo; e che questo discorso non uscì dai limiti d'una disquisizione speculativa. A ciò dee la sua salvezza Romagnosi. Pellico fu in-abile a prestare eguale testimonianza a pro' del buon Ressi, perché non poté provare la sua presenza; e il professore, per questa semplice *audizione*, fu condannato a morte, e per grazia imperiale a cinque anni di carcere a Leibach. Spirò il dì prima che si leggesse la sentenza.

Non si permise alla sua signora (che era venuta di Milano a Venezia per vedere il marito) di assisterlo nell'estrema sua malattia. Morì tra sbirri ch'ei ripulsava da sé con visibile ripugnanza. Molte ore prima ch'ei spirasse era caduto in letargo, ed il cappellano, credendo che fosse divenuto sordo, si mise irremissibilmente ad urlare le preci della raccomandazione dell'anima, per tutte quelle interminabili ore di terribile agonia (dall'imbrunire fino alle tre dopo mezzanotte). Quella voce urlante e rimbombante sotto le vaste vôlte del convento di San Michele, veniva rotolata per lunghi lunghi corridoi fino alle rispettive porte di ciascuno di noi. Talora un versetto latino: *Miserere mei Deus*. Talora uno stomachevole squarcio veneziano: *La diga ben su, si no colla bocca col cor: Beata Verzene, verzé le braza e mostreme la vostra bela fazia*. Siffatto misto di santo e d'insanto; l'indiscreta plebeità di tale incessante urlatore; e, per ultimo, il passo cupo del soldato che passeggiava davanti i nostri usci, mi piombavano trucemente sull'anima, quasi fosse sentinella infernale che venuta in *tragenda* intimasse *irredimile discesa* a tutti i prigionieri di Stato. M'empii di costernazione!!!

Avea sempre il povero Ressi innanzi agli occhi, in uno de' suoi momenti più belli; ed il contrasto col momento presente, accresceva la profonda mestizia di siffatta catastrofe. Un anno prima ch'io fossi arrestato, l'ultima sera che mio fratello medico stava a Milano, andammo con altri amici (il dottor Bucci e il dottor Utili, che pure partivano con lui per Romagna) a visitare il professore. Si lagnavano essi che certi danari che attendevano per comperare le costosissime tavole anatomiche ed altro, non fossero giunti; infine erano risoluti di partire senza il sospirato tesoro, e si congedarono a mezza notte. Appena giunti a casa, viene un messo che reca i danari; ed appena ricevuti, si presenta il buon Ressi (malgrado l'ora tarda, il freddo e l'essere egli un poco ammalato), ed offre ai tre medici amici cinquanta zecchini d'oro.

— Servitevi.

— Oh professore! oh amico! grazie; mille, mille volte grazie! — e gli mostrarono i danari già ricevuti.

Lo stringemmo tutti al nostro seno con la più dolce emozione, indi lo accompagnammo a casa. Mio fratello, Bucci ed Utili nol videro più!

Professò per vari anni alla università di Pavia, ove dette in luce un'opera in quattro volumi, col titolo: *Economia della specie umana*. Si chiamò conte Adeodato Ressi, nativo di Cervia in Romagna, ed ebbe in moglie una nipote di quel Moscati che morì nonagenario presidente dell'Istituto italiano.

Ressi! venerato amico! ovunque il tuo spirito s'aggiri, io ti saluto e ti rivelo un secreto che ti consolerà lo strazio d'aver trovato davanti al tribunale secreto il tuo discepolo che ti sedeva in faccia come accusatore. Io vidi le lacrime di lui, e le credo sincere. Fu infelice e non malvagio: perdona. Tutti dobbiam perdonare, perché tutti abbiam bisogno d'essere perdonati.

Del conte Giovanni Arrivabene è lungamente parlato nelle addizioni al capitolo 17°. Qui aggiungo, come questo egregio uom ha onorato l'esilio italiano dell'età nostra, pubblicando con isquisito filantropico criterio un'opera che fa migliore chi la legge, e lo eccita a vantaggiare il prossimo. S'intitola: *Delle Società e Istituzioni di Pub-*

blica beneficenza in Londra. Volumi 2 in 12°, Lugano, presso Giuseppe Ruggia e C.

Quanto al signor Canova di Torino, egli è stato direttore delle rappresentazioni sceniche di parecchi grandi teatri in Italia.

Finalmente il capitano Alfredo Rezia è nativo di *Bell'Agio* sul lago di Como. Fu esimio ufficiale d'artiglieria dell'esercito italiano e molto amico del vice-presidente Melzi, il quale abitando la sua villa, restava nella massima prossimità di Bell'Agio.

Il padre del capitano Rezia fu anatomico distinto, e si veggono sue bellissime preparazioni nel museo animale di Pavia.

SALVOTTI IL GIORNO DELLA SENTENZA.

« *Mi disse alcun che di cortese, che pur pareami pungente* ».

Il dì appresso lo ripeté in mia presenza, cioè: « Io credeva ch'ella fosse condannata a più, e Maroncelli a meno ».

CAPO QUINQUAGESIMOSECONDO

CESARE ARMARI.

A tempo e loco parlerò lungamente di questo valoroso giovine. Ei fu liberato (mentre noi eravamo già partiti per lo Spielberg) con processo aperto: la commissione si contentò dire: « Non consta abbastanza, ed intanto sia interdetta la sua dimora negli Stati austriaci ». Il qual bando è stato di danno enorme ai suoi interessi, come possessore che egli è nel regno Lombardo-Veneto.

CAPO QUINQUAGESIMOSESTO

DIMOSTRAZIONI BENEVOLI.

« *Iddio benedica chi non s'adonta d'amare gli sventurati* ».

Oh sì, anime generose, consentite ch'io pure con grato animo chiami su voi tutte le benedizioni del cielo e della terra!

SEGRETARIO COMUNALE A LEIBACH.

« M'incresce d'aver dimenticato il suo nome ».

Io lo avea segnato sul mio portafoglio, che sperava ricuperare allorché venni in libertà. Ivi erano notati molti altri contrassegni della altrui nobile compartecipazione a' nostri mali: tutto perduto. Di libri e carte che portammo allo Spielberg, e di cui avevamo fatto duplice consegna al direttore ed al governatore della provincia, nulla ci fu restituito. Ma già l'ho detto sopra.

SIGNORINA A SCHOTT-WIEN.

Io rammento pur sempre una carissima signorina che vidi il giorno di Pasqua a Schott-Wien. Se legge queste carte, ella ricorderà di qual gentile pietà io le sia grato.

Rammento pure quelle signore che attendevanci alla barriera di Vienna, ad ora ben tarda della notte, e che appressandosi alla mia vettura, mi domandarono:

— In qual legno è il padre, in quale il figlio?

— In questo è Piero Maroncelli, nel susseguente è Silvio Pellico, ambo intimi amici, ma non padre e figlio.

— Qual condanna?

— A me di vent'anni, all'amico di quindici, ma egli è sì infermo, ch'io torrei volentieri ad aggiugnere la sua condanna alla mia, onde quel caro infelice fosse libero.

— Oh cari signori, confidino, confidino nel nostro Imperatore; è sì buono che non li lascerà lungamente sullo Spielberg! Noi siamo certe che il nostro *Franz* farà così; senza dubbio egli ignora che viaggino sì stranamente incatenati.

Le guardie non ardivano impedire questa conversazione, pensando che fossero dame di altissimo ordine; e finché i legni restarono, seguitammo a parlare, e ne restai tutto consolato.

CAPO QUINQUAGESIMOSETTIMO

CONFALONIERI A CARCERE DURO.

« Noi, prigionieri di Stato, eravamo condannati al carcere duro ».

Permetta l'annotatore londinese ch'io rettifichi un errore: errore è dire che *Confalonieri è condannato a carcere durissimo*; è condannato in vita a carcere duro.

CAPO SESSAGESIMOSECONDO

INCATENAZIONE.

Allorché il general Lafayette fu arrestato nella sua fuga, otto leghe di là da Olmütz, il capitano del circolo lo sopraggiunse il dì appresso, e prima di farlo salire in legno per ricondurlo in carcere, gli disse:

— *Je vous prie de passer dans l'autre pièce, où le serrurier vous attend.*

— *Et pourquoi le serrurier?* (disse Lafayette).

— *Pour vous mettre les fers, général.*

— *Ah!* (disse Lafayette) *voilà une étrange proposition. Si votre empereur en était instruit, vous verriez come il vous traiterait pour en avoir en la pensée*[1].

Lafayette, dalla cui bocca, a proposito de' ferri che noi portavamo allo Spielberg, ho udito tante e tante volte questo aneddoto, è usato di dire:

— *Cette plaisanterie, faite d'un ton menaçant, déconcerta le capitaine, qui renonça à son projet*[2].

Per religione verso il mio venerabile amico, ho riferito le sue parole nella lingua in cui le ha originalmente pronunciate.

CAPO SESSAGESIMOQUARTO

QUEL BUON UOMO DI KUNDA.

Oh sì, noi dobbiam moltissimo a quell'onesto galeotto. Non fu servigio, che dipendendo dalle minime sue forze, non lo prestasse volontariamente a noi tutti.

Un dì recò non visto (o si finse di non vedere) una

---

[1] — Vi prego di passare nell'altra stanza, ove il fabbro vi attende. — E perché fare, il fabbro? — Per mettervi i ferri, generale. — Ah! che proposta strana. Se il vostro Imperatore ne venisse al corrente, vedreste in che modo vi tratterebbe per averlo solo pensato.

[2] Questa facezia, detta in un tono di minaccia, sconcertò il capitano, che rinunciò al suo progetto.

pagnotta di pan nero al nostro concaptivo Antonio Villa. Era grande come una ruota: Kunda sussurrò: « La tenga celata sotto la coperta, e servirà a sfamarla per tutta la settimana, poi ne avrà un'altra ». Lo rammento anch'oggi con ispavento, dopo due ore la pagnotta nera e colossale era distrutta. Villa, che con battesimo carcerario veniva chiamato Elefante, era veramente di statura elefantina, ed avea assoluta necessità di pasto fortissimo: non è esagerazione il dire che la sua malattia è venuta da fame, e che è morto di fame. Erano meno infelici quelli che per costituzione fisica potevano nudrirsi con pasto più parco. Ma ad ogni modo fame abbiamo sofferta tutti, ed Antonio Villa non ne fu vittima sola: questa terribile nemica uccise anche il povero Oroboni.

C I R I E G E.

« La vista di quelle frutta m'affascinò irremissibilmente ».

Quelle ciriege io le avea ricevute in dono dal povero Krall, che mi fece quasi violenza perché le accettassi. E tant'è; non seppi risolvermi ad appressare alla bocca quella squisita cosa, senza prima averne serbata metà per te, mio Silvio, ed avere ottenuto da Schiller che te le recasse: ei promise, ed io credeva alle promesse di Schiller! ma soggiunse: — *Non posso dire chi sia l'inviante: le darò come cosa mia: ciò posso.*

— Ebbene, ciò sia; ma certo il mio Silvio le aggradirebbe molto più, se potesse associare a questa cara sorpresa il nome dell'amico, e la sicurezza che anch'esso ne ha partecipato. — Indi, le pre-li-bai ad una ad una ben lentamente, e posso dire senza esagerazione che quel piccolo pasto fu per me una lunga Odissea. Mi parea essere in Italia, le cupe mura del mio sotterraneo sparivano, - direi quasi sorridevano, s'illuminavano, - io non avea più ferri, io passeggiava sotto le ficaie e gli aranceti di Napoli, ov'era trascorsa la mia più bella gioventù!!!

CAPO SESSAGESIMOQUINTO

KRALL E KUBITZKY.

Due onesti uomini che non dimenticheremo giammai. Non tradirono il loro dovere, e tuttavia quanta mitezza adoperavano nell'adempierlo! Anche allorquando ci colpiva più duramente, perdeva l'asprezza sua, perché Krall avea sempre una parola, un gesto, anche un solo chinar d'occhi che dicevano: « Mi dole il farlo, ma lo debbo ». E Kubitzky, che avea grande rispetto per Krall, prendea norma da esso. Salute e benedizione dovunque siate, e la disgrazia sia lungi dalle vostre case, dico lungi da voi che avete tanto raddolcito la sorte di sommi sventurati!

CAPO SESSAGESIMOSESTO

LA DIRETTRICE DEFUNTA.

Vidi anch'io la pallida signora che, stesa senza forze sopra un materasso, era circondata da Odoardo, da Filippo e da Maria suoi carissimi fanciulli. Ella sentiva la sua distruzione, eppure quando vedea quegli angioletti, perdeva fede alla morte, e sembravale che un soffio di vita l'avrebbe conservata eternamente quaggiù.

Sarei ingrato se non parlassi della madre e della zia del sopraintendente. Poverine! aveano anzi una predilezione per me che molto ha consolato la mia miseria. L'ultimo giorno che stettero sullo Spielberg, mi mandarono a dire che partivano, ma che non credessi d'essere obbliato mai; che ci ritroveremmo quotidianamente in Dio, fino al dì che saremmo saliti a riposarci in lui.

CAPO SESSAGESIMOSETTIMO

BRENN-ZUPPE.

« *Io mangiava quel pane e non bevea la broda* ». Quella broda si chiama propriamente in tedesco *brenn-zuppe*. Due volte all'anno il trattore dello Spielberg faceva soffriggere farina con lardo, e quando era giunta a cottura la riponeva in grandi olle che la conservavano di sei in sei mesi. Quindi ogni mattina attingeva con larghi ramaiuoli, e versando nell'acqua bollente, attendeva che la farina si diluisse. Questa è la *brenn-zuppe* tedesca, che forse in origine non è cattiva, ma allo Spielberg era stomachevole. Quando altrove si è voluto farmene gustare, la mia immaginazione credo che abbia troppo operato sulle papille nervee del palato, l'ho pur sempre trovata pessima ed anti-europea. Mi ricordo che Silvio estraeva da questa nefanda broda le poche fette di pane di segala che dentro vi erano; le deponeva sopra uno scacco di carta emforetica (di cui ci servivamo come di tovaglioli e di asciugamani), ed all'ora del pranzo le aggiugnea nel vaso della scarsissima zuppa.

CAPO SETTUAGESIMOQUINTO

OROBONI CON SOLERA.

« *Oroboni era stato accompagnato prima coll'avvocato Solera, indi con Fortini* ».

Mentre egli era col primo, un dì che Silvio per indisposizione non era venuto a passeggio con me, trovai aperta al mio ritorno la camera sua: con un salto vi fui dentro, e me gli buttai al collo, intanto che Schiller e Solera (essendo sabato) riscontravano la biancheria. Fu l'unica volta che vidi ed accostai quel gentile. Io lo amava e lo apprezzava per tutto che Silvio me ne avea raccontato.

CAPO SETTUAGESIMOSESTO

MORTE D'OROBONI.

« *Non sicut ego volo, sed sicut tu* [1] ».

Solleciti che quei cari resti andassero sotterra meno empiamente che fosse possibile, ci raccomandammo a Krall. E questi ci assicurò che avea chiusi egli stesso gli occhi all'estinto; che assistette, anzi diresse le altre cure che si dànno alla salma; che avea deposto sul seno di lui un mazzo di fiori, e che avea dato un proprio lenzuolo, onde vi fosse avvolta la persona, il che non si ac-

---

[1] « *Non come voglio io, ma come tu vuoi* ».

corda agli altri galeotti. L'animo gentile di Krall non è stato certamente spinto a questi uffici per ricompense che abbia sperate da parenti; non sono più: lo ricompenserà il Padre universale.

Ciascuno di noi compose un epitaffio all'estinto concaptivo, nel dolce delirio che un giorno l'ultimo di noi che avesse abbandonata la terra Morava, potesse ottenere di erigere almeno una pietra, un ceppo, nel loco ove han riposo quelle travagliate ossa. Tra gli epitaffi fu scelto il mio. Delirio qual è, lo espongo qui come semplice testimonio del pio volere che rimarrà senza effetto, sino a che non volgano tempi più miti.

CEPPO MONUMENTALE DI OROBONI

Supposto che il ceppo avesse quattro lati, sul primo (cioè quello di faccia) figurerebbe un campo in-seminato, desolato, e nel mezzo un verde bozzolo di rosa non ancora dischiuso.

SIMBOLO; — speranza che surge dal seno stesso di sventura, vita che s'eleva da morte.

ALLUSIONE; — risorgimento d'Italia, immortalità dell'anima.

Al di sotto dovea leggersi il fatto storico.

Eccolo:

Primo lato:

ANTONIO OROBONI

D'ITALIA TERRA

UNICO FIGLIO GIOVINETTO DI PADRE OTTAGENARIO

NEL 1821 IN VENEZIA

DA COMMISSIONE DI STATO

— SECRETA —

— FUOR DI LEGGE —

— AUSTRIACA IN SUOLO ITALIANO —

CONDANNATO A MORTE

COME

CARBONARO

E PER GRAZIA DI FRANCESCO PRIMO IMPERATORE

A SOLI QUINDICI ANNI DI CARCERE DURO

SULLO SPIELBERG

IN BRUNN DI MORAVIA.

Homus natus de muliere,
Brevi vivens tempore,
Repletur multis miseriis.

JOB.

L'uomo (nato dalla donna!)
Breve sortìa la vita;
E di miseria molte ell'è fornita!

Secondo lato:

FAME LENTAMENTE IL CONSUNSE DUE ANNI.
IL MATTINO XIII DI GIUGNO 1823
PIANSE SUO PADRE E ITALIA,
PERDONO' A NEMICI
E SPIRO'.
VENTINOVE TRAVAGLIATI ANNI DI SPERANZE DELUSE
FURONO LA SUA VITA

Vox audita est in Rama!
Ploratus et ululatus multum!
Rachel plorans filios suos,
Et noluit consolari, quia non sunt.

JER.

Voce dalla montagna udita fu!
Pianto e ululato molto!
Rachele è che de' suoi figli si duole,
E punto consolata esser non vuole,
Perch'Ei non sono più!

Terzo lato:

L'ULTIMO DE' SUOI CON-CAPTIVI,
RIEDENDO ALLA CARA PATRIA,
LASCIAVA IN NOME DI TUTTI
LE LORO LACRIME E QUESTA MEMORIA.
IL DI' . . . 18 . .

Praecisa velut a texente vita mea:
Dum adhuc ordirer
Succidit me.

EZECH.

Un'antica speranza a Lui sorrise,
E il filo della vita a lei s'attenne;
Ma la cesoia del testor sorvenne,
E nel bel dell'ordito Ei lo recise.

Quarto lato:

STRANIERI!

LE OSSA RECLAMANO LA PATRIA

E VOI NE AVRETE UNA

IL DI' CHE RENDERETE A QUESTE MIE LA LORO

Scio quod Redemptor meus vivit
Et in novissimo die de terra surrecturus sum,
Et rursus circumdabor pelle mea,
Et in carne mea videbo Deum salvatorem meum.
Quem visurus sum ego ipse,
Et oculi mei conspecturi sunt, et non alius:
Reposita est haec spes mea in sinu meo

JOB.

Io « creta », Io so che il Redentor mio vive,
E che al dì estremo verrà sulla terra
A solver l'ossa che giacean captive.
E vestirò la carne allevïata,
Ed Io, « quest' » io, nell'umanato Verbo
Fisserò la pupilla insazïata.
Questa è speranza che gelosa io serbo!

CAPO SETTUAGESIMOTTAVO

PP. STURM, BATTISTA, WRBA, ZIACK, OTTIMI CONFESSORI.

Io, che condivido pienamente l'opinione dell'amico mio sulla potente efficacia qui discorsa, attesto che dessa era eminentemente posseduta dall'egregio padre Battista, e che la sua carità ed il suo sapere mi fecero un bene che ha lasciato orme, spero durature in me fin che avrò vita. Per una combinazione curiosa fui primo tra' prigionieri di Stato a colloquire col padre Battista; primo, con quell'anima a lui tanto somigliante col padre Wrba; primo col padre Paulowich, ora vescovo di Càttaro. E il giudizio che portai sul loro rispettivo carattere (dopo quella prima conferenza) è rimasto tale per me e per tutti gli altri concaptivi. Previdi anche premio molto differente alle cure dei tre; dissi: « Se questi, per variamento di occupazioni, saranno mutati, due di loro resteranno quel che sono; il dalmata Paulowich avrà mitra e pastorale ».

L'ultimo che ci è stato accordato è il padre Vincenzo
Ziack, che abbiamo esperimentato degnissimo successore
de' tre altri egregi sacerdoti *tedeschi*, Sturm, Wrba, e
padre Battista, nel profondo sapere, nella più conve-
niente riserva d'indagini, negli esempi di carità, infine
nella sempre preveniente compiacenza di soddisfare alla
nostra sete d'acquistar cognizioni.

CAPO OTTAGESIMO

LIBRI TOLTI.

« Ci fu tolto l'uso de' nostri libri ».

Anche ai prigionieri d'Olmütz furono tolti, ma almeno
condizionatamente; cioè il comando imperiale escludeva
dai pochi libri che portarono seco que' soli ch'erano stati
stampati dopo l'89, e quelli in cui era la parola *repubblica*.

« *A-t-on peur* (disse Lafayette al generale governatore d'Olmütz) *que j'apprenne la déclaration des droits?
C'est moi qui l'ai faite* [1] ».

Lo stesso Lafayette continua a dire: « *On nous con-
fisqua un volume d'introduction du* Voyage d'Anacharsis,
parce qu'on y rencontrait le mot république [2] ».

LA VISITA.

« Quella visita... ogni volta metteami la febbre ».

L'animo mio rifugge dal narrare le particolari sevizie
che occorrevano ogni volta all'occasione di questa tormentosa visita. Dopo le genuine dichiarazioni che abbiamo fatte d'aver trovato per ogni dove uomini discreti
e compassionevoli, non sarà forse credibile se dico che
ogni rispetto, a cui s'avea pur diritto come uomini, era
violato e che il procedere de' visitatori giungeva fino a
brutalità. Eppure è così, e lo è per lo stesso motivo che
ha fatto sinora considerare il popolo austriaco, da tutti
gli storici, come il problema o piuttosto l'enigma della

[1] « Temono che io venga a conoscenza della dichiarazione
dei diritti? Ma l'ho fatto proprio io ».
[2] « Ci confiscarono un volume dell'introduzione del *Viaggio
di Anacarsi*, perché vi si trovava la parola "repubblica" ».

razza umana. L'Austriaco è buono, - e vi commette una crudeltà, una sevizie, con vera e sentita religiosità d'animo!

« *Es gibt des Kaisers Dienst* » (*si tratta di servire l'imperatore!*). Sono parole che il gran Schiller mette nella bocca di Ottavio Piccolomini, nell'atto che commette un delitto che le leggi puniscono col taglio del braccio; - e queste parole dipingono per eccellenza il carattere austriaco. L'Austriaco non ha per sua coscienza un tipo di giustizia o d'ingiustizia assoluta: egli non vede giustizia e ingiustizia che attraverso la volontà imperiale. Il più abbietto ufficio, se è fatto per servire l'imperatore, nobilita; il più rivoltante, per la stessa condizione, è eseguito con devotamento, con ab-negazione, con entusiasmo, quasi fosse atto eroico, di cui, con molta buona fede, ognuno si fa altero. Ciò fa che la nobile nazione alemanna ripudia da sé gli Austriaci, e non vuole a niun patto che si chiamino Tedeschi. Questo non solo è orgoglio germanico, ma altresì orgoglio boemo, orgoglio ungarese. Verrà tempo in cui l'Austriaco possa riscattare la sua propria dignità, e, rientrando nel corpo teutonico, comprenda che alla domestica bontà di cuore puossi aggiugnere fedeltà in casa sua dal *popolo-tipo*, dal popolo di Würtemberg; e questo e il Sassone e l'Annoverese e il Badese e il Bavaro, allora saluteranno fratello anche lui.

Al presente bisognerà convenire che niuno onorando impiegato di questi differenti stati generali di polizia, senatori, e consiglieri aulici e di stato, praticarono con noi nelle prigioni di Spielberg. Vediamolo.

Il signor direttore generale di polizia, *und gubernial Rath* (e consigliere di governo) venne a farci la prima visita inquisitoriale, il giorno 17 marzo 1825. Era con lui certo Pancraz, suo aiutante, che noi chiamavamo Draghignazzo, solamente per molta simiglianza che avea col diavolo di questo nome che Dante ha descritto nel suo *Inferno*, e non per cattiveria che abbiamo durata da lui. Era un *buon diavolo*, in verità di termini, - e tale anche il signor direttore di polizia. La prima camera inquisita fu la nostra; erano sette camere, si cominciò alle sette del mattino coi lumi, e si finì alle sette della sera coi lumi. Se si pensa che i nostri mobili erano: due sacchi di paglia, due coperte, due brocche per l'acqua e due cucchiai di legno, non si sa capire che cosa vi fosse da inquirere per dodici ore: ma ciò provi la gelosa minuzia che vi si metteva. I due sacchi di paglia furono trasportati fuori sul terrapieno, onde Draghignazzo ne cavasse tutta la paglia e guardasse bene se tra quella v'era qualche cosa nascosta. Le coperte si scossero, le brocche si versarono, i cucchiai non avevano secreti. Poscia fummo entrambi spogliati ignudi, tolta la camicia, rimessa, e lasciati così: allora il signor direttore generale di polizia trasse di tasca un coltello, e cominciò a scucire le costure de' pantaloni e del giubbetto. A simile rassegna passarono anche le scarpe; se non che io la interruppi, essendo montato in un'indignazione che non provai più eguale. Mi pareva sì indecoroso, sì basso ciò che si faceva e chi lo faceva, ch'io mi sentìa avvilito di trovarmi dinanzi ad un verme d'umana sembianza, fregiato di decorazioni, e trascinante così nella polvere la dignità imperiale, nel cui nome operava. Dall'altro lato io avea il povero Pellico che batteva i denti dal freddo e dalla febbre; Pellico, da tre quarti d'ora in camicia, attendendo che la nefanda scucitura del signor consigliere fosse finita. Io non ne potea più, e serrando i pugni, gl'intimai con voce tremante e mal reprimente l'immenso disprezzo ch'ei mi svegliava, di dare una coperta all'amico mio: — *Donnez une couverture à mon ami.*

— *Je ne puis pas, il faut qu'auparavant je découse tout cela.*

— *Donnez la couverture: rien n'empêche que vous ne décousiez après, autant que bon vous semble...*[1].

— *Nein ich...* (no, io...).

— *Gib eine Decke, sage ich dir!* (Ti dico di dare una coperta). E credo nel mio cieco furore avrei avuto forza bastante per istaccare la grossa e lunga catena infissa al muro, e sbattergliela sulla testa. Per fortuna il buon Krall prevenne la mia brutalità, e prendendo una coperta, disse al signor direttore: *Dass, dass.* — *Ach? eine Kotze!* — rispose egli tutto attonito. Io non capiva che sotto il nome di *couverture* e di *Decke*, intendeste *eine Kotze.* — *Je croyais que vous demandiez de couvrir (oder decken) votre ami, avec les habits que je suis*

---

[1] — Date una coperta al mio amico. — Non posso: debbo prima scucire tutto. — Dategli la coperta; nulla vieta che scuciate dopo come meglio vi pare.

370

en train de découdre. Voilà eine Kotze[1] *!* — e la diede,
e fu il solo riparo che si poté ottenere per quel povero
infermo. Ciò gli costò una grave malattia di polmoni.

Io era alterato, e non potea rispondere urbanamente.
Draghignazzo rimosse un certo vaso immondo, quando
il signor direttore gli disse di lasciare perché Schiller
avrebbe fatto. Ma Schiller con una visibile ripugnanza,
tolto il coperchio, tosto ricopriva.

— Aspettate, aspettate, — e vôlto a me disse: — Là,
quella boccetta, che contiene? — Rispondo sgarbatamente: — Un resto di medicina.

— Schiller, prendetela.

Schiller indugiò un poco, indi pose lentamente le mani
in tasca, ne cavò il fazzoletto, e fattone schermo alla mano, estrasse tremando la boccetta, e più tremando ancora, disse al signor direttore con certa solennità (e quasi
sillabando) la parola *mé-dé-ci-ne!* (me l'aveva portata egli
un'ora prima).

— *Warh* (vero?) — replicò il direttore. Ed io digri-
gnando i denti un po' più lunghi, già borbottava: *Kosten*...
ma non terminai quella impertinente frase, e il signor
direttore fu assai padrone di sé per far mostra di non
capirla. Debbo ricordare al lettore che la nobile ripugnanza, e quasi indignazione del buon Schiller, viene dacché
ei non era Austriaco ma Svizzero.

[1] « Credevo che chiedeste di coprire (*decken*) il vostro amico
con gli abiti che sto scucendo. Eccovi una coperta (*Kotze*) ».

INVENZIONI

INVENZIONE PRIMA
OCCHIALI E FORCHETTE DI LEGNO

Il dì dopo fummo chiamati a processo, per rendere conto degli oggetti che nella visita ci erano stati sequestrati. A Pellico un paio d'occhiali, - a me un occhialino.

A Pellico una forchetta di legno, - a me pure una forchetta di legno.

Chiamato Silvio, il signor direttore di polizia dimandò:

— Chi le ha dato il permesso di tenere questi occhiali?

— Tutti e niuno; da tre anni che sono sullo Spielberg, hanno sempre riposato sul mio naso, - dalla notte in fuori. Così era anche in libertà. Il governatore signor conte Mitrowsky, il sopraintendente della casa, ella stessa me li ha sempre veduti e sempre lasciati.

— Non li ho mai visti... non mi ricordo... è cosa irregolare... non posso restituirli.

È incredibile il dolore che questa privazione cagionò al povero Silvio. Ei disse: — Signore, ella fa più che l'imperatore: questi mi ha condannato a quindici anni di carcere duro, ma non m'ha tolto il senso della vita. Ella invece m'acceca. Oh Dio! una delle mie più grandi consolazioni era di vedere il sole... Allora mi parea d'essere in Italia... ora non lo vedrò più! — Il direttore si strinse nelle spalle, e passò ad altra richiesta.

— Una forchetta di legno! ma sa ella che è una gran violazione di disciplina una forchetta di legno?

Silvio era buono, paziente, ma non potea tollerare certe stupide esigenze, se si volevano colorire come necessarie al buon ordine. Pareva a lui che il buon ordine non si turbasse punto, se ci si lasciava una forchetta di legno. Inutile: non si potea far entrare nella loro testa (certo più lignea della forchetta) l'innocenza di quella concessione. Quindi era divenuto intercalare il ripetersi da noi, in questa e in mille altre occasioni, la frase proverbiale che corre per tutta Italia, e che è essenzialmente caratteristica del buon popolo austriaco: — *Indietro ti e muro*. In siffatti frangenti Silvio non si riteneva, e con un accento ignoto a tutti i prigionieri che fino allora aveano vestito l'abito infamante de' galeotti, tuonava: — Crolla forse la monarchia austriaca, se invece di mangiare sudiciamente con le dita, lo fo con un pezzo di legno?

L'eccellente signor conte Mitrowsky, ora gran Cancelliere ministro di Stato, ed allora governatore generale delle due provincie di Moravia e Slesia, - egli che ci avea usati sempre i più grandi riguardi, venne a trovarci e compassionò molto la nostra sorte, ma più ancora l'impotenza in cui era non solo di migliorarla, ma neppure di restituirci le due forchette di legno e gli occhiali. Diceva:

— Se il direttore di polizia non avesse poste queste miserie sotto sequestro, *à la bonne heure*; avendo ciò fatto, non posso darvele, *causa pendente*.

— E dove pende questa gran causa delle forchette di legno?

— A Vienna, amici miei, a Vienna, e innanzi allo stesso imperatore.

— La negazione delle forchette è più ridicola che crudele, ma V. E. converrà che non siamo stati condannati *a cecità*, bensì a solo *carcere duro*.

— Oh sì, sì, — (ripigliò commosso). Ei pure avea gli occhiali che non deponeva mai: portò involontariamente sovr'essi la mano, se li tolse e quasi spaventato dalla specie di notte in cui restava, sentì tutto il dolore di Silvio, e fece un moto che volea dire: *eccettateli e mi farete beneficio*: al che fu risposto con una cordiale stretta di mano che, ringraziando, rifiutava e non offendeva. Quest'ottimo signore ci lasciò tutto conturbato, e Silvio il dì appresso ebbe gli occhiali, io l'occhialino che erano stati sequestrati.

Fu arbitro o decisione imperiale? non so; ma so che per le forchette venne decreto negativo.

Qui farò una confessione: tre anni dopo, cioè nel 1828, allorché il conte Mitrowsky era stato promosso a Vienna, e che il sopraintendente della casa fu sostituito da un altro, ripetemmo la domanda dissimulando che la volontà imperiale aveva già pronunciato *no*. Il nostro argomento era forte, dicevamo: ci dànno cinque lunghi grossi aghi di legno per far calze, di modo che, se vogliamo, è in nostro potere di legarli in fascio e farne una sorta di forchetta artificiale: che s'oppone dunque a darcene una di sol due o tre branche? Il novo sopraintendente capì e rispose: — Ciò non parmi al disopra delle mie facoltà; lo accordo e me ne rendo io responsabile; solo *pro forma* ne farò avvisato il secretario del governatore.

Anche Lafayette, ne' cinque anni e mezzo che fu captivo a Olmütz, non poté mai ottenere forchetta di legno per sé né per la sua famiglia. Un dì il comandante, trovandosi presente al suo povero pranzo, gli disse se non gli parea novo il mangiar con le dita: — *Pas tout-à-fait* (rispose Lafayette); *car, en Amérique, j'ai vu les Iroquois manger de la sorte* [1].

Ho descritto qual era il sistema delle visite che una volta al mese ci faceva il signor direttore di polizia; ma, prima di questa, il sopraintendente della casa ne eseguiva un'altra per suo proprio conto. Non basta. Come il direttore di polizia era controllore del sopraintendente, così un consigliere aulico o senatore o anche ministro di stato, era controllore del direttore di polizia. A quest'uopo, d'anno in anno, l'imperatore mandava siffatto personaggio espressamente di Vienna, e ci cadeva addosso all'improvviso, senza alcuna prevenienza neppure al governatore della provincia. Il primo di questi alto-ministeriali visitatori fu il barone *Münch von Berlinghausen*; il secondo fu il conte o barone *von Vogel*; il terzo un in-nominato a cui davano titolo di consigliere di stato.

I due primi portavano principalmente querela sulla pretesa comunicazione che si diceva che noi avevamo con le persone di fuori. Ciò era falsissimo; ma per acquetare sopra siffatti dubbi l'imperatore, si fece disegnare il piano del corridoio ov'erano le nostre tane; la comunicazione da queste al terrapieno che serviva al

[1] Non del tutto, poiché in America ho visto gli irochesi mangiare proprio così.

passeggio; e la diretta immissione del terrapieno al co-
retto della chiesa. Porte, finestre, aperture d'ogni sorta
erano state murate, cosicché neppure i galeotti (non
che gli esteri) poteano vederci ne' nostri differenti tran-
siti. A questo piano andava congiunto un orario, dal
quale l'imperatore vedeva che le tane ad un'ora rice-
vevano l'acqua, ad un'altra il pane, ad un'altra il pranzo, ad un'altra le visite: che la tana n. 1 passeggiava
ad ora tale, la tana n. 2 ad altrettale, e così via via. Di-
modoché S. M. sedendo nel suo gabinetto poteva regolare con certezza migliore di quella del vecchio Schiller: « ora debbono mangiare, ora bere, ora passeggiare, ora stare immoti ». Le visite poi che mensilmen-
te facevansi l'avvertivano se tutto era *statu quo*, o altrimenti. A siffatt'uopo, rapporto apposito era disteso,
e nel decorso degli anni le seguenti invenzioni furono
chiamate col nome d'irregolarità.

INVENZIONE SECONDA

GUANTI DI LANA

(*Menzione di tre sorta di lavoro forzato: segar legna,
far filacce, e far calzette*).

Il barone Münch von Berlinghausen vide sul tavolaccio di Foresti un paio di guanti a maglia, di lana greggia: uscito fuori della tana, disse al governatore conte Mitrowsky:
— Come, anche guanti?
Il governatore ne appellò al sopraintendente ed ai secondini: tutti attestarono che le EE. LL. non avevano
che a scendere nelle casematte per vedere i galeotti in-
distintamente nell'arbitrio di portare (o no) simili guanti di lana a maglia; - che erano comandati dal medico; - che erano indispensabili per il freddo. Irremissibilmente nel dì appresso ci si levarono i guanti, indi
fummo chiamati a processo.
Il direttore di polizia: — Chi ha dati questi guanti,
e chi li ha concessi?
— Concedente *ella*; - datori *noi*.
— Concedente *io*? Non è vero.
— È vero. Le ricordo che allorquando è giunto l'in-

verno, dacché dovevamo per lavoro forzato fornir calze di lana, abbiamo a lei dimandato il permesso di ripararci le mani contro la rigidezza della stagione, facendo con lana ed aghi per calze i guanti siccome tutti i galeotti portano.

— *Tricoter des bas*[1] è volontà imperiale, e quindi loro dovere imprescrittibile, sacro: ma con quella lana e quegli aghi *tricoter aussi des gants, cela dépasse*[2]...

Ed ecco di novo quella buona gente esporsi a udire insolenze da noi, che certo avremmo fatto meglio a non pronunciare: ma il nostro patire era troppo oltre-spinto da mille altre parti, perché talora un'occasione anche sì frivola fosse più che sufficiente a versar fuori un dolore tanto più acre, quanto più questa maniera di *cavillare* pareva imbecillità accattata e non vera. Ciò era per noi cocentissimo insulto. E forse andavamo ingannati, e nel nostro inganno dicevamo: « Obbligarci a lavori materiali, - pazienza! obbligarci per lungo tempo a segar legna, - pazienza! ma, dopo la legna, ci hanno fatto supplicare per una occupazione di spirito, ed ora che ci accordano? A ciechi, *faire de la charpie*[3], perché avendo voluto promuovere rivoluzioni per sentimento filantropico, continuino ad esercitarsi in opere pie. A non-ciechi, *tricoter*, perché, oltre ad essere filantropi, essendo anche uomini colti, trovino (nel congegnare *ad uno scopo* una maglia dopo l'altra), un lavoro mentale ». - A noi pareva che *scherno e crudeltà* non potessero congiungersi a più accorto e più squisito trovato. E come in una commedia (che è una specie di *Burbero benefico di Kotzebue*) l'autore consiglia per rimedio al protagonista il *far calzette*, andavamo in gran collera contra lui, e pensavamo: « Onde nulla manchi a questo apostata scrittore per servire di manuale a despoti, dovea appunto essere suo suggerimento il far calzette a chi ha l'uggia, e i consiglieri imperiali doveano badarvi! ». Questo è certissimo: uomini che sapevano sopportare ogni privazione di cosa diletta, e dolore fisico e morale con animo rassegnatissimo, ho veduti montare in furore, divenir idrofobi, per il tormento di far calzetta. Non era l'umiliazione di vederci con

[1] Far la calza.
[2] Fare anche dei guanti, è troppo.
[3] Far filacce.

vertiti in femmine: questa, e l'altra (a lei sorella) di
vestirci infamate lane, non ricadean forse sui loro autori? Debbo dirlo a testimonio di verità, ciascuno de'
prigionieri di stato dello Spielberg era più grande delle sue catene, della sua galeottica assisa e de' suoi aghi
da calzetta.

Quand'io segava la legna, quando faceá filacce, la mano sola era schiava; il pensiero volava a suo grado:
ma per far calzetta, la mente e l'occhio e la mano doveano essere incatenati lì, lì alla maglia, ferocemente
lì, non si potea pensare. Doppia-schiavitù; e questa seconda, mille volte più intollerabile della prima. Non
pensare alla madre, alle sorelle, agli amici! non pensare al *mio dolore!* era ben ciò che di più santificante
avesse lo Spielberg! Ed anche fisicamente, era cosa stomachevole e mal sana; e per quanti reclami siensi fatti, non si sono mai voluti capire, o piuttosto accettare.
Ci veniva dato un grossissimo gomitolo di lana putente,
(putente perché era imbevuta d'olio e d'assogna, impu-
rissima): la tana n'era subito appestata, ed un invincibile dolor di capo era l'effetto primo di quella fetida esa-
lazione, che rimanea con noi in pianta stabile. Dopo ciò,
quel sopraintendente, che avea ben intesa la sevizia di
negarci le forchette di legno (e quindi ce le accordò),
non fu mai capace d'intendere la sevizia di questo lavoro. Non ci rifiutavamo a' lavori forzati, solo non potevamo far quello. Inutile: ha adoperato sgarberie e minacce d'ogni specie. Non è esagerazione, - *minacce bruta-
li!!!* - Ho veduto il povero Munari, canuto di settanta e
più anni, antico elettore alla famosa consulta di Lione,
indi più volte primo magistrato a Bologna, a Ferrara, a
Modena; - rispettabile per carattere e sapere, essere in-
passibile a' mali fisici ond'è continuamente travagliato,
e piangere come fanciullo per l'obbligo di far calzetta, e
di consegnarne almeno un paio la settimana. A chi non
lo adempiva, le minacce erano: privazione di cibo e di
passeggio, la bastonata, e *rapporti* a Vienna. - (La prima e la seconda restaron minacce).

— Anch'io farò rapporto a Vienna! — risposi una volta al sopraintendente.

« Crede ella che un uomo, a cui dopo l'amputazione
della gamba la circolazione del sangue è impedita, e che
non può star seduto a lungo senza essere soggetto a do-

lorosi granchi (ne soffrii atrocemente per due anni),
l'imperatore niegherà l'esenzione dal lavoro, e da sì stolto lavoro?

« Inoltre l'artritide m'ha invasa tutta la persona (pur
ora in libertà non ne sono senza), - e deponendomisi particolarmente alle mani, mi vieta di stringere gli aghi.

Silvio aggiunse: — Se l'amico mio scrive all'imperatore, dirà tali e tante cose ch'ei ne rabbrividirà, e sarà
esente non egli solo, ma tutti. È tempo che si cessi da
una persecuzione così umiliante, così atroce, possiam dire così contraria alla volontà imperiale. Tutti i gran personaggi che vennero da Vienna, ed ai quali ricorremmo
contro il lavoro, unanimemente risposero che il lavoro
era stato accordato da Sua Maestà per sollievo. Ora ella converte il sollievo in obbligo? e minaccia torture fisiche e morali, che tuttavia non ardirebbe mettere ad
esecuzione? - Sarà ella il castigato per tanto ardire!

Eravamo a ciò: l'ultima di queste ommissioni avvenne appunto l'ultimo dì della nostra dimora sullo Spielberg; e quando fummo chiamati in cancelleria per udire la nuova della liberazione, abbiamo subito creduto
che fosse l'annunzio d'un castigo, per non aver consegnato quella mattina il dovuto paio di calze domenicali.

A me poi l'artritide era venuta in gran parte per i
guanti ritoltici, dopo la visita del signor barone Münch
von Berlinghausen.

INVENZIONE TERZA

CUSCINO DELLA CONTESSA CONFALONIERI
A SUO MARITO

Il secondo personaggio ministeriale che venne a visitarci, il signor conte o barone von Vogel, chiamò irregolarità un cuscinetto che vide sul tavolaccio di Confalonieri. Eccone la storia:

La contessa era venuta a Vienna per ottenere la grazia di suo marito. Il dì fatale della decisione, a mezza
notte, il corriere era partito colla sentenza di morte. L'a-
nimo buono della imperatrice spedì un ciambellano alla contessa perché recasse con dignitoso silenzio il dolore dell'angelica sua sovrana di non aver potuto otte-

nere salvezza. Teresa Confalonieri, malgrado l'ora tarda, volò in legno a palazzo: l'imperatrice, già ritirata, non poté ricusare di riceverla; pianse, piansero, e lo strazio fu sì irresistibile, che l'imperatrice, scapigliata, corse nella camera del consorte, e dopo alcun tempo (che secolo di strazio dovett'essere per Teresa!) venne con la grazia della vita! - Presto, presto bisognava arrivare il corriere, oltrepassarlo, - ei portava la sentenza di morte! Teresa si getta in legno, e, senza aver mai posa, e pagando quattro o sei volte di più i postiglioni, e sorbendo qualche liquido per tutto cibo, giunse in tempo a Milano, e Federigo campò dal patibolo. Durante il viaggio, ella avea riposato il capo sopra un cuscinetto che inzuppò di lagrime; - lagrime ora d'ansia mortale di non giungere in tempo, ora di speranza, ora d'amor coniugale. Questo confidente del più solenne, del più tragico momento della vita de' due sposi, fu consegnato a' giudici di Federigo che lo aveano condannato a morte: - essi religiosamente lo rimisero al salvato marito. Venne con quello allo Spielberg. Là, spogliato di tutti gli abiti suoi, incatenato, giacente sulla paglia, privo d'ogni comodo, non si separò dal cuscinetto, tutti i sopraintendenti, i governatori, lo stesso Münch von Berlinghausen lo aveano rispettato. Il barone o conte von Vogel lo trovò irregolarità, - e glielo tolse!!!

Comparando questo fatto con quello del ragno dimestico di Pellisson, troverassi di gran lunga il primo più barbaro del secondo; perché infine il cuscinetto era una sacra reliquia.

INVENZIONE QUARTA

PASSERO A BACHIEGA

(*Menzione della parrucca di Villa*)

Un dì avvenne che l'ex-tenente Bachiega, tornando dal piccolo terrapieno su cui andavamo ogni giorno a prender aria, portò nel suo carcere un *passero di nido*, ch'ei (non-veduto dalle guardie) avea trovato in un buco della muraglia. Il passero fu suo fedele compagno fino al dì della visita mensile; ma, giunta questa, nello scompiglio della paglia che ogni volta si facea, l'uccelletto scappò di sotto al tavolaccio ov'era sempre stato nascosto fino allora. Il signor direttore di polizia fece dimettere le guardie, come non-vigili abbastanza; s'impadronì del passero; e il povero prigioniero fu privo della distrazione, del conforto che unici gli restavano nella sua separazione da ogni cosa vivente. Minacciato indi di far rapporto all'imperatore di questa sua *in-disciplina*, Bachiega protestò contro siffatta qualificazione, e volle che nel rapporto s'aggiugnesse, ch'egli allevando un passero non credeva aver contraffatto alle regole dello Stato, e che anzi dimandava formalmente il permesso d'averne uno.

Allora il povero Villa disse al direttore di polizia: « Poiché ella stende rapporto speciale a Sua Maestà per ottenere un passero, le piaccia far menzione altresì d'una parrucca onde provvedere alla mia calvizie, giacché il medico e il sopraintendente della casa dicono non essere autorizzati a questa spesa straordinaria ». Il direttore non potea rifiutarsi di trasmettere le nostre dimande; il fece: dopo due mesi Sua Maestà scrisse al governatore perché consultasse il sopraintendente circa l'uso che si praticava co' galeotti in caso di calvizie.

Il sopraintendente rispose che si dava un berretto di lana.

L'imperatore, dopo altri due mesi, rispose che circa la calvizie non si facesse eccezione alcuna tra i galeotti e Villa; ma questi non accettò la concessione imperiale, perché il berretto di lana gli affocava troppo la testa. Terza reclamazione fu quindi fatta, ed egualmente dopo due mesi (n'erano passati sei dalla prima dimanda) un chirografo imperiale decretò che si accordasse un passero a Bachiega, per suo sollievo, ed una parrucca a Villa. Ignoro se Sua Maestà abbia scritto di suo proprio pugno che quest'ultima (per economia) non fosse di capelli umani, ma so bene che l'esecutore di questa sovrana disposizione credé uniformarvisi, presentando a Villa (invece d'una parrucca come d'uso) un cattivo tessuto di peli di cane.

Ultimo visitatore fu un in-nominato, che ci dissero essere consigliere di stato. Contegno nobile, esemplare; si vedea la commozione che gli destava la vista di tanta miseria, ma non potendo alleviarla, non parlò con alcuno, - eccetto che con me, a cui domandò qualche cosa sulla passata mia malattia. Sola visita che non aggiunse danno o privazione a danni e privazioni precedenti.

A chiunque ha detto o dirà che altri visitatori, fino a tutto il luglio del 1830, sono venuti a vederci sullo Spielberg, assicuro qui pubblicamente essere stato ingannato. Ci annunciarono bensì più volte la visita di qualcuno della stessa famiglia imperiale, come il secondogenito arciduca Carlo-Francesco. Ed infatti ei venne allo Spielberg, ma non consentì a salire a' prigionieri di stato. Noi interpretammo il suo rifiuto come pudore, - e ci piacque questo sentimento nel giovine principe.

Invece s'è sparsa voce che l'arciduca Rudolfo, arcivescovo d'Olmütz, con non so chi della famiglia del duca di Modena ed altri ufficiali di seguito, sieno stati introdotti nelle nostre tane per contrassegno di distinzione. È falso. S'è aggiunto « che Confalonieri, - il superbo, l'indisciplinato Confalonieri, - durante la visita tenne le spalle voltate a questi prìncipi, né si scoprì il capo: cosicché il custode accostatosi a lui, gli tolse il berretto galeottico e glielo gettò a terra ». - È falso; - è calunnia; - è vergognosa calunnia che dovrebbe empire di rimorso chi ha potuto commettere la scelleratezza d'apporla a quell'anima onesta, a quell'anima grande di Confalonieri, che non solo ónora Italia e il suo secolo, ma i secoli che passarono e quei che verranno. Bassezza! Confalonieri capace d'una indecenza? ei rispetta troppo se stesso per commetterne pure coi secondini. È vero che dinanzi a' gran personaggi (che ho detto essere venuti a visitarci) noi sembravamo i giudici, - essi i rei criminali. - Ma che colpa era in noi, se il sentimento della nobile causa della nostra prigionia ci dava dignità, e se un sentimento opposto curvava i signori baroni Vogel e Berlinghausen? Perché dunque (ripieno com'era di tanta pietà nel volto) quel terzo onesto in-nominato non dava vestigio di curvamento alcuno? Sarebbe che i primi aveano avuto una missione servile, e, consumandola, ne arrossivano in faccia a chi, anche tra catene, non era servile; - mentre l'altro, dacché non poteva rifiutare d'essere testimonio della nostra miseria, non volle accrescerla siccome que' due? E questa calunnia doveva venire a Confalonieri da quella corte del duca di Modena, ove una donna che fu poscia imperatrice (vero angiolo di bontà), era stata sorella di latte di quel magnanimo infelice!!!

Sua altezza il duca, nella sentenza di morte contro il diletto mio amico Ciro Menotti, ha calunniato anche me. A lui risponderò un dì: ai calunniatori di Confalonieri ho già risposto.

S'è aggiunto che le *nostre camere erano decenti; modesti, ma convenienti i mobili; niuna apparenza di captività, se non l'uniforme e il berretto da galeotti, - quel famoso berretto che debb'essere stato gettato a terra per rispettare la presenza d'un figlio del duca di Modena.* Si noti appunto che l'assisa galeottica non ammette berretto alcuno. Ho poi detto sopra, e qui il ripeto, quali erano i nostri mobili: il tavolaccio (i Francesi dicono *lit-de-camp*, gli Austriaci *Britsche*); il vaso che mosse Draghignazzo; due brocche per l'acqua, due cucchiai di legno, un fetido gomitolo di lana greggia, e cinque aghi di legno per far calzetta.

Per dar corso a tutte le in-decorose asserzioni sul conto di tant'uomo, dirò che non s'è mancato d'imputargli anche molte in-giustizie dal lato della religione. S'è detto ch'egli UNICO avea rifiutato i soccorsi di essa, e che ciò gli avea attirato maggiori strettezze di quelle in cui sono i suoi compagni. È falso. Ecco siccome stanno le cose. Il confessore dàlmata, padre Stefano Paulowich, venne allo Spielberg con una sedicente scomunica papale, pretendendo che noi vi eravamo compresi, e ci offeriva i mezzi di rientrare nel grembo della Chiesa.

Fu risposto, con calma e dignità, che quella scomunica non potea riguardarci in alcun modo, giacché ivi erano dipinti i Carbonari come autori, PER ISTATUTO, d'ogni più atroce scelleratezza; mentre chi tra noi era Carbonaro avea professata Carboneria appunto per avere un mezzo forte, compatto, attivo, onde esercitare le più nobili e difficili virtù che comanda il Cristianesimo. Cristo essere stato *libero muratore e Carbonaro* per eccellenza: qual *libero muratore* aver *abbattuto* e *fabbricato; abbattute* idolatria e schiavitù, - *fabbricato* l'edificio sociale tutto intero. Qual *Carbonaro* aver lanciato in quella nova e da lui creata società la sacra fiamma dell'amore, il *carbone acceso* della CARITÀ, che dee consumare sol-ipsìa, e far avvampare per tutto i lumi della scienza e lo zelo di praticare il bene. Nostra congiura (che sarà anche opera *muratoria o carbonarica*, se vuolsi, ma sempre CRISTIANA) essere stato il CONCILIATORE[1].

Congiura sotto la faccia del sole, e basata su *principii* ed eseguita con *mezzi* che erano consentiti da giustizia eterna: principii e mezzi che doveano fare alteri i confessori di essi, i quali si prostituirebbero lasciandosi applicare una scomunica che non era che una nefanda e calunniosa imputazione di tutti i più neri delitti che l'inferno abbia mai vomitati sulla terra. Fu finita questa protesta col dichiarare altresì che noi eravamo i primi ad invocare le benefiche consolazioni della religione, - ma non mai a prezzo dell'infamia.

Allora il padre Stefano Paulowich disse: — Credo bene che lor signori non sieno rei d'alcuno dei delitti catalogati nella scomunica papale; - come pure mi rimetto interamente in loro, circa i fini onestissimi ed altamente morali delle associazioni fulminate da Roma. Non posso anzi tacere, ch'io, destinato a dirigere le loro coscienze, nel conversare con essi, ho trovato sempre istruzione nuova, profonda e congiunta ad esempi di carità-pratica che mi hanno edificato e fatto arrossire, riconoscendomi assai meno buono di loro.

« Li accolgo dunque tutti nel grembo della Chiesa, e li sciolgo da ogni INTERDETTO (ove mai lo avessero incorso), con la sola condizione di rivelare se conoscono alcuno che abbia voluto rovesciare il governo austriaco, od ogni altro qualunque.

Noi credemmo che né Paulowich né alcun vero sacerdote di Dio avesse diritto d'imporre cotali PATTI, i quali, per sentimento universale di rettitudine, sono chiamati INFAMI. Solo un ministro di stato, un ministro degli uomini, usando (o ABUSANDO) della sua forza, può renderli condizione d'un atto di giustizia, d'una riparazione, d'una equità. E tale era quella di riammetterci alla Chiesa. Quindi, senza accettare questa riammissione sotto clausola veruna, di nostra libera e spontanea volontà, abbiamo dichiarato: « *che non avevamo rivelazioni a fare* ».

[1] Questo nome serva per indicare ogni altr'opera morale o letteraria che avesse il medesimo spirito; cioè, suo fondo — « *scuola logica di libertà*; — e suoi mezzi, *una continua carità applicata* ». (*Nota di P. Maroncelli*).

Così tutti avemmo *accessit*, e Confalonieri non meno d'ogni altro. Dopo, cangiarono le cose: la rivoluzione di Russia scoppiò alla morte d'Alessandro, e Paulowich venne a tormentare i prigionieri politici, pretendendo che avessero attestato il falso, allorché dissero di non *aver rivelazioni a fare*; e che se le avessero fatte, gli eventi di Russia non avrebbero sortito effetto. Quasi dovessimo essere responsabili noi di tutti i fremiti di libertà a cui gli oppressi popoli d'Europa avessero sentito bisogno d'abbandonarsi!!! Le pretese di Paulowich non trovarono risposta, ed egli lanciò INTERDETTO ora su questo, ora su quello.

Ov'è qui in-subordinazione dal canto nostro? questa è superbia? Almeno almeno non mutate i termini alle cose, soprattutto per valervene a calunnia dell'innocenza!!!

In generale, miei cari lettori (compatriotti e stranieri), siate facili a credere il bene delle persone assenti, - non mai il male; - perché se altri le accusa falsamente, elle non possono difendersi, e quel male si accredita a gran danno della verità, dell'individuo, talvolta d'una nazione, talvolta dell'umanità intera, ritardando forse in tal guisa la causa d'un progresso sociale che UNO avrebbe avuto la forza di produrre, e che molti altri, ancora per lungo tempo, non produrranno

Signor Carlo Uboldi, e voi tutti, congiunti, amici e conoscenti di Confalonieri (che non occorre ch'io nomini partitamente), non v'affliggete credendo ch'ei sia inquieto, torbido, in-sofferente di disciplina. Nel vocabolario di Silvio, de' suoi compagni di Spielberg, e di chiunque non è *abbietto*, *rassegnazione cristiana* vale *scienza di soffrire con dignità*. Confalonieri è *rassegnato* come un altro e più d'un altro, perché la sua saviezza e la sua virtù vale saviezza e virtù di molt'altri.

SU THOMAS A KEMPIS, OPINIONE DI MELZI.

Di parole e giudizi d'uomini che s'elevano dal comune, importa moltissimo tener conto, perocché o sono pregevoli o nol solo. Se il sono, ecco una nuova suppellettile d'istruzione o di edificazione per gli altri; se nol sono, ecco un argomento da rintuzzare il nostro orgoglio e farci pensare che l'uomo è debole, e che una e anche molte buone azioni o discernimenti non gli dànno mai prerogativa d'infallibilità: - e questa pure è istruzione non meno utile della prima.

A proposito adunque de' libri che a noi furono involati per decisione espressa dell'imperatore, e che Pellico chiama amici suoi (ed eran anche amici miei) ; - Dante, Petrarca, Shakespeare, Byron, Walter Scott, Schiller, Goethe ed alcuni altri di cristiana sapienza, come il Pascal e Tommaso a Kempis, - ho udito su quest'ultimo dalla propria bocca di Confalonieri queste parole ch'egli avea raccolte da Melzi, vice-presidente della repubblica italiana. Da quel Melzi che più sopra vedemmo aver rifiutata la nomina di re d'Italia, perché diceva « *che un presidente non cangia il suo titolo con un altro* »

Melzi abitava sul lago di Como una deliziosissima villa, e, nella stagione autunnale, molti signori lombardi vanno pure a villeggiare ne' contorni. Un mattino, Confalonieri andò a trovare il venerando Melzi che era ancora in letto; ed osservando che un libriccino molto ben legato era rovescio sulla tavola di notte, dopo le prime domande e risposte di core e d'uso, fu curioso di sapere che fosse. Lo prende in mano e legge: *Thomas a Kempis.*

Melzi, ignorando l'impressione che ciò farebbe sull'animo di Confalonieri, volle prevenirne una cattiva, e subito disse: — Voi nella bella forza dell'età, avendo una carriera tutta integra a percorrere, e molto bene a fare, avete bisogno d'essere stimolato a vita attiva. Io vi ci consiglio col volere immacolato e sempre giovine, che mi lega d'amore in-estinguibile alla nostra cara patria; e vi ci spingo con le mie vecchie mani che incallirono nel governare, - forse non indegnamente, - il timone della *cosa pubblica.* Ma altresì ricordovi che quando età e malanni abbiano posto fine alla corsa che in essa farete, attendevi un'altra sfera di bontà e d'amore; ed il codice pratico di questa nova carità, lo troverete nel disprezzato, ma santo libretto di *Thomas a Kempis.* E allora pensate a me.

Confalonieri accettò le venerate parole del vecchio amico, e le depose nell'animo suo ricordevole, per proprio profitto e d'altrui.

CAPO OTTAGESIMOPRIMO

FIGLIOCCIA DI SCHILLER.

Noi l'avevamo veduta nel primo anno della nostra captività, quando andavamo a passeggiare sulla terrazza
grande, la quale ci fu tolta all'arrivo de' Milanesi. Avea
appena dodici o tredici anni, e saltellava intorno all'interminabile Schiller con tanta grazia ed ingenuità che
non è così facile a descrivere, se si pensa che una fanciulla tedesca di tredici anni (malgrado un certo sviluppo fisico) ha l'animo molto più fanciullo d'una francese o d'una italiana di pari età.

Prima di partire dallo Spielberg, sapemmo che la figlioccia del nostro buon Schiller si era maritata.

CAPO OTTAGESIMOSECONDO

MONACAZIONE DI MARIETTA PELLICO, - POEMETTO.

Questo lavoro, che m'era sgorgato quasi improvvisan-
do dal core, è de' molti di cui non ho potuto rammentar-
mi, ed ecco perché. Avea presa l'abitudine, sino a quel
giorno, di comporre bensì a memoria, ma di depositare
indi i versi sul muro, incidendoli con una punta di vetro
ch'io mi procurava spezzando qualche boccetta di medicina. Questa confidenza che avea nel muro mi facea sempre differire d'apprendere, dicendo: « I versi non sono
forse là? chi può rubarmeli? », ed intanto ruminava od
eseguiva altri componimenti Quando, un bel dì, fu ordinato il sistema delle visite regolari, siccome sopra ho
descritte, e non volli esporre il povero Schiller a rimproveri, per non aver ritirate ogni volta le boccette. Grat-
tai quindi fortemente la muraglia, e l'incisione non apparve più uno scritto leggibile.

Forse un giorno, se potrò avere un po' di pace (che sinora in tre anni non ho gustata!), se potrò aver provveduto alla cara esistenza d'oggetti sacri, senza che le mie grucce combattano da mattina a sera cogli affaticanti sassi di Parigi, e ritirato in me stesso, richiami que' pensieri e quelle immagini che allora mi fecero dettare quel poemetto, non dispero di raccozzarne qualche frammento che attesti l'esaltamento di amore a cui avea sollevato i miei spiriti il sacrificio della sorella a pro' del fratello.

CAPO OTTAGESIMOQUINTO

DON MARCO FORTINI.

Eccellente sacerdote. Un dì, alcuni amici lo condussero in una loro adunanza, e, per voglia di piacevoleggiare, lo sottomisero ad alcune formole cui dettero nome d'iniziazione carbonica, e non lo era! Arrestato come vero Carbonaro, e, come tale, condannato a quindici anni di carcere duro allo Spielberg, il dì che gli fu letta la sentenza a Venezia andava dimandando a' suoi amici: « *Ma ditemi almeno che cos'è Carbonaro!* ».

Non uscì dallo Spielberg che nel 1826[1], dopo nove anni di detenzione, sei de' quali furono di carcere duro.

CAPO OTTAGESIMOSETTIMO

UN CANTO.

« *Aspettavamo i chirurghi e non comparivano. Maroncelli si mise ancora a cantare un inno* ».

I chirurghi stavano nella camera contigua, da tre quarti d'ora, ordinando i preparativi della operazione. Dopo le speranze che mi si erano fatte concepire in aprile e maggio di riacquistare l'uso della mia gamba, tutta la primavera era passata, ed ecco ove tutto andava a risolversi. Pieno di questo pensiero, e da una parte confidando poco che l'esito fosse buono, - dall'altra non molto temendolo, se cattivo, - cantai così. Ma questi versi erano destinati per mia madre e gli altri miei cari, quand'io

_____
[1] Errore; fu nel 1827.

387

non fossi più: doveano quindi portare sembianza di calma, onde fossero meno indegni de' nobili oggetti a cui erano destinati. Eccoli:

> *Primaverili aurette*
> *Che Italia sorvolate,*
> *Voi qui non mai spirate*
> *Sull'egro prigionier.*

> *Quanto d'aprile e maggio*
> *Chiamata ho la reddita!*
> *Venner... ma non han vita*
> *Per l'egro prigionier.*

> *Sotto moravo cielo*
> *Bella natura langue,*
> *Né ricomporre il sangue*
> *Può all'egro prigionier.*

> *Quanto durai di spasimi?*
> *Quanto a durarne ho ancora,*
> *Sin che una dolce aurora*
> *Disciolga il prigionier?*

> *Surga! e che alfine io senta*
> *Madre, fratello e suore*
> *Sanar col loro amore*
> *Lo sciolto prigionier.*

> *Ahimè! — Speranze tante*
> *Vidi voltarsi in guai,*
> *Che più speranza omai*
> *Non ride al prigionier.*

Aggiungo la lettera, con cui trasmisi questi versi all'egregio traduttore delle *Prigioni* di Pellico, signor A. de Latour, perché in essa è detto lo scopo che ebbi dettandoli:

« Signore,

« Le invio i poveri versi che improvvisai, canterellando, nel momento che si preparavano i ferri per amputarmi la gamba, - e quell'indugio pareami lungo! Ad essi allude Pellico nelle sue *Memorie*, ch'ella sta traducendo con tanta grazia e soavità. Quando li feci li destinava a mia madre, ed erano quasi un mio testamento ch'io confidava alla memoria dell'amico, onde fosse religiosamente trasmesso parola per parola a' *miei cari*. Se questo testamento fosse stato in prosa, que' *miei cari* avrebbero potuto dubitare della sua autenticità; ma un tal dubbio non può nascere su parole legate a ritmo. Ciò mi mosse; - e non voglia di far versi.

« Le conseguenze dell'amputazione non mi uccisero. Uscii in libertà, dopo due anni, e mia madre non ha potuto abbracciare suo figlio, né leggere quelle parole ch'io avea dettate per lei. Ben la mia vita è tessuta di sventure!

« Piero Maroncelli »

Strana coincidenza di cose grandissime con altre piccolissime! La mia gamba fu segata il dì dell'infausta battaglia di Waterloo, 18 giugno.

CAPO ULTIMO

SILVIO RENDUTO A LIBERTÀ. - ODE ITALICA SULLA SUA CREDUTA MORTE. - PROGRAMMA DI DIVERSI COMPONIMENTI A PUBBLICARSI, DI PIERO MARONCELLI. - LETTERE A' GIORNALI « LE TEMPS », E « LE COURRIER FRANÇAIS ». - RIMEMBRANZE, CARME SU GIORGIO PALLAVICINI. - CONCLUSIONE.

Silvio renduto a libertà.

La gioia, l'entusiasmo che il ritorno di sì caro Italiano dovea destare ne' suoi compatriotti saranno meglio sentiti, leggendo con quanto dolore ei fu pianto, allorché si credette che fosse morto sullo Spielberg. Un egregio poeta lirico [1] ha pubblicato un'ode sublime, che la libertà de' tempi e delle condizioni in cui gl'Italiani vivono in Italia, non permisero di stampare. Circolò nondimeno per le mani di tutti, con plauso pari a quello che fu accordato all'ode di Manzoni, in morte di Napoleone. La penisola ne fu inondata, e ciò attesti a monsignor vescovo di Càttaro (Padre Stefano Paulowich, antico nostro confessore) ch'ei s'ingannava a partito allorché ci diceva sullo Spielberg:

« *Vedele, care ele, l'imperador voràve ben metterle in libertà, anca parché el loro mantegnimento costa un da-*

---

[1] Giunio Bazzoni, milanese, morto a quarantasette anni, nel 1849.

naro orribile: s'el no 'l fa, xe per loro ben, parché l'imperador xe tanto amà in Italia, ele le xe tanto odià, che s'el le mettesse in libertà, el popolo le lapidarìa. El le tien proprio qua drento per sicurezza de ele, per salvarghe la vita ».

Nulla dico del ricevimento ch'io stesso ho ricevuto dovunque: era cosa ben opposta al desiderio di lapidare, desiderio che sarebbe una calunnia se uscisse dalla bocca di un Italiano, il quale avrebbe dovuto sentir meglio l'onore della propria nazione. Ma il padre Paulowich, essendo Dàlmata, non è obbligato per ora a discernere ciò che è sentimento ed onor nazionale. Un giorno i Dàlmati saranno condotti a civiltà e fratellanza universale, come ogni altro popolo che obbedisce alla legge finale del Vangelo.

Sulla creduta morte di Silvio Pellico.
Ode italica[1].

Luna, romita aerea,
Notturno astro d'argento,
Che come vela candida
Navighi il firmamento,
Che, come dolce amica,
In tua carriera antica
Segui la terra in ciel;

La terra, a cui se il limpido
Tuo disco s'avvicina,
Ti sente, e con un palpito
Gonfia la sua marina:
Quasi gentile affetto
Che desta in uman petto
La vista d'un fedel.

Simile al fior di Clizia
Fiso del sol nel raggio,
L'occhio, il sospir del misero
Ti segue in tuo viaggio,
Ché la tua luce pura

[1] La lezione di quest'Ode, che il Maroncelli ha pubblicato nelle *Addizioni* nel 1833, è scorrettissima. Isidoro del Lungo, nel 1907, ha pubblicato, nella *Rivista d'Italia*, un testo riveduto e corretto su di un'antica copia manoscritta e sull'unica edizione curata dall'autore nel 1848; lo stesso che qui si riproduce.

Sembra sulla sventura
Un raggio di pietà!

Ahi misero fra i miseri,
Tolto al gioir del mondo,
Geme il tradito Silvio
Dello Spielbergo in fondo!
Speme non ha d'aìta;
Vive, ma della vita
Di chi doman morrà.

Batti il tuo raggio tremulo
Sul rio castello, o luna,
E scintillando penetra
Sotto la vôlta bruna,
Cerca nel viso bianco
Del giovinetto stanco,
L'impronta del dolor:

Sol quella faccia pallida,
In campo nero appare
Come languente cereo
Sul mortuario altare,
O qual da mano cara
Sul panno della bara
Deposto un bianco fior.

Scarso è il cangiar dell'aere
Che in petto gli sospira.
Intorno ai fianchi un duplice
Cerchio di ferro il gira,
In ceppi è la sua mano,
Nessun colloquio umano
Lenisce il suo destin.

Solo fra i ceppi libero,
Nell'agonia cresciuto,
Giù per la fronte squallida
Discende, e va perduto
Sull'affannoso petto,
Pel doloroso letto,
In mezzo all'ombra, il crin.

Ah! questa forse è l'ultima
Notte, per lui di duolo;
Il travagliato spirito
Sta per levarsi a volo;
Presso al fatal momento,
In torvo avvolgimento
Nuotano i suoi pensier!

Fatto guancial dell'omero
Alla smarrita fronte,

.Parla, e somiglia al murmure
Di sotterraneo fonte.
Fra' suoi più cari il giorno
Sogna del suo ritorno,
Morendo, il prigionier.

« — Quando l'inesorabile
« Parola udii: — Vent'anni! —
« Non io credei sorvivere
« A tante ore d'affanni;
« Ma il duol non m'ha consunto,
« E il termine raggiunto
« Del mio patire ho già.

« Come da un ramo cadono
« Al suol l'aride foglie,
« Cadendo a me la ferrea
« Catena ecco si scioglie,
« Sento dal cor profondo
« Levarsi un mortal pondo;
« Ti sento, o Libertà!

« Ecco, redento ai palpiti
« Del sen materno io sono!
« Le nostre piaghe il balsamo
« Asterga del perdono.
« Madre, la man pietosa
« Benedicendo posa
« Qui del tuo figlio al cor.

« Tu mel dicevi, trepida
« Del mio bollente ingegno:
« Di chi è possente, o Silvio,
« Non provocar lo sdegno! —
« Ma bella e splendid'era,
« Come le nubi a sera,
« La mia speranza allor!

« Credetti un brando a Italia
« Ridar, novello Bruto;
« Tornare alla sua gloria
« Pensai l'Angiol caduto:
« Svegliar la neghittosa
« Che il capo in Alpe posa
« E stende all'Etna il piè.

« Ma tu chi sei, che barbaro
« Insulti al mio dolore,
« Ed osi il sogno irridere
« Che mi mentì nel core?
« Coprimi, o madre, il viso!

« *Che quel superbo riso*
« *Non veggasi per me!* ».

Pace, o morente! — Agl'Itali
La tua memoria è pianto.
Caggia quel dì da' secoli,
Quel dì che Italia al santo
Cenere tuo non plori,
Né la memoria onori
Di chi per lei morì. —

Ma quale, o luna, il placido
Mattin, lieve ti solve,
Tal lieve di quel misero
La morte il fral dissolve.
In languido sospiro,
Bella del suo martiro,
L'alma del giusto uscì.

Vennero allor, disciolsero
L'inominata spoglia;
Del carcer la deposero
Sotto l'ignuda soglia;
Nefando monumento
Della catena il lento
Nodo vi posa su.

E alcun nol seppe; e Silvio
È d'ogni giorno e d'ogni
Ora il pensiero: Silvio
Son d'ogni notte i sogni!...
Ancor s'attende il canto
Che piacque a Italia tanto...
Ma Silvio non è più!

Si è dimandato, se al momento della nostra liberazione ci fu imposto di tacere i particolari della captività subìta. No, niuna condizione è stata pronunciata; cosicché, venuto io in Francia, e i giornali avendo cominciato a parlare (e talvolta con molta inesattezza od esagerazione, siccome avviene quando si riferiscono cose ridette), io pubblicai (nel *Temps*, 4 marzo 1831) una lettera che qui riproduco:

A Monsieur le Rédacteur du Temps.
« Monsieur.
« Puisque je n'ai pu empêcher les journaux de s'occuper de moi, je mè vois forcé, pour éviter toute inexactitude, d'écrire moi-même l'histoire des souffrances des prisonniers d'état du Spielberg.

« Vous êtes tombé dans une erreur en copiant l'article du *Courrier Français* du 28 février rélatif à mon ami le comte Confalonieri: *ni lui, ni aucun de nous n'avons jamais reçu la bastonnade.*

« La vérité est le devoir de tout honnête homme, et la *vérité du Spielberg est si grande chose*, qu'elle doit être presentée toute nue.

« J'espère, Monsieur, de votre impartialité, que vous voudrez bien insérer ma réclamation dans votre prochain numéro.

« Agrèez, etc.   « PIERO MARONCELLI ».

« 3 Mars 1831 »[1].

A questa lettera susseguì la pubblicazione del programma di parecchie tra le mie cose, ed ecco quali avea promesse.

Programma di diversi componimenti a pubblicarsi di Piero Maroncelli.

I. *Mia prigionia di Spielberg.* Tratto istorico.

II. *Rimembranze.* Meditazione in prosa.

III. *Quindici rose.* Poemetti epico-lirici.

IV. *Tradizioni itale.*

V. *Carmi levi*, con musica nazionale a fianco.

VI. *Psalterio italo.*

VII. *Melodie Spielbergiche.*

[1] Al redattore del *Temps.*
Signore,
    Poiché non ho potuto impedire ai giornali di occuparsi di me, mi vedo costretto, onde evitare ogni inesattezza, di scrivere io stesso la storia delle sofferenze dei prigionieri di stato dello Spielberg.
    Voi siete caduto in un errore, nel copiare l'articolo del *Courrier Français* del 28 febbraio relativo al mio amico il conte Confalonieri: *né lui né alcuno di noi abbiamo mai ricevuto bastonate.*
    La verità è doverosa per ogni uomo onesto, e la verità dello Spielberg è così grande cosa da dover esser presentata del tutto nuda.
    Spero, signore, che la vostra imparzialità vi farà includere questa mia precisazione nel vostro prossimo numero.
    Gradite ecc.
    3 marzo 1831.

I

Mia prigionia di Spielberg. Tratto istorico che dovea
contenere fedelmente quanto avvenne all'autore in quel
periodo d'otto anni e mezzo, e toccare altresì degli altri
fratelli di sventura che vi giaceano ancora sepolti vivi.

II

Rimembranze. Il soggetto di questa meditazione in prosa è il marchese Giorgio Pallavicini, condannato a ven-
t'anni di carcere duro sullo Spielberg, attinto da un'èr-
pete gutturale che minaccia di passare ai polmoni, e lo
ha tratto più volte all'orlo del sepolcro. La parola di
questo componimento è nella bocca dell'infelice captivo.

III

Quindici rose. Nulla, per la immaginazione e pel core,
nulla di più poetico che l'ENTE NOVO, che il Cristianesimo ci fornisce, - Maria di Nazareth, VERGINE MA-
DRE. I vari periodi di sua vita, in cui dalla storia religiosa ci viene presentata, furono soggetto, a' più grandi scrittori d'ogni nazione, di componimenti che non
morranno. Dante, Petrarca, Sannazzaro, Pope, Gaudenzi,
Schiller, Racine, Manzoni, figurano principali in questo
numero. L'autore delle *Quindici rose,* dividendo la vita
di Maria in quindici principali stadî, dà loro il nome di
ROSE, e sono poemetti epico-lirici che stanno ciascuno
da sé, e tuttavia formano assieme corpo-uno.

IV

Tradizioni itale. Sono componimenti, parte epici, parte lirici. Il soggetto di essi rimonta *all'epoca* più gloriosa della storia moderna d'Italia, *all'epoca* delle repubbliche del medio evo, *all'epoca* che spiegò tante virtù cittadine contro il tiranno universale, - Federigo Barba-
rossa.

Ed in chi trovò costui il più implacabile suo nemico,
il più nobile sostenitore della libertà italiana? Nell'invit-
to animo del romano pontefice ALESSANDRO TERZO,
che intendendo religione come solamente può e debb'es-

sere intesa, creò con sapienza e coraggio indefinibili la famosa lega delle trenta città lombarde. La fondazione d'*Alessandria della Paglia* in Piemonte, è monumento ancor durevole della civica riconoscenza italiana ad onore del prode repubblicano che sedeva sulla cattedra di San Pietro, e spargeva il suo sangue per la *salute politica* de' suoi concittadini, - veramente suoi figli!

Le tradizioni per ora sono otto, e verranno divise come segue. Ad esse terrà dietro un saggio in prosa, che giustificherà quanto nei versi abbisogna d'essere documentato.

Trad.   I. - *Vallo liviense.*

   II. - *Vestizione.*

   III. - *Arpa trobadorica.*

   IV. - *Apertura del tribunal d'Amore.*

   V. - *Banchetto popolare.*

   VI. - *In-tonse*, ossia *Ritorno di Brescia alla Lega Lombarda.*

   VII. - *Incoronazione.*

   VIII. - *Corduncula.*

V

Carmi levi. Sono brevi-cose per musica, or liriche or narrative; e sebbene questi carmi sieno leggeri, l'autore si propone in essi (del pari che nelle poesie di soggetto) uno scopo filosofico, quello di migliorare il prossimo, illuminando la sua mente, dirigendo le affezioni del suo core, promovendo le sue credenze buone, la sua pietà, anche quando meno v'attende, cioè ne' momenti senza riserva e di confidente ricreamento, momenti finora riesciti vuoti per gl'Italiani, perché sotto musica divina leggono poesie che non hanno di poesie che il nome, ma veramente dovrebbero chiamarsi *non-sensi.* E tale guasto si dee allo sdegno de' letterati italiani verso le poesie leggere, le quali vengono lasciate interamente nelle mani di chi non ha alcuna istruzione. Le eccezioni sono sì poche e sì parziali che dalla nazione intera può dirsi non essere avvertite. Niuno mirerebbe alla gloria d'Anacreonte *italo*, come seppero mirare a quella d'Anacreonte *anglo* e d'Anacreonte *gallico*, Thomas Moore e Béranger. Bensì troverete chi si sforza per la *trentesima volta* a darci italicamente l'Anacreonte ellenico, che, onde sia meglio cantato da un popolo d'altri costumi, d'altra religione, d'altr'ordine di civiltà, si traduce in metri anti-musicabili.

Ecco i titoli de' *carmi levi* dettati sullo Spielberg, il più delle volte sopra musica nazionale già impressa nella mente e nel core d'ogni popolo italico; - bellissime cantilene bolognesi, napoletane, venete, romanesche, subalpine, che i forestieri ammirano, né capiscono come non sieno ancora vestite di parole piene di pensiero e di affetto. Tutte le istorie del medio evo e moderne ci aprono i loro tesori. Questi carmi saranno pubblicati colla rispettiva musica a fianco.

1. LA VERGINE CARPITA. — Narranza.

Cantilena piemontese.

Me castel
L'è bel,
La tantì rurì-rulena.
L' mè l'è ancor
Pì bel,
La tantì rurì-rulà.

2. IL MOLINO. — Narranza.

Cantilena bolognese.

Caeri i mi sgnaori
Ch'i staeghen a ascultaer
Un caes molt raer
Ch'i frà maraviaer.

3. RODOLFO ED EZZELINA. — Narranza.

Cantilena.

Una incantevole tripla delle celebri tragedie mimiche di Viganò.

4. PASTORALE. — Lirica.

Cantilena meridionale.

5. RAFAELLA DONNA DI MONTEFELTRO. — Narranza.

Cantilena.

Dalla *Camilla* di Päer.

6. EMERENZIANA. — Narranza.

Due Cantilene.

Prima. Dalla Griselda di Päer.
Seconda. Ombra adorata, aspetta, di *Crescentini.*

7. IL SOLITARIO, signore dell'Alpe di S. Benedetto.
— Narranza.

Barcarola veneta.

8. LA CADUTA. — Narranza.

Antica cantilena trobadorica.

9. LA PUELLA DEL LARIO. — Narranza - leggenda.

Cantilena Piemontese.

> *Paisan ven d'an Brutla*
> *Cunt i papé*
> *Pr' litighé*
> *Cunt i papé.*

10. I MORTI DI NESSO. — Narranza-leggenda.

Cantilena.

Dall'*Agnese* di Päer.

11. GABRIELLA. — Lirica.

Cantilena dell'autore.

12. IL SOGNO. — Narranza.

Cantilena romanesca.

13. L'ETNA. — Lirica.

Cantilena sicula. — Duettino.

14. L'INTAGLIATORE BAMBOCCIAIO. — Narranza.

Cantilena napoletana.

VI

Psalterio italo. — Psalmi del riscatto.
Psalmi della Rigenerazione d'Italia.

Se v'ha paese ove religione sia mal conosciuta, è incontrastabilmente Italia. O non v'ha, od è pessima. Un

prete, che anche in mezzo a certo apparato d'erudizione
doviziosissima non sia altamente ignorante della sua vera essenza; un prete che non iscambi la forma col fondo; un prete che non sia superstizioso, fanatico, intollerante - è cosa singolare in Italia. Onore e riverènza a
que' singoli! Il nominarli non li lascerebbe sicuri.

Ciò fa che nel nostro paese il cattolicismo sia disprezzato da una gran parte, e da un'altra gran parte sia ri-
volto a cose basse e indegne di lui. Ed ecco una religione che fu creata per far regnare il liberalismo nel mondo, - una religione che impone obbligo esclusivo a tutti i figli d'Adamo d'essere liberali, - eccola convertita
a sostegno del servilismo. Che mai non pervertono ignoranza e sol-ipsìa? - E poiché è demenza pensare che
senza religione i popoli stieno; - (demenza a un dipresso come pensare che il riso di cui Voltaire la cosparge-
va fosse filosofia); il Psalterio italo offre all'uomo in tutte le condizioni della vita e ne' principali eventi, - av-
versi o prosperi - la soddisfazione de' bisogni del core,
studiando coltivarne ogni nobile germe, eccitare alle più
belle virtù e dilungare dal vizio. - È scopo che onora ogni
onesto.

VII

Melodie spielbergiche. — Sono venti lamentazioni liriche, che hanno per soggetto la storia de' dolori morali e fisici di otto anni e mezzo di carcere duro.

Questo programma restò senza effetto: io ne sospesi
la pubblicazione, ed ora sono decorsi due anni.

La lettera da me pubblicata il passato aprile 1833 nel
Courrier français, attesta che nulla era uscito pubblicamente dalla mia penna, fino a quel dì. Segue.

A M. le Rédacteur du
        « Courrier Français »
                        Paris, 25 mars 1833

  « Monsieur,
  « Lors de mon arrivée à Paris, il y a deux ans, votre
journal fut le premier qui parla de la captivité des prisonniers du Spielberg et de ses tristes conséquences. C'é-
tait l'accent d'une âme généreuse. Depuis, vous annun-
çâtes comme prochaine la publication de l'historique
complèt de cette même captivité, qui devait être rédigé

par moi, afin d'obvier à plusieurs inexactitudes qui pouvaient nuire à ceux qui étaient encore reclus. Il était naturel que dès que j'annonçais mon intention de parler, les autres se tussent. Ainsi, si des récits remplis d'énergie pouvaient irriter ceux qui ont la main sur les verroux du Spielberg, c'était obtenir quelque chose que d'ôter ce prétexte à toute véxation.

« Bien plus: dans ce même but mon récit historique et plusieurs poèmes j'avais composés par cœur dans la prison, et dont vous publiâtes les titres, ne parurent pas; je les réservais pour un moment plus propice. Un an s'écoula, et les cachots du Spielberg se rouvrirent pour en laisser échapper un citoyen français. Après, Silvio Pellico fit lui-même sur sa captivité et sur la mienne un livre admirable, qui n'est pas un livre politique, moins encore un livre da parti, moins encore un livre de haine. Mais ce livre pouvait être complété sous deux points de vue très différents: il pouvait l'être du côté dramatique aussi bien que du côte historique.

« Ayant été pendant très longtemps séparés l'un de l'autre, ces mêmes personnages, qui viennent en scène avec Silvio, ont été en contact avec moi, avant ou après lui. Il aurait été difficile de faire un autre livre pour glaner par-ci par-là un mot, un fait qui ne sauraient trouver leur place qu'à la suite de ce que Pellico dit. Ceci n'est pas mettre un livre aux pieds d'un autre; c'est achever ce qui méritait de l'être, et qu'un autre ne pouvait achever. Ainsi, Pellico lui-même m'écrit de vouloir bien donner ce complément DRAMATIQUE à son livre.

« Quant aux notes historiques elles ne changent pas non plus le caractère du livre. Si Pellico ne les a pas faites lui-même, il en avait de bonnes raisons. En Italie, où *Le mie Prigioni* ont paru, donner des notes historiques sur Porro et Confalonieri, ce serait la même chose qu'en France donner des notes historiques sur Lafayette et Laffitte. Grâce à Dieu, les Italiens n'ont pas oublié ce que sont ces deux grands citoyens. A l'étranger, il n'en est pas de même. En effet, dans l'édition qu'on vient de publier à Londres, on a senti ce besoin, et des notes ont été ajoutées, excellentes d'ailleurs, mais où l'on chercherait en vain des faits très importants qui n'ont jamais été révélés.

« J'accédai donc à la demande de Pellico, et lui destinant le produit de l'édition que j'allais faire, j'eus soin que les journaux avertissent le public qu'une traduction surveillée par moi allait paraître, précédée d'une intéressante biographie de l'auteur, et d'additions faites par son compagnon d'infortune, qui figurait, en même temps, comme un des acteurs principaux du drame historique tracé dans les mémoires *Le mie Prigioni*.

« Il suffit d'avoir le désir de faire le bien pour que l'on ne manque pas de trouver de la sympathie en France. Un homme généreux, autant que littérateur distingué, M. de Latour, fit la traduction, et me chargea d'en offrir le manuscrit en cadeau à mon ami: nous avons été un peu en retard, à cause d'un portrait que nous désirions plus ressemblant que deux autres qui ont paru en Italie, et nous attendions de Pellico même un dessin fidèle, lorsque, sur ces entrefaits, une autre traduction a paru chez Vimont, libraire, passage Véro-Dotat.

« Je n'ai rien à dire contre cela. Mais comme mes amis et ceux de Pellico attendaient de moi un livre *complété*, je choisis la voie des journaux pour les avertir que ce qui vient de paraître n'est pas mon ouvrage, lequel sera prêt immanquablement dans huit jours.

« Agréez, etc.

« PIERO MARONCELLI »

(Extrait de *Courrier Français* du 6 avril 1833)[1].

[1] Al redattore del *Courrier Français*.

Parigi, 25 marzo 1833

Signore,

Al mio arrivo a Parigi, or son due anni, il vostro giornale fu il primo a parlare della cattività dei prigionieri dello Spielberg e delle sue tristi conseguenze. Era l'accento di un'anima generosa. In seguito, voi annunciaste prossima la pubblicazione della storia completa di tale cattività, storia che avrebbe dovuto essere redatta da me, allo scopo di ovviare a parecchie inesattezze che avrebbero potuto nuocere a coloro che vi si trovavano ancora rinchiusi. Sarebbe stato naturale che, dal momento che io avevo enunciato la mia intenzione di parlare, gli altri si fossero taciuti. Così, se qualche relazione ridondante di crudezza poteva irritare coloro che tengono in mano le chiavi dello Spielberg, qualcosa si sarebbe ottenuto rimovendo ogni pretesto di vessazioni.

Non solo; nel medesimo scopo, il mio racconto storico e pa-

401

So che a Vienna si sostenne in un crocchio di persone-di-stato ch'io avea pubblicata una relazione della prigionia di Spielberg, che conteneva una certa particolare manifesta falsità. (Non so quale). Alcuno del crocchio disse che bisognava rispondere a quella particolare falsità, ma sua altezza serenissima il principe di Metternich ripigliò: « *Non occorre*: siccome quella relazione è piena zeppa di falsità, - rispondendo ad una, bisognerebbe rispondere a tutte - e ciò non ci fa comodo ».

Il nipote del signor conte Sorgo ha narrata questa conversazione all'onorando suo zio che ha domicilio qui in Parigi, ed esso mi ha autorizzato a valermene in queste note.

Permetta quindi sua altezza serenissima ch'io mi valga della via pubblica per ismentire un'imputazione che, senza ciò, per essere uscita dalla sua bocca, acquisterebbe autorità storica. Non dubito che sua altezza e con-

recchi poemi che avevo composto a memoria in prigione, e di cui voi pubblicaste i titoli, non furon pubblicati: li rinviai a un momento più favorevole. Passò un anno, e le celle dello Spielberg s'aprirono per lasciarne uscire un cittadino francese. In seguito, Silvio Pellico compose egli stesso, intorno alla sua e alla mia prigionia, un libro mirevole, e che non è né un libro politico, né tanto meno un libro di parte, e meno ancora un libro di odio. Codesto libro poteva tuttavia esser completato sotto due differenti punti di vista: da quello drammatico come da quello storico.

Essendo stati a lungo separati l'uno dall'altro, gli stessi personaggi che entrano in scena con Silvio sono stati in contatto con me, prima o dopo che con lui. Sarebbe stato difficile comporre un altro libro spigolando qua e là una qualche parola, un qualche episodio da aggiungere a ciò che Pellico dice: né si sarebbe trattato di sovrapporre un libro a un altro, ma di completare ciò che meritava d'esser completato, e che un altro non poteva completare. Così, lo stesso Pellico mi scrisse di voler dare un tal completamento DRAMMATICO al suo libro.

Quanto, poi, alle note STORICHE, neanch'esse mutano il carattere del libro. Se Pellico non le ha egli stesso redatte, ne aveva tutte le ragioni. In Italia, ove *Le mie Prigioni* sono state pubblicate, dar delle note storiche intorno a Porro e a Confalonieri, sarebbe lo stesso che darne in Francia intorno a Lafayette e a Laffitte. Grazie a Dio, gli Italiani non hanno dimenticato ciò che questi due personaggi rappresentano. Non è però lo stesso all'estero: infatti, nell'edizione or ora pub-

soci non abbiano parlato di qualche relazione, a loro tutti ben nota, che sarà corsa sotto il mio nome, forse per qualche soperchieria libraria. Sebbene, certamente e in Francia e in Italia ciò non è stato; né saprei come avrebbe potuto esserlo in Germania. Comunque ciò mi paia strano, lo ammetto: resta solo che se tal relazione esiste, è apocrifa. Dichiaro invece che quanto è esposto sì nelle *Prigioni* di Pellico che in queste mie *Addizioni* è Istoria che *lascia bensì ancora molte e molte lacune*, ma ciò che parla è parola che sostiene la prova settupla del foco, come l'oro di carato.

Alla mia prigionia di Spielberg, perché Pellico m'ha sì felicemente preceduto, io sostituirò altre Memorie che intitolerò: *Gli anni del dolore*, e che avranno un'estensione più ampia che non è il tempo di miseria decorso sullo Spielberg.

blicata a Londra, se ne è sentito il bisogno, e vi sono state aggiunte delle note, del resto eccellenti, ma nelle quali si cercherebbe invano un qualche fatto importante che non sia mai stato rivelato.

Io accolsi, dunque, la richiesta di Pellico, e, destinando a lui il ricavato dell'edizione a cui mi accingevo, curai che i giornali avvertissero il pubblico che presto sarebbe apparsa una traduzione da me controllata, preceduta da una interessante biografia dell'autore e con le addizioni fatte dal suo compagno di sfortuna, il quale figurava, al tempo stesso, come uno degli attori principali del dramma storico tracciato nel dramma storico *Le mie Prigioni*.

Basta avere il desiderio di far del bene perché non si manchi di trovare simpatia, in Francia. Un uomo generoso, e insieme distinto letterato, il signor De Latour, eseguì la traduzione, e m'incaricò di offrirne il manoscritto in dono al mio amico: siamo incorsi in un certo ritardo, a causa d'un ritratto che desideravamo più somigliante di altri due apparsi in Italia, e attendevamo dallo stesso Pellico un disegno fedele, allorché, nel frattempo, un'altra traduzione è apparsa presso Vimont, libraio al passaggio Véro-Dotat.

Non ho nulla da dire contro ciò. Ma poiché i miei amici e quelli di Pellico s'aspettavano da me un libro *completato*, ricorro al mezzo dei giornali per avvertirli che quello ora pubblicato non è un mio lavoro: questo sarà immancabilmente pronto entro otto giorni.

Gradite, ecc.

(Estratto dal *Courrier Français* del 6 aprile 1833).

Pubblicherò quanto prima anche tutti gli altri componimenti, due anni fa annunciati: solo cedo ad un bisogno del core, pubblicando subito, e qui appresso, il carme delle *Rimembranze*, perché riguarda il marchese Giorgio Pallavicini, giovinetto egregio che la sventura ha tormentato mille *Tanti* più di noi, a causa del suo vivacissimo carattere. L'infelice è impazzito, e dicesi che l'imperatore abbia comandato che sia tolto dallo Spielberg e recluso nel castello di Gradisca.

RIMEMBRANZE

CARME

Parla Giorgio Pallavicini in carcere.

1. Ridenti pensieri che coronavate il capo della mia infanzia, della mia adolescenza...

2. Madre, sorelle, perché riedete in core che la sventura inaridiva?

3. Oggetti della mia più dolce tenerezza, v'ha momenti che so appena d'amarvi!

4. E sparirete mai dal santuario della fantasia, voi gioie della culla?

5. E sparirete mai, voi gioie dell'aprile della vita, che vi fèste conoscere guidando sorellevole cortèo d'amabili virtù e speranze, ancora ignote all'anima novella?

6. Tutte cose intorno a me sono fiume, che sperdersi nelle sabbie dell'irrevocabile passato!

7. Fiume, quanto quest'anima stessa fa e pensa.

8. Chi m'assicura che nell'istante venturo, irrevocabilmente non isperdasi rimembranza che fui?

9. *Una* rimane; *una* non si distrugge; - certezza, che, sentendo, SONO.

10. Non si distrugge? parola piena di scienza e d'ignoranza!

11. So io se nel tempo non si distruggerà?

12. E che è il tempo? che il sempre, il mai, l'essere, il nulla? e chi son io?

13. Ah ben io son l'infelice cui Pascal chiamò empio!

14. E ancorché tale, vidi un giorno sfasciarsi a poco a poco l'organata compagine di questo corpo.

15. Ed - « *io solo, io solo non mi distruggo* » gridava - (o mi parea) - quel *non-so-che* ond'ho coscienza che *sono*.

16. E più e più faceasi in-obumbrato[1], - agile, etereo.

17. E più e più pareami sentirlo immortale, quanto più vicine erano a cadermi la carne e l'ossa.

18. Perché, perché si raccendeva la pallida lampa? lontano al pari da vita-vera e morte-vera, giaccìomi oppresso dal peggiore d'entrambe.

19. Perché, perché si raccendeva la pallida lampa? per far visibili le mie tenebre? per riallacciarmi a' miei dubbi? perch'io ripalpassi la mia ignoranza?

20. *Io* so che sono. *Io*, che penso, che amo, - e ciò vorrei per sempre!

21. Ma so io se altri mi riami, io che ignoro se altri è?

22. Vita non sarebbe adunque che una sognante veglia?

23. O aspide terribile che ti pascevi rodendo lo stame de' miei giorni! - un poco, ancora un poco...

24. Ed io leggère, e precipite più del pensiero, volando per l'in-finito, cadea nel seno d'un angelo, d'Antonietta, della mia spenta sorella.

25. E al primo amplesso, al primo bacio, che le sue labbra stampavano sulle mie labbra fraterne, io m'era sapiente come un Dio!

26. Mia Antonietta! in que' dì, in que' dì, io sentiva che tu sei, e che io m'avvicinava a te.

27. Era sentire vero, tremendo, indistruttibile, come coscienza che sono e che t'amo.

28. Mia Antonietta! io vedea nella memoria i giorni che tu vivesti, - *furono sì pochi!!!*

29. Io li vedea in sembianza di rosea ghirlanda, che terminava in negre viole: *ebbero sì misero fine!!!*

30. E poi che morbo eguale, - ch'ambo redammo[2] nel materno alvo, - tangea me pure, ne' miei dolori io dicea: — *Ecco i dolori della povera Antonietta!*

31. «*Erano i capei d'oro all'aura sparsi!* ». Pudico il guardo come sogno primo d'innamorata vergine.

32. Gaia e ritrosa il volto come la speranza del prigioniero: angelica la forma e il portamento.

33. Negli occhi eran lagrime per ogni infelice; nel petto, amore per ogni virtù, genio per ogni bello.

---

[1] *Inobumbrato,* voce antiquata che significa: non adombrato; qui vale chiaro, trasparente.
[2] *Redammo*: ereditammo.

34. Cura soave della madre e incanto-mio crescea la casta.

35. Lei non mirava l'insùbre con libero ciglio, o pe' clamorosi passeggi, o tra le splendide assemblee, o negli illuminati teatri.

36. Ma come *santa-cosa* crescevi solitaria, Antonietta, cura soave della madre e incanto-mio.

37. Studio degl'idiomi d'Europa meco partivi; - meco disegnate danze; - meço la fiaccola che illumina il buio delle rimote età.

38. Poi sedevi all'arpa. E l'anima mia bevea que' concenti di paradiso, non mai sazia del placido guizzo della tua mano, che a guisa di bianca-colomba sorvolava le palpitanti corde.

39. Ma l'ora suona. Una bella sera d'autunno! Quante io n'avea passate su festanti tuoi poggi, o Monsorì, contemplando con Antonietta i sublimi spettacoli di natura!

40. Gl'impazienti cavalli scalpitano sulla rispondente selce: un bacio, un bacio, alla madre, alle sorelle...

41. E le nostre braccia tessero una catena, in cui certo gli spiriti si compenetrarono un istante.

42. Umano verbo non dirà mai ciò che fu sentito in quella scena di silenzio: scena che avrebbe fatto amante Sàtan, creatura senza amore!

43. Irrompo dalle scale, balzo nel cocchio: - ei vola, vola, vola per la china del colle.

44. Giro la testa, e sullo sporgentesi verone scorgo divina fanciulla, che agitando niveo bisso (imagine del candore del suo core), augurava ancora salute sul diletto fratello.

45. Quell'ora... quella catena (onde fu sprigionata sì unificante scintilla d'amore)... quel bisso...

46. Calma, calma alla piena d'affetti, che parea fervere del pari con le infocate ruote!

47. Ed abbassando i cristalli, io sporgeami all'aere, invocando che attepidisse la bollente onda del seno.

48. Così calcava i campi de' miei padri, - e la lombarda metropoli mi stava omai nel cospetto.

49. Il fresco aere serale, ed il violente moto da prima mi stupefacevano, - mano mano divennermi salutari.

50. La tensione s'allenta, il sangue circola mansueto, e le fibre tempransi a quella dolce melanconìa, che attribuisce parola e presagio a tutto che ci circonda.

51. Io pensava: anco il giorno dell'uomo va colla rapidità del cocchio.

52. Poi viene la sera della vita, scendiamo nel buio del sepolcro, - e che segue?

53. Raccapriccio m'assale da' capelli alle piante.

54. E mentre cercava, deviommi dalla risposta la rugiada, che abbondando nell'irrigato agro d'insubria, mi piovea dalla fronte.

55. « *Così piangesi là - al mio focolare* » - io dissi con soffocato accento.

56. Ed io stesso mi sentìa sulle gote due stille non fredde come l'umido ond'era pregna l'atmosfera.

57. « *E alla sera della vita, che segue?* » - Mi chiedea l'*Io* con insistenza.

58. Intanto gli occhi, a dritta e a manca, predavano altr'esche a meditazione: — ei, tutte rimbalzavale indietro.

59. Infine, gitto lo sguardo innanzi a me, ed apparmi nel sommo cielo:

60. Donna vestita di sole, la luna sotto i suoi piedi, e nel capo corona di dodici stelle.

61. L'astro diurno (disgombra tutta la pianura), sotterraneo fumo sorgea a coprirla di bigia coltrice.

62. Ma un raggio estremo batteva ancora, qual rutila teda, sulla vergine di bronzo che preme l'obelisco altissimo, inalberato sulla cupola del milanese tempio.

63. Sono talora disposizioni tra natura interna ed esterna, collimanti ad un punto.

64. Gli occulti veri ch'indi emergono, mai non saranno attinti da ragione sola. Sia pace a' filosofi empirici!!!

65. Così ventilava tra me e me, e con voce che m'escìa da precordi, proruppi: « *Dalla sera della vita scaturisce dì che non tramonta* ».

66. E m'affisai con gaudio nell'avvivata statua, che regnava al di là dell'assopito mondo, quasi ella fossemi guarentigia di speranza non vana.

67. Il credente direbbe: « *Certo ell'erane simbolo!* ».

68. Entrai a Milano. Non mi bastò l'animo di posare agli urbani miei lari.

69. Eppure, colà erano le sale che videro i trastulli dell'infante, le aspirazioni ardite del giovinetto d'in-maturo senno.

70. In-maturo era il senno, quando una notte con più

in-defesso studio io durava gli occhi sulle patrie istorie.

71. Fremetti di dolore e di rabbia, comparando la virtù antica e la viltà presente.

72. Cor *non-servile* non lo forma età, così impastavalo natura, e pur nel grembo della balia ei si rivela altero.

73. Ed io sentìa quanta è ignominia il giogo sempre; - ma più, e giogo e scherno di straniero!!!

74. Balzo, e con l'una mano il libro, con l'altra la parete toccando, giurai:

75. « *Negatemi la domestica pace, voi pie muraglie, consapevoli delle sacre voluttà che in mezzo a voi provai, se non mi lancio tra le Nazioni, in cerca di costumi, leggi, alleanze a pro' d'Italia* ».

76. La mia lucerna era all'estremo; spensila, - ma sotto le coltri io non trovava sonno.

77. Oh come l'ideante core, da quel dì, terre varcando e mari, risuscitava illustri ossa cittadine!

78. E nella lor creata compagnia il beavano intime armonie d'amistà... - quasi d'eguaglianza!

79. Ecco là quelle muraglie, la biga le trapassa. Strade, piazze, bàstìe ella trapassa; - io mi trovo di nuovo in aperta campagna.

80. Mesto, come chi lascia dopo sé patria infelice: solo, co' miei virginei pensieri, come la vergine luna che allora percorreva un cielo senza stelle.

81. Toccai città e città, popoli e popoli. Qui stetti; là trascorsi, spesso distratto, sempre indagando, non contento mai.

82. Di meraviglia in meraviglia me rotolava la tergémina Babilonia, ROMA - LONDRA - PARIGI.

83. Ma qui, - silenzio! Io traversando Europa con mente giovinetta, non ebbi occhio di giudice; intesi ad apprendere.

84. Oh qual fermento di spiriti! Il gran colosso che fermava l'un piede sull'adusta Gade, l'altro sull'agghiacciata Danzica, era crollato.

85. Nell'immane ruina gli edifici politici si scardinarono, - uop'era ricostruirli.

86. Una tuba, spargendo gran suono, volò per ogni estremo, invocando, - congresso!!!

87. Esultarono i popoli, siccome esultava sulle rive d'Eufrate, la piangente Israello, allorché udiva l'editto d'Artarserse Longìmano.

88. I popoli, - capitanati da loro Zorobabeli, la spada nella destra, la cazzuola nella sinistra, dissero: « *Siamo presenti! surga la nuova Gerusalemme* ».

89. I re, attoniti, pallidi, tremanti, promisero tutti nel nome che fa tremare le stelle e gli abissi.

90. JEHOVA! che abbatte i troni e li solleva; JEHOVA! che spinge chi vi siede come despota, o all'ignominia del patibolo, o il precipita nella schernibile polve delle perdute isole dell'Oceano!

91. Gli ESEMPLI erano recenti, tremendi; il MOMENTO, novo, unico sotto la faccia del cielo.

92. Tutti s'affidarono; tutti, riedendo ai loro tetti, aspettavano che gli angioli della PUBBLICA-COSA calassero dall'Empireo la DIAFANA CITTÀ da cui dovevano scaturire ammirabili acque.

93. Ma il Dio degli eserciti non è con gl'infingardi! - e già sognavano compartite quelle acque in rivi innumerabili.

94. Sognavano comparire ogni padre sul diletto sogliare, e tra feconde spose e vispi figliuoletti attingere a bell'agio salute, rifluente per ville e contrade.

95. Ma il Dio degli eserciti non è con gl'infingardi! Or ponete ne' prìncipi affidanza!!!

96. Promisero tutti, mantennero pochissimi; - i più, piantarono la pietra angolare d'ALTRA TORRE DI SENNAAR.

97. Nel primo piàcolo[1] si sovvertirono i PARLARI: nel secondo, GIUSTIZIA!!! Onore, onore ai pochissimi! - Vituperò, infamia ai più!!!

98. Non era questo il momento di concepire pensieri d'Itala indipendenza? - Fu conceputo, ed io m'accostai a' buoni.

99. Allora, fu allora che Gabriele, il pronubo di Nazaret, soffiò sulla virginea zona d'Antonietta, - e fu disciolta.

100. Gabriele, ambrosia espirando dall'angelica bocca, e scotendo le leggiadrette sue ale d'argento, venivale additando nel garzonetto-di-virtù il dolce compagno de' suoi giorni avvenire.

[1] *Piàcolo*: Misfatto, delitto. (*Piaculum*, in latino, è propriamente il sacrifizio, la vittima in espiazione dei peccati, da *piare*, onorare religiosamente. Ma per tropo è trasferito ad indicare lo stesso peccato che si espia).

410

101. Poi, ristando, spiegava il suo manto di stelle sul talamo della bella vereconda, - ed era madre.

102. Sciagurato! fantasia del core compose immagini pie sul più caro degli umani vincoli, - e ciò parla letizia a tutte anime oneste; - letizia, - a me spavento!

103. Spavento! quali ecùlei[1] non provò l'infelice sotto le coniugabili piume? E nove mesi! - nove lunghi mesi!

104. L'in-volontario sorriso che brilla sul volto della madre allor ch'ella ode vagire la prole de' suoi dolori, fu visto anche in Antonietta.

105. Ma un più incantevole sorriso, quando al pargoletto, sulle in-articolanti labbra spunta il primo nome, ahi non fu visto! - Ei morìa!

106. Tu stessa morivi indi a poco tra le braccia del reduce tuo pellegrino.

107. Memoria, memoria! tu non sai la in-fanda miseria di quel giorno! con guardanti occhi io non vedea, - con ascoltanti orecchie io non udìa.

108. Non una lagrima, non una voce; - immoto, freddo, come la pietra ov'ella fu deposta.

109. Quando, come rinvenni? che feci? che parlai? E Italia? che fu di lei? - passa breve sogno, - mi sveglio carcerato!

110. Solo trovo solcata nell'anima orma profonda d'orribile tragedia; - ruderi d'edificio, che demolendosi, mi schiacciano: - vulcano estinto che fuma acre in-respirabile! - intorno... deserto di cenere!!!

---

[1] *Ecùlei*: sta per aculei.

CONCLUSIONE

Corre voce che il libro *Le mie Prigioni* è causa che il sistema penitenziario de' prigionieri di stato sullo Spielberg siasi addolcito. Oh fosse vero! Ecco tutto lo scopo dell'autore e quello di chi ha scritte queste Addizioni. Ma se mai tal nova fosse falsa, mi dirigo per questa pubblica via all'imperatore stesso, e gli domando ciò che domandai a Vienna con l'amico mio in una relazione ch'io stesi a nome d'entrambi e che firmammo entrambi, sul trattamento dello Spielberg. Ivi non solo indicammo il male, ma dicemmo che se era volere di S. M. che i prigionieri di stato non perissero, noi, ammaestrati da lunga esperienza, suggerivamo mezzi ovvii, onde s'adoperassero miglioramenti efficaci. Non ci arrestammo a ciò: in Vienna tutto ci diceva che Paulowich, per sete d'episcopato (io credo per insipienza), avea dipinto tali ed altrettali prigionieri di stato come anime perdute. Ad onore di equità noi raddrizzammo que' giudizi, - e, per ventura, non al tutto invano, giacché uno de' più denigrati (e cittadino francese), oggi respira l'aura natìa[1]. Ma se ora l'esposizione spassionata che appare al pubblico in queste carte spiace all'imperatore, sarebbe deplorabile che intenzioni sì pure sortito avessero effetto sì avverso. Anzi noi sperammo per forza di verità e di giustizia di moverlo a sentimenti miti, e questa speranza conserveremo sempre.

E come ammettere le crudeli insinuazioni d'alcuni importunissimi paurosi, i quali pretendono che questa pubblicazione irriti l'animo imperiale contro quegl'infelici che già tanto soffrirono, e tanto soffrono ancora, e ne ritardi la liberazione? Ma s'insinua ben peggio! M'oda Francesco!

Uscito io dallo Spielberg, venuto in Italia, e posto pie-

[1] Alessandro Andryane.

412

de nella legazione di Ferrara, per aver transito a Roma ove sedeva la mia famiglia (una vecchia madre, due sorelle, ed un fratello), il cardinal d'Arezzo m'ingiunse di partire; a Bologna il cardinal Bernetti fece altrettanto; a Firenze, mentre il gran duca m'accordava ospitalità, il conte Saurau, ministro d'Austria (dopo aver verificato ciò ch'ei non credea, che l'amputazione m'era stata fatta da chi dovette raderci la barba per otto anni e mezzo), impose a Toscana di mettermi fuori. Intanto il governo pontificio esiliava mio fratello di Roma, onde non potesse raccòrre al seno domestico il reduce captivo, dopo undici anni d'assenza e dolori.

Non avendo più in Italia un solo palmo di terreno che ardisse sostenermi, bisognò abbandonare di nuovo la cara patria. Venni in Francia, e trovai Francia dividersi in più *opinioni politiche*, - forse è più giusto chiamarle *parti*. Fui bene-viso a tutte, ed una sera (5 marzo 1831), in una sala dell'*Hôtel-de-Ville*, appoggiandomi al braccio del vecchio Lafayette, scontrai per la prima volta il re, la regina, e tutta la famiglia reale.

Il re offerendomi di contare sulla sua benevolenza, io risposi: « Ne profitto subito, e prego perché sia tutta rivolta a pro' de' miei poveri compagni che ho lasciati sullo Spielberg; ve n'ha ancora nove, ed uno di essi è cittadino francese ».

Il re e la regina mostrarono la più viva sollecitudine di aderire alla mia domanda - ed è giustizia il dire che ogni mezzo è stato da loro adoperato all'uopo.

Questa conversazione fu fatta in francese - quando il re, cambiando idioma, mi disse in ottimo italiano: « Vi sarà più caro il parlare la vostra bella lingua; ditemi in essa in che posso aggradirvi[1] ».

Non ascondendo quanto questa gentile insistenza mi commovesse, anch'io cambiai idioma, ma non cambiai dimanda. Solo, come corollario di essa, aggiunsi una specialità. (Non fu cosa a me personale, né risguardante altri individui). La dirò nelle mie memorie: per ora non abuserò di questa pubblica udienza che ho dimandata a Francesco.

[1] Il re Luigi Filippo parlava correntemente l'italiano, avendo sposata una figlia del Re delle Due Sicilie, ed avendo a lungo soggiornato nell'isola mediterranea italiana.

S'insinua dunque che la mia domanda al re, saputasi a Vienna, fece danni agli in-felici pe' quali io avea pregato. Se è vero, ne sono profondamente addolorato, né mi consolerebbe (quantunque mi giustifichi) il pensare:

1. Che spesse volte su questa terra il BENE più sinceramente voluto ha prodotto MALE; - (ma altresì quelli che hanno così pervertito intenzioni sante acquistano fama di MOSTRI);

2. Ch'io pregando per altri miei concaptivi avea plenaria annuenza da' loro parenti, i quali, e allora e poi, s'unirono meco per un anno intero, onde vincere l'intento.

Ma no; questo che s'appone all'imperatore è troppo grande misfatto perché non sia calunnia; ed è perché porto convinzione che sia tale, che ne ho fatto questo appello europeo, quasi riparazione ai calunniati. E dico, che qual pur sia l'illimitanza del potere che si condensa sotto la mano d'un solo, chi ha carne ed ossa e sangue, e porta la faccia levata verso il sole, non si disumana gratuitamente, - almeno non fosse che per un'abitudine d'ordine sociale. Or molto più CHI siede alla testa di siffatto ordine; CHI ha nome da consegnare alla storia; e (mille volte più che ciò!!!) CHI sa che in questa compagine di sangue, carne ed ossa è riposta una favilla che non si dissolve, - e che ritroveremo altrove!!!

SOMMARIO

Finito di stampare nel mese di settembre 1990
dalla RCS Rizzoli Libri S.p.A. - Via A. Scarsellini, 17 - 20161 Milano

Printed in Italy

BUR
Periodico settimanale: 17 ottobre 1990
Direttore responsabile: Evaldo Violo
Registr. Trib. di Milano n. 68 del 1°-3-74
Spedizione abbonamento postale TR edit.
Aut. n. 51804 del 30-7-46 della Direzione PP.TT. di Milano